虚の伽藍《きょのがらん》

月村了衛
RYOUE TSUKIMURA

新潮社

虚の伽藍

第一部

一

キャタピラの跡も生々しい泥土の上に、鮮血が散った。

黄色いヘルメットを被《かぶ》った作業員にしがみついていた老人が殴り倒されたのだ。

「さっさと放さんからじゃ、ボケっ」

殴りつけた作業員が怒り半分、迷惑半分といった顔で怒鳴る。

「お頼みします、このお堂だけは壊さんといて下さい」

顔の下半分を血だらけにしながら、老人はなおも作業員にむしゃぶりつく。

「ええかげんにせえよ、ジジイ」「早《は》よ放さんかい」「業務妨害や、構《かめ》へん、いてもうたれ」

数人の作業員達が老人を引き倒し、容赦なく蹴りつける。老人は悲鳴を上げて転がった。

早よ誰か止めたらんと――駐在はん呼びに行った方がええんちゃうか――阿呆《あほ》、今から呼んで間に合うかいな――

地元集落の衆がそんなことを囁《ささや》き交わす。

人々に交じって現場の様子を呆然と眺めていた凌玄《りょうげん》は、我に返って老人の元へ駆け寄った。

「何しはりますのや、こないなお年寄りに」

身を挺《てい》して老人をかばい、その痩せた体を抱き起こす。

「お爺さん、すぐに手当てしますさかい、しっかりして下さい」

「年寄りやろうがなんやろうが、工事の邪魔されたら困るがな」

作業員達の背後から前に出てきた現場監督らしき男が、凌玄の剃髪した頭部を目にして、

「なんや、あんた、坊さんかい」

「はい、ここの現場にいっぺんだけ立ち会うよう言われて本山から参りました、志方《しかた》凌玄と申します」

「背広着とるさかい分からんかったわ。上から聞いとる。けど、そやったらあんた、この爺さんを止めるんがあんたの役目とちゃいますか。わしらはお山から仕事を請け負うて工事やっとるだけやねんから」

「それは……」

凌玄は口ごもった。確かに相手の言う通りである。

その隙を衝くかのように、老人は凌玄の手を振り払って現場監督にすがりつき、背後の小さな仏堂を指差して哀願した。

「これだけは、これだけは壊さんといて下さい」

境内以外の場所に単独で建てられた境外仏堂のようだが、よく分からない。

「このお堂は巌斗上人《がんとしょうにん》がお籠もりなされたありがたい場所やさかい、いずれ必ず建て替えて夜久野《やくの》の興隆を祈願するて粛仁様《しゅくじんさま》が約束してくれはったんや。せやさかい、わしら土地のもんはこのお堂を大事にせなあかんと――」

「誰やねん、粛仁て」

「粛仁様いうたら、先代の総貫首様《かんず》に決まってますがな」

「先代て、それ、一体いつの話やねん」

「いつて、三十年くらい前ですやろか」

老人を取り囲んでいた作業員達が失笑を漏らした。中には苦々しげに唾を吐いている者もいる。

「三十年前て、昭和三十年やないか。そんな昔のこと、わしらが知るかい……凌玄はん、あんたは

「知っとったんですか」

「いいえ、私も初耳です」

〈お山〉とは伝統仏教最大宗派の一つに数えられる包括宗教法人『錦応山燈念寺派《きんのうざんとうねんじ》』を指す。凌玄はその宗務を統括する総局部門の最末端に位置する総局公室文書部の職員たる役僧——それも二十五歳の新人にすぎない。上司に当たる文書部長から、「売却予定の土地の整地現場に顔を出してこい」と命じられただけである。

形ばかりの儀礼的なものとは言え、工事現場の立会などそもそも文書部の仕事ではない。要するに誰でもいい業務であるから新参者の凌玄に回ってきたのだ。

総局が売却を決めたという夜久野の土地は、燈念寺派が所有する膨大な資産のごく一部でしかない。小さすぎて誰も気に留めないほどの規模だ。京都府天田《あまた》郡夜久野町と兵庫県朝来《あさご》郡和田山《わだやま》町の県境に当たる山間部で、凌玄は朝から山陰本線に乗り、ようやく辿り着いたばかりであった。

ここに老人の主張するような巌斗上人所縁《ゆかり》の仏堂が存在するとは、文書部長は一言も口にしていなかった。そんなものがもしあれば、常識的に考えて本山が売却するはずもない。

しかし凌玄は老人の固執する仏堂に対し、ある〈個人的な感慨〉を覚えていた。

よう似とる——このお堂は——

「おうっ、さっさと始めい」

現場監督の合図で動き出したブルドーザーが、唸りを上げて仏堂へと突っ込んだ。

「やめとくなはれ、壊したらあかんのや」

老人の叫びも虚しく、ブルドーザーはマッチ箱のような仏堂をいともたやすく踏み潰した。

放心して監督の足許に崩れ落ちた老爺を助け起こしながら、凌玄は監督に質《ただ》す。

「ほんまによろしいんですか。もしこの人の言うてはる通りやったら……」

監督は横目で凌玄を睨み、

「あんたも分からん人やなあ。工事の立会に来たんか、邪魔しに来たんか、どっちですのんや」

「そら立会ですけど、信徒さんの信心は大事にせんと」

「信徒やて？　信心やて？」

「はい」

「そやったらなおさらやんか。お山の教えに従うんが信徒の信心ちゅうもんとちゃいますのんか。燈念寺派の坊さんがお山に逆ろうてどないしますねん」

一言もないとはこのことだった。そのロジックに反論できるほどの素養にも度胸にも欠けていることを、凌玄は嫌でも自覚せざるを得なかった。

もうこちらを振り返ることもなく、監督は作業員達に大声で指示を出している。

生気を失った老人を抱えるようにしてその場から離れた凌玄は、助けの手を差し伸べてきた地元の衆に彼を委ねた。〈個人的な感慨〉もあり、それから一人一人に尋ねて回った。

「このお爺さんの言うてはったことはほんまですやろか。どなたかご存じの方はおられませんか」

何人かの住民が首を捻《ひね》りつつ応じてくれたが、

「死んだ婆さんもそんなこと言うてましたけど、何十年もそのままやったしなあ」

「三十年ほど前にお山から偉い人が来はったんは子供心に覚えてますんやけど、その方が先代様やったかどうかまでは……」

「地域の習慣で、あのお堂、なんとなく掃除だけはしてたんですが、それ以上のことは……」

どうにも確証が得られない。困惑して周囲を見回した凌玄は、高級そうな背広を着た男が住民達に交じってこちらを見つめているのに気がついた。

いつからこの場にいたのだろうか。背は低く赤茶けた蓬髪で、落ちくぼんだ眼窩の奥に強烈な光を湛えている。だがその光には不思議と柔和な気配も宿っていた。一種の異相と言っていい。その外見からは年齢の見当もつかなかった。年老いているようで、それでいて若々しい精気も感じられる。地元の人であるとは思えない。

「あの……」

声をかけようとした途端、男はふいと背を向けた。そして林道に停められていたセダンの後部に乗り込み、走り去った。やはり地元の者ではない。そうかと言って、ただの無関係な見物人とも思えなかった。

誰やったんやろ——

そんなことが漠然と気になった。

振り返ると、荒々しく動き回るショベルカーやブルドーザーが山間の草地を掘り返し、たちまち見る影もない更地へと変えていく。

先ほどまで確かにあった仏堂は、すでに破片の一つも見出せなかった。

中世より燈念寺は京都の中心部に在って、洛中洛外のみならず、あまねく日本全土にその威容を示していた。総局は広大な境内の一角を占める宗務総合庁舎内にある。

重要文化財を通り越して国宝でもある本堂や書院、楼閣などの由緒ある建造物群とはまったく異なり、どこまでも単一の直線によって構成された無機的なコンクリート製で、外見も内装も、一般のオフィスビルと見分けがつかない。

その日のうちに庁舎に戻った凌玄は、文書部長の小原空善《おはらくうぜん》に一部始終を報告した。

「おまえは阿呆か」

案に相違して、上司は相手にしようともしなかった。

「巌斗上人所縁のなんやらいうたら、弘法大師所縁の温泉みたいなもんやないかい。そんなもん、日本中になんぼでもあるわ。そもそもがやで、ほんまにあるんやったらわしらかて知らんはずはないやろ」

「それはその通りですねんけど、先代が建て直しを約束しはったて……」

「その爺さんが言うてるだけやろ。おまえは子供の使いか。もうええ、さっさと仕事に戻り」

「はい、すんまへん」

空善に頭を下げ、自席へと戻る。

文書部員としての凌玄の主たる仕事は、教団の運営に関わる膨大な文書の整理である。形態としては一般企業の事務職となんら変わるところがない。日々机に向かって書類をさばくのみである。服装もＹシャツにスラックスで勤務している者がほとんどだ。ただ剃髪した頭部のみが目を惹くが、通勤時や外出時には帽子を着用する者も少なくないから、いよいよ俗人のイメージする僧侶から離れていく。

命じられた通り、凌玄は仕事に専念しようとしたが、工事現場にぶちまけられた老人の血の色が目に焼きついて離れなかった。それにあの仏堂の佇まいも。

立ち上がった凌玄は、自然な態度を装って文書部の部屋を抜け出した。誰もが与えられた事務仕事に没頭し、凌玄に目を向ける者さえいなかった。

このままでは気になって仕事にならない、ならばいっそ気の済むように確かめてからにしよう——そう考えたのである。

足音を極力立てず、蛍光灯の点る通路を進む。目指すのは文書保管庫だ。文書部の所管となる保管庫は、燈念寺の財産でもある経典等の文化財ではなく、教団運営に伴う大量の書類を収納している。スチール棚に無数のファイルが並ぶその光景は、それこそ一般企業と見まごうほどである。

凌玄は不動産取引に関する書類の並ぶ一角に赴き、夜久野の土地取引のファイルを探した。あった――

急いで引き出し、中を確認する。権利証。測量図。物件状況等報告書。そして何より土地売買契約書。売却先は株式会社キョーナン土地販売。末尾に特記事項として、「先代約定の件は添付資料参照のこと」とあった。

先代約定？　添付資料？

いくら探しても「添付資料」なるものはファイルに含まれていなかった。ファイルを手に保管庫を出た凌玄は、再び文書部長のデスクへと向かった。

「あの、部長」

「なんや、またおまえか」

週刊誌を眺めていた空善がうるさげに振り返る。あられもない女性のグラビア写真が目に入った。

「夜久野の土地、契約書を見てみたんですけど、ここに書いてある添付資料があらへんのです」

いつもは赤黒い空善の顔色がそれと分かるほどはっきりと変わった。

「おまえ、何やっとんねん」

部長は慌てて凌玄の手からファイルを引ったくった。凌玄は驚いて上司を見つめる。ここまで狼狽した人の顔は初めてだ。

「仕事もせんと勝手に保管庫からこんなもん持ち出しよって」

「けど部長、これは一体どういうことですやろか」

「もうええ言うとんねん。このファイルはわしが戻してくるさかい、おまえは言われた仕事やっとり。ええな？」

「はい……」

空善はなぜか早足で文書部を後にした。何人かの役僧が怪訝そうに顔を上げ、自席から部長の後ろ姿を見送っている。

主《あるじ》のいないデスクの前で、凌玄はどうしていいかさえも分からず立ち尽くした。

左京区一乗寺。学生街と言われるこの地域には、学生向け賃貸物件が密集している。凌玄は中でも格安と思われる老朽アパートの一室を借り、そこから燈念寺へと通勤していた。

いつもより遅い時間に布団に潜り込んだのだが、眠気は一向に訪れなかった。

文書部長のあのうろたえぶりはいかにも不審である。もしかしたら、添付資料は部長が意図的に隠したのではないか――そう思えてならなかった。

その仮定が正しいとするならば、そこにはきっと何かがある。考えれば考えるほど恐くなった。不正という行ないも恐いが、最も恐ろしいのは、文書部員という今の仕事を失うことである。

凌玄は滋賀県にある燈念寺派末寺の跡取りだった。寺院の経営はどこも年々苦しくなる一方で、ことに過疎地にある寺の場合はなおさらだ。凌玄の実家とて例外ではない。農業を兼業しながら寺の維持に腐心する両親の苦労は、幼い頃から身に染みている。本山に納める上納金のノルマもかなり厳しい。

だからこそ凌玄は経律《きょうりつ》大学文学部宗教学科へと進み、燈念寺派の宗務を司る総局部門に入った。ここで出世を重ねて幹部僧侶になれれば、実家の寺を有形無形に支援することができると考えたのである。

経律大学、しかも宗教学科卒の僧侶は、燈念寺派にとって言わばエリートコースだが、今はまだ末端の一役僧でしかない。地方の貧乏寺の出というのも不利だ。定められた額の倍以上に当たる上納金を納めていたりすれば別だが、本来は寺格が低いと出世は望めないと言われている。宗教界にも出自の上下は厳然としてあるのだ。実際に同期の中でも、名刹の住職の血筋に当たる者は最初から高位でスタートを切っている。自分とは雲泥の差であった。

それだけに、今ここでしくじるわけにはいかなかった。またそうかと言って、仏道に生きる者として目の前にある不正の疑惑を見過ごすこともできない。

なんとか睡魔の尻尾でも捕まえようと焦りつつ横になっていると、実家である寺の敷地内に建っていた仏堂が頭の中で鮮明に形を取り始めた。

ものごころついたときより、それは在った。本堂の裏手に広がる雑木林に囲まれた、物置とも廃屋とも見える小さな仏堂。建てられた時代も由来も定かでない、それこそいつ取り壊してもいいような代物である。手つかずで残されていたのは、代々の住職が撤去する手間と費用とを惜しんだからに他ならない。だが凌玄は、『がじょうどう』と呼ばれるその場所が好きだった。貧乏は家庭の内外にさまざまな不和を生む。仏に仕えつつも罵《のの》り合う両親の姿に耐えかねて外に出ても、寂れた田舎町に行く当てなどない。蒲柳《ほりゅう》の質であった凌玄は、学校でも同級の子供達から爪弾きにされることが多かった。「寺の子は人の葬式でメシ食うとる」とからかわれることさえあった。

子供の身には耐え難いようなつらいこと、悲しいこと、あるいは嬉しいことがあると、一人その仏堂に入り込み時を過ごした。かつては何かが安置されていたような痕跡もないではないが、今は仏どころか鼠《ねずみ》もいない。広さは三畳ばかりであろうか、木製の壁や床は思いのほかしっかりと造られているらしく、長年の風雪にかろうじて耐えていた。膝を抱えて天井を見上げると、真っ黒に煤《すす》けた梁の向こうに、大きな闇が広がっている。薄暗い埃《ほこり》の舞う仏堂で、凌玄は心から安らぎ、癒やされ、そしてあらゆるものから解き放たれるのを感じていた。それはまさに「解脱《げだつ》」であった。もちろん子供なりの、仮初《かりそめ》の体験にすぎないのだが。

半ば朽ちかけた扉の上に掲げられた扁額には、『常楽我浄堂』と記されていた。幼児に読めるはずもなく、父に尋ねたところ、「じょうらくがじょうどう」と読むのだと教えられた。寺の者は、それを縮めて『我浄堂』と呼びならわしていたのだ。

後に経律大学で仏教用語の「常楽我浄」について学んだ。常楽我浄とは、自身と世界についての思想であり、「常」は永遠に存在すること、「楽」は苦ではないこと、「我」は自由で主体的であること、「浄」は肉体と世界が清浄であることを意味している。いずれも霊魂の存在と不滅を前提とする概念だ。それらを知ったとき、凌玄は幼時に親しんだ我浄堂が、その名にふさわしい場所であったことを確信した。

今にして思う。自分はあそこで〈機縁〉を得たのだ。

夜久野のお堂は我浄堂に似てるんや──

機縁、これすなわち仏縁である。人が仏縁を得る機会、可能性を一顧だにせず破壊したのはやはり正しき行ないであったとは思えない。

やっぱり俺はあのお堂を護《まも》らなあかんかったんや──

その夜ばかりは、隣室で騒ぐ学生達の声も気にならなかった。


翌朝、凌玄はいつもより早めに出勤した。

「おはようさんでございます」

作務衣を着て境内を掃き清めている研修中の僧達に挨拶し、総局公室室長の席へと直行した。文書部長の上長に当たる室長の南潮寛《みなみちょうかん》は、誰よりも早く出勤する厳格な僧として知られている。

「失礼します」

眉毛に白いものの目立つ潮寛が、顔を上げてこちらを見た。

「凌玄君か。こない朝早よからどないしてん」

「はい、室長に聞いて頂きたい話がございまして」

「なんや、恐い顔して。まあええわ、言うてみ」

凌玄は昨日の夜久野での一件と、保管庫のファイルから添付資料が紛失していること、それに空善の不審な様子についても残らず申し述べた。

最後まで黙って聞いていた室長は、凌玄を睨《ね》めつけるようにして言った。

「すると君は、あの土地がお山にとって尊い場所であると知りながら、空善君が口をつぐんで売却に関与したんやないかと、つまりそう言いたいわけやな」

「ええ、まあ……」

「『まあ』とはなんや、『まあ』とは」

潮寛の表情がさらに険しいものとなった。

「曲がりなりにもやで、空善君は君の上司やないか。その上司を、君は犯罪者やて名指ししてんのやで。それだけの覚悟があって言うとんのか」

厳しい言葉に凌玄はすくみ上がった。

「聞いた限りやと、証拠も何もあらへんやないか。君の言う添付資料かて、最初からなかったかもしれへんのやし、ましてや空善君が盗んだいうんは単なる想像やないか」

「お言葉ですが、夜久野の信徒はんが言うてはったことがもし本当やったら――」

「それこそ空善君の言うた通りやないか。弘法大師様のなんとかとおんなじで、後世の作り話は世間になんぼでもある。そないなことも分からいで君は自分の上役を訴えよ言うんか」

「いいえ、訴えよなどとそんな大層な」

「ほなどないするつもりやってん」

「それは……」

予想もしていなかった潮寛の反応に、凌玄は萎縮するばかりであった。

「君は確かに文書部やけど、保管庫は勝手にかき回してええもんとちゃうで。ろくに仕事もでけへん半人前が、何をやっとんのや。宗務がでけん言うんやったら、いっぺん滋賀の寺へ帰ってみるか」

最も恐れていたことを言われてしまった。

「すんまへん、私が考え違いをしておりました。これもお山の教えを尊ぶあまりでございます。どうかご堪忍を願います」

ひたすら平身低頭する凌玄に、潮寛も冷静な顔を取り戻し、

「もうええ。今度のことは僕の胸にしもとくさかい、早よ戻り。そろそろお勤めの時間や」

「はい、ありがとうございます」

何度も辞儀をしてその場を去り、凌玄は文書部のフロアへと急いだ。

中に入ると、全員が揃って神妙に自席の前に立っていた。

間に合《お》うた——

就業前の朝の勤行である。皆で経文を唱和し、それから一日の仕事を始めるのが総局各部のしきたりであった。平静を装って周囲の同僚達に目礼しつつ自席に進む。そして一同と同じく御本尊のある方角に向かい手を合わせる。

勤行が始まった。音楽的にも完成度の高い旋律は、どこまでも清澄で、またどこまでも流麗であった。多数の僧侶が和する声明《しょうみょう》の中に身を置くとき、凌玄は仏教徒としての法悦を実感する。だが今朝ばかりは、いつものような心の平静を得ることは叶わなかった。

やがて朝のお勤めは終わり、各々が与えられた仕事を始めた。

凌玄も鉛筆を取り上げながら、正面に配置された部長のデスクをちらりと見る。

空善は机上に広げられた書類を睨んだまま、顔を上げようともしなかった。

その日の仕事を終え、凌玄は帰途に就いた。

最寄りの京福《けいふく》電鉄一乗寺駅から、曼殊院道《まんしゅいんみち》の商店街をまっすぐに進む。気持ちは周囲の宵闇よりも暗かった。

要《い》らんことをしてしもた——

いくら後悔しても追いつかない。部長は終日自分と目を合わせなかった。気のせいか、何人かの同僚も様子が微妙におかしかった。

室長は内密にすると約束してくれたが、上下関係の厳しい宗務で上司にあらぬ疑いをかけたという事実は消えない。いつ何時蒸し返されて、本山から追い払われるか知れたものではなかった。

「凌玄はん」

出し抜けに呼びかけられ、驚いて足を止めた。

薄闇の中に誰かがいる。背は高くない。背後に輝く商店街の明かりで逆光になっており、すぐには顔が分からなかった。

「あんた、燈念寺の凌玄はんですやろ」

親しげな態度で歩み寄ってくる。ようやく分かった。

「あなたは……」

夜久野の工事現場にいた蓬髪の男だった。昨日と同じ、背広姿だ。ただしあのときとは違い、場所柄に似つかわしい安物を着ている。

「わし、和久良《わくら》桟人《さんじん》ゆうもんですねん。あんたに会いとうてここで待っとったんですわ」

「和久良はん、ですか」

「はいな」

「私に会いたいて……でも、どうしてここが」

「そんなん、すぐに分かりますがな」

「どういう御用ですやろか」

「夜久野の土地の話ですわ」

息を呑んで眼前の男を見つめる。快活そうに笑っているが、その真意はまるで読めない。

こちらの反応を即座に見て取ったのか、和久良と名乗った男は言い方を改めた。

「巌斗上人所縁の仏堂の件や言うたら分かるか。なんなら、先代様の約定の件でもええ」

「なんでそれを……」

途中まで言いかけ、あまりの愚問であることに気づいて後の言葉を呑み込んだ。

和久良もあの場にいたのである。彼が知っていて当然ではないか。

けど、なんで自分に――

「まあ、ちょっと晩御飯に付き合うてもらえまへんか。それともあんた、もう御飯食べはったんか」

「いえ、まだですけど」

「そやったらちょうどええ……ほな、あそこの中華屋にでも」

「えっ、ちょっと待っとくなはれ」

凌玄の腕を取るようにして、和久良はすぐ近くにあった中華料理店に入った。定食を主体にした学生相手の店である。

薄汚れた店内に客の姿は疎《まば》らであった。凌玄も以前に一度入店したことがあるが、決して美味い店ではない。

空いていた奥の席に着いた和久良は、店員にビールと餃子、それに肉野菜炒めを注文した。

「私、お酒はちょっと……」

「なんや、あかんクチか」

「はい」

「そうか、そこまでは調べとらなんだ」

この男は他人の身辺調査でもやっているのだろうか。

「まあええわ、形だけでも付き合うて」

すぐに運ばれてきたビール瓶を取り上げ、和久良が二人分のコップに注ぐ。

「早速やけど、あの土地なあ、巌斗上人所縁の地いうんは相当怪しいで」

「えっ」

「けど、先代が土地の信徒に仏堂の建て直しを約束しはったいうんはほんまや」

コップを口に運びながら、和久良はこともなげに断言する。

「そのときに巌斗上人様がどうとか先代が言わはったとしたら、おそらく地元の衆へのリップサービスみたいなもんやろ。さすがに明言はせんかったと思うけど、法話がごっちゃになって伝わったんかもしれん。気の長い伝言ゲームや」

「あなたは一体……」

「わしはな、前からあの土地に注目しとってん。別に横取りしよとか、そんなんやないで。ともかく、それで着工の日に様子を見に行っとったちゅうわけや。そこであんたはんの尊い行ないを目にして、ほんまに感激してもうてん」

「尊い行ないて、なんですのん」

「爺さんを助けとったがな」

「あれは僧侶やのうても当然のことやないですか」

「それ、そういうとこやねん。ますます気に入ったわ」

「待って下さい」

凌玄は頭の中を整理する。

「あなたは信徒の方ですか」

和久良は年齢不詳の顔に解釈不能の笑みを浮かべる。

「信徒やない。それでも燈念寺派のことは信徒はんよりよう知っとる」

「ええかげんにして下さい」

たまらず声を荒らげた。カウンターの内側にいた店主がちらりとこちらを見てすぐに目を逸らす。

「わしはな、今の燈念寺派にはあんたみたいな坊さんが必要やと思てんねん。そやさかい、あんたが追い出されるんを黙って見てられへんだけや」

声を潜めて和久良が語る内容に、凌玄はただ驚愕するばかりである。

「私が追い出されるて、どういうことですのや」

「それはあんた自身も分かっとるはずや」

和久良はコップに残ったビールを一息に呷《あお》り、

「総局公室の潮寛な、あいつが妙な動きをしとる。あんた、なんも知らんと潮寛に直訴でもしたんちゃうか」

顔色が変わるのが自分でも分かった。和久良はこちらを一瞥し、

「やっぱりかい。ほなら近いうちに潮寛か、その手下の空善が動きよるはずや。あんたはよけいなことせんと黙っとき」

「なんで室長が……」

身を乗り出しかけた凌玄の前に、餃子の皿が差し出される。続けて肉野菜炒めも来た。

凌玄はかろうじて落ち着きを取り戻し、

「和久良はんとおっしゃいましたね。あなたはどうしてそこまでご存じなんですか。それが分からへんうちは――」

「わしはな、信徒やないけど、仏の教えは信じとんねん。『我に対する疑惑をなくせよ。婆羅門《ばらもん》よ、我を信ぜよ』や」

それは確かに仏陀の言葉であった。

しかし、それだけでは――

「それだけやとなんの説明にもなってないて思てんのやろ」

凌玄の先回りをするように和久良は笑い、箸を取って餃子を摘まんだ。

「お山にはな、わしの耳を置いてあんのや。それ以上は今は言えへん。とにかくあんたの身を護るんが先決や。ええか、何があっても短気を起こさんこっちゃ。それだけは心しとき」

そう言ってから、餃子を一個、丸ごと口に入れる。

「なんや、これ」

和久良は驚いたように目を剝いた。

「ちいとも美味しないがな。えらいしもた、もっと別の店にしといたらよかったわ」

二

和久良桟人と名乗る男と会った翌々日のことである。

「凌玄、ちょっとこっち来《き》ぃ」

仕事中だった凌玄は、空善から大声で呼ばれた。

「はい、ただ今」

握っていたボールペンを置き、すぐに部長のデスクへ向かう。

「なんですやろか」

「これ見てみい」

空善は机上に置かれた薄い冊子を指し示した。

「失礼します」

手に取って目を通す。表題は『添付資料』となっていた。

［別掲　夜久野仏堂再建に関する先代約定の件
右の件は調査の結果、該当する事実なしと判明し、土地取引の支障とならざるを認む。詳細は以下の通り］

凌玄は愕然として顔を上げる。

「どこにあったんですか、これ」

「ファイルの中に決まっとるやろが」

空善は凌玄の手から冊子を引ったくるように取り返し、

「わしが調べ直したらちゃんと入っとったわ。おまえ、ろくに調べもせんと騒ぐだけ騒ぎよってからに、おかげでええ迷惑や」

「それ、もういっぺん見せて下さい」

「やめんかい」

凌玄が手を伸ばすと空善は色をなして立ち上がり、

「これは室長にお預けすることになっとるんや。なにしろ大事な証拠やさかいな。室長から総務の役員会に上げてきっちり確認してもらう。おまえなんぞに渡してまたなくされでもしたら取り返しがつかんわ」

冊子を胸に抱き抱えるようにして、そのまま退室していった。

これはどういうことなのか。まるでわけが分からなかった。

気づけば室内の全員が自分を見ている。そして次の瞬間、一人残らず顔を伏せて視線を逸らした。

部長は半日あまりも文書部に戻らなかった。

決裁書類を抱えて部長の席にやって来た何人かの役僧は、依然不在のままであると知り、これ見よがしに舌打ちしてから凌玄を横目で睨み、立ち去った。

なんでみんな自分の方を見よるんやろか――

凌玄はいたずらに不安を覚えるばかりであった。

――近いうちに潮寛か、その手下の空善が動きよるはずや。

和久良と名乗った男の言葉が思い出される。

彼が言っていたのはこのことなのか。自分を本山から排除しようとする動きが本当にあるのか。いくら考えても分からない。自分などどいようといまいと、巨大組織である燈念寺派にはなんの影響もないはずだ。

だがその日より、自分に対する同僚達の態度が明らかに変化した。

仕事に必要な最低限の会話に応じるだけで、話しかけても誰一人として返事すらしない。あからさまにもほどがある態度であった。昼休み、弁当を使っている者に薬罐《やかん》の茶を注いでやろうとすると、それすらも拒否された。おおきに、お茶は要りまへんさかい、構わんといておくれやすと。

誰も彼もが凌玄を避けている。一般企業でもここまで戯画的な仕打ちはそうそう見られないのではないか。

僧侶の世界は一般とは違う。地方の貧乏寺の生まれである凌玄は、そのことを幼い頃より知っていた。それでも一般の常識をはるかに超えた非人情ぶりを僧侶達が平然と示そうとは、想像すらしていなかった。

仏に仕える僧侶とて人間だ。ことに燈念寺派の宗務を希望するような人間は、皆幹部役員の座を目指してしのぎを削っている。蜘蛛の糸を這い上がろうとしたカンダタの如く、宗派の上層に至らんがためここに集《つど》っているのだ。その身の処し方を凌玄は非難できない。ただひたすらに寂しく恐ろしかった。

「なんや、凌玄やないか」

不意に話しかけられた。退勤時、京福線の車輛内であった。

ぼんやりと吊革につかまっていた凌玄は、すぐ横に総局内事部の瀧川海照《たきがわかいしょう》が立っていることに気がついた。

海照は経律大学文学部宗教学科における同期生で、凌玄と同じく、田舎の小さな末寺の跡取りとして生まれた男である。学生時代から僧侶よりモデルに向いていると言われた容姿の持ち主だが、本人はことのほか信仰心が厚く、迷うことなく仏門に入って総局内事部に配属された。

境遇が似ているということもあり、学生時代にはかなり親しくしていたものだ。親友と言ってもいい。手分けして課題をこなしたり、徹夜で教義に関する議論を戦わせたりもした。海照は教学派とも呼ぶべき碩学で、論戦の相手としてはなかなかに手強かった。それでも議論は最後まで粘り抜いて自説を曲げぬ凌玄の勝ちで終わることが多かったが、明け方の光の中で海照は「君にはほんま敵わへんわ」と爽やかに笑うのが常だった。

「しばらくやなあ。燈念寺は広いさかい、おんなじ宗務におっても滅多に会わへんし」

宗務の役僧らしく背広に剃髪という恰好だが、スタイルがよく彫りの深い海照はかえって外国人俳優のように見えた。

「ああ、そやな」

快活に話しかけてくる海照に対し、凌玄は曖昧な返答しかできなかった。

「どないしたん。元気あらへんやないか」

「うん、ちょっとな……」

元来が聡明な男である。海照はすぐに何事か察したようだった。

「そうか、やっぱりあれはほんまやったんか」

その呟きを耳にして、凌玄は訊き返さずにはいられなかった。

「なんや、あれて」

束の間躊躇していた海照は、思い切ったように言う。

「内事部でな、ちょっと前に噂を聞いてん」

「噂て、どんな」

そのとき電車が耳障りな音を上げて停車した。一乗寺駅の一つ手前の茶山《ちゃやま》駅に着いたのだ。

「ここで降りよか」

小声で言い、海照はホームに降りて昇降口とは反対方向へ歩き出す。凌玄もその後に従った。

ホームの端に到達した海照は、そこでようやく振り返り、

「この辺でええわ。電車の中やと誰が聞いてるか分からへんからな」

そして凌玄の耳許まで顔を寄せた。

「公室の潮寛はんが文書部の若いのを追い出しにかかっとるいう話や。文書部の若手て、君くらいしかおらへんやろ。君が追い出されなならんほどのことするはずあらへんし、またええかげんな噂

やなあ思とってんけど、君、なんや心当たりでもあるんか」

内事部でそんな話が――

それは一層の衝撃を凌玄に与えた。人事を含めた内政を扱う内事部という部署の性質上、そこでの噂は他部署のそれに比べて信憑性が極めて高い。

「おい、どうやねん、凌玄」

「実はな……」

凌玄は夜久野の工事現場に始まるこの数日間の出来事を旧友に打ち明けた。ただし和久良という男については説明のしようがないので省いている。

「そんなことがあったんか……」

合点がいったという顔で海照は呻いた。

「どうやら君は、工事現場の藪をつついて要らん蛇を出してしもたようやなあ」

「なあ海照、どないしたらええんやろ」

「どないしょ言うて、こらどないもならんわ。空善はんは前から評判のええ人やなかったけど、潮寛はんまでそんな怪しいことしてはったとは……」

「これ、やっぱり不正なんやろか」

「分からへん」

海照は白い首を左右に振り、

「けど、本山の財産を処分するんや。なんぼ室長や言うたかて、潮寛はん一人ででけるもんとちゃうで」

いよいよ恐ろしいことを言う。

「ウチに限らず、上の方には絶対に逆らえんのが仏教界やからなあ。みんなそれが分かっとるさかい、我身かわいさで知らんふりしとんのや。偉そうに言うてるけど、僕かて例外やない。分かってくれ」

頷くしかなかった。自分とて立場が違えば同じようにふるまっただろう。

俯いた凌玄を無言で見つめていた海照が、やがて肩をすくめてぽつりと言った。

「僕、内事部で潮寛はんの情報を集めてみるわ。場合によっては、統合役員の暁常《ぎょうじょう》はんに相談してみる」

「ほんまか」

「ああ。君みたいな人材を追い出したりするんは燈念寺派の損失や。けど、期待せんといてや。僕も自分の将来を捨てるわけにはいかへんのやし」

「分かっとる。そう言うてくれるだけでも嬉しいわ。くれぐれも無理はせんでな」

「うん。君はそれまで、何言われても逆らわんとおとなしゅうしといてくれよ」

期せずして和久良から与えられたのと同じ忠告を海照は口にした。

凌玄には異論のあろうはずもなかった。


それから二日後の夜。凌玄のアパートの電話が鳴った。海照からだった。

〈僕や、海照や。今ちょっとええか〉

「ええけど、なんや」

銭湯に行くための用意をしていた凌玄は、持っていたプラスチック製の洗面器を置いて畳の上に座り直した。

〈内事部長から聞いたんやけど、潮寛はん、君の懲罰動議を次の役員会に上げるらしいで〉

「えっ」

〈なんでも、君が巌斗上人を辱《はずかし》めるようなでたらめを触れ回って、文書部の仕事を妨害したいうことや。夜久野には上人様所縁の史実どころか、伝説も昔話もあらへんねんて。そやから君が上役にねじ込んだいう事実だけが問題視されとる恰好や〉

「先代の約定の件は」

〈話にも出てへん〉

「そんな阿呆な」

〈僕、明日暁常はんに会《お》うてみるわ。ほんで君のこと――〉

「やめとけて。そんなことしたら、おまえまで飛ばされてまうかもしれん」

〈けど他に手はあらへん。イチかバチかや〉

「おまえはいつからギャンブラーになったんや。坊さんが賭け事かい。ええからこれ以上は何もせんといてくれ」

〈ほんまにそれでええんか、君は〉

「おおきに。その気持ちだけで充分や。もう切るで」

電話の向こうで海照が何か叫んでいたが、構わず受話器を戻した。

そのままの姿勢でこれまでの歳月を顧みる。

十歳の誕生日に父の手によって得度した。経律大学文学部に入学した。卒業し、研修期間を経て総局部門の文書部に配属された。栄達を望んでいなかったわけではない。むしろ、燈念寺派の高僧として仏道の発展に邁進する己の姿を夢に見ていた。

それこそが凡俗の証しであったのだ。

言うまでもなく仏教とは古代インドにおいて釈迦が説いた教えであり、日本に伝来したのは六世紀半ばとされている。釈迦の死後、その教えの解釈を巡り教団は多くの部派仏教に分裂した。日本に伝わったのは大乗仏教であり、最澄の開いた天台宗、法然の開いた浄土宗、道元の開いた曹洞宗など、日本仏教における主な宗派のいずれもが大乗仏教に分類される。しかし自然信仰をはじめとする日本固有の精神的風土を反映しつつ発展したため、初期仏教、すなわち釈迦の教えと乖離している点も少なくない。

原始仏典によると、仏教の要諦とは、無常を悟ることと修行に励むことに尽きるという。さらには、徹底した平等の思想、迷信や教義の否定、現実から離反しない人間主義といった視点もある。

現代の日本仏教において、浄願大師《じょうがんだいし》を開祖とする錦応山燈念寺派のみが、大乗仏教でありながら最も釈迦の教えに近い、一種原理的なまでに峻烈な在り方を示している。少なくとも凌玄はそう信じて疑わない。

十二世紀の人である浄願大師は、戦乱の世に在って、人の苦しみの原因を解き明かそうと試みた。そして長い修行の末、「苦は政《まつりごと》と不可分也」「釈尊本来の教えに従うが最も往生に近き也」という、当時としては画期的な二つの結論に到達した。

仏の教えとはそもそも人を救うものであり、また同時に、人の生活は必ずや政治に左右されてしまう。人の世の楽も苦も体制次第なのである。ならば僧侶は人をどう導くべきなのか。

浄願大師は仰せられた――釈尊でさえ年老いて入滅した、その事実こそが無常の本質を衝いていると。ゆえに真実なのである、ゆえに仏教なのであると。

多くの衆生を救わんとする大乗仏教でありつつも、燈念寺派は本来の釈迦の教えに近づかんものと修行する。つまり仏の慈愛の中に在って、人として生きながら仏の道を追求せんとする教え。それこそが自己と法による「自帰依《じきえ》」「法帰依《ほうきえ》」による解脱なのだ。

若き頃、浄願大師は酒色に耽り、また殺生を犯すことさえあったという。闊達また放埒とも言える大師の生そのものが、民衆、ことに遊女や放遊浮浪の徒など社会の外縁に生きる者達の心を強く惹きつけた。浄願大師は天上から人を見下ろす聖《ひじり》ではない、人の中に在って人を導く聖なのだと。

人は必ず罪を犯す。罪を犯して生きている。ならば己の罪を悟り、他者の罪を赦《ゆる》すことが悟りへの道ではないか。自らの修行を怠らず、万人の幸福を願い、世の平安を祈願する。他力に非ず、さりとて自力のみにも非ず、慈愛を以て「人仏協行《じんぶつきょうぎょう》、人仏合一《じんぶつごういつ》」の世を目指す。教義ではない、燈念寺派の〈唯心《ゆいしん》〉である。それは一見、『大般涅槃経《だいはつねはんぎょう》』中の「一切衆生悉有仏性《いっさいしゅじょうしつうぶっしょう》」に似ているようで、微妙に異なる。燈念寺派の〈唯心〉には、人をただ見守るのではなく、助けの手を具象として差し伸べんとする仏の眼差しが感じられるからだ。そしてそこに、絶対神を想定する中東的もしくは西洋的価値観は不在である。あくまでも主体は人なのだ。その点において仏教の優位性を固く信じる。

幼き日に親しんだ我浄堂の深い安らぎ。薄闇の彼方に広がる世界。それが今の自分を形作っていることを実感する。

単に実家の宗派がそうであったというだけではなく、善と悪とがせめぎ合う人間社会の在りようを肯定する燈念寺派の教えは、成長した凌玄にとって、真に受容できるものであった。

しかるに現在の日本仏教は、人の苦しみを救うどころか、俗に言う葬式仏教と成り果てている。凌玄の実家も例外ではない。寺の息子が仏門に入るのは既定のコースであったにせよ、さまざまな社会問題の噴出する世紀末の今だからこそ、仏教にできることがあるのではないか。例えば初期仏教、チベット仏教の出家者によるコミュニティである僧伽《サンガ》のように、弱者救済に取り組むことができるのではないか。

それが自分の夢だった。理想だった。大望だった。

なのにいつの間にか、保身のみに汲々とする身へとなり果てていた。これでは俗人となんら変わるところはない。

悟りも解脱も、しょせんは叶わん願いやったんかなあ——ましてや人の救済なんぞ——

目の前に置かれた洗面器に気づいた凌玄は、のろのろと立ち上がった。持ち上げた洗面器にタオルと石鹼を入れ、アパートを出る。湯に浸かるのも法悦だ。今はただその極楽に身を委ねよう。仏の教えは普遍であり且つ不変である。本山を追い出されても、まさか僧籍まで剝奪されはすまい。実家の寺を継ぎ、畑を耕す。檀家の法要で経を唱え、法話を聞かせる。そして少しでも仏の教えを人々に広める。それが己の〈分《ぶん》〉というものであったのだろう。

とりとめもない想念に耽りながら夜道を歩いていたとき、凌玄の行手を遮るように黒いセダンが停止した。後部座席の窓が開き、あの男の顔が覗いた。

「和久良はん？」

「その様子からすると、もう話聞いたみたいやなあ……まあええわ。とにかく乗り」

後部のドアが開かれた。

「乗るて……どこへ」

「ええから早よ乗り」

小脇に洗面器を抱え、急かされるままに乗り込んだ。彼の意図を問い質す気力さえ残っていなかったと言った方が正確かもしれない。

運転手が車を出した。一乗寺の街並が夜に溶けて流れ去る。

「早よ知らせたろ思て飛んできたんやけど、懲罰の件、聞いたんか」

「はい……」

「しっかりせえや。これからが正念場やで」

「正念場、とは」

「夜久野の土地はお山の財産や。これを売って儲けようと考えたもんがおる。けど先代が地元の信徒と交わした約定がある。なんの価値もない仏堂を建て直すいう約束や。ただの口約束やない、証文まであった。どっちみち、こんなもんに法的効力なんかあらへんねやけど、燈念寺派としては信徒に対する信用ちゅうもんがあるさかい、これがある限り土地は売れん。少なくとも仏堂は残さならん。そやさかい、潮寛は文書部長の空善に命じて証文を処分させたんや。ところが、それがないことにあんたが気づいてしもた。そこで空善が後から偽の資料をあんたに見せ、うやむやにしてしもたちゅうわけや」

「それは……犯罪やないんですか」

「立派な犯罪や」

和久良が吐き捨てる。嗤《わら》ったのかもしれない。分からない。

「本山の内部事情は絶対の部外秘です。耳を置いてあるとか言うたはりましたけど、外部のあなたがなんでそんなこと知ったはるんですか」

それには答えず、和久良は続けた。

「犯罪いうても、潮寛一人で仕組めるようなもんやないことくらい、あんたにも分かるやろ。全部の絵ぇ描いたんは、統合役員の暁常や。もっとも、その裏におるもんまではわしにも分からんけどな」

暁常やて？

「あっ」

凌玄は我知らず声を上げていた。

海照は明日暁常に会いに行くと言っていた。止めはしたが、もし海照が暁常に少しでも話したら、確実に彼も巻き添えとなってしまう。

「ありがたい仏法を広め、人を導くはずの本山がこのありさまや。あんた、このままほっといてええ思うんか」

海照の将来が――このままやと――

「燈念寺派の連中はあんたが思てるほど甘《あも》うない。あいつらにとって田舎のこまい寺を潰すくらいは簡単なんや。あんた、近江《おうみ》の寺の倅《せがれ》なんやろ?」

一言も言い返せない。その通りだ。

「ここで反撃せなんだら、あんた、この世界ではもうやってけんようになるで」

「私に何をせい言わはるんですか」

「覚悟や」

暗い車内で、和久良の眼が鈍く光った。

「肚《はら》を決めい言うとんのや。それができるんやったら、わしもとことん力を貸したる。できへんかったら、あんたとの縁もこれまでや。御縁を大事にせえいうんが仏さんの教えやが、これ以上はなんもでけん。荷物まとめて近江に帰り」

――君みたいな人材を追い出したりするんは燈念寺派の損失や。

「分かりました」

海照――

「なんでもやります。燈念寺派、いえ、真の仏法を護るために」

和久良は無言で微笑んだ。御仏の慈愛か、あるいは羅刹《らせつ》の歓喜か。今の凌玄には判然としなかった。

車は京都駅へと近づいていた。煌めくビル群の照明と、フェンスに囲まれた更地の闇とが、どこまでも曖昧に入り混じる。現在の京都を象徴するかのような光景だった。

車は一軒の中華料理店の前で停まった。いかにも高そうな店だ。派手な看板には『望京飯店』と記されている。

「ここは……」

「この前は美味しない店で失敗したから、今度はええ店に連れてったろ思て選んだんや。あんたに紹介したい人がここで待ってはる」

「紹介したい人て、どなたですの」

「まあ待ちや。すぐに会えるさかい」

車外に出た運転手が和久良の側のドアを開ける。降りようとした和久良が振り返り、

「あんた、洗面器持って御飯食べる気か。そんなもんは車に置いとき」

指摘されて気がついた。凌玄は慌てて洗面器をシートの上に置き、車から降り立つ。

「ちょっと遅刻したわ」

店に入った和久良を、店員が丁重に出迎える。

「和久良様、いらっしゃいませ」

凌玄は、和久良のスーツがこの店にふさわしい高級品であることを初めて知った。自分はなにしろ銭湯に行こうとしていたくらいであるから、くたびれた作務衣のままである。しかし店員達は凌玄から絶妙に視線を逸らしてくれている。

「先様はもう来てはるんか」

和久良が支配人らしい男に尋ねた。

「はい、先ほどからお待ちです」

「そら悪いことしたわ。早よ行かな」

言葉とは裏腹に、和久良は少しも急ぐことなく悠然と足を運んでいる。

凌玄には和久良という人物の正体がますます分からなくなる一方であった。

こんな人物の言うままになって、本当によかったのだろうか。疑念を覚えなかったと言えば嘘に

なる。しかし不思議と後悔はない。ここ数日の経験が、燈念寺派の体質を嫌というほど教えてくれたからである。

やがて、支配人は個室のドアを開けた。

「こちらでございます」

きらびやかな内部では、厳《いか》めしい顔をした男が待っていた。歳は四十代半ばであろうか、隠しようもない剣呑な雰囲気を漂わせている。

「遅なりまして、えらいすんまへん」

「いやいや、わしもさっき着いたばっかりですねん」

丸い大きなテーブルを挟んで、和久良は男の対面になる位置に座った。凌玄も指示されるまま和久良の隣に腰を下ろす。

男は何もかも貫き通すような視線で凌玄を一瞥した。刹那《せつな》、凌玄は全身に寒気を覚えた。匠の鑿《のみ》よりも鋭利で、鯨漁の銛よりも強靭な眼光であった。

「この若い坊さんが電話で話した凌玄はんや。凌玄はん、こちらは扇羽《せんば》組若頭の最上《もがみ》はんや」

愕然とした。

和久良は暴力団とつながっとったんか――

「そない驚かんでもええがな。ヤクザかて人間や。古来、任俠道のお人が身を挺して仏法を護ったちゅう話はなんぼでもある」

にやにやしながら和久良が言う。最上はまったくの無表情でこちらをじっと観察している。

「すんません、帰らせてもらいます」

そう言うのが精一杯で、立ち上がることすらできなかった。

「なんでや」

「僧侶が暴力団と同席するやなんて、社会的に許されることでは……」

「社会的にて、なんの社会や」

どこまでも柔和な口調で、和久良が畳みかけてくる。

「燈念寺派はな、社会の決めた法律を堂々と破っとんのやで。昨日今日の話やない。何十年、何百年とやってきとるから、それが当たり前やと思とる。それがほんまの仏法なんか」

「けど、私は……」

反論を試みたが、言葉が続かない。和久良とは人間の格が違う。

「さっきあんたは、肚決めたて言うたばっかりやないか。あんたの覚悟は、その程度のもんやったんかい」

「もうよろしぃわ、和久良はん」

外見に反して、最上が穏やかに言う。

「坊さんにしてはええ目ェしとるなてわしも思いましたけど、嫌や言うとるもんに無理強いするのはようないわ。ここはわしらの眼鏡違いということで」

「まあ待ってや」

和久良は最上を制し、凌玄の目を覗き込むようにして言う。

「燈念寺派は日本の仏教を自分らの都合のええように弄《もてあそ》んどる。もうやりたい放題や。あんたはそれでええんかい。夜久野でどつかれとった爺さんの信心に、雑草ほどの値打ちもないて言うんかい」

工事現場に飛び散った血。ひっそりと佇む小さな仏堂が跡形もなく消滅する。

なぜだろう。そうした光景が狂おしく思い出される。

「最上はんは確かに極道や。けどな、燈念寺にはもっとタチの悪いのがようけ寄生しとんのやで。

そういう悪い虫を一掃するには、それなりの力が要る。言うたら仁王はんや。金剛力士や。この最上はんはな、あんたに力を貸したろて言うとられるんや」

「仏法を守護するのに、暴力団の力を借りるんですか」

「あんたは甘い。これは現代の法難や。インドでも中国でも、歴史上なんべんもあった。もちろん日本でもや。比叡山の焼き討ちや明治の廃仏毀釈はあんたもよう知っとるやろ。権力はいつもそうや。力で仏の教えを踏みにじりよる。わしはそれをなんとかせならん思て、先頭に立ってくれる坊さんをずうっと探しとったんや」

「それが私や言わはるんですか」

「そうや」

「なんでですか」

「あんたには仏法を護るありがたい相が出とる。わしにはそれが見えるんや」

明らかに嘘だった。口先だけのでまかせだ。そして和久良自身も、その嘘がたやすく見抜かれることを承知している。

破格というより、ぬけぬけとした和久良の在りように、凌玄は脱力し、次いで破顔した。

「そんなんやないでしょう」

「なんやて？」

気色ばんだのは最上であった。室内の空気が殺気を帯びる。それまで意図的に押し隠していたのであろう暴力の気が、一挙に放出されたのだ。

その殺気が、部屋の暗がりに残されていた〈後戻り〉という選択肢を一掃する。

「私にも自分の徳の程度くらい分かります。私にはそんな徳はありまへん」

「あんたは和久良はんの眼力を信じられへんちゅうんかい」

「はい。ですが……」

ああ、海照――

「開祖様は自ら民《たみ》の先頭に立って時の権力者と戦われました。いえいえ、開祖様を引き合いに出すんは畏《おそ》れ多い。私はこんな未熟もんです。小さい寺の生まれです。ええとこに生まれなさった方々には取るに足らん田舎坊主の倅です」

浄願大師を意識する。その生々しい息遣いを。大師と主我。大それた言い草であることは百も承知だ。しかし同時に、心のどこかで恍惚めいた焔《ほむら》を感じてもいた。

「お山を穢《けが》すもんのやり口はよう分かりました。浄願大師様を開祖に戴く燈念寺派の僧侶として、これをほっとくわけには参りまへん」

和久良と最上が瞠目する。

「私にも意地があります。このまま滋賀の寺へは帰れまへん。それだけやない。私はなんとしても本山にしがみつかななりまへん。そないせな、自ら先頭に立って戦われた開祖様のお教えに背くことになりますよって」

「ほな、あんた……」

大仰に感激を示す和久良に向かって頷いてみせる。

「この凌玄、皆様のお力をお借りしまして、真の仏法のため身命を賭して尽くす所存にございます」

許してや、海照――これはおまえのためでもあるんやで――

「よっしゃ。あんたの肚はよう分かった。これでわしも最上はんに引き合わせた甲斐があるちゅうもんや」

和久良はほっとしたように言う。

「話が決まったとこで御馳走を頂くとしまひょか。この店のフカヒレはなかなかのもんですよ」

手を叩こうとした和久良を、最上が制止した。

「ちょっと待っとくなはれ」

「どないしましてん」

「肝心の話がまだですやないか。夜久野の土地をどないするんかいう算段や。言うなれば作戦会議ですわ」

今度は自身の額《ひたい》をぴしゃりと叩き、

「そうやったそうやった、わしとしたことが、えらいうっかりや」

「うっかりで済まされたら敵いまへんわ。夜久野の土地を買《こ》うたキョーナン土地販売て、地元のこまい会社やけど、裏で但馬《たじま》連合とつながってますのやで」

「但馬連合？　最近よう聞くけど、そないタチ悪いんかい」

最上は口中に飛び込んできた虫でも吐き出すような顔で、

「神戸の山花《やまはな》組の系列で、言うたら鉄砲玉の集団ですわ。あっちこっちで横車押しくさって、京都を取ったろとでも思てますのやろ。わしらが下手に追い込んだりしたら戦争になる。そうなったら神戸の思う壺ですわ」

「そんなんがバックについとったんかい。こら思た以上に面倒やな」

和久良が眉根に皺を寄せて腕を組む。

「あの、ちょっとお伺いしてもよろしいですか」

凌玄はおそるおそる口を挟んだ。

「おお、ええで、なんや」

和久良の許可を得て、思いついたことを述べる。

「潮寛はんや空善はんもそれを知ったはるんでしょうか。もしかしたら暁常はんは、その、但馬連合やらいうとことつながってたりしますやろか」

「絵ェ描いた暁常は分からんけど、潮寛も空善もそこまでは知らんやろ。おそらくは暁常に言われた通り動いただけちゃうか。もちろん分け前はもらう約束やろけどな。最上はんはどない思います?」

「わしもおんなじ考えですわ。暁常いう坊主には会うたこともないさかい分かりまへんけど、後ろにヤクザがおるて知っとったら、わざわざキョーナンに売ったりはしまへんわな」

「そやったら、キョーナンはんから苦情が出んようにちゃんと契約通り売ったったら、但馬連合かて気ィ悪うせんのとちゃいますか」

最上は子供に言い聞かせるような口調で応じる。

「そらそうかもしれんけど、売り手の窓口がいきなり変わったら、裏でわしらが動いとるちゅうことが但馬連合にバレてまうで」

「そやからですよ」

説得するつもりなど毛頭ない。凌玄は訥々と述べた。

「向こうさんにばれてくれた方が、こっちはあんたらとやり合うつもりはないいうメッセージになってええんとちゃいますやろか」

そう告げると、和久良と最上が顔を見合わせた。

もしや自分は何かまずいことを言ってしまったのではないか——そんな不安が胸をよぎる。

「聞かはりましたか最上はん」

「ええ。この坊さん、若いに似合わずメンツの立て方ちゅうか、ヤクザの付き合い方いうもんをちゃあんと心得とるわ。いやや、大したもんや」

どうやら案ずることはなかったようだ。凌玄は密かに安堵の吐息を漏らす。

「どや、わしの目ェに狂いはないやろ」

和久良はいかにも自慢げだったが、

「けど、凌玄はん」

最上が重い光を含んだ視線をこちらに向ける。

「あの土地を売ってしもたら、現場でどつかれとったいう爺さんの信心を踏みにじることになってまうで。それでええんか」

胸を衝かれた。

「それは……」

そこまでは考えていなかった。一番大切なことであるはずなのに。そもそも自分がこの件にこだわったのは、懸命に仏堂を守ろうとする老人の姿に打たれたからではなかったか。なのに自分はいつのまにかそのことを失念し、小賢しい策を得意げに語っていた。

「さあ、ここが思案のしどころや」

和久良がこちらの様子を窺いながら言う。

「信徒はんの信仰心は大切や。けどな、そない言うて、お山が麓から崩されてしもたら信心もなんものうなってしまうねんで。『地獄を恐るる心をも捨て、極楽を願う心をも捨て、又諸宗の悟《さとり》をも捨て』」

中華料理店の個室に、和久良の声がなぜか声明の如くに谺《こだま》する。

「『善悪の境界、皆浄土なり。外に求《もとむ》べからず、厭《いとう》べからず』」

「一遍《いっぺん》上人ですか」

「そや。宗派が違《ちご》てるのによう勉強しとるやないか。大学で習《なろ》たんか」

「はい」

「地獄が恐いさかい信心するんやない。極楽に行きたいさかい信心するんやない。善も悪もあらへん。なんもかんも捨ててこそ得られるもんがある。宗派にかかわらず、およそ名僧と言われる坊主は、みぃんなこうして悟らはった。あんたにそれがでけるか、でけへんか。思いもよらん、これは坊さんとしてのあんたにとって大きな関門や。これを越えられるかどうか、どっちにしたかてあんた次第や」

つい先ほど、和久良は「夜久野でどつかれとった爺さんの信心に、雑草ほどの値打ちもないて言うんかい」と啖呵《たんか》を切ったのではなかったか。なのに己の言を反故《ほご》にするかのような論を平気で唱える。しかし凌玄はこれを嗤えなかった。むしろ、より真実に近づいたとさえ感じる。

和久良に乗せられたわけではない。凌玄の目には、仏の道を往かんとする己の前に立ちはだかる高い絶壁がはっきりと見えた。

そうだ、すべてが修行であったのだ。

「私は本当に未熟でございました」

凌玄は自然と合掌していた。

「夜久野の土地が巌斗上人所縁の地であるというのは偽りでした。ならば御老人の執着もまた偽りと申せましょう。善悪の境界、皆浄土なり。私は喜んで一切を受け入れましょう」

少しの間《ま》があって、最上が深々と息を吐いた。

「よう分かった。あんたは和久良はんが見込んだ以上のタマや。そやったら話は早い。こっちも遠慮のうやれるわ」

「なんやええ手でもおますんか」

和久良の問いに、最上は獰猛な笑みを浮かべる。

「凌玄はんの言うた通りや。夜久野の土地はキョーナンに売ったったらええ。但馬連合も文句はないやろ。ただし代金を受け取るんは暁常やない。このわしらや」

いかにもヤクザらしい発想であったが、和久良には異論があるようだった。

「半分はそれでええ。けど残りの半分はあかん」

「なんでですねん」

いぶかしげな最上に対し、和久良は一語一語、熟考するようにゆっくりと発する。

「今はまだその時期やない。凌玄はんを引き立てるんが先決や。凌玄はんが暁常とその手下の悪事を正々堂々暴いてみせる。それこそが最善手、万事解決や。夜久野の土地代金くらいたかが知れとる。そんなはした金は本山に入れたったらええ。その代わり、わしらは金では買えんもんを手に入れるちゅうわけや」

一遍上人の教え、その蘊奥《うんのう》を語ったばかりでありながら、老獪極まりない策士ぶりだ。どちらが本当の和久良なのか、その片鱗すらもつかませない。

「なるほど、今はまだ投資の時期やいうわけでんな。ええでしょう。それで行きまひょ」

「暁常はんらの悪事を暴くて、そんな簡単にでけるんですか」

凌玄の疑問に、最上は自信ありげに答える。

「差し当たって狙い目は実行役らしい空善やな。坊主かて人間や。ハナシ聞いた限りやと、特にこいつにはいろいろ弱みがありそうな気ィするわ。まあ、心配せんとわしらに任せとってくれ」

何か言わねばと凌玄が口を開きかけたとき、和久良がすかさず手を叩いた。

「よっしゃ、これでやっと美味しいもんが食べられるわ。わし、さいぜんからお腹がぐうぐう鳴っとったんや」

すぐに鮑《あわび》の前菜と老酒《ラオチュー》が運ばれてきた。

「まずは固めの盃といこか」

最上と和久良が上機嫌で盃を取り上げる。

「待って下さい」

しかし湊玄は丹田に気力を込めて二人を見た。

最上の顔つきが一瞬で変化する。

「なんや、まだなんかあるちゅうんかい」

「お力を借りると申しました以上、私どもは同志でございますね」

「そや」

「ですが、私には分からぬことが多すぎます。少なくとも、和久良はんがどういう御方なんか、それくらいはお教え頂かんことには一切を託すわけには参りまへん」

最初から謎だった。和久良桟人と名乗ったこの男の正体。それすらも知らずにこのような危険な企てに乗るわけにはいかなかった。

湊玄にとっては精一杯の抵抗であった。が、身構えるようにして黙り込んでいた二人はさも可笑《おか》しげに笑い出した。

「何を言い出すんか思たら、そんなことやったんかい」

和久良は懐《ふところ》から分厚い財布を取り出し、一枚の紙片を引き抜いた。

「それは」

「わしの名刺や。あげるから持っとき。なんぞ困ったことがあったら、その名刺がよう効くはずや。けど、滅多なことでは人に見せん方がええで。特に本山では厳禁や」

「はあ……」

手を伸ばしてつかみ上げる。

［有限会社和久良総業　社長　和久良桟人］

住所は京都市上京区油小路通となっているが、電話番号は記されていない。

これでは何も――

「なんも分からへんやないかて言いたいのやろ」

楽しげに、そして意地悪そうに和久良は笑う。そんな仕草にも愛嬌の滲んでいるところが小憎らしい。

「その会社はわし一人でやっとる。ただのボロ家に看板くらいは出したぁるけど、名前だけの窓口みたいなもんや。別に住んどるわけでもないしな」

「では、どちらにお住まいなんですか」

「あちこちや」

「あちこちとは」

「あちこち言うたらあちこちに決まっとるがな」

まるで禅問答だった。

「わしには女房も子もおらん。家族なんぞ持ったこともない。歳は四十や」

四十歳やて――

「もっと上や思とったいう顔やな」

「いえ、そんな」

「隠さんかてええ。よう言われるがな、わし。けど身ぃ一つやさかい、気兼ねのう自由に動けんねや。まあええ、連絡先もう一つだけ教えといたる。その名刺貸してみ」

言われるままにもらったばかりの名刺を渡すと、和久良は「平楽《へいらく》銀行」のロゴが入った配布物らしいボールペンを取り出し、自分の名刺の裏に何やら記し始めた。ひどい金釘流で書かれたそれは、南区東九条西山王町の住所と電話番号だった。

「ここは名刺も作っとらん事務所の一つや。最近はここにおることが多いさかい、あんたに渡しといたるわ」

和久良が差し出す名刺を再び受け取る。やはりとんでもない悪筆だ。しかし本人は平気な顔で、

「わしの仕事はな、世の中の皆さんのためになることなんや。ほんまやで。そやから、最上はんみたいな肝の太いお人が付き合うてくれるんや」

その言葉を受けて、最上が頷く。

「京都の大物で、和久良はんを知らんもんはおらん。それくらいのお人なんや。あんた、よう和久良はんと知り合えたなあ。それもあんたの運、いや、仏教で言う縁《えにし》ちゅうやつかなあ」

つまりは、京都闇社会の顔役ということか。

「まあ、和久良はんの実力はあんたにもおいおい分かってくるやろ。それよりあんた」

「なんでしょう」

「この店に入ってまだ三十分も経たんいうのに、あんた、顔つきが最初と違うとるで」

「えっ」

顔つきが違うとはどういうことか。

「あんたはこっちに言わすだけ言わせてから、和久良はんについて教えろ言いよったな。教えんかったら話に乗れんて。そうなるとこっちも教えんわけにはいかへんわな。そう考えて一番最後に訊いたんやろ。わしらを相手に駆け引きとは、ええ根性しとるやないか」

「まさか、駆け引きやて……」

「ええがなええがな、最上はん。それくらいの頓知が利かんと、あんたかて凌玄はんを信用でけへんやろ」

割って入った和久良の笑顔に、最上も苦笑を浮かべる。

「まあ、そうですわな」

「ほな乾杯や……あ、凌玄はんは下戸やったな」

「はあ、すんまへん」

「般若湯《はんにゃとう》や、飲まんでええから口だけ付けて」

「分かりました、ほな頂きます」

凌玄は和久良、最上とともに盃を掲げ、口へと運ぶ。勢いに任せ、半分ばかり飲んでしまった。初めて飲む老酒は、苦くもあり、辛くもあった。また喉からぬるりと流れ込む感触に、凌玄は未知の世界へ踏み込む高揚と怖れとをその身体で感得していた。

三

京都の夜を走るセダン――ホンダ・バラードの中で、凌玄は和久良の隣に座ってこの五日間のことを思い返す。

最上に引き合わされた翌日、普段通りに出勤してみると、職場である文書部には不自然なまでの静寂と緊張とが漂っていた。これまでのよそよそしい空気とは異なり、神妙で、無常感さえ含むもの。

凌玄はその空気の名を知っている。僧侶の最も身近にある厳粛な儀式――通夜だ。

いや、厳密には少し違う。臨終を待つ時間と言った方が近いだろうか。

同僚達は明らかに凌玄の運命を知っている。末端の役僧が総務役員会で懲罰動議にかけられたら、ほぼ間違いなく処罰される。規模の違いはあれど、そうした議題は完璧に根回しを済ませてから諮《はか》られるものだからだ。

凌玄にとって葬儀とも言うべき役員会の日は刻々と迫りつつある。生きて己の葬儀を待つ日々は、不条理な苦痛に満ちたものだった。

その運命から逃れるすべはない――通常ならば。

しかし最上は、暁常らの企みを暴いてみせると明言してくれた。

本当にそううまくいくものだろうか。

最上の首尾を案ずると同時に、暴力団と手を組んだことの意味を改めて考える。あの夜は覚悟を決めたつもりであったが、一晩頭を冷やしてみると、やはり罪深い所業であるという後悔はどうしても捨てられなかった。いくら海照のためでもあったとは言え、自分があの場でよくあんなことを言えたものだ。自分で自分が信じられぬ思いである。

「なんやあんた、また気持ちが揺らいできよったんかい」

隣の和久良が唐突に発する。

いつもそうだ。この男はこちらの考えを読めるとでもいうのだろうか。

『仏教は法鏡なり』。釈迦の教えである。法鏡とは「ありのままの自分の姿を映す鏡」であり、すなわち「自分自身を知ることが仏教そのものである」という意味だ。

だとすると、和久良自身が法鏡であり、仏教であるとさえ言えるのではないか。

闇社会の顔役だというこの人物が、仏教そのものを体現しているなど到底あり得ない。だがそうと思わせるような何かを彼は確かに持っている。それは一体なんなのだろう。

「え、どないなんや、凌玄はん」

「今夜はどこへ行きますのや」

相手の質問に対し、質問で返す。そうしなければ、内心の動揺を自ら告白しかねなかった。その夜も一切の前触れなしに、凌玄は半ば無理やり和久良の車に乗せられたのだった。

「心配せんでもええ。もうすぐや」

具体的なことは何も告げず、和久良はにやにやと笑うばかりである。

運転手は必要最低限の言葉しか喋らぬ老人で、後部座席での会話など聞こえてもいないというような表情を保っている。常に白い手袋をしているが、左手の小指が欠けていることに凌玄は気づいていた。

山科区と伏見区との境のあたりで、運転手は車を停めた。

「さあ、着いたで。あそこ見てみい」

雑木林の端に停められた車の中から、凌玄は和久良の指差す方を見る。そこには七〇年代かそれ以前によく見かけたような古いアパートが建っていた。凌玄が住んでいるアパートと似たようなタイプの物件である。

「あそこや、一階の一番右端の部屋」

カーテンで閉ざされたその部屋の窓からは、蛍光灯の明かりがわずかに漏れているばかりで中の様子までは分からない。

「どなたが住んではるんですか」

和久良は何も答えず自分の腕時計に目を走らせた。高級品ではまったくない。このホンダ・バラードと同様に、顔役らしからぬ国産のごくありふれた品である。

「時間もちょうどええ。そろそろやで」

「そろそろて、なんですのん」

「まあええから黙って見とき」

ここで何が起きるというのだろうか。夜の深さが、車体を貫いて我が身に染み通ってくるようだった。

およそ五分後。闇の向こうから何かが猛然と走ってきた。トヨタ・ハイエースだった。

「来たで」

和久良がぼそりと呟く。

ハイエースはアパートの前で急停止し、中から三人の男が降りてきた。外灯の光で、全員が口を固く結んでいるのが分かった。離れているのに、凶悪な気配が伝わってきてこちらの肌をざわめかせる。

三人は一階右端のドアを鍵で解錠し、部屋に押し入る。何か大声が聞こえたような気がしたが定かではなく、すぐに静かになった。

ドアが開き、先ほどの三人が全裸の男を連れ出すのが見えた。全裸の上に裸足である。禿頭に突き出た腹。短い足。悄然とうなだれたその顔が外灯ではっきりと見て取れた。殴られたような顔の痣《あざ》まで確認できる。

「空善はんやないですか」

凌玄は驚きの声を上げていた。

三人は空善をハイエースに押し込み、瞬く間に走り去った。驚くほどの手際のよさである。アパートの他の住人は気づいてさえいないようだった。

自分は今、拉致の現場を目撃した――

バスタオルで身体を隠した女が、内側からドアを閉める。女は明らかに嗤っていた。

「今おなごがおったん、見えたやろ」

「え……あ、はい」

「そういうこっちゃ。最上はんの調べでは、空善はえらい女好きやそうでな。そうなると話は早い。扇羽組の仕掛けに簡単に嵌《は》まってくれよった」

「美人局《つつもたせ》みたいなもんでしょうか」

「似たようなもんやな」

「ええんですか、そんなことして」

「ヤクザに頼んどいて今さら何を言うてんのや」

返す言葉もなかった。

「それにな、空善はいろいろ悪いことやっとったらしいで。女好きの坊主はなんぼでもおるけど、女に優しいのんと、女をどつきよるのんとでは大違いや。こうなると、ヤクザも正義の味方みたいなもんやないか。少なくともあんたが気にする必要はどこにもあらへん。わしらがやろうとしてるお山の大掃除の第一歩にぴったりや」

犯罪の現場を目の当たりにして、平然とうそぶける。自分にはとても真似できる境地ではない。そんな和久良が恐くもあり、また悟りを得た高僧のようにも思えてくる。

「空善はんはどないなるんですか」

震える声でそう問うのが精一杯だった。

「さあ、扇羽組がええようにしてくれるやろ……もうええで、早よ出してんか」

和久良が運転手に命じる。

黒いバラードが音もなく走り出す。アパートは見る見るうちに遠ざかり、明かりの吹き消された影絵のように闇に包まれ消失した。


「私、小原空善は錦応山燈念寺派総局公室文書部長という要職にありながら、夜久野の土地売買に関連して、総局公室室長の南潮寛氏より不正行為に加担するよう持ちかけられました。土地売買自体は総局の決定によるものでありますが、潮寛氏は自らの経営する会社に仲介料、手数料が入るような仕組みを作っていたのです。途中まで事はうまく運んでいたのですが、思わぬ障害のあることが発覚しました。当該物件には巌斗上人所縁とされる仏堂があり、また前総貫首様御約定の文書も存在したことから販売できない状態である、ついては関連資料を破棄するようにと潮寛氏から命じられ、私はその通りに実行しました。しかし文書部の役僧である志方凌玄氏がそのことに気づき、真実を明らかにしようと行動し始めたため、潮寛氏の指図に従い偽の文書まで作成したのです。凌玄氏を危険視した潮寛氏はそれだけでは飽き足らず、総務役員会に虚偽の報告を上げ、凌玄氏を陥れようと謀りました。私は凌玄氏の真摯な説得に心動かされ、仏道に外れた己の所業の罪深さを悟りました。燈念寺派の教えを穢した罪は僧侶として許されるものではなく、この上は還俗し一信徒として仏を敬い後生を願う次第です。御仏の慈悲により私の罪をお許し下さいますよう、右隠さず言上申し上げます」

空善からの告白書が、証拠となる何点かの文書のコピーとともに全総務役員に届けられたのは、総務役員会が開かれる前日のことであった。その時点で、空善の姿は京都から消えている。

総務役員筆頭に急遽呼び出された凌玄は、告白書の内容に間違いがないことを証言した。さらに凌玄は、天田郡の郷土史家と協力して巌斗上人の事跡を辿ったところ、夜久野での修行といった事実はないとの結論に至った旨を報告した。

役員会の議題は急遽変更となり、三時間に及んだ討議はさながら潮寛の弾劾裁判のさまを呈したという。

その結果、監査局へ正式な提訴がなされ、厳密な審議を経て潮寛は燈念寺派の僧籍剝奪、空善は部長職解任という厳しい処分が下された。もっとも空善はすでに逃亡しており、事実上の追放に等しい。総務役員会の議事録はもとより部外秘であるが、今回そこで話された内容は間もなく宗務の皆が知るところとなった。

文書部、いや総局部門全体の空気が一変した。

「聞いたで、淩玄はん」「あんた、大活躍やったそうやなあ」「ほんま見直したで」

役員会の翌日、出勤した淩玄を皆が取り囲んだ。

「あんたは燈念寺派のホープや」「大きな声では言えんけど、あの部長がおらんようなってさっぱりしたわ」「ほんまや、わしかて胸がすーっとしたわ」「ここだけの話、私も潮寛はんはなんや裏表のあるお人やなあ思とってん」

口々に淩玄を讃え、空善と潮寛をこき下ろす。昨日までの態度とは大違いだ。

「いえ、これも燈念寺派の教え、ひいては仏様の教えに従《したご》うたのみでございます。私一人の力ではございません。皆々様の信仰心があったればこそ、正しい道が開けたのだと考えおります」

神妙にそう答えると、一同の間から感嘆の声が漏れた。

「さすがや、言うことが違うわ」「わしらも見習わんとあかんで」「なんや目が覚めたような気分や」

中には自らの憤懣をぶちまける者も少なからずいた。

「実は私も、本山の実情には長年心を痛めとりましたんや」「私もそうや。今のお山はあんまりにもひどい」「なんとかならんもんかなあて、ずうっと思うとってん」

せやったらなんでもっと早よ動いてくれんかったんや――なんで誰も俺をかばおうとしてくれへんかったんや――

心に思うが、口にはしない。僧侶もまた衆生であり、衆生とはそういうものだと実感する。

「あんたこそほんまもんのヒーローや」「改革の旗手や」「私はあんたについていくで」「そやそや、

わしもや」

ここまで持ち上げられるのは、凌玄にとって初めての経験だった。自ずと頬が緩みそうになるのをなんとかこらえながら、ひたすら頭《こうべ》を垂れ続けた。

そしてさらに三日後。

総務役員会の上に位置する統合役員会から、凌玄に辞令が下った。それは凌玄を文書部副部長に任命するというものであった。空席となった文書部長には、それまで副部長を務めていた堺創斤《さかいそうきん》が昇格することになった。

空善の説得、夜久野での伝承の調査といった凌玄の功績が評価されてのことである。辞令には、「これを機とし燈念寺派の教義実践に一層励むよう」との統合役員筆頭の言葉まで添えられていた。

文書部員達の歓呼の中、凌玄は謹んでこれを拝命した。


その日の夜、先斗町《ぽんと》の会員制クラブ『十七夜』で和久良、最上と祝杯を挙げた。同店は和久良がよく使う店の一つで、入り組んだ路地の奥に位置するため、出入りする者が把握されにくい利点があるという。

密談用のボックス席には、古刹の須弥壇《しゅみだん》にも似た荘厳さがあった。

「空善はほんま根性ない奴やったで。若いもんがちょっと凄んだだけで全部うとうてくれた。けど素っ裸の坊さんにその場で自白書を書かすんはこりごりや。見苦しいやら情けないやらで、思い出しても気色悪いわ」

最上の話に、和久良は手を叩いて笑っている。

「それにしても、暁常を詰められんかったんは返す返すも残念や。大口叩いときながら、面目次第もあらしまへん」

「それは最上はんの責任やおまへん。空善は潮寛に命令されただけで、暁常のことは知らんかったんでっしゃろ。最上はんはようやってくれはった。ここは潮寛を追い出せただけでもよしとせんと」

和久良は上機嫌で最上を慰労する。

空善は暁常の関与を本当に知らなかったらしい。立証する証拠もないため、告白書にその名を記すわけにはいかなかった。ここで下手に追及すると、どんな反撃を受けるか知れたものではない。〈空善の告白書〉は、彼と潮寛の悪事を暴き、凌玄の功績とするため最上が立案した作戦であった。書状自体は無論空善の直筆である。尋問や恫喝は扇羽組が行ない、凌玄はその場に立ち会ってもいない。

また潮寛も、総務役員会の追及に対し、最後まで暁常の名を出すことはなかったという。その結果、暁常のみは今も無傷で統合役員会に名を連ねている。

一方で「天田郡の郷土史家」とはまったく架空の存在で、万一総務役員会から問い合わせがあった場合は、三流私立大学の非常勤講師が対応する手筈まで整えられていた。

「但馬連合の若頭で溝内《みぞうち》いう男に会うた。やっぱり向こうはわしらの関与をつかんどったで」

凌玄は和久良と同時にグラスを置いて最上を見る。

「それで、どやった」

和久良の問いに、最上は口許に余裕の笑みを浮かべ、

「最初は警戒しとりましたが、大体の話はキョーナン土地販売の方から聞いとったようで、まあ言うたら挨拶みたいなもんでした。土地の売買に関しては変更なし、それどころか暁常らが抜くはずやった手数料の分だけ安うに買えるて、改めて説明したったらもう大喜びでしたわ」

「そらそやろ。向こうさんにとって都合悪いことはなんもあらへんさかいなあ」

「凌玄はんの狙い通り、わしらとしても但馬連合とパイプをつなぐええ機会になりましたわ」

「先代が要らん約束しよったおかげで苦労したけども、おかげで凌玄はんと出逢うことがでけたわけやし、終わりよければすべてよしや。めでたしめでたしやないかい」

それから和久良は凌玄に向き直り、

「ええか、凌玄はん。これは第一歩にすぎへんのや。文書部長になった創斤は年寄りの上に持病がある。事実上、これからは副部長のあんたが文書部を仕切らなあかん。こっから先はあんた自身の器量が問われるようになる。心してかかりや」

「よう分かってます」

「いいや、分かってへん。暁常は今も本山で勢力の根を張っとる。暁常だけやない。その上にはまだまだ化けもんが控えとるはずや。ちょっとでも隙を見せたらしまいやで」

「はい、心致します」

「あんたにはもっともっと大きなってもらわなな。御仏の正しい教えに基づく燈念寺派再建ちゅう、わしらの悲願が懸かっとんのやさかい」

和久良の言葉に、最上もしきりと頷いている。

悪党とは言え、僧侶を裸に剝いて暴行することが「御仏の教え」に適うのだろうか――そう考えた途端、和久良がたちまち釘を刺しにきた。

「比叡山の焼き討ちに比べたらどうちゅうことあらへん。迷たらあかん。これは法難なんやで」

比叡山云々、法難云々より、人の心の動きを読む和久良の観察眼と洞察力に、凌玄は身震いを禁じ得なかった。

また凌玄は、茶山駅近くの蕎麦屋で海照と二人だけのささやかな祝宴を設けた。海照はビール、凌玄はオレンジジュースの入ったコップで乾杯する。

「おめでとう。君がこんなに早よ出世してくれて、僕、ほんま嬉しいわ」

「ありがとう。おまえにそう言ってもらえるのが俺も一番嬉しい」

「最初はどないなることか思たけど、禍転《わざわい》じて福と為《な》すいうやっちゃなあ。終わりよければすべてよしや」

決して裕福とは言えない生まれながら、いかにも育ちのよさそうな笑顔で海照が言う。奇しくもそれは、またしても和久良が口にしていたのと同じ文言であった。

「けど、君が空善はんを自白させたとはなあ。今でも信じられへんわ」

「そら俺かて必死やったさかい」

もっともらしいことを口にしながら、凌玄は改めて己に言い聞かせる。

ヤクザの力を借りたなど、海照にだけは言ってはならない。就中《なかんずく》それが海照のためでもあったとは、絶対に言ってはならないと。

「君のこと信じてなかったわけやないけど、僕、もうちょっとで暁常はんに相談に行くとこやったわ」

蕎麦切りを摘まみ上げようとしていた箸を止め、凌玄は海照を見つめた。

「暁常はんにやて?」

「なんや、恐い顔して」

「ほんまに言うてないんやな?」

「君が暁常はんに言うなて言うさかい、言うてないけど……なんやねん、暁常はんに言うたらあかんわけでもあるんか」

些細なことから要らぬ疑いを招いてしまった。

海照は元来鋭敏で優秀な男である。生半《なまなか》な口実では納得してくれないだろう。

「ここだけの話やけどな、空善はんがちょっとだけ漏らしとったんや、暁常はんも裏で関わってるみたいなこと」

「ほんまか、それ」

目を見開いた海照に、

「分からん。俺もそれ以上は聞き出せんかったし、空善はんも告白書に書きもせんかった」

「けど、もしそれがほんまやったら……」

「ああ、おまえも巻き込まれとったかもしれん。そやさかい、暁常はんには下手に関わらん方がええ」

「そない言われても……これ、ほっといてええことちゃうで」

やはり海照の正義感は強固であった。凌玄はやむなく嘘を重ねる。いや、嘘は半分、残り半分は本当だ。

「実は俺、今も調べとる真っ最中なんや」

「暁常はんのことか」

「ああ。上層部の腐敗をなんとか食い止めな、燈念寺派の未来はあらへん。そやから、おまえはなんも知らんふりしとってくれ。暁常はんが仏の道から外れたお人かどうか、俺が必ずはっきりさせたるさかい」

「そうか、そうやったんか……」

俯いた海照は、すぐにまた顔を上げ、

「これは君一人の問題とちゃうで。僕にも手伝わせてくれ」

「何を言うとんのや。一つ間違うたらただでは済まんのやで。おまえかて前は我が身第一や言うとったやないか」

「それはそうやけど……けどなあ、聞いてしもた以上は……」

「おまえの気持ちはよう分かってる。けどな、俺は自分の勝手でおまえまで巻き込みたないんや」

海照はしばらく無言で考え込んでいたが、やがて思い切ったように言った。

「そやったら、僕かて勝手にさせてもらうわ。勝手に君の手助けをする。これでお互い勝手でええやろ」

「おまえ、ほんまにええんか、それで」

「ただし、僕はできるだけ目立たんようにやるし、いざとなったら真っ先に逃げるで。それでも恨まんといてや」

剽軽《ひょうきん》に言う海照の笑顔に、凌玄はそれまでの屈託から救われたような思いがした。

「ありがとう。嬉しいわ、海照。おまえがついててくれるんやったらこんなに心強いことはあらへん」

「ほな決まりや」

自分のコップを掲げ、海照が朗らかに言う。

「もう一回乾杯しよ。固めの盃や」

固めの盃。最上の顔を思い出してしまい、何やら後ろめたい気持ちで凌玄は海照とコップを合わせた。

四

年が改まり、昭和六十一年となった翌年の二月。和久良が予見した通り、文書部長の創斤が持病の悪化を理由に退職を願い出た。

創斤の退職はただちに了承されたが、問題は後任の人事である。文書部副部長であり、昨年の土地売却の一件以来、若手の有望株として注目を集めていた凌玄が部長に指名されるというのが宗務役僧の一致した予想であった。

それには去る八月十二日に発生した日航機墜落事故も関係していた。

同日羽田空港を飛び立った伊丹空港行きの日本航空123便が、群馬県御巣鷹の尾根に墜落し、乗客乗員五百二十四人のうち五百二十人が死亡するという大惨事となった。単独機事故の死亡者数としては史上最多であり、社会に大きな衝撃を与えた。

仏教者として心を痛めた凌玄は、部長の創斤を通して燈念寺派を挙げての回向《えこう》、すなわち追善供養を提案したのである。

この献策は総務役員会、統合役員会を通過して総貫首の承認を得た。大々的に挙行された回向の様子はマスコミでも報道され、信徒のみならず多くの国民から絶大なる支持を以て迎えられた。

これにより、宗門における凌玄の評価はいよいよ高まったのであった。

年も若く、副部長就任から間のないことを懸念する向きもないではなかったが、総務、統合役員会からの信望も厚く、創斤をよく補佐して実質的部長役を務めていたことから、凌玄の昇進は間違いないものと見なされていたのである。

それが蓋を開けてみると、結果は大方の予想を覆すものだった。

文書部の古参であった老僧の山田《やまだ》恆安《こうあん》が文書部長に任命されたのだ。

では凌玄は昇進しなかったのかというとそうではない。凌玄が受け取ったのは公室室長を命じる辞令であった。言わば二階級特進である。

また時同じくして、海外布教活動強化のため北米開教区に派遣されることとなった島畑洪年《しまはたこうねん》社会事業部長の後任に、内事部の海照が抜擢された。

宗務の人事は必ずしも年功序列ではない。ありていに言うと情実がまかり通る世界である。それにしてもこの人事は異例であった。

海照もまた凌玄に劣らずその有能さを広く認められていたが、異動と同時に部長職就任とは、錦応山燈念寺派の歴史に照らしてもそうあることではない。宗務すなわち国家で言えば行政府に相当する総局内のみならず、立法府に相当する宗会でもその内実が取り沙汰された。

間もなく伝わってきたのは、統合役員会の中でも、特に佐野《さの》暁常が強く推したということであった。

統合役員会の会議において暁常は、「現在の総局は役僧の士気低下による機能不全が看過し難く、抜本的な対策を取る必要がある、ついては若手の筆頭にして人望も実績もある者を抜擢するにしくはない」とし、半ば強引に凌玄、海照の二名を推薦したらしい。

「暁常はんもあの二人を認めてはったんか」「さすがは暁常はんや、全体によう目ぇ配ったはる」「考えたら適材適所や」「これくらいやらへんと、確かに宗務の健全化はむつかしいんちゃうか」

発表当初こそ騒然となったが、燈念寺派内部の世論は大方この人事に納得し、支持する方向へと傾いた。

しかし、当の凌玄は違った。

一乗寺の喫茶店で海照と落ち合った凌玄は、声を潜めて話し合った。

「これは絶対なんかあるで、海照。人事を主導したのがあの暁常はんらしいちゅうとこがどうにも怪しい」

自分と海照が学生時代から親しい仲であるということを知っている者は何人もいる。暁常が嗅ぎつけていても不思議ではない。

「僕もそう思うわ。せやないと、こんなイレギュラーな出世、考えられへんもん」

海照もまた凌玄と同意見であった。

「けど、俺とおまえを出世させて、暁常はんになんの得があるんや」

「さっぱり分からへん。もしかして、暁常はんは案外ほんまに僕らのこと評価してたりしてな」

「冗談言うてる場合ちゃうで。敵の出方が分からんことには、こっちも手の打ちようがないわ」

「その通りやと僕も思うけど……」

二人してあれこれと話し合ったが、どうにも見当がつかない。

「それで君、この話、受けるんか」

「受けるも何も、統合役員会からの辞令やで。よう断わらんわ」

「ほな、どっちにしたかて僕らに選択肢なんかあらへんやんか」

結論は決まっていたとしても、相手の意図が不明である以上、不気味な予感は色濃く残った。

「ここはお互い気ぃつけてやるしかないな」

「ああ、特に君は気ぃつけや、室長はん」

「やめてくれや。よけい不安になるわ」

そんな軽口を叩き合うくらいしか、今の二人にできることはなかった。


二人が昇進して二ヶ月が経った。

なにぶん慣れぬ仕事であるから、その間にも日々さまざまなことがあったが、まずは大過なく勤めることができた。

凌玄は安堵すると同時に、周囲を改めて見回す余裕さえ持てるようになってきた。すると改善すべき点がいくらでもあることに気がついた。俄然意欲に火が点いて、凌玄は本格的な組織改善に乗り出した。そしてそれは、役僧達の共感を呼び、凌玄支持の声はいよいよ高まった。

世の中を正しくするには、やはりそれなりの地位に在らねばならない——秘めた誓いを新たにしつつ、凌玄は一層仕事に邁進した。

海照の方も似たような状況で、折に触れ二人で情報を交換し、燈念寺派の更なる改革を誓っては、そのビジョンを語り合ったりもした。

そんな頃であった。

公室室長のデスクに向かって書類仕事に没頭していた凌玄のもとへ、予告もなく海照がやってきた。その顔は氷の海から上がってきたばかりの如くに青ざめている。

「凌玄、ちょっとええか」

「どないしたんや」

「僕のとこにおかしな客が来てんのや」

「おかしな客やて。なんや、それ」

「総局の他の部署にも関わるかもしれん案件やから、念のために君にも立ち会うてもろた方がええやろ思て。ほんで客を待たしてこっちに来たんや」

「分かった。行くわ」

立ち上がった凌玄は、海照とともに応接室へと向かった。

「お待たせを致しました。総局公室室長の志方凌玄と申します。社会事業部長と一緒にお話を伺います」

「偉いさんかい。誰でもええけど、話の途中で中座するてどういうこっちゃねん」

待っていたのは四十代後半くらいの中年男で、喧嘩腰の態度や形相とは不似合いな海外ブランドのスーツを着ていた。

「失礼はご寛恕《かんじょ》を願います」

謝りつつ凌玄が名刺を渡すと、相手も革製の名刺入れから名刺を抜き取り、片手で差し出した。

「頂戴を致します」

恭《うやうや》しい手つきでその名刺を受け取る。［株式会社カスベ興産　粕辺《かすべ》義《ぎ》三郎《さぶろう》］と書かれていた。聞いたこともない社名であった。

「ほなご用件を伺いましょ」

「そこにおる社会事業部長はんに散々話したがな」

「これは申しわけありまへん。私も社会事業部長から大体は伺いましたが、どうも込み入ったお話のようやったので、念のため、直接お伺いしよ思いました次第です」

「まあ、ええやろ」

粕辺は舌打ちして話し始める。

「伏見区の南房山《なんぼうやま》でやっとる別荘地の造成工事で山崩れが起きとんねん。幸い怪我人はおらんかったけどな、工事はまだ続いとる。住宅地のすぐそばでこない危ない工事やられたら心配で夜も寝られへんて住民が恐がっとんのや。けど工事をやっとる植井《うえい》不動産はなんぼ抗議したかて聞く耳持っとらへん。話し合いも平行線、行政指導が入っても平気で聞き流しとる。そやさかい住民で訴訟しよいう話になっとんねん。けど、訴訟なんかしとったら時間がかかるばっかりや。今夜にでも山が崩れてくるかもしれへんのに、そんなん、やっとられんわな普通。そこで地区の町長がわしのとこに相談しに来たちゅうわけや」

持参したブリーフケースから書類を取り出した粕辺が、それをテーブルの上に投げ出す。

「これ、見とくなはれ」

表題には［委任状］と記されていた。

「つまり、わしがこの件をあんじょうまとめるように頼まれとるいうわけや」

そこで海照が口を挟む。

「私ども社会事業部で過去の事業計画を調べてはみたんですけども、お話の別荘地造成工事、そういったものに関わったという記録はございませんので、何か勘違いをされてるのんとちゃいますやろか。なんでしたら、人道的見地から災害対策担当やその他の部署に話を回して……」

「あんたらなあ、シラ切るのもええかげんにしとけよ。それでも人を救う坊主なんかい」

「ちょっとお待ち下さい」

凌玄は激昂しかけた粕辺を慌てて制止する。

「どうもお話の筋がよう見えへんのですが……」

「そらどういうこっちゃねん」

「地区の皆さんが大変お困りであるご事情はよう分かりました。あなたはその対策を一任された、というわけですね」

「そうや」

「大変ご奇特なことと存じます。けど、その件が当山と一体どのような関係がございますのやら……」

粕辺は胡麻粒のように小さな目を見開き、呆れたようにこちらを凝視した。

「あんたら、知らんのかい」

「知らんて、何をですか」

「そやったら、これも見せたるわ」

ブリーフケースの中をかき回していた粕辺は、別の書類を引っ張り出し、テーブルの上に広げた。

「見てみい、植井不動産の株主名簿や」

一瞥しただけで全身の血が凍りついた。そこに並んでいたのは、ほとんどが燈念寺派の幹部僧侶の名前であった。

「これでも言い逃れが利くと思てんのか。燈念寺派の坊主が揃いも揃て別荘地開発で金儲けしとんねんで。しかもやで、山崩れが起きても知らんふりや。わしらは関係ないてなツラで念仏だけは偉そうに唱えとる。こんなん、表に出たら世間様がどない思わはるか、どんな阿呆でも分かるやろ」

凌玄は横に座る海照を反射的に質していた。

「前任の洪年はんからこの件の引き継ぎは」

「そんなもんあらへん。なんもかんも初耳や」

ようやく悟った――これこそが暁常の用意した罠だったのだ。そのために自分達を引き上げ、この件を担当する役職に就けたに違いない。

「え、どないしてくれますのんや」

下卑た笑みを浮かべた粕辺が、大きな顔で迫ってくる。

最終的に燈念寺派はすべてを闇に葬ってしまうだろう。それだけの力が本山にはある。しかし今ここで自分が幹部僧侶の行為を第三者に対して認めたら、宗門内での自分達の将来は失われる。

これを認めず、外部に情報が流れても同様である。燈念寺派の権威を失墜させた責任を問われるのは必定だ。

「さあ、どないしてくれますのんや。早よ答えてんか」

身を乗り出すようにして粕辺が再び迫ってきた。

心臓が梵鐘《ぼんしょう》よりも大きな音を発している。三千世界に響き渡るような、激しくも不吉な音色であった。

どうしたらええのや――どうやったら切り抜けられるんや――

庁舎内の応接室は、今や六道の辻と化していた。

「あんたら、二人揃てさっきからなに黙っとんのや。返事くらいしたらどやねん」

粕辺の声が怒気を孕《はら》んだ。

もう躊躇している余裕はない。ここで大声を上げられたり暴れられたりでもしたら、噂はたちまち総局全体に伝わってしまう。

「よう分かりました。この件は私が責任を持って対応させてもらいますさかいに、本日は一旦お引き取りを願います」

「わしに帰れ言うんかい」

「さようでございます」

「舐めとんのかコラ。子供の使いとちゃうんやで」

「さようでございます。これは子供同士の話とはほど遠い、大人の話でございます。そやさかい、私どもも上にきちんと話を通してからでないと、無責任なことは申せませへん」

「上と話してから、こっちの納得いくようにしてくれるっちゅうわけやな。あんたの責任で」

言質を取るように粕辺が念を押してくる。

「さようでございます」

粕辺は粘つくような視線でこちらの全身を睨め回し、

「あんた、凌玄はんとか言うたな」

「志方凌玄でございます」

「ほな、あんたの顔を立てて今日のところは引いといたるわ」

「ご理解に感謝申し上げます」

「ええか、こっちの納得でけるような回答を持ってこなんだらどないなるか、よう分かってんねやろな。わしは畿内新聞に知り合いがようけおるんや。あいつらに教えたったら、喜んで飛びついてきよるやろ」

「ご案じなさいませんよう。地区の皆様のためにも、誠心誠意対応させて頂きます」

「おう、今言うたこと忘れんといてや」

大股で出ていく粕辺を立ち上がって見送る。

「ええんか凌玄、あないなこと言うてもうて」

海照が心配そうにこちらを見る。

「しゃあないやないか。ああでも言わへんことにはいつまでも帰らんかったやろ」

「せやけど、どないすんねん。あいつ、絶対にまた来よるで」

「それまでに対策を考えるしかあらへん」

「対策て君、簡単に言うけどな」

「それより海照、おまえはこの話が漏れんように手ぇ打っとけよ。社会事業部で誰か聞いとったもんはおらんか」

「うちの部員に事業計画を調べさせたから、そいつらには説明した」

「せやったら早よ口止めしとかんと」

「分かった」

凌玄は両手で海照の肩をつかみ、

「おまえがしゃんとしとかんと下の者が不安に思うだけや。この件は俺がなんとかするさかい、とにかく俺を信じてくれ」

「ああ、そうするわ」

海照は青い顔のまま頷いた。


動揺している海照を落ち着かせるため、ああは言ったが、もとより凌玄になんらかの手立てがあるわけではなかった。

上に事情を説明し、前社会事業部長の島畑洪年を追及しようにも、彼は現在北米開教区にいて日本にはいない。電話やファックスで問い合わせても、口実を設けて引き延ばしにかかるだろう。そうこうするうちに勝負が決するのは火を見るより明らかだ。

このために洪年をアメリカへ異動させたんか――

敵の周到さには舌を巻くよりなかった。

こういう場合に頼れる相手は一人しか知らない。凌玄は自分のデスクから、やむなく外線で電話した。

概略を説明すると、電話の向こうで和久良は力強い声で言った。

〈分かった。今夜、先斗町で作戦会議や〉

五

人目を忍ぶようにして、凌玄は先斗町の会員制クラブ『十七夜』に足を運んだ。分かりにくい路地の道順も、今ではすっかり頭に入っている。

和久良と最上はすでに到着し、いつものテーブルで待っていた。

「遅なってすんまへん。お待たせを致しました」

「挨拶はええから早よ座り」

和久良が自分の向かいの席を指差した。

「失礼を致します」

椅子に腰を下ろしながら、凌玄は最上の背後に立つダークスーツの男に視線を向ける。

「あの、そちらの方は……」

年齢は自分と同じくらいか。緩いウェーブのかかった髪を無造作に伸ばしている。目鼻立ちの整った風貌からは、冷徹な知性といったものが窺えた。

「こいつはわしの若い衆で、氷室《ひむろ》いうねん」

最上に紹介され、氷室は凌玄に無言で頭を下げる。

「ヤクザには見えんけど、新しいボディガードかいな」

和久良の問いに、最上は片手の掌を左右に振って、

「ちゃいますねん。こいつはヤクザやけど、京大の経済学部出てますねん」

「京大出てヤクザやて？」

「ただの京大出とちゃいまっせ。大学院も行ってますねんで」

「冗談は堪忍やで」

「それが冗談やおまへんのや。ちゃあんと盃もしとりますし」

「大卒のヤクザは今日び珍しゅうもないけど、なんで京大の、しかも大学院出がヤクザになったりするねんな」

「氷室、後は自分で言うたり」

「はい」

最上の指示を受け、氷室が口を開く。

「正確には大学院は出ておりません。博士論文の執筆中に追い出されました」

京都弁ではない。流暢な標準語であった。

だが、しばらく待っても後に続く言葉はなかった。

「それだけかい」

「はい」

和久良の問いに涼しい顔で応じている。

「返事になっとれへんやないか」

最上は苦い顔で、

「えらいすんまへん。この通りの変わり者でして、他の者やったら承知せんところやけど、こいつだけは別ですねん」

「論文の執筆中に追い出されたとか言いよったけど」

「こいつは京都の経済について論文書いとるうちに、京大人脈のやっとることに気ィつきよったんですわ」

「もしかして、それ、論文に書いてもたんか」

「そうなんですわ」

「あちゃあ、そらあかんわ」

和久良が大仰な声を上げる。

彼や最上と組むようになってから、凌玄も〈京大人脈〉については幾許《いくばく》かの知識を得ていた。京大の学閥に連なる有力者達が、京都の闇経済といかに強く結びついているか。底知れぬその根深さは、一般人の想像の及ぶところでは到底ない。

この氷室という男が、本当にそのことについて、しかもよりによって京大の大学院で論文に記したとしたら、大学から追い出される程度では済まないだろう。

「そういうわけで、こいつは京都だけやのうて、日本中の一流企業に就職でけんようになってしもたんですわ」

「そうなるんは目に見えとったやろうに、なんでまたそないな阿呆なことを、え、氷室はん」

「面白いと思ったからですよ、テーマとして」

表情を一切変えることなく氷室は答える。

「もっとも、その論文を本当に提出するつもりなんてなかったんですけどね。そんなことをすればどうなるか、さすがに想像くらいできますから。しかし、研究室には有力な教授に忠誠を示して取り立ててもらおうとする無能が腐るほどいましてね。その一人がご注進に及んだというわけです」

和久良はいよいよ興味を惹かれたようだった。

「あんた、生まれは関東か」

「東京の阿佐谷《あさがや》です」

「京都でその話し方やと、よけい嫌われたやろな」

「そうでしょうね」

「分かっとって変えへんかったんかい」

「その必要を感じませんでしたので」

傍《はた》で聞いている凌玄も呆れるほどの変人ぶりである。

「頭だけはメチャクチャええ男ですさかい、凌玄はんの参謀役に打ってつけや思て連れてきたんです」

　取りなすように最上が口を挟む。

「ヤクザはなんちゅうても金でっさかい、投資やらなんやら、こいつはうまい具合に金を動かして、組の金庫番としてえらい役に立ってくれとるんです。正直言うたら、もうちょっとわしの手許に温存しときたかったんやけど、切り札を出す局面が予想以上に早よ来よった思いまして。これは出し惜しみしとる場合やないと」

　和久良の表情が一瞬で厳しいものへと変化する。

「……ちゅうことは、なんぞ情報が入りましたんか」

「ええ、電話で話を聞いてすぐ、粕辺いう男について調べましてん。案の定、バックがおりました。ヤブライ不動産の藪来《やぶらい》です」

　和久良の片眉が吊り上がった。

「藪来晋之助《しんのすけ》かい」

　その反応からすると、藪来という人物は相当に厄介な相手らしい。凌玄は全神経を集中して最上の話に耳を澄ませる。

「問題の南房山で造成工事やっとる植井不動産、これはヤブライ不動産の子会社ですわ。それだけやおまへん。この藪来と粕辺をつないだんは、あの暁常でした」

　衝撃とともに凌玄はその名前を受け止める。

　佐野暁常。燈念寺派の僧侶でありながら、ここまで陰湿な陰謀を仕掛けてくるとは――

「わしらは暁常を少々甘う見とったようやな。それがほんまやとすると、夜久野の土地を売ろうとしとったんも、裏に但馬連合がついとるのは百も承知の上やったかもしれん」

　和久良の言葉に、最上も同意を示す。

「わしもそうやろと思いますわ。いずれにしても、今回は前みたいに簡単にはいきまへん。最初は地区の町長を脅して委任状を無効にしたったらええやろ思たんですけど、藪来と暁常がついとるんやったらそうもいかん。本山で暁常が動いて凌玄はんが詰め腹切らされたら元も子もあらしまへんし」

「すんまへん、その藪来いうんはどういう人ですやろか」

凌玄が尋ねると、最上がいかにもいまいましげに答えた。

「京都の顔役の一人や。面倒なんは、鴨川信金にこいつの手下がようけおるさかい、事実上無制限の資金源を持っとるいうことや」

京都、それもとりわけ洛中では、地元信用金庫が大きなシェアを誇っている。他の大都市と違って、全国的に知られた都市銀行の勢力は弱い。京都が〈信金王国〉と呼ばれる所以《ゆえん》である。

京都にはもともと老舗呉服店など伝統産業と関わる小規模零細企業が多かったことや、大阪が近いため大手都市銀行の進出が遅れたこと、京都発祥の有名企業が創業時に支援してくれた地元信金を大事にしたことなどが信金王国成立の理由として挙げられるが、その根本には、「洛中のことは洛中で始末をつける」という京都独特の掟にも似た共通認識が存在していることは言を俟《ま》たない。

洛中という極めて限定された地域で一部の金融機関が圧倒的なシェアを持つということは、癒着や不正の温床となることを意味している。藪来晋之助と鴨川信金の関係がまさにこれであった。

「こらまた困ったことになったやないか」

頓狂な声を上げげつつ、和久良は鋭い視線を氷室へと向ける。

「どないや、氷室はん。軍師としてのあんたの意見を聞かせてもらおか」

「面白いですね」

やはり表情を変えず氷室が応じる。

「またそれや。頼むからもうちょっと分かるように言うてんか」

「対策としては、両面作戦を取らざるを得ないと思います」

「両面作戦やて」

「はい。粕辺と藪来はこちらでなんとかするにしても、本山での暁常の活動については、どうしても淩玄さんにやって頂く必要があるということです。すなわち、暁常の陰謀を逆手に取って幹部僧侶の動きを封じる。これは淩玄さんの胆力に懸かっていると言ってもいいでしょう」

俺の胆力やて——

淩玄には氷室の思考がまるで読めなかった。経済学に通じているらしいこの男は、一体どんなことを自分にやらせようとしているのか。

「おもろいやないかい」

しかし和久良はこの上なく愉快そうな笑みを浮かべ、

「なんぞ策があるちゅうことやな」

「はい。うまく行けば一石二鳥が狙えると思います」

氷室が即座に肯定する。

「一つ教えてもらおか」

「なんでしょう」

「氷室はん、あんた、就職でけなんだとしても、経済の仕組みはよう知っとんのやろ。京大人脈にマークされてんのやったら資金面から起業するのは難しいにしても、投資家になるいう道もあったんとちゃうか。そやのになんでわざわざヤクザになるんや」

「面白いからですよ」

またも同じ文言を繰り返す。

「特に京都は面白い。平安朝の昔から百鬼夜行の土地柄であるせいか、魑魅魍魎《ちみもうりょう》が入り乱れ、互いを貪り食おうと日夜蠢《うごめ》いている。金こそが彼らの啜る生き血なんです。金の流れが社会をどう動かし、どう変革させるのか、そのさまを間近で観察できるというのは、研究者にとって最高の環境ですね」

ヤクザから最も遠いようでいて、ヤクザとしか言いようがない。人の道を逸脱した破滅的な社会観であり、人生観だ。

凌玄は総毛立つような寒気を覚える。どこまでも静謐でありながら、微《かす》かな狂気さえ孕んだ氷室の言葉は、仏道に対する不遜極まりない挑戦とも思えたからだ。

なのにそれは、純粋であるだけに決して不快なものではなかった。むしろ、こうした考えを教化《きょうけ》することこそ僧侶の務めであるとも思う。

もっとも今は、氷室にその能力を最大限に発揮してもらわねばならない状況なのだが。

「こいつは自分が儲けようとはちいとも思とらへんのですわ。そやさかい扱いづらいとも言えますねん」

最上がいよいよ苦い顔でフォローを入れる。それが本当にフォローになっているのかどうかさえよく分からない。

「わしも最初は信じられまへんでした。けど、氷室のおかげで組が大儲けでけとんのも事実です。この通り、いかれとる男でっさかい、いっぺんに信用でけんとは思いますが、扇羽組若頭のわしが凌玄はん専属の軍師にと見込んだ男や。試しに使《つこ》てみたって下さい」

「ええやろ。わしは最上はんを信用しとる。凌玄はんはどや」

「私も異論はございません。ですが私から一つ、お願いしておきたいことがございます。よろしいですか」

「ええ、どうぞご遠慮なく」

氷室が無機的な、それでいて興味深そうな視線を向けてくる。

「どんな策を考えてはるんか、私には知る由《よし》もありまへんけど、できれば誰も損をせえへんようお願いしたいんです」

「誰も損をしない？」

「はい。夜久野の一件で空善はんと潮寛はんが処分されたんはしょうがあらしまへんでしたけど、少なくとも但馬連合とキョーナンはんは喜んでくれはったと聞いてます。私らが人の和を大事にしとる限り、御仏もお赦し下さると思うんですわ」

「夜久野の件については私も把握しています」

意外にも氷室は感嘆したように目を瞠り、

「誰も損をしない、か……確かにその発想はヤクザからは出てこない。むしろ相手に壊滅的な打撃を与えようとするのがヤクザですからね」

そして何事か考え込みながら、

「正直に言って、素案はあっても細部まで決め込んでいたわけではなかったのですが、今のお言葉でだいぶつかめたような気がします。いや、噂には聞いておりましたが、さすがですね、凌玄さん」

「珍しいこともあるもんや。あの氷室がこない素直に他人を褒めよるとは」

最上が心底驚いたように言う。が、当の凌玄は何をどう褒められているのか見当もつかなかった。

俗界ではあまり知られていないようだが、『堂々巡り』とは本来仏教用語である。礼拝《らいはい》や祈願のために僧侶が仏堂や仏像の周りを回ることを指す。

この堂々巡りとも言える懊悩の末に、凌玄が辿り着いた結論はあまりにつらいものであった。

やはり海照しかいない――

氷室から指示された作戦の第一段階として、内部に信用できる協力者を作る必要がある。それもある程度の地位と実績のある人物でなければならない。いつ誰が裏切るか分からない本山の中で、凌玄が心から信用でき、任務を託せる人間は、どう考えても海照だけであった。

京都闇社会の顔役である和久良。そして暴力団幹部の最上。彼らと協力関係にあるなどと、親友の海照には絶対に打ち明けてはならない。己に対し、これまで常に言い聞かせてきたことではなかったか。

なのにその誓いを、こんなにも早く、こんなにもたやすく自ら破らねばならないとは。

文字通りの〈破戒〉である。しかしこの誓いを破らねば、燈念寺派の正常化はあり得ない。

如夢《にょむ》幻泡影《げんほうよう》。

この世に創られたあらゆるものは、夢であり幻であり泡であり影である。すべては儚《はかな》いものにすぎない。『金剛般若経』の一節だ。

たとえどんなものであろうと、執着すればするほど仏の教えは遠ざかる。ましてや己の誓いなどに執着していては悟りの道などほど遠い。冷徹に世の実相を見つめることこそが僧侶の務めなのだ

――


凌玄は茶山駅近くにあるいつもの蕎麦屋へ海照を呼び出した。人に聞かれるのを避けるため、二階の座敷を貸し切りにしてある。

「なんやええ案でも思いついたんか」

無人の二階座敷を見回しながら、海照は凌玄の向かいに腰を下ろした。

「うん、おまえに頼みたいことがあってな」

「なんや、早よ言うてくれ」

「けど、聞いてしもたらもう後戻りはでけへんで。それでもええか」

「今さらなに言うてんねん。ここを切り抜けんことには僕ら二人とも破滅なんやで」

海照は自らを鼓舞するかのように破顔する。

「そうか。ほな言うわ」

凌玄は粕辺から改めて入手した株主名簿のコピーをテーブルに広げ、

「金を餌に、役員会の幹部を植井不動産の株主に引き込んだ主犯は間違いなく暁常やろ。おまえは暁常に接近してこう言うんや。『凌玄の不正の証拠を手に入れた、自分は凌玄に騙されとった』てな」

「おい……」

「暁常はまず疑いよるやろ。あいつはずっと陰に隠れとるさかい、おまえが自分の関与を知っとるはずない思てるからな」

「そらそうや」

「おまえは前に夜久野の土地のことで暁常に相談してみよかて言うとったから、それくらいの関係にはあるんとちゃうんか」

「まあな」

「せやったらいける。『暁常はんを見込んでお願いします、これこれこうで、悪いのは凌玄ですさかい、自分だけは助けてもらえるよう、皆さんに口利いてもらえまへんやろか。その代わり、きっと皆さんのお役に立ってみせます』と、こう言うんや」

文句を言いかけた海照を制し、株主名簿を指差して、

「それから暁常に頼んでここに名前が載ってる坊主を残らず集めてもらうんや。『南房山の件で植

井不動産株主の皆々様に急ぎご説明したいことがある』てな。『株主に損をさせんために』て強調するんがコツやで。そしたらきっとみんな乗ってきよるはずや。『凌玄の不正の証拠もそこで見せる』とも言うたったらええ」

「その後はどないすんねん」

「俺が話をつける。暁常の悪事を暴くんや」

「けど、その手はあかんはずやったんちゃうんか。暁常を告発するいうことは、同時に他の役員みんな告発することになる。役員会は暁常をかぼて、君と僕を切り捨てるに決まってるやないか」

「海照、よう聞いてくれ。俺はおまえに打ち明けなあかんことがある」

ついに言うべきときが来た――

「なんやねん、そない改まって」

「俺はな、夜久野である人と知り合うてん」

凌玄は和久良との出会いから、扇羽組最上とのつながり、空善の拉致に至るまで打ち明けた。

その間に、蒼かった海照の顔色が衝撃と怒りの朱に染まっている。

「ヤクザと付き合うてるて、君は正気なんか。それでも仏の道を教える僧侶なんか」

激しい口調で海照は凌玄を非難した。予想の通りだ。

「これはおまえのためでもあったんや。そうせんかったら今頃は……」

「僕のせいにせんといてくれ。そんなこと、誰も頼んでへんわ」

「暁常はキョーナン土地販売のバックに暴力団がついとると知っていながらお山の財産である土地を売って金をかすめようとした。暁常だけやない、ここに名前が載っとる幹部役員全員が似たようなもんや。早よなんとかせんことには、お山はこいつらの食いもんにされてまう。そうなったらおしまいや。いや、燈念寺派はもう腐りに腐ってとっくに終わっとんのや。それを俺らの手でなんとか建て直さんと、仏の教えも伝えようがあらへんで。なんちゅうても、錦応山燈念寺派は日本最大の宗門なんやからな」

「せやけど、やってええことと悪いことがあるんとちゃうか」

当然の反応なのだが、海照は頑《かたく》なに拒絶するばかりであった。

「なあ、おまえはほんまにそれでええんか。俺らみたいな貧乏寺の倅がこんなに苦労しとるいうのに、本山の偉いさんは知らん顔して贅沢三昧や。どこに浄願大師の教えがあんねん。人を救うんが仏教ちゃうんか。お山が腐ったままでええとほんまに思うとるんか」

「そんなわけないやろう」

「ほな俺らの手でなんとかするしかあらへんやないか。俺らだけなんや、ほんまの志を持っとるのは。他におる言うんやったら教えてくれ。こんなん、俺かて他の人に任せたいわ」

「それは……」

やはり当然ながら、海照は誰の名前も挙げることができずに言葉を濁す。そんな殊勝な人物など、燈念寺派には存在しないことを百も承知の欺瞞的ロジックである。

「ないか、心当たり」

「ないわ」

「ほな、やっぱり俺らがやるしかないやないか。俺らはお釈迦様の教えを広めよう思て仏教の道に入ったんとちゃうんかい。なあ、おまえの本心、聞かせてくれ」

「本心て、信仰心か」

「そや」

「君は僕の信仰を疑う言うんか」

「疑うてへんから言うてんのや」

反論できず海照は黙った。

「『生死事大《しょうじじだい》　無常迅速』。命を使うから使命なんや。命を生かすから生命なんや。人の命が尽きて無常になるんはあっという間や。せやから人は、今何を為すべきか、真剣に考えんとあかん。禅宗の『六祖壇経《ろくそだんきょう》』や」

「それくらい知ってるわ。大学の授業で習たし」

「せやったら分かるやろ。俺らが命を捨ててでも為すべき使命は、お山の再建や。そのためには、どんなことでもせなあかん。暴力団なんか、昔の僧兵と比べたらかわいいもんやないか」

凌玄は一気に畳みかける。

「昔の仏教者は自ら暴力を使て権力と戦い、仏教を守ってきた。そもそもがやで、燈念寺派開祖の浄願大師様かて、大勢の僧兵を自ら指揮なされたいうやないか」

「確かに初期燈念寺派は武力の行使を容認しとった。けどやなあ、その正当性は仏教史観によって見解の分かれるところやろ。君とも散々議論したはずや」

「今のお山は、昔以上の危機に晒《さら》されとんのやで。幹部がお山の財産を切り崩して金儲けに走っとる。酒飲んで美味いもん食うて、我欲を充たすために平気で嘘ついて他人を陥れる。これのどこが仏の教えを説く坊主なんや。こんなんでほんまの仏教や言えるんか。資本主義の世の中で、社会と一緒に日本の仏教は腐ってしもた。気がついたら末法《まっぽう》の世になっとった。そうや、これこそが〈末法〉や。悟る者なんか一人もおらへん。俺らが勉強してきた仏教は正しかった。それが逆説的に証明されたんや。おまえかて分かるやろ。もう迷てる場合とちゃうで。俺らは仏教の原点に立ち戻って自分の使命を自覚せなあかんのや」

「末法思想か……」

海照が呻く。

釈迦の教えにより修行して悟る人がいる時代を正法《しょうぼう》と言い、その次に来る、教えが行なわれても外見が修行者に似るだけで悟る人のいない時代を像法《ぞうぼう》と言う。そして、最後に来る正法のまったく行なわれない最悪の時代が末法なのだ。

「苦界にも等しい世の中で、ほんまに人を救えるのは仏教だけや。少なくとも俺は、仏教に救われて今日まで生きてこられたんや」

記憶の中にひっそりと建つ我浄堂。その懐かしい佇まいを思い浮かべつつ、淩玄は語る。真実の弁であるがゆえに、言葉の一つ一つが熱を帯びた。

「仏教で人を救う。人を救い、社会をちょっとでもええもんにする。それが俺の夢なんや。理想なんや。いいや、夢や理想やったらあかん。真理や。お釈迦様が到達なされた真理のはずや。それを現実にせなあかん。燈念寺派には力がある。俺はその力を、仏教本来の真理のために使いたい。そのためには、もっともっと偉ならなあかんのや」

巧まずして自らの野心を告白していた。だが単なる野心ではない。そこには淩玄自身の宗教観も確かに在った。

その熱に打たれたのか、海照は言葉もなく聞き入っている。

「これだけ言うても分からんのやったらそれでもええ。俺は一人でもやるで。それが仏の道を広める者の使命やさかい。おまえを巻き込んで悪かった。今の話は忘れてくれ」

「分かった。僕もやるわ」

しばし俯いていた海照が、思い切ったように顔を上げる。

やはり海照だ——自分の理想を、仏教への信念を理解してくれた——

だが友の面上には、どこか捨て鉢な色も同居していた。

「他に道はあらへんのやろ」

「ああ」

「君の話を聞いてよう分かったわ。確かに暴力団より昔の僧兵の方が凶悪やわな。その暴力団が僕らのために動いてくれる言うんやな」

「そうや。俺ら専属の僧兵や」

「このままやったらどうせ本山から追い出されるだけや。僕かて実家の寺の事情がある。おめおめ帰ったかて先行きどないもならへん。そやったら、真の仏教のためにやれるだけやってみよやないか」

「よう言うてくれた、海照」

心の底から安堵する。彼に断られたら打つ手はなかった。

「けど、一つだけ約束してくれ」

「なんや」

「君は仏教で人を救い、社会をええもんにするて言うたな」

「おお、言うた」

「僕はそれ、信じたる。そやさかい、その言葉だけは絶対に守ってくれよ」

「当たり前やないか。自分で言うといて破っとるようでは、自分で自分が許せんわ」

内心に抱いているであろう憂慮を微かに覗かせ、海照が身を乗り出す。

「それで、僕は暁常に頼んで株主の幹部連中を呼び出したらええんやな」

「そうや」

「けど、暁常が僕のことほんまに信用するやろか」

「少なくとも俺よりは信用しよるやろ」

「そんなん、なんの励ましにもならへんやないか」

「すまん、冗談や。ちょっとでもリラックスしてくれたらええ思て」

「リラックスとか言うてる場合ちゃうで」

それでも海照は、ほんの少しだけ笑っていた。

「具体的な手筈はこうや……」

声を潜め、凌玄は海照とともに作戦の詳しい打ち合わせに入った。

六

植井不動産の株主名簿に名を連ねていた燈念寺派幹部僧侶は十六名。その全員が右京区の旅館『右文字《うもんじ》旅館』の二階広間に集まったのは、予定時間より少し早い、午後三時五十五分のことだった。

引率役でもあるまいが、株主ではない佐野暁常も同席している。人当たりのよさそうな風貌で、他の僧侶達と和やかに談笑しつつ、時折腕時計に神経質な視線を走らせていた。〈凌玄の不正の証拠〉がそれだけ気になるのであろう。

海照は思た以上にようやってくれた——

隣接する小部屋に身を潜めた凌玄は、踏み台に足を載せ、欄間の隙間から僧侶達の様子を観察する。全員がラフな恰好をしており、剃髪していなければ中小企業の社員旅行にも社会人サークルの集会にも見えるところだ。

右文字旅館の内部や周辺には、扇羽組の組員が密かに配置されている。非常時に対処するためだが、彼らの出番がないよう遂行しなければ、作戦は失敗と判断される。それは取りも直さず自分の力量への評価に直結しているのだ。

午後四時になった。小部屋を出て一旦廊下に出た凌玄は、内ポケットに隠した録音装置でスーツのシルエットが崩れていないか、今一度確認する。扇羽組が用意してくれたもので、警察や闇社会の人間も使用する最新型であるという。

大丈夫だ。外目にはまったく分からない。凌玄はスーツの袖口に付着していた埃を払ってから広間に入った。

「皆様、本日はようこそお集まり下さいました」

談笑していた幹部僧侶達が一斉に振り返り、困惑、あるいは驚愕の声を上げる。

暁常が怒気も露わに立ち上がり、次いで小柄な体軀に似合わぬ大音声《だいおんじょう》を発した。

「凌玄、なんでおまえがここにおんのやっ」

「これはおかしいことを申されますね。本日お集まりを願いましたは、南房山の山崩れの件についてとお伝えを致しましたはずでございましょう。これが表沙汰になれば、株主であられる皆様に火の粉が降りかかるは必定。伝統ある錦応山燈念寺派の山門に傷が付くような事態はなんとしても避けけんとあきません。それゆえ、私は自らの非力を顧みずお力になろうと決意致しました次第」

「そうか、海照はおまえとぐるやったんやな」

暁常は一同を振り返り、

「皆さん、お聞きの通りですわ。この者は私らを騙しよったんです。こんな所に長居は無用や。早よ退散しまひょ」

何事か口々に言い交わしながら、釈然とはせぬ面持ちのまま暁常に従おうとした一同に対し、凌玄は落ち着いて呼びかける。

「お待ち下さい」

「まだ言うことあるんかい。ちょっとはわきまえたらどや。公室室長に抜擢されたからいうて、なんや勘違いしとるんちゃうか。それこそ信心不足の証拠やないか」

そう叱咤したのは総務役員の在角《ざいかく》であった。

しかし凌玄は渾身の気力を奮って一同の前に立ちふさがる。

「皆様はそこにおられる暁常はんの誘いで植井不動産に投資なされたのでございましょう。その植井不動産が、ヤブライ不動産の子会社であるのはご存じやったんでしょうか」

「ヤブライ不動産やて」

在角の顔色が変わった。藪来晋之助の名前とその意味するものを熟知しているのだ。

「どういうことですやろか、暁常はん。私ら、そんなんはちいとも聞いてませんでしたで。なんで言うてくれへんかったんですか」

在角の問いかけに対し、暁常は開き直ったように応じる。

「そんなこと、わざわざ言わいでも最初からご存じやと思てたんですわ。現に、他の皆様は知ってはりましたし」

「ほんまですか、皆さん」

在角が他の面々に問うと、何人かは「私も全然知りまへんでした」と首を振り、何人かは気まずそうに顔を背けた。

後者の大半は統合役員会の役員だった。中には曖昧な薄笑いを浮かべている者さえいる。

「そういうことや、凌玄。分かったらそこ退《の》かんかい」

「いいえ、退きません。今も申しました通り、これは本山の危機ですさかい」

「何を偉そうに言うとんのや。覚悟しとけよ。役員会の皆様にこれだけの無礼を働いて、ただで済むとは思うとらんやろな」

「ただで済まへんのはあなた様の方でございます」

「凌玄、おまえはっ」

ここが勝負だ。少しでも気力の劣る方が負ける。

「暁常はん、あなた様は役員会の皆様をたばかって闇社会の株を買わせたばかりか、その事実を私と海照の追い落としに使おうとしはりました。ここにおられる皆様は一人残らず暁常はんに利用されたんです」

特に「一人残らず」という部分に力を込める。最初から裏を知っていた役員も等しく被害者として対応するつもりであることをアピールするためだ。

「黙って聞いとったら勝手なことを言いよって。するとなんや、おまえはこのことを南房山の住民に、いや、世間に言いふらして回るつもりか」

「逆でございます。私はこのことを死んでも隠し通すつもりです」

今や株主の僧侶達は、全員が緊迫した面持ちで凌玄と暁常のやり取りを見つめている。

「なに大口叩いてんのや。そもそもがやで、この災難を招いたのは、凌玄、公室室長のおまえの力不足が原因やないか。しょうもない事件屋のクレーム一つ処理できんで、偉そうに何が室長や」

「私はできるだけ事を穏便に運びたかったのですが、そこまで言われるならしょうがおまへん。社会事業部に乗り込んできたカスベ興産の粕辺いう男、この男を焚きつけて南房山地区の町長から委任状を取らせたんは、暁常はん、あなた様です。つまりあなた様は、ご自分でお山に火ィつけて役員の皆様を危機に追い込まはったんです。文字通りのマッチポンプですわ」

「そないな作り話、なんの証拠があって……」

暁常は明らかに動揺していた。

「証拠はありまへんけど、証人はいてます」

「証人やて。粕辺みたいなセコい事件屋の言うことなんか信用でけるわけないやろ。仮に裁判になったとしても信憑性が疑われるだけやぞ」

「裁判になんか致しません。第一、証人は粕辺なぞではございません」

「ほな誰やねん」

「藪来晋之助様です」

広間から一切の雑音が消えた。

誰もが驚愕に目を瞠り、硬直したようになっている。

「まさか、そんな阿呆な……」

暁常は一同に向かって声を張り上げる。

「騙されたらあきまへんで。こいつはその場しのぎの嘘を言うとんのや。考えてもみい、こんな小物が藪来はんと話つけられるわけなんかあらへんやろ」

応じる者は一人もいない。

「藪来様はことのほか信仰心の厚い御方で、私が心から事情をご説明申し上げたところ、すべてご理解なされ、一切を打ち明けて下さいました。それだけではございません。本山に一千万円の御寄進を約束して下さいました」

全員の口から嘆声が漏れる。

一千万の寄進は嘘ではない。それくらいの手土産がないと、幹部役員達は動かせないと踏んだからだ。

ただし、藪来晋之助と話をつけたのは凌玄ではない。扇羽組の最上である。氷室の作成した和解案には、植井不動産にはこれまで通り宅地造成を続けさせること、住民対策の費用は扇羽組が持つことなどが盛り込まれている。藪来側に不利な点は一つもない。一千万の寄進など、燈念寺派との癒着の手付金と考えれば安いものだ。

植井不動産が事業を続行すれば燈念寺派の役員達にも株主配当が入り続ける。粕辺はこの結末を己の手柄として地区の住民に吹聴すればいい。まさに〈誰も損をしない〉策である。

住民対策費用の出所は実は扇羽組ではなく和久良なのだが、彼はこれを了承した。

「暁常はん、あんた、えらいことやらかしてくれたなあ」

株主の中で一際重々しく発したのは統合役員筆頭の塚本号命《つかもとごうめい》であった。

「いくら燈念寺派や言うても、藪来はんと京都で事を構えるわけにはいかん。わしら、すんでのところで危ない橋を渡るとこやったわ」

号命は次いで凌玄を見据え、

「凌玄はん」

「はい」

「あんた、この件をほんまに丸う収めてくれんのやろな」

「はい。公室室長として当然の務めにございます」

「よっしゃ。ほな全部あんたに任した。あんじょう頼むで」

「心得てございます」

頭を垂れる凌玄の脇をすり抜けるようにして、大兵《だいひょう》の号命が退室する。在角をはじめ、残る者達も一斉にその後を追う。号命に対して異を唱える者はいなかった。俗人よりも保身のすべを身につけているその在りようこそが、燈念寺派幹部僧侶の実態なのだ。

最後に抜け殻のようになった暁常がよろよろと出ていった。

振り返った凌玄は、途轍もない疲労感を覚えつつ暁常の後ろ姿を見送った。

勝った——

今になって全身に震えが来た。いくら抑えようとしても治まらない。それは目に見えぬ仏の励ましであると凌玄には信じられた。

一週間後、佐野暁常にメキシコ開教区へ異動の辞令が下った。「彼《か》の国に於いて釈尊の教えを広め得るは徳高き僧侶のみにして、その成果を大いに期待するもの也」との総貫首猊下《げいか》のお言葉まで添えられたものであったという。彼が本山に戻れる日は二度と来ない。余生のすべてを異郷で過ごし、彼の地で果てるのみである。

しかし暁常は当初、頑固に抵抗を試みたらしい。かねてより親交のあった週刊誌記者と接触しようとしたその夜、暁常の妻の運転する軽乗用車が、信号待ちの最中に後ろから突っ込んできたダンプカーに追突された。ダンプカーは盗難車であり、逃げ去った運転者の行方は現在に至るも不明のままである。暁常の妻は命に別状はないものの全治三ヶ月の重傷を負った。

暁常はただちに辞令を受諾し、何も語ることなくメキシコへと赴任した。

一方、志方凌玄は「信心の篤厚また厳粛なるを彰し」総務役員に任じられた。同時に瀧川海照は監査局会計監査部の部長補佐を拝命している。

一連の人事を実質的に決定したのは塚本号命であった。総局内部において、今や凌玄は名実ともに号命派期待の若手幹部と目されるに至った。

薄蒼い夕闇の中、凌玄は宮川町の老舗茶屋『竹しろ』の暖簾を潜った。その夜は暁常の仕掛けた罠の突破に成功した慰労会であった。

京都の茶屋はいわゆる〈一見さん〉の入れる場所ではないが、凌玄は和久良の連れとしてすでに女将《おかみ》とも顔馴染みになっていた。京都花街の住人で和久良桟人を知らぬ者はなく、その顔の広さには毎度ながら驚かされるばかりである。

最も奥まった一室に凌玄を案内した女将は、襖を閉めて静かに去った。密談が済むまでは誰も近寄らせないという、和久良の流儀をよく心得ているのだ。

室内では上座に和久良、下座に最上と氷室が控えている。

「まあこっち座り」

和久良は自分の横を指差した。

「そんな、私は」

遠慮する凌玄に対し、

「なに言うてんねや。わしらはあんたを守《も》り立てるために集まっとんのやで。そない遠慮されたらこっちが困るわ」

「はあ、ほな失礼して」

凌玄が着席すると同時に、氷室が全員の杯に徳利から酒を注ぐ。

「とりあえず乾杯や」

和久良の音頭で日本酒の杯を干す。近頃ではさすがに凌玄も少しは飲めるようになってきた。この家が用意する酒は、京都でも指折りの酒蔵から取り寄せていると聞く。深山の渓流を思わせる清冽さで喉の奥へと沁み入るように消えていく感覚は、まさに極上と言うべきものだった。

「一時はどうなることかと思たけど、こらまたうまい具合に事が運んだもんやなあ」

和久良は終始上機嫌だった。

「目の上のたんこぶやった暁常をメキシコに追放できただけやのうて、凌玄はんは総務役員に昇格や。敵の陰謀を逆手に取っての一石二鳥。氷室はんが最初にそう言うたときは半信半疑やったけど、いや、これは大した軍師や」

「恐れ入ります」

氷室が形ばかりに頭を下げる。

「氷室はん、わしからも頼むわ、この先も凌玄はんの力になったってや」

「微力を尽くします」

和久良ほどの大物に対して無愛想極まりない氷室の様子に、最上は舌打ちしながらも、

「まあ、こういう男でっさかい、気に障ることもありますやろけど、使えるやっちゃいうことは証明された思います」

凌玄は氷室に向かい、深々と頭を下げる。

「氷室はん、どうかこれからもよろしゅうお頼み申します」

「いえ、こちらこそ」

氷室が杯を置いて返礼する。

「おうおう、やっぱり若いもん同士や。仲のええことで何よりや」

和久良の陽気な声を聞きながら、凌玄もまた心強い思いで全身に力が漲るようだった。

そんな心の緩みを見抜き、あえて戒めるかのように、最上が厳しい視線を氷室に向ける。

「今回はうまいことといったが、言うたらこれは防衛戦や。次はこっちから攻めに行く番やで。分かっとるんか」

「ええ、もちろんです」

氷室の返答を、和久良は聞き逃さなかった。

「するとなんでっか、氷室はん、あんた、もう次の手ェ考えたはるんか」

「はい」

「聞かせてぇな、あんたの考え」

氷室は若頭である最上を見る。最上は無言で頷いた。

それを受け、居住まいを正した氷室が語り始める。

「鍵となるのは去年九月のプラザ合意です。これはアメリカがドル高による自国の貿易赤字を解消するため、日本と西ドイツに目をつけたもので、日本はアメリカの外圧に屈して受け入れざるを得なかった。その結果、深刻な円高不況に陥ったわけですが、日本政府は公共投資拡大といった積極政策を採り、内需拡大の――」

「学校の授業ちゃうねん、わしは結論だけ聞きたいねん」

苛立たしげに言う和久良に、氷室は表情を変えることなく応じる。

「都市部の地価は急激な上昇傾向を見せています。おそらくこれは天井知らずの様相を呈するものと思われます。この京都でもね」

それだけで和久良はすべて察したようだった。

「京都駅周りの土地やな」

その瞬間、和久良の眼光が妖気を帯びるのを凌玄は見た。

「そうです。すでに土地の取得に動いている業者もいるようですが、本格化するのはこれからでしょう。京都駅を中心に、金を吸い込む地獄の穴が開くというわけです。蓋が閉まる前に、この穴からつかみ取れるだけの金をつかみ出す。より多くの金をつかんだ者が京都を制するだろうと私は予測しています」

淡々と語る氷室の面上には、来たるべき陶酔と愉悦への期待がある。

「近頃但馬連合がまたいろいろ動いとるて耳にしとったが、そういうことかい。となると、わしら扇羽組としても早よ動かんとあかんな」

「ええ。本性を剝き出しにした鬼どもが血で血を洗う抗争を繰り広げることでしょうね」

「なに言うとんねん。そやったら、わしらかてその鬼の一匹ちゅうことになるやないかい」

「違いないわ」

最上のぼやきに対し快活に笑った和久良が、急に峻厳な面持ちで凌玄を見る。

「頼みますで、凌玄はん。あんたにはまだまだ上に行ってもらわんとあかんのやからな」

「はい。燈念寺派再建のため、これまで以上に身命を賭する覚悟です」

神妙に答えながら、身体は異様な昂ぶりを覚えている。

お山の外に氷室、中に海照。この二人がいる限り、自分は必ず成し遂げられる——そう確信できたのだ。

待て。成し遂げる？　一体何を？

我浄堂。燈念寺の大伽藍。開祖様のおわす暗がりを建て直す。

「そらええ心がけや」

脳裏をよぎった想念は、和久良の剽軽な言葉によって霧散した。

「では、私はそろそろ」

最上の目配せを受け、氷室が立ち上がる。

「えっ、氷室はん、もう帰られるんですか」

凌玄が声をかける間もなく、氷室は退室している。

それを見計らっていたように、女将が入れ替わりに顔を出した。

「芸妓はんがお着きどす。そろそろお呼びしてもよろしおすやろか」

「おう、ええ、ええ。御飯も頼むで」

「はい、ただ今」

女将が下がると、凌玄は和久良に尋ねた。

「あの、芸妓はんて」

「きれいどころやないかい。とびきりのええ妓《こ》を揃えてもろたから安心し」

「いえ、そんな心配はしてまへんけど」

「今日はめでたい席や。あんたもそろそろ遊びの作法いうもん覚えんと。これからは偉い人とようけ付き合うていかなあかんのやし」

「はあ……でも、そやったら氷室はんはなんで帰らはったんですか」

それには最上が答えた。

「あいつは変わっとるさかい、こういう遊びは好かんのやて」

「え？」

「女自体が嫌いやいうわけではないらしいんやけど、京都の遊びには決まりがようけあるやろ。そういうんが非合理的で面倒なんやて」

「なるほど、氷室はんらしい気もします」

「ヤクザのくせしよって、そんな勝手は本来なら許されんとこなんやけど、組の稼ぎ頭でもあるさかい、あいつならしゃあないやろて、オヤジも認めとんのや」

氷室の興味はやはり経済の仕組みにしかないのだ。

いや、それは正確ではないだろう。

氷室が本当に望むのは、地獄の淵で血を流し、踊り狂う鬼の姿を眺めることなのだ――

「おまっとおさんでございます」

あらぬ幻影をかき乱すかのように、華やかな装いの芸妓達が入ってきた。

七

整然と座した僧侶達による梵唄《ぼんばい》が、本堂の大伽藍に谺して、仏の教えの正しきを証している。直綴《じきとつ》に墨袈裟をまとった凌玄も、外陣《げじん》に正座し一心に唱和する。僧侶達の発する声明《しょうみょう》の正確な音階は、そのまま極楽浄土への階梯であるかのように思われた。

邪念の入り込む余地すらない清明の境地。心がその辺縁に至るや否や、凌玄は股間に鬱勃たる昂ぶりを覚える。色欲に由来するものでは断じてない。欣求《ごんぐ》する者であるならば皆経験することであるが、真理への接近に対し、まず肉体が自然に反応する。逆に言えば、その昂ぶりのなきときは、余念に心乱れ、集中を欠く証左なのだ。

いや、官能と無縁であるとは言い切れまい。僧侶達の声によって生み出される世界の心地よさこそ法悦であり、その精神的肉体的愉悦は人々を浄土に導く端緒となるのではあるまいか。

昭和六十三年。蓮源《れんげん》上人御祥月《しょうつき》の法要において凌玄は、本堂を埋め尽くした僧侶達と声を交ぜ合わせることにより、股間を硬く漲らせて浄土への階梯を昇りつつある。

氷室の分析した通り、それまでも上昇傾向にあった京都市内の土地価格は急騰した。特に中心部の暴騰ぶりは凄まじい。八年前には一平方メートル当たり二百万程度であった公示価格が、三年前には五百万となり、昨年には一千万に到達した。まるで倍々ゲームである。

いち早く動いた扇羽組は、そうした土地を次々に押さえて巨額の利益を上げている。その利益は、氷室の指示により複数のトンネル会社からシンガポール、バハマ、ルクセンブルクなど海外のタックス・ヘイヴン、すなわち租税回避地に設立したペーパーカンパニーに送金される。少なくとも法的には完全に合法であり、国税に目をつけられることもない。

凌玄はそれらの土地開発事業に本山の資金を投入するよう動いていた。最終的に本山が得ることになる莫大な収益金は、そのまま凌玄の功績となるのだ。

もっとも最上の話によると、扇羽組に対抗して地上げの邪魔をする勢力もあるそうだが、気にするまでもあるまい。何もかも氷室がうまく対処してくれることだろう。

声明が旋律の複雑な箇所に差し掛かった。凌玄はいよいよ深く、そして高く没入する。

もっと——もっとや——

伝統と権威。そして正統なる格式。凌玄は宗門に身を置くことの歓喜をまさに法悦として全身で享受する。

地上げで得た金は不浄ではない。燈念寺派の健全化に使われるのだ。すなわちこれすべて浄財である。金は天下の回りものだと誰もが言う。バハマやルクセンブルクも、自国の益になればこそ東洋からの金を受け入れる。その金は彼の国の人々を大いに潤しているに違いない。自分達はまさに善根を施しているのだ。

何事も仏様のため——この声明も、地上げの儲けも——ああ、釈尊は常におわし、我と民とを極楽へと誘《いざの》うておられる——

法要が終わり、眼前に現出しかけていた浄土はかき消える。

火照った息を吐いて立ち上がった凌玄は、他の僧侶達とともに控室へと引き揚げた。

雑談に興じながら背広に着替え、宗務総合庁舎に戻ろうと回廊に出た凌玄は、そこに己を待っていたらしい海照の姿を見出した。

「凌玄、こっちや、凌玄」

「どないしたんや」

「ええからちょっとこっち来てくれ」

海照は凌玄を回廊の外に連れ出すと、それまで以上に声を潜め、

「号命はんなあ、えらい困ったことしてくれてんで」

「困ったことて……」

「監査局の特別部から報告があってな、それで僕とこでも調べてみてん。あかんで、こら」

「待てや、報告て、なんの報告やねん」

「船岡山別院の墓地造成計画は知ってるやろ」

「ああ」

『船岡山別院』とは、錦応山燈念寺派の数ある直属寺院の一つである。総貫首が名目上の住職を兼ねているが、実質的に本山から派遣された幹部僧侶が『番役』として管理運営に当たっている。番役は余禄の多い特権的なポストであり、現在は号命と昵懇《じっこん》の間柄である木暮唐文《こぐれとうぶん》が務めていた。

「その収支が合わへんのや」

「合わへんて、そらどういうことやねん」

「銀行から借りた資金六億円のうち、二億、いや三億近くがなくなってんねや」

愕然として海照を見つめる。事態の重大性がようやく理解できた。

「号命はんが横領した言うんか」

「ウチの部長も真っ青になっとってなあ、今日中にも号命はんに直接聞き取りするちゅうとったわ。このままやったら君まで巻き添え食うで。なにしろ今の君は号命派のホープや思われてんねんから」

そこへ談笑しながら近づいてくる僧侶達の足音が聞こえた。

「ええか、早よなんとかしとかんとあかんで。ほなな」

それだけを言い残し、海照は足早に去った。

「おや、凌玄はん。お疲れ様でございました」

こちらに気づいた僧侶がにこやかに話しかけてくる。

「今日はええ法要でしたなあ。凌玄はんもさっぱりとええお顔してはりますよ」

「ほんまですか」

「ええ、ええ、よっぽど心を込めてお念じになったんでしょう」

「いえいえ、皆様の御声明が私の心を隅から隅まで清めて下さったおかげですわ」

愛想よく応じながら、凌玄はもはや気が気ではなかった。

僧侶達と別れた凌玄は、その足で宗務総合庁舎内にある号命の席へと向かった。

卓上の内線電話で通話中だった号命は、近づいてくる凌玄を見ると、「ほなそういうことで」と電話を切り、

「ちょうどええとこに来たわ。この後な、会議室で監査局長の随啓《ずいけい》と面談することになった。あんたも一緒に来なはれ」

「私が、でございますか」

「そや」

「それではお供させて頂きますが、しかし、随啓はんはなんの御用で……」

「さあ、わしにもさっぱり分からんわ」

弛《たる》んだ頬に肉厚の唇。統合役員筆頭の地位にふさわしく、押し出しの利く体軀を大きな椅子に深々と沈め、号命は白々しく言った。

「けどな凌玄、おまえは何を言われてもわしを信じてついてきたらええ。役目柄、随啓はいろんなこと訊いてきよるやろけど、心配は要らん」

号命は引き出しから数冊の冊子にまとめられた書類を取り出し、

「要るかどうか分からんけど、念のためこれ持ってき」

「はい」

デスクに近寄ってそれらの冊子を受け取った凌玄は、思わず声を上げそうになった。

いずれも船岡山の墓地造成計画に関する書類である。

「細かい打ち合わせをやっとる暇はあらへんけど、あんたやったらうまいこと対応でけるやろ。当意即妙いうやっちゃ」

「はあ、しかし……」

「頼んだで。ほな行こか」

凌玄からの質問を断ち切るように、号命は大儀そうに立ち上がった。


会議室には監査局長の芝《しば》随啓だけでなく、監査局特別部長の堀口燕教《ほりぐちえんきょう》、監査局会計監査部長の山之内弁游《やまのうちべんゆう》が顔を揃えていた。さらには会計監査部部長補佐の海照まで青い顔で控えている。

各人に目礼しつつ入室した号命は、随啓の向かいに腰を下ろす。凌玄も怖々と号命の隣に座った。

「いやあ、お久しぶりですな、随啓はん。なんや蒸し暑い日が続いとりますけど、お変わりありまへんか」

「ええ、おかげさんでなんとかやっとりますわ」

気安い態度を装った号命の挨拶を愛想もなく受け流し、随啓はすぐに本題を切り出した。

「お忙しい号命はんにわざわざ来てもろたんは他でもない、船岡山別院でやっとる墓地造成計画のことですねん。会計監査部の調べでは、なんやおかしな点がありましてな。二億近い金が消えとるんですわ。この案件は号命はん、あんたと船岡山別院の番役が組んでやっとることや。この場で私らに説明してもらえまへんやろか」

「ああ、そのことですか。あの件の経緯はここにいてはる皆さんならようご存じですやろ。もともとは名繊《めいき》電鉄が持ってきよった話やったんが、いつの間にか名繊が抜けて、『イエナハウス』っちゅう会社をねじ込んできよった。しゃあないから本山とイエナハウスで『船岡山墓園』を設立しましてん」

「そういう話を訊いてんのとちゃいますねん。消えた三億はどこへ行ったんやちゅう話ですわ」

「そやったら担当のもんを連れてきとりますさかい、その者から説明させますわ……凌玄」

いきなり話を振られた凌玄は驚愕し、次いで狼狽した。

当意即妙て、こういうことやったんか――

「ちょっと待ったって下さい、号命はん」

弁游会計監査部長が鋭く制止する。

「確かに凌玄君は総務役員やけど、船岡山の担当者どころか、あれに関わってるいう話は聞いたこともありまへんで」

「ああ、ご存じやなかったんですか。これはえらいすんまへん、わしの連絡が不徹底やった」

「連絡の不徹底で済むことやないでしょう」

「せやさかい、わしのミスやて謝ってますやないか」

号命はぬけぬけと言い放ち、

「この者は知る人ぞ知るわしの懐刀でな、ことに難しい案件は秘密裏に全部任せることにしてますねん。さあ凌玄、何ぼやっとしとんねん。早よ皆さんに説明したり」

「はい」

曲がりなりにも〈号命派のホープ〉と見なされているのは事実である。今日までその評判を、半ば得意となって受け入れてきた己が迂闊であった。ここで否定しても、単に責任逃れをしていると受け取られかねない。本山での影響力と信用度では号命の方がはるかに上だ。またこのような場において号命に異議を申し立てるということは、自らの追放命令書に署名するに等しい行為である。やむを得ない。凌玄は先ほど号命から渡されたばかりの冊子を手に立ち上がった。

不安そうな目でこちらを見ている海照を、視界の隅で意識する。

「それでは私から説明させて頂きます。名畿電鉄が撤退するに当たって、昨年末、御煤払いの直前に本山で関係者が一堂に会し、今後の打ち合わせが行なわれましたのは皆様もご承知のことと思います。その席上で、名畿電鉄からの借り入れは中止、船岡山墓園が平楽銀行から融資を受けること、船岡山別院がその債務保証を行なうこと、墓地の造成はイエナハウスの関連会社である『ウエイ不動産開発』が請け負うことが決められました」

急いで冊子に目を通しながら、さも熟知しているかのような態度を装い、書かれている内容をかいつまんで説明する。

ウエイ不動産開発――?

どこかで聞いたような名称に内心で首を傾げつつも顔には出さず、

「また、完成した墓地の管理運営や永代使用権はこれをすべて船岡山墓園に委託することで一致を見まして、船岡山別院番役である木暮唐文と、イエナハウス社長で船岡山墓園代表取締役に就任した恵那《えな》一比古《かずひこ》との間で契約が交わされました。ここにありますのが、その基本議定書と、管理委託契約書でございます」

最後に凌玄は、自分の手にある冊子の表題を読み上げてから着席した。

「そんなんで済むとでも思とるんちゃうやろな」

弁游が即座に追及してきた。

「それくらいはお山の関係者やったら誰でも知っとるわ。さっきから訊いとんのは、平銀《へいぎん》から借りた金の行方や」

「今も申し上げました通り、融資を受けたんは船岡山墓園であって、細かいお金の動きはイエナハウスはんの方に訊いてもらわんと……」

「三億円が細かい金や言うんかい。阿呆ぬかすんも大概にしときや」

「まあまあ……話は他にもおますのや」

激昂する弁游を制止し、随啓が燕教を促す。

「燕教はん、言うたって」

「はい」

燕教特別部長が手許の大学ノートを繰る。

「こちらで調べましたところ、船岡山墓園の設立時期は昨年の六月。つまり、名畿電鉄が撤退を申し入れてくる三ヶ月も前のことですわ。さらには船岡山墓園本社の登記場所は名古屋のイエナハウス関連施設と同じ住所になっとりました。また墓地造成の予定地は名畿の用意した土地を買い上げたものですが、この土地は本来京都市の認可が下りへん場所のはずです。こらどう見ても最初から仕組まれとったとしか考えられまへん」

「そらほんまですか」

大仰に驚いて見せたのは号命だった。

「そうなるといよいよわしらも知らんかったことですわ。言われてみれば船岡山墓園の設立はそんな頃でしたけども、わしの心づもりとしては、将来的な墓地の管理運営を見越してのことで、まさか名畿が撤退しよるとは想像もしてまへんがな。こらすぐにでもイエナハウスの恵那はんに訊いてみた方がええでしょうなあ」

弁游が真っ先に食ってかかる。

「なに他人事《ひとごと》みたいに言うてなはんのや」

「他人事やて？　そらどういう意味ですやろ」

号命が開き直ったように弁游を睨めつけ、

「暮れの打ち合わせにはあんたらかて立ち会うとったでしょう。わしは自分に責任がないて言うとんのとちゃいますよ。わしに責任があるんやったら、あんたらもおんなじやいうことです」

弁游のみならず、随啓も燕教も押し黙る。もちろん海照も。

「あのときは他にもようけいたはりましたなあ。財務部長もおったし、宗会議長の舜来《しゅんらい》様も顔出してはった。あんたら、ひょっとして舜来様も同罪や言わはるんか」

「まあまあ、いきなりそないな極論に行かいでもええやないですか」

いかにも苦しい作り笑いを浮かべ、随啓がこの場を収めるように言う。

「まずは号命はんの知ったはることを伺うてから対策を練りたい思て来てもろたわけですから……大体の経緯は分かりましたので、お引き取り頂いて結構ですわ。ご苦労様でございました」

「そうですか。ほな、失礼させてもらいますわ。監査局の皆さんもご苦労様でございます」

不機嫌な口調で嫌みたらしく言い、号命が巨体を椅子から持ち上げた。

「何しとんねん。行くで、凌玄」

「あっ、はい」

凌玄は重苦しい顔を見せている監査局の一同に目礼し、慌てて号命の後を追って退室した。

「上出来やったぞ、凌玄」

もとのフロアへと引き返しながら、号命は一転して満面の笑みを見せる。

「なりゆきでえらい役を任せてすまなんだなあ。けど、なんの段取りもなしにあそこまで察して話を合わせてくれよるとは、まさに当意即妙や。あんた、ほんまに頭ええなあ」

それより一体どういうことですのや――

大声で抗議したい衝動を懸命にこらえる。

号命を問い質しても意味はない。状況はあの場のやり取りだけで充分以上によく分かった。つまりは最悪ということだ。

意に反して、口を衝いて出たのは本心から最も遠い言葉であった。

「畏れ多いことでございます」

「謙遜はいらん。これからは今まで以上にわしのそばで働いてもらわんとな。あんたにはもっとええポストを用意したる。せいぜい期待しとってくれよ」

「せやけど、大丈夫でございましょうか」

「何がや」

「監査局のことでございます」

「ああ、これでだいぶ時間稼ぎがでけたはずや。その間にわしの方で手ェ打っとくさかい、おまえはなんも心配せんでええ」

本当に心配なのは監査局ではない、墓地造成計画の方なのだとはどうしても言えない。

号命がその巨体で渡っている見えない橋の危うさ脆さに、凌玄は身のすくむ思いがした。

自席に戻り、部下の淹れてくれた渋茶をそれこそ渋い思いで啜っていると、机上の電話が鳴った。

外線のランプが点灯している。

受話器を取り上げると同時に、硬貨の落ちる音がした。公衆電話だ。

「はい、燈念寺派総局総務の志方凌玄でございます」

〈僕や、凌玄〉

流れ出た声は海照のものであった。

凌玄は周囲を見回して誰もいないことを確認し、

「どないしたんや、外からかけとんのか、この電話」

〈当たり前や。君と連絡取り合うとるて知られたら命取りやさかい、わざわざ外まで出たんや。それより君、なんやねん、さっきのあれは〉

「さっきのあれて」

〈とぼけとる場合ちゃうで。あれは誰がどう見ても号命の手下やないか。早い話が共犯者や。僕がせっかく忠告したったのに、なんであないなことすんねん〉

「おまえの厚意はよう分かってる。けどあの場合、ああするしかなかったんや。あの場で号命はんの気に障るようなこと言うてみい。俺の席なんか五分もせんうちになくなっとるぞ」

〈せやけど、これで監査局の心証は最悪や。部長も局長も仁王はんみたいになって怒っとるで。号命と君の悪事は何がなんでも暴いたるちゅうてな〉

「さっきの話からすると、号命はんの責任を問うたら監査局の偉いさんもまずい立場になるんとちゃうんか」

〈それをなんとかしよ言うて局長らだけで策を練っとる真っ最中や。僕はその隙に抜け出して電話しとるんや〉

「号命はんの悪事を暴くんはええけど、俺はおまえから聞かされるまでなんにも知らんかったんや。随啓はんや弁游はんにはおまえからよう言うといてくれへんか」

〈もう遅いわ。さっきの君の立ち回りでなんもかんも台無しや〉

「そんな殺生な。ほな俺はどないしたらええのんや」

〈そんなん、僕に分かるかいな〉

凌玄は受話器を握り直して説得にかかる。

「よう聞いてくれ海照。ここで俺が失脚したらおまえも一蓮托生やぞ」

〈一蓮托生やて？　君は忘れたんか、一蓮托生の本来の意味を〉

「忘れるわけあらへんやろ」

本来は仏教用語である『一蓮托生』の一蓮とは白蓮華を指し、託生とは生まれ変わりを託すことを言う。古代インドでは死後、極楽浄土に咲く蓮華の上に転生することが最大の幸福であるとされていた。つまり、来世ではともに浄土に生まれようという誓いの意味なのだ。

「そやさかい、おまえについてきてほしいんや。それともおまえは、一人で地獄に行く言うんかい」

〈僕を脅す気か〉

「そんなんやない。俺らは一緒にお山をきれいにしよて誓い合うた仲やないか」

〈それとこれとは話が――〉

「おんなじ話や。号命はんのことは俺がなんとかする。船岡山墓園の件はこっちで調べておまえに情報を流すわ。そしたらおまえの手柄になるんちゃうの」

〈そらそやけど……〉

「その代わり、おまえの方でもなんか新しい情報が入ったら教えてくれ」

〈分かった〉

「頼むで、海照。これもお山のためやねんから」

受話器を一旦置いてから、凌玄は外線のボタンを押した。

「……もしもし、凌玄です……ええ、少々困ったことが起こりまして……」

木屋町通の会員制クラブ『みやこ本陣』は、近頃和久良がもっぱら密談に用いている店である。以前に使うことの多かった『十七夜』は、めっきり会員が増えたこともあり、和久良が指定することはほぼなくなった。『みやこ本陣』は厳選された会員で固められているため、密談の内容が漏れるリスクは低いが、その代わり会費は『十七夜』より格段に高い。

その夜『みやこ本陣』の奥の間に参集したのは、和久良、最上、氷室、それに凌玄を加えたいつもの面々であった。

「つまり、お山でのあんたの親分やいうことになっとる号命がなんや怪しい事業に手ェ出しとって、あんたはそれに巻き込まれたっちゅうこっちゃな」

和久良は大仰に嘆息し、

「せっかく実力者を後ろ盾にでけた思たら、そいつがとんでもない大ワルやったとは、あんたも運がええんか悪いんか、よう分からんお人やなあ」

「そんな冗談が言えるような事態やないようですよ」

深刻な表情で言う最上に、和久良がすかさず反応する。

「なんやネタでもつかんどんのか」

「船岡山墓園の開発を請け負うたっちゅうウエイ不動産開発でっけど、それ、植井不動産の社長の息子がやっとる会社ですわ」

植井不動産。南房山の別荘地開発で山崩れを起こした会社である。また藪来晋之助の支配するヤブライ不動産の子会社でもあった。

凌玄は驚くと同時に得心する。道理で聞き覚えがあったはずだ。

号命以下、統合役員や総務役員の多くが植井不動産の株主になっているが、ウエイ不動産開発については知らされていなかったのか。

系列下のグループ企業であったり、会社として資本提携している等の関係が特になければ株主に教える義務はないのだろうが、世間話にも出なかったとは考えにくい。植井不動産の社長があえて告げなかったのか、それとも号命らは最初から知っていたのか。

だが、もっと大きな問題は――

「バックにヤブライ不動産がついとったんかい」

顔をしかめる和久良に、最上が補足する。

「おそらくは最初から号命と組んどったんでしょうな。あの暁常も南房山の件では植井不動産とお山の間で窓口役をやっとったわけですし」

「するとなんや、全部の黒幕は号命と藪来晋之助やったっちゅうわけやな」

「はい。そう考えると今までのこともきれいにつながってきよりますわ」

「藪来晋之助か……あの男とはいずれぶつかるやろ思とったけど、意外に早かったようやなあ」

凌玄はもはや言葉もない。これまで自分達は、号命と藪来の掌で踊らされていただけであったのだ。

「凌玄はん、そもそも名儀電鉄が降りる言い出したんはどういう理由やねん」

和久良の質問に、凌玄は経緯を思い出しながら慎重に答える。

「私が聞いております限りでは、名儀電鉄がお山に共同開発の話を持ちかけたんは、墓地運営のための名義がどうしても必要やからいうことでした」

「そらそやろな。大きい墓地になればなるほど、大寺院の看板があるとないとでは大違いや」

「ところが、その名義料として提示されたのはたったの四パーセントで、本山としてはそんな条件は呑むわけにいかん、せめて相場の十パーは欲しいと。それで結局物別れですわ」

「名儀かて相場くらいは調べてから着手しとるはずやろ。そやのに四パーやて、本山が呑めんのを見越して言うてきたに決まってる。こらやっぱり最初から仕組まれとったんやなあ」

半ば感心したように和久良が嘆息する。

「実はそれだけやおまへんねん」

最上はさらに苦々しい顔を見せ、

「わしらが手がけとる京都駅前の地上げですけど、競合しとる会社が『イエナハウス』言いますねん」

「そっちともつながっとったんかい」

本山内部における墓地造成計画と、扇羽組の地上げとが、よもやここでつながってこようとは。

「それでイエナハウスについて調べさせたところ、社長の恵那は『更級《さらしな》金融』社長の親族でしたわ」

「更級金融やて？　サラ金の更級かい？」

「そうですがな。あの〈サラ金〉ですわ」

「そういうことやったんか……」

和久良は何やらしきりに頷いている。

「あの、一体どういうことなんか、私にはよう分かりまへんのですけど……」

凌玄の疑問に対し、最上が氷室に目配せする。

「はい」

氷室は凌玄の方へ向き直り、

「消費者金融大手として知られる更級金融、通称〈サラ金〉は、多方面への広範な事業展開でも有名ですが、今回の狙いは京都駅前の地上げによる商業エリアの開発とその運営にあるものと推測されます。この地域には燈念寺派がもともと所有していた土地も含まれており、要するに我々のプロジェクトを横取りしようという魂胆です。そのために京都の大物である藪来晋之助のヤブライ不動産と手を組んだ。具体的にはこの地域です」

持参していたブリーフケースから地図を取り出した氷室は、それをテーブルの上で広げてみせる。そして赤いサインペンでまだらに塗られた地域を指差して、

「ここです。京都駅のすぐ前に広がる約一万二千坪の一等地。今の日本でも最大級の利益が見込める超大規模物件です。しかしここは、何代も前からの住民や、各種の権利関係が入り乱れ、整理、すなわち地上げするには極めて厄介な土地でもあります。この赤く塗られた部分はすでに買収済みですが、まるで飛び地のように手つかずの土地が何ヶ所も残っています」

確かに白い部分があちこちに点在している。このままではとても開発に着手できないことは、素人である凌玄にも理解できた。

「脅しや嫌がらせにも屈しない住民の説得に最も有効なのは金ですが、〈サラ金〉にはその資金がある。この点において我々は大きく遅れを取っているのが現状です」

そこで氷室は、凌玄を試すかのように、

「しかし金でも動かない人間を動かすにはどうすればいいか。凌玄さんはどうお考えになりますか」

しばし考えた末、凌玄は明確に答える。

「相手は京都の住民ですさかい、お寺と違いますか」

氷室は満足そうな笑みを浮かべ、

「その通り、宗教です。そこで藪来晋之助は燈念寺派の実力者である号命を抱き込んだ、というところでしょう。号命がその立場を最大限に生かし、京都の発展こそ御仏の願いであるとか御託を並べれば、いくら頑迷な住民であっても退路を断たれる。日本人は周囲の圧力には弱いですから。京都人である限り、近隣の視線にだけは耐えられるものではありません」

その光景は、凌玄にとって容易に想像できるものだった。

千年の村社会——まさに京都の本質だ。

「それだけではありません。京都では何をしようとするにも、宗教者の影響力が大きい。〈サラ金〉にとっても藪来晋之助にとっても、号命を抱き込むメリットは計り知れない。南房山の揉め事の際、藪来晋之助が支払った一千万のお布施は死に金でもなんでもない、見事に有効活用されたというわけです」

聞けば聞くほど、この上なく精緻に仕組まれた構図であった。またそれを解き明かす氷室の頭脳も尋常ではない。

「一方で号命側のメリットですが、これは山内《さんない》の事情に詳しい凌玄さんにお訊きした方が早いでしょう」

「金やろと思います」

即答した。

「号命はんが将来的に総局の局長選、いえ、さらには総貫首選に打って出るつもりなんは間違いないと思います。そのために必要な選挙資金を〈サラ金〉とヤブライに用立てさせよいうことやないですか」

「その説には説得力がありますね。私も同意見です」

「ほな私は、自分の属する派閥の長を排除するだけやのうて、その長にくっついとるヤブライやら〈サラ金〉やらの黒幕とお山との関係を断ち切らなあかん、いうことですね」

「よう分かっとるやないか」

和久良が嬉しそうに手を打った。

「凌玄はんはいよいよ成長しとるようや。これも氷室はんのおかげやろか」

「いいえ、凌玄さんの資質、才能だと思いますね。京大の研究室にもこれほど聡明な人材はいませんでした。そもそも研究者というのは世間知らずでプライドが高いだけの者が多いですから」

氷室の言動には、ともすれば学閥に対する怨念が滲みがちであった。その点を割り引いても、こちらを評価してくれているのが伝わってくる。

「凌玄はんの器が大きゅうなったんはわしも認めるけど、事はそう簡単にはいかへんのや」

最上が不穏な口調で割って入る。

「この上まだあるんかい」

「地上げの黒幕は〈サラ金〉ですけど、金融屋の営業マンが土地売ってくれ言うて一軒一軒回ってるわけやない。実際に動いとるのは東陣《とうじん》会系の黒松《くろまつ》組です」

東陣会は神戸の山花組に匹敵する関東の大組織である。

「〈サラ金〉め、本拠地の東京から極道送り込んできよったんやな。どこまで汚いやっちゃ」

「わしらも極道ですねんけど」

最上のぼやきが聞こえなかったかのように、和久良は凌玄を振り返り、

「極道の方は最上はんに任しとったらええ。あんたは今度こそあんじょう立ち回って号命を再起不能にしたるんや。その上で……」

そこでなぜか言葉を止めた和久良は、闇に燃える燐光を思わせる目で凌玄を見据え、

「その上であんたが号命に取って代わるんや」

「そら無理ですわ。号命はんは統合役員筆頭です。私みたいな弱輩がいきなりそのポストに行けるもんやあらしまへん」

「将来の話や。将来のためにその道筋だけでも付けときなはれて言うとんのや」

全身が凍てつきそうな冷気と鬼気とが吹きつけてくる。和久良の声は、これまで彼が発したどの言葉よりも恐ろしかった。

「はい、よう分かりました」

そう応じるのがやっとであった。

「では具体的な対策の検討に移るとしましょう」

氷室が平静な口調で話を進める。

和久良の鬼気が伝わったのか、彼の声もまた微かに震えていた。

八

宗務総合庁舎内の自席で、凌玄は寝不足気味の目をこする。

クラブで夜通し協議した結果、氷室からいくつかの献策がなされた。当面は各自がそれに従って動くしかない。

凌玄に与えられた役割は二つ。一つは山内でできる限り号命の動向を探り、できれば不正の証拠を入手すること。もう一つは、海照を通じて監査局による調査の進展に関する情報を把握することである。

どちらも不可能ではないが、気の滅入る任務であることに違いはなかった。

凌玄の眠気を覚ますかのように、かん高い声がした。

「凌玄はん」

振り返ると、広報部長の安念《あんねん》が立っていた。異様に高い声は彼の地声である。

「なんや、安念はんか」

「凌玄はん、今ちょっとよろしいですか」

「かましまへんけど、なんかあったんですか」

「わしのとこにお客さんが来とるんですわ。なんやお山の方針に文句がある言うて」

「そんなん、適当に追い返すんがあんたの仕事とちゃいますのんか」

「それが、粗略に扱えるお客やないんです」

安念は困り果てたように言う。

「誰ですねん」

「経律大学の学生はんです」

「なんや、学生かい」

「それが、叡光寺《えいこうじ》御住持のお嬢様なんですわ」

「叡光寺やて」

叡光寺は京都でも名刹の一つに数えられる由緒ある寺院であった。燈念寺派の系列校である経律大学の学生というのも頷ける。

「最初はわしが応対してたんですけど、なんぼ話しても埒《らち》があきまへんので、たまたまいらっしゃった号命はんにご相談しましたところ、『それやったら凌玄に任せたらええ、あいつやったらうまいこと丸め込んでくれよるやろ』て」

また適当なことを——

号命の無責任さには怒りを覚えるが、統合役員筆頭の命令に逆らうわけにはいかないし、特に今は、号命の疑念を招くような行為は厳に慎まねばならないときである。

「分かりました。私が会いまひょ」

「そら助かりますわ」

広報部長は心底ほっとしたようだった。

「それで、どこにいはんのや」

「二階の第一応接室にお通しししてあります」

気の進まぬまま腰を上げ、二階の応接室へと向かう。

ドアをノックしてから入室すると、清楚な淡いブルーのブラウスを着た若い女性が立ち上がった。

「広報部長に代わりまして私がお話を伺います。総務役員の志方凌玄と申します」

名刺を差し出して挨拶すると、女性はそれを受け取りながら名乗った。

「経律大学国際学部三年の大豊佐登子《おおとよさとこ》です」

今どきの女性には珍しく、髪は短くおかっぱに切り揃えている。

「失礼ですけど、総務役員さんにしてはえらいお若いんですね」

「そう若うもないですよ。再来年には三十ですから」

「やっぱり若いわ。三十前で総務役員て、きっと仕事ができはんのやね」

「そんなことありまへんて」

「ありますて。充分エリートやないの」

途端に砕けた口調になった。地味な外見に反して、気位の高さが感じられる。よく見ると、血筋によるものか目鼻立ちは整っており、ヘアスタイルも単なるおかっぱではなく、なかなかにモダンでファッショナブルなものだった。名刹の子女であるだけに、本山の組織についても一応の知識があるようだ。

「それより、大豊さんはお山のことについてご意見がおありやそうで」

「はい。燈念寺派は京都駅前に土地を持ってはりますやろ」

何を言い出すのだろうかといぶかしく思いつつ、凌玄は答える。

「ええ、戦前は小さい末寺があった場所で、ずっと更地になってますけど、確かにお山名義の土地はあります」

「燈念寺派はその土地を足がかりにして周辺の再開発にこっそり参加する方針やそうですね。京都の景観を守れ言うてる一方で、裏でその景観を台無しにする事業を進めるやて、矛盾もええとこですやん。総局の偉い人はなに考えてはんのか、それが聞きとうて来たんです」

出し抜けにとんでもないことを言い出した。

「ちょっと待っとくなはれ。どこでそんなデタラメを――」

「デタラメやないでしょう。父の宋達《そうたつ》がはっきり言うてましたから」

大豊宋達はまぎれもなく叡光寺の住職である。本山の公職にこそ就いていないが、その存在は大きく、総局の内情に精通していてもおかしくはない。広報部長の安念も泡を食うはずだ。

「そやったら、お父君の宋達様に言わはったらどないです」

すると佐登子は、冷ややかな笑みを口許に浮かべ、

「父はあかんわ。自分の既得権益を守ることしか頭にありません。本山に意見するとか問題外やいう人です」

「ちょっと伺いますけど、学生のあなたがなんでそこまで言わはるんですか」

「申し遅れました。うち、大学で『国際京都文化保護連合』の学生部代表を務めてます」

昂然と胸を張る佐登子に、

「なるほど、学生さんの国際文化活動ですか」

総務役員としての立場上、凌玄も同団体の名称は耳にしたことがある。古都の景観を維持するため、建築物の規制撤廃をはじめとする開発計画にことごとく反対し抗議活動を行なっている団体だ。しかしそうした市民団体は複数存在するため、各団体の組織構成や活動実態がどうであったか、正確には把握していない。

「せやったら団体として正式に手続きを踏んで抗議されたらどないですか。あなたお一人で来られても、こちらとしてはどない対応すべきか、正直言うて困りますわ」

「実は、他にも理由がありますねん。個人的な理由ですけど」

佐登子は熱の籠もった目で対面の凌玄を観察するように睨め回し、

「総務役員の志方凌玄はんて言わはりましたね。あんたやったら最適や」

「最適て、何がですのん」

「ええからうちと一緒に来て下さい」

立ち上がった佐登子は、凌玄の手を取らんばかりになって懇願する。

「とにかく一緒に、さあ、早よ」

わけが分からぬまま佐登子に従う。拒否するのは簡単だが、彼女にはそれを許さぬ気迫があった。庁舎内で叡光寺の息女と騒ぎを起こしたりしたら大問題であるし、何より好奇心をかき立てられた。

先に立って歩く佐登子に従って進むと、彼女は階段を降り、そのまま燈念寺境内の外へと出た。

「ちょっと待って下さい、佐登子はん、あんたどこまで行きますのん」

驚いて問いかけるが、佐登子は構わずタクシーを呼び止めた。

先に乗り込んだ佐登子が、後部座席から顔を出す。

「さあ、早よ乗って」

「乗ってて、どこ行かはるんですか」

「ええから乗って」

常識外れの強引さだ。それが単なる若さのゆえか、あるいは名刹の娘として周囲から丁重に扱われてきた育ちのせいか、凌玄に判別できるものではない。

いずれにしても、それまで以上に強く興味を惹かれたのは確かである。総局での仕事は残っているが、来客の対応、それも叡光寺の御息女となれば一応の言いわけにはなる。

「仕事がありますさかい、すぐ帰らなあきませんのやけど」

「分かってますて」

「ほな、ちょっとだけ」

凌玄が佐登子の隣に乗り込むと同時に、タクシーが走り出した。目的地は佐登子がすでに告げていたようだ。

「遠いとこちゃいますやろね」

「心配せんでよろしわ。すぐそこですさかい」

澄ました顔で佐登子は言う。

車は京都駅の方向へと向かっている。

「学生さんがなんでこんなことを」

「本山の役員さんに見てもらいたいもんがあるんです。それで話の分かりそうな人がおったらええな思て庁舎に行ってみたんですけど、凌玄はんがいてくれはってよかったわ」

自分に一体何を見せようというのか。いや、そもそも自分でなくても総務役員か統合役員であればよかったようだが、それにしても見当すらつかない。

佐登子の言葉通り、タクシーはほどなくして停車した。佐登子は平然と料金を支払っている。タクシーを使い慣れた、不自由のない生活を送ってきたのだろう。

浮かぬ思いで降車した凌玄は、周囲を見回して絶句した。

一面の更地である。中には解体中の物件も多々あり、あちこちから工事の音が響いてくる。

「さ、こっちです」

狼狽する凌玄に構わず、佐登子は勝手に更地の中へと分け入っていく。

「ええんですか、勝手に入って」

「心配いりまへん。ここは公道やった部分です。それに、京都で燈念寺派のお坊様に手ぇ出そいうもんは滅多におりまへんやろ」

凌玄は苦笑するしかない。

「私はボディガード代わりですか」

「その役もやってくれはると助かるわ」

軽口を叩いていた佐登子が足を止める。

「ここです」

空漠たる広大な土地の真ん中に、一軒の廃屋が建っていた。

ごく普通の戸建て住宅で、廃屋と呼ぶにはまだ生々しい生活感が残っている。植木鉢。サンダル。物干し竿と洗濯ばさみ。引き戸のガラスは大きく割れていて、玄関に残された運動靴や靴べらが見えた。

「ここは、うちの友達の家でした。三日前まで」

強い怒りを覗かせて佐登子が語る。

「中学でも高校でも、一番仲のええ女の子でした。五人家族でここに住んでたんや。それが地上げの標的にされ、ご近所さんがみぃんな立ち退いていく中でずっと頑張ってはったんですけど、とうとう耐えきれんようになって出ていきはった。うちになんも言わんと……この家、じき解体されて、もう跡形もなくなってしまう……」

佐登子が訴えようとしていることはもはや自明であった。凌玄は何も言えず立ち尽くすしかない。

「こっちも見て」

横手に回った佐登子の後に従うと、家の外壁にぶちまけられた赤いペンキの跡が生々しく残されていた。

佐登子はさらに裏へと回る。鼻を衝く異臭に、凌玄は反射的に顔の下半分を手で覆った。

そこには家にのしかからんばかりに積み上げられた生ゴミの山があった。大きな犬の死体も混じっている。二階建ての家と同じくらいの高さまで積み上げられた塵芥は、この家に加えられた嫌がらせの凄まじさを示してあまりある。

何度も言っていた。最上や氷室が、何度も何度も。

きっと自分も言っていた。「地上げ」とはっきり口にして。

だが何も分かっていなかった。ただ頭で経済の構造を理解して、分かったような気になっていただけだったのだ。

この地上げを実行しているのは、他でもない、扇羽組の構成員だ。お寺のためだと言いながら。人々の頬を拳で殴り、札束で叩き、尊厳と故郷と思い出を奪う。自分はそれらを当然のことと受け止めていた。

金が動く。誰かが儲ける。その一方で誰かが苦しむ。それが現実であり、暴力であり、在来仏教最大宗派の姿である。

「これを見てなんとも思いませんか」

佐登子の視線に怒気が籠もる。

「京都は伝統ある美しい街や言いながら、燈念寺派はこんなひどいことやってますねんで。これでもまだ開発事業を進めるおつもりですか」

風が吹いた。積み上げられたゴミの山がしなるように揺れ、一部が崩れた。凌玄の足許に、腐りかけた犬の死骸が転がり落ちる。

「どないですの。なんとか言うて下さい」

詰め寄る佐登子に、凌玄はゆっくりと口を開いた。

臭気に誘われたわけでもあるまいに、部外者には聞かせられない真実の思いが滑り出る。もしかしたら、佐登子の念に当てられたせいかもしれない。

「開発は止まりまへん」

佐登子がまじまじとこちらを見つめる。

その視線を正面から受け止めて、

「それは、私に力がないからです。私もこれはあかんことやと思います。けど私には、いいえ、誰にもなんもでけんのです」

風が勢いを増す。ゴミが崩れる。膨らんだ茶色いビニール袋が破れ、糞尿の臭いが広がった。

「はっきりと申します。この地域の再開発は、京都市と本山にお金をもたらします。そのお金の力で、私は決める力を持てるようになります。そのとき初めて、こんなことを止められるんです」

佐登子が怪訝そうに問う。

「それは逆説かなんかやの」

「いいえ、言葉の通りです」

「あんた、頭おかしいんちゃうん」

「そうかもしれまへん。けどもう止められんのです」

「人を救うんが仏教ちゃうの」

「そうです。燈念寺派は大勢の人を救う宗派です。仏の道は永劫で、人間の時間では計れまへん。だから今は待っとくなはれ。私は一人でも多くの人を救える道を選んだんです」

おかっぱの髪が激しい風になびき、佐登子の顔が驚愕に歪む。

「うち、ここに連れてくる人、間違えてしもた……」

「いいえ、違てまへん。佐登子はんの慈悲の御心は私の胸に――」

「やめて、気色悪い」

佐登子が叫んだ。

「あんたは大勢が救われたら、一人が犠牲になってもええて言うてんのやろ」

「その通りです。私も経律大学の卒業生ですが、中国の善導大師《ぜんどう》のお言葉に、『雑毒之善《ぞうどくのぜん》、虚仮之行《こけのぎょう》』というのがあります。人間の善行には、自分を主体とした打算だらけの不純な毒が混じっている、という意味です。私も人間である限り、例外ではありまへん。せやさかい、己の毒を自覚して――」

「もうええわ。それで坊主丸儲けが許されるんやったら、仏教なんか滅びたらええねん」

「聞いて下さい。そもそも燈念寺派を開かれた浄願大師様は――」

「悪いけど帰りは一人で帰って。うちはほんま阿呆やったわ」

吐き捨てるように言うと、佐登子は身を翻して歩き去った。

その後ろ姿をぼんやりと眺め続ける。

風に揺れるおかっぱのショートヘア。ブラウスの背中がどんどん小さくなっていく。

それと入れ違いに、四つの黒い人影がやってきた。

最上と配下の男達だ。

遠くすれ違う佐登子を横目に見た最上は、次いで廃屋の前に立つ凌玄に気づき、不審そうに声を上げる。

「凌玄はん、なんでこんなとこに」

「仕事ですねん。それより最上はんこそ」

「わしらも仕事や。わしもときどきは現場の様子見とかんとな。ところで、今の女は」

「この家に住んでた子の友達やて」

叡光寺の娘であるとはあえて告げなかった。

「へええ、そら奇遇やなあ」

興味深そうに家と凌玄とを交互に見遣る最上に、

「仕事ちゅうことは、ここの地上げをやっとるんは最上はんですか」

「そや。担当はこいつらや。えらい頑固な相手やったそうやけど、なんとか立ち退かしてくれたわ」

三人の若い衆が凌玄に目礼する。

凌玄はそれを無視し、最上に食ってかかった。

「私はどうかしとったんや。世間で言われとる通りや。地上げ屋はほんまえげつない。ようこんなことでけたもんや。いくらお寺のためや言うても限度があるんとちゃいますんか」

「ああ?」

「ここに住んではった人はどないなるんや。なんぼなんでもこんなひどいことを……私もあんたも、きっともう救われへん」

しらけた顔をしている配下の三人に、最上は財布から数枚の札を渡し、

「おまえら、ちょっとそこらで飲んでこいや」

「へい」

紙幣を受け取り、三人は早足で去った。

最上は凌玄に向き直り、

「ここはえらい臭いわ。歩きながら話そか」

そう言って更地をぶらぶらと歩き出した。凌玄は無言でその後に続く。

「あんたなあ、今頃なに言うてんねん」

「なにて、あんたらのやっとることは――」

「わしらはヤクザなんやで。ヤクザはこうやってメシ食うとんのや。そやないと生きていかれへんやろ」

怒鳴るわけでもない。威嚇するわけでもない。しかし最上の言葉は、諦念に満ちているようで、静かな覚悟を感じさせた。

「和久良はんの口利きやさかい、わしらはあんたに賭けたんや。最後にはきっと勝ち馬になるてな。わしらは地上げして儲ける、お山にも金を回す、それであんたが出世する。あんたは偉なってお山を思う通りにする。なんも問題あらへん。立派なチームやないかい」

「待って下さい、今の話で抜けてるもんが一つあります」

「なんや、抜けてるもんて」

「和久良はんです。私に肩入れして、あの人にどんなメリットがあるいうんですか。そらお山の健全化とか言うたはりますけど、決してそれだけやないはずです」

最上は懐からセブンスターの紙箱を取り出し、一本くわえて歩きながらダンヒルのライターで火を点けた。

「あんたはまだ知らんかったようやなあ。ええわ、この際やから教えたる。和久良はんはな、燈念寺派の先々代総貫首様の落とし胤《だね》なんや。それもただの隠し子やない。先々代が祇園の舞妓に産ませた子なんや」

驚きのあまり訊き返す。

「舞妓て、未成年とちゃいますの」

最上は紙巻きの煙を吐きながら、

「せやさかい、和久良はんの身許は徹底的に隠された。高貴な血ィ引いとるにもかかわらず、最悪の日陰者として扱われたんや。母親の舞妓からも引き離されてな。その母親も今となってはどこの誰とも分からんし。病気で死んだとも自殺しよったとも言われとる」

「まさか、今の時代にそんなことがあるんですか」

「まあ、普通はあらへんやろな。けど、燈念寺派にはそうせなならん理由もあるし、それだけの力がある」

知らんかった——

和久良が燈念寺派を憎む理由はそれであったのか。

「京都の裏で、ある程度の顔やったらみんな知ってる話や。遅かれ早かれ、あんたも耳にすることになったやろう。京都の大物は和久良はんの血筋を知っとるさかい、当然疎《おろそ》かにはせん。それで和久良はんは京都の顔役にのし上がったちゅうわけや」

「すると、和久良はんは燈念寺派に仕返しをしたいちゅうことですか」

「仕返しかどうかは知らんけど、和久良はん自身は表には出られへん。そやさかい自分の代わりにあんたを立てたんやと思うわ」

仏教に通じ、仏をひたすら敬い信じる。その一方で、燈念寺派の偽善を何よりも憎む。

その心中を思うと、狂暴な鬼のようでもあり、哀れな赤子のようでもあった。

「この京都には顔役と言われるような大物が何人かおる。和久良はんはその筆頭で、藪来晋之助は宿敵とも言える相手や。たまたまや、たまたま縁があってわしらは和久良はんの側についた。こうなった以上、わしらもあんたも退《ひ》くことはでけんのや。さっきの女に何を言われたんか知らんけど、気ィ入れてしゃんとしとらんとわしらは揃って地獄行きやで。わしはあの世の地獄は見たことないけど、この世の地獄はよう知っとる。たぶんあの世の地獄の方がなんぼかマシやろ」

しみじみと言い、最上は足許に煙草の吸い殻を投げ捨てた。湿った土の上で踏みにじられた吸い殻は、何かを訴えているようでありながら、周囲のゴミにまぎれてすぐに視界から消滅した。

吸い殻が跡形もなく消えると同時に、凌玄も燈念寺派の事業計画について追及する気力を喪失していた。

九

蒸し暑さが人の本性を試すかのような夜、いつもの面々が『みやこ本陣』に集まり、何度目かになる対策会議が行なわれた。

「但馬連合の溝内に会うてきました」

まず口火を切ったのは最上であった。

但馬連合は夜久野の土地の一件に絡んでいた新興暴力団であり、地上げの競合相手でもある。

「但馬連合？　夜久野の件も黒幕は藪来と号命やったんと違うんかい」

和久良の疑問に、最上はウイスキーのグラスを傾けながら、

「あのときはキョーナンのケツ持ちとして利用されとっただけで、藪来の息はかかってまへん。但馬連合は山花組の傘下ですから、東陣会が乗り出してきたことにピリピリしとるはずなんですわ。そこでわしは話し合いの余地があるて踏んだわけです」

確かに但馬連合の上部団体である神戸の山花組は、関東を拠点とする東陣会とは長年にわたって敵対関係にある。

「結論から言いますと、こっちの読み通り、溝内は乗ってきました。ここで東陣会系の組の進出を

許してもたら、但馬連合の立場がない。京都防衛の大義名分で合意しました。誰ぞええ人に間に立ってもろて、わしは近いうちに溝内と盃しよ思てます。もちろん五分五分やおまへん。格から言うても扇羽組の方が上ですから、まあ七三いうとこでしょう。それは溝内も呑んでくれました」

「これでいよいよわしらも山花の側に立ついうことになるな」

和久良は複雑そうに感情を吐露する。

「洛中のことは洛中で始末をつけるいうんが京都の掟やったのに」

「事がこうなってしもたらしょうがおまへん。抑止力て言いますんか、旗色をはっきりさせとかんと、扇羽組だけではとても東陣会には対抗できまへん。苦渋の決断ちゅうわけですわ。溝内は意外と筋をわきまえとる男で、洛中では扇羽組の顔は必ず立てるて言うてくれました」

続けて氷室が報告する。

「船岡山の墓地造成計画の方ですが、これは実に異様な案件ですね」

そう語る彼の顔が、どこか楽しげに見えるのは気のせいか。

「燈念寺派は墓地造成用地として名鐵電鉄から三五〇〇平方メートルの土地を購入したわけですが、この土地はただの山林で、専門家の意見では坪あたり十五万から十八万で、二十万にも届かないということでした。にもかかわらず、購入価格はその三倍以上で、どう考えても通常の取引きではあり得ません」

氷室の言葉がいよいよ熱を帯びる。

「さらに面白いのは、京都市が墓地造成地として認可する場合、現状で墓地として使用されている土地の拡張工事に限るという規制があることです。現地にも行ってみましたが、本当にただの山林で、誰が見ても墓地ではない。なのに燈念寺派の認可申請に対し、京都市はそれを認める決定を下した。そのカラクリに関しては、凌玄さんからお願いします」

話を振られ、凌玄はグラスを置く。以前は飲めなかった酒が、今はもう飲まずにはいられなくなっている。

「燈念寺派幹部と京都市役所との飲み会の席で、市役所の誰かがいかにもわざとらしくこう言ったそうです。『墓石でもあったら墓地やと認められるんやけどなあ』と。その次の日には、燈念寺御用達の石材屋が発注を受け、処分予定であった古い墓石を問題の土地に搬入し放置したということです。石材屋は『なんのためにこんなことをするのか、ずっと疑問に思っているが、今もお寺からの説明はない』と話してます。燈念寺派から『船岡山別院墓所由来』と題された、やけに新しい古文書付きの墓地等経営許可申請書が改めて提出されたのは、墓石搬入から二日後のことでした。この古文書には、船岡山別院の信徒の墓が十基、同地に現存する旨が記されていたそうです」

それらはすべて海照からの情報である。

「またこの飲み会の席に、燈念寺派でも市役所職員でもない人物がいて、しきりに計画を持ち上げていたそうですが、この人物の名刺を保管しとった僧侶が一人いました」

これは自ら入手した名刺を、凌玄は一同に示してみせる。

［京都大学名誉教授　京都国際福祉大学理事長　梅徳博司《うめとくひろし》］

名刺を一瞥した氷室が、冷笑とともに告げる。

「京大人脈のドンと言われている男ですね。もっとも、私に言わせるとドンではなく癌《ガン》ですが。教え子の功績を横取りして地位を築き、定年後は人脈を伝って天下りを繰り返してます」

「またそいつかい。わしもようあちこちで名前見るわ」

いまいましげに和久良がぼやいた。

「けど、藪来の犬になっとったとは知らんかったわ」

「これで敵の陣営がはっきりしてきたということですね」

氷室の言葉に、全員が顔を上げる。

敵の陣営――それはあまりに強力な布陣であった。

「そやのうても御池《おいけ》とは仲のようないお寺さんが、よう一緒に飲み会なんかやったもんやのう。金の力は仏さんの教えより偉大なんちゃうか」

和久良は罰当たりな冗談を言っているが、〈御池〉すなわち京都市役所と京都仏教界との確執について知る者としては、とても笑うどころではなかった。

昭和六十年、京都市は社寺の拝観料に課税する『古都税』条例を施行した。これに猛反発したのが市内の大寺院で、拝観料の実質的値上げになるだけでなく、納税という形を取る以上、拝観料の総収入額を税務署に把握されることになる。収入の秘匿によって蓄財に努めてきた寺院側としては、断じて認められるものではなかった。

寺院側は拝観の停止という信じ難い手段でこれに対抗した。大打撃を受けたのは門前の土産物店やホテル、旅館等の観光業界である。たちまち京都市へ非難が殺到し、それでなくても観光収入に依存する京都は大混乱に陥った。水面下でさまざまな裏取引が行なわれ、権謀術数が渦巻いた結果、京都市は寺院側の要求に屈し、今年三月、古都税の撤回に追い込まれたのである。

あらかじめゴールの定められた〈出来レース〉の側面が強い騒ぎであったとは言え、京都市側には大寺院に対する根深い敵愾心が残っている。

千年の歴史を誇る京都が、中世よりの魔を住まわせる地であるならば、その最たる巣窟は京都市役所を措《お》いて他にあるまい。

御池通に建つ京都市役所は、その地名から〈御池〉あるいは〈御池産業〉と呼ばれている。〈御池〉はまだしも、行政府であるはずの市役所の別称がなぜ〈御池産業〉なのか。

その理由としてさまざまな説が流布しているが、凌玄は「裏で実業界にコミットしているから」

であると理解している。それほどまでに京都市役所は、何事につけ陰湿な介入を仕掛けてくる。そうして作られた裏金がどこに流れているのか、凌玄には知る由もなかった。

「冗談はさておき、問題はや、御池の中に藪来晋之助の手下がボウフラみたいにおるっちゅうことや」

和久良の指摘に、凌玄も最上も黙り込む。

これは難しい――

市役所のトップとは限らない。下っ端の管理職が実権を握っている例を凌玄はいくつも知っている。何人かの名前が頭に浮かぶが、それぞれテリトリーが違うような気もする一方、目的のためには平気で管轄を無視するのが京都市役所だ。

怪しい人物が多すぎて絞りきれない。なるほど、魑魅魍魎の巣と揶揄《やゆ》されるわけである。

「いよいよ面白くなってきましたね」

氷室が場にそぐわぬ感想を口にして、最上から睨まれていた。

ともかく新たに判明した事実が多すぎる。それらの材料を分析し、有効と思われる打開策の考案を氷室に一任すること、また各自それぞれの分担を続行することなどを決め、その夜は解散となった。

「凌玄はん、今夜はわしの車で送ったるわ」

なにげない口調で和久良が声をかけてきた。

最上と氷室は素知らぬ顔で帰っていく。

何かあるな、と直感した。だがそれでなくても和久良の誘いは断れない。

「ありがとうございます。お言葉に甘えて、乗せてもらいます」

「あんた、東山やったな」

「はい」

総務役員に就任すると同時に、凌玄は東山のマンションに越していた。景観を損なわない低層マンションの一階である。

和久良の車は以前と変わらずバラードだった。運転手も同じあの老人で、車内には時間が止まったような奇妙な空気が淀んでいた。

「任等院《にんとういん》の定例茶会、知ってますやろ」

車が走り出すや否や、和久良は早速話しかけてきた。

「ええ、まあ」

任等院の庭園で年二回催される定例茶会は、燈念寺派幹部僧侶の子弟が集まる交流の場で、言うなれば集団見合いの機能を果たしている。

「去年は古都税のゴタゴタで中止になったんやけど、今度の日曜に開催されることになったんや。あんた、それに行ってみいへんか」

「えっ、あれは格式の高いお寺の子やないと門前払いやて聞いてますけど」

「なに言うてんねん。あんたは総務役員やろ。あんた自身が幹部僧侶やねん」

「はあ、でも私はまだ……」

「いつまでも若いつもりでおられたら困るで。そろそろ身ィ固めてもらわんと、これからの出世にも関わるさかい」

普段に増して、和久良の言葉には有無を言わせぬ強い意志が感じられた。

また、「これからの出世にも関わる」という点も気になった。確かに和久良の言う通りである。京都には伝統的に余所者《よそもの》を排除する傾向が厳然として存在する。地方の出身である自分が本山で今以上に出世するには、名利に婿入りでもするしかない。

――仕返しかどうかは知らんけど、和久良はん自身は表には出られへん。そやさかい自分の代わりにあんたを立てたんやと思うわ。

京都駅前の更地で、最上の漏らした言葉が甦る。

だから和久良は自分に嫁をあてがおうとしているのだろうか。だとすれば、自分は和久良の私怨を晴らすための傀儡《かいらい》にすぎないのではないか。

「ええな。日曜の朝十時や。任等院の方にはわしの方からきちっと言うとくさかい、遅れたらあかんで」

こちらの葛藤を逡巡と見たか、和久良が釘を刺してきた。

またしても凌玄に選択肢はなかった。

〈えっ、定例茶会やて。聞いてへんなあ。まだ時期は決まってへんと思とったんやけど〉

電話の向こうで、海照は驚いたように言った。

東山のマンションに帰るなり、凌玄は海照に電話して今日の会合について報告した。黒幕が藪来晋之助と号命であることなどを告げてから、任等院の定例茶会についても打ち明けたのだ。

〈ええやんか、行ってきたら。かわいい子がいてるかもしれへんし。定例茶会て、事実上のお見合いなんやろ〉

「そやからおまえに頼みがあるねん」

〈なんやねん〉

他人事のように言う海照に、

「日曜はおまえにもついていてきてほしいねん」

〈阿呆言いなや。ええ歳して、一人で行くのが恐いんかいな〉

恐いのは和久良の妄念であるとは言えなかった。

「ああ、恐いねん。せやからおまえみたいな二枚目にいてほしいんや」

〈逆やろ、それ。君は僕の引き立て役にでもなるつもりか〉

「ああ、そのつもりや。そやからおまえも来てくれ。一生の頼みや」

〈しゃあないなあ。分かった、行ったる〉

「恩に着るわ」

〈その代わり、気合い入れてええ子探しや〉

「まあ、それなりにがんばるわ」

海照の言質を取って電話を切る。

持つべきものは友人だ――ほっとするとともに心からそう思った。


日曜になった。

凌玄は和久良から届けられた和服を着て、海照との待ち合わせ場所である京阪の五条駅に向かった。

着物は老舗呉服店の高級品で、羽織から履物まで一通り揃っている。サイズは計ったようにぴったりだった。全部でいくらになるのか見当もつかないが、そこに和久良の妄執が感じられて薄気味悪くもあった。

「なんや君、えらいええの着てるやんか」

凌玄の和服姿を見て嘆声を上げた海照は、真新しいネイビーのスーツを着用していた。全体にさっぱりとして、海照の爽やかさを引き立てている。

「おまえかて高そうなスーツやんか」

「こういうこともあろうかと年明けに誂《あつら》えたんやけど、まさかこんな早ように着る機会が来るとは思てへんかったわ」

「やっぱりおまえ一人だけモテるいうオチになりそうやなあ」

「そやから僕はイヤや言うてん」

軽口を言い合いながらタクシーで任等院に向かう。

一般の拝観者を避けるため山門は閉ざされている。通用門の前には受付係らしき僧侶が立っていた。

「総務役員の志方凌玄と申します。ご苦労様でございます」

挨拶して通ろうとすると、僧侶は困惑したように、

「あの、凌玄様お一人やと伺っとったんですけど」

凌玄は少々憤然となって、

「こちらは監査局会計監査部部長補佐の瀧川海照様や。参加する資格は充分やと思いますけど」

「これは失礼を致しました。どうぞこちらへ」

僧侶は先に立って案内する。

怪訝に思いながらも中に入ってしばらく進んだ凌玄は、世に名高い任等院庭園の見事さに息を呑んだ。

木漏れ日の下、苔むした岩の合間を泉水がよい塩梅に巡っている。別世界のような空間であった。

「おかしいな、他に誰も来とらへんで」

海照が首を傾げるように呟いたとき、

「先様はあちらでお待ちになっておられます」

前方を示してそう告げると、僧侶は足音も立てずに去った。

「先様やて？　定例茶会は集団見合いちゃうかったんか」

「見てみい、凌玄」

海照に肘でつつかれた。

小川に架けられた木橋の向こうに、大きな赤い和傘と縁台が見える。

その前に、二つの人影があった。どちらも華やかな着物の女性である。

その顔をまじまじと見て、

「あっ」

凌玄は思わず声を上げていた。

一人は知らない。

だがもう一人――ショートヘアの女は、あの大豊佐登子であった。

「なんであんたが……」

佐登子も驚きのあまり声を失っているようだ。

だが佐登子の連れも、海照も、当然ながら状況が分からず凌玄と佐登子とを交互に見ている。

「佐登子はん、もしかして、今日来てはんのはおたくさんらだけですか」

「それはこっちが訊いてますんや」

海照が「おい、凌玄」といぶかしげに袖を引く。

「佐登子はんて、おまえ、この人知ってるんか」

我に返ったというわけでもないが、凌玄は渋々ながら海照に佐登子を紹介した。

「こちらは経律大学の学生さんで大豊佐登子はん。叡光寺御住持の御息女や」

「叡光寺の御息女やて……」

さすがに海照も驚いている。

「佐登子はん、こっちは私の学生時代からの親友で、今は燈念寺派監査局会計監査部で部長補佐を務めおります瀧川海照です」

なりゆきからやむを得ず海照を紹介すると、

「まあ、海照はん言わはりますのん。頭つるつるやなかったらお寺さんとはとても思われへん。ほんまええ男はんやわあ。ひょっとして、俳優さんとかとちゃいますのん」

わざとらしい口調で仰々しく海照を褒めそやしてから、佐登子は自分の連れを紹介した。

「こちらはうちの同級生で、万代美緒《ばんだいみお》ちゃんです。美緒ちゃんもやっぱりうちとおんなじお寺さんの娘やさかい、大学でもよう気が合いますねん。それで今日は一緒に来てもろたんです」

「万代美緒です。はじめまして」

控えめな笑みを浮かべて挨拶する。

凌玄も海照も、慌てて挨拶を返す。

「志方凌玄です」

「瀧川海照です。今日はよろしゅうお願いしますわ」

「こちらこそよろしくお願いします」

美緒の物腰はどこまでも奥ゆかしいものだった。どうやら佐登子とは対照的な性格らしい。髪型も個性的なショートの佐登子と違い、ボリュームのある長い髪をアップにしている。

そう言えば、二人とも着物は娘らしい振袖で、生地も仕立ても立派な高級品であることは一目で知れたが、華やかな紫陽花《あじさい》柄の佐登子に対し、美緒は落ち着いた瑞雲の吉祥文様である。それぞれの気質の違いが着物の柄にも表われているように凌玄は思った。

「けど、定例茶会やいうのに僕らだけて、どういうことですやろ」

海照の呟きに、佐登子は思い出したように言った。

「そうや、それや。うちは父から『ええから定例茶会に行ってこい、行かなんだら学費はもう出さへんぞ』言われて。それで美緒ちゃんに頼んでついて来てもろてん」

「それ、私もおんなじですわ」

「ほんなら凌玄さんも、親御さんに行け言われて来はったん？」

「はあ、私の場合は親やないんですけど、まあ似たようなもんですわ」

曖昧にごまかした。彼女達に和久良のことを少しでも話すわけにはいかない。

すると海照がようやく腑に落ちたという顔で、

「つまり、大豊さんのお父上は、大豊さんと凌玄を見合いさせよ思て、定例茶会や言うて騙して行かさはったわけですか。ほんなら僕はとんだお邪魔者やいうわけやな」

「それは私もおんなじですわ」

にこやかに美緒が応じる。

「なに言うてんのん。うちはお見合いする気ぃなんかちょっともあらへん。美緒ちゃんについて来てもろて大正解やったわ」

佐登子は凌玄をきつい目で見据え、

「それにこの人は燈念寺派の地上げに賛成やねんて。道理で出世しはるはずやわ。燈念寺派の偽善に尻尾振って片棒担いで、偉いさんに取り入って。こんな人と結婚やて、あり得へんにもほどがあるわ」

「ちょっと、言い過ぎやで、佐登子ちゃん」

美緒が慌てて友人をたしなめる。

「美緒ちゃん、せっかく付き合うてもろたのに悪いけど、今日は帰らせてもらお。うち、気分悪いわ」

「私はええけど、そんなん、いくらなんでも失礼ちゃうの」

「構へん構へん。悪いんはうちとこの父と、ここにおる凌玄や」

海照も困惑したように、

「凌玄、君、そもそもこの人とどういう知り合いやのん」

「それは……」

話すと長い、いや、長くはないが、説明するのが難しい——そう答えようとしたとき、

「まあ、とにかく座りましょ。皆さん、立って話すのもしんどいですやろ」

「あっ、そうですね」

美緒の提案に、海照が即座に応じる。この場はとにかく自分達の頭を冷やすのが先決だと考えでもしたのだろう。海照らしい、真面目と言えば真面目な如才のなさだ。

「座る言うたかて、これしかあらへんやないの」

佐登子が不服そうに緋毛氈《ひもうせん》の掛けられた縁台を指差す。確かにそれは一脚しかなく、四人で座るには、横に並ぶか、二人ずつ背中合わせになるしかない。

「ええやないの、これで。向かい合うて言い合いするより、横に並んだ方が冷静にお話しできるんとちゃいますか」

「そらええ、万代さんの言う通りですわ。そないしまひょ」

二人に促されるまま、凌玄達は横一列になって座った。と言っても、左端の凌玄の隣に海照が座り、少し間を空けて女性二人が座る。佐登子は右端だ。つまり、凌玄と佐登子の距離を最大限に離した恰好である。

「これでええわ」

満足そうに呟いてから、海照が促してくる。

「凌玄、最初から話してみいや」

「うん、そもそもはこちらの佐登子はんが――」

「それはうちが説明するわ」

右端から佐登子が強引に話を引き取る。

「うち、燈念寺派の総合庁舎へ嘆願に行ったんや。燈念寺派は京都の伝統を守れ言う一方で、京都駅前の地上げで儲けてる。これは言行不一致もええとこやないの。そしたら、応対に出てきたこの凌玄が、なに言うか思たら、それこそが人を救う仏の道やて」

「違うわ。途中を勝手に省かんといて下さい」

「省くも何も、そういうことやないの」

「私の考えは説明したはずです」

「説明やて？　あんな理屈、なんの説得力もあらへんわ」

視線をまったく合わせることなく、感情的な言い合いになってしまった。

「落ち着けて、凌玄」

「佐登子ちゃんも言い過ぎやで」

海照と美緒がそれぞれ仲裁に入る。

「大豊さんが抗議してはることは分かりました」

まるで司会進行役であるかのように海照が仕切る。

「大豊さんは叡光寺のお嬢様やさかい、内部事情を話させてもらいますけど、燈念寺派の経営戦略として京都駅前の土地開発に投資してるのは事実ですわ。僕は監査局やから把握してて、総貫首様の承認も得た正式な事業です。これはここだけの話にしてほしいんやけど、僕の個人的な意見として、大豊さんの言うように、なんやこう、えらい裏表があるように感じるのも事実や。凌玄、君はそれをどない説明した言うねん。僕かて興味あるわ。ここでもっぺん聞かせてみいや」

「分かった。言うたる」

凌玄は視線の先にある石灯籠を見つめながら、心の中の空白に思いの丈を描《えが》き尽くすつもりで口を開いた。

「市民団体の皆さんが、京都の景観を守れ言うたはるのはよう知ってる。佐登子はんの所属してはる団体もそうや。それは私かておんなじ気持ちや。これでも燈念寺派の坊主なんやさかい、当然やないですか」

「そやったらなんで――」

「まあ聞いて下さい。あのときは私の言葉が足りんかったのも事実やさかい、全部ここで言うときたいねん」

口を挟んできた佐登子を遮り、

「皆さんは京都の伝統を守れ、景観を守れて言わはりますけど、京都の伝統てなんですねん。景観てなんですねん。千年前も今とおんなじ景観やったて言いますのか。あちこちにビルがあって、電車や車が走っとった言いますのか。ちゃいますやろ。市民団体の皆さんも、毎日電車や車使わな、もう生活でけまへんやろ。ガスや電気も要りますやろ。景観て、時代に応じて変わっていくもんとちゃいますのか。そやのに京都やから景観守れて、そら単に京都を観光資源としか見てないから言えるんや。京都でお金を稼ぐのに、高層ビルが邪魔になるさかい建てたらあかんと。全部お金の都合とちゃいますのか。要は誰が儲けるかの違いだけや。そやったら燈念寺派もおんなじです。今の世の中で巨大組織を維持していくには、経営いうもんが要ります。逆に、京都の伝統で変わらんもんはなんですやろ。私はそれを信心やと思うてます。仏様を信じる人の心や。京都にはそれがある。宗派や信じ方は人それぞれやけど、京都という土地にはそういう力がありますのや。それは景色とかで簡単に変わってしまうもんやないはずです。景色が変わったくらいでなくなるような信仰心やったら、そんなもん、最初からないのとおんなじや」

海照も、美緒も、そして佐登子も、息を詰めて聞き入っている。

「燈念寺派は日本最大の伝統仏教団体や。そう、伝統なんです。燈念寺派をなくすわけにはいきまへん。それこそ伝統の崩壊や。私は自分の責任として、燈念寺派を守っていかなあきません。そのためには事業もやります。そもそも、拝観料てなんですのん。お賽銭てなんですのん。御仏はお金なんか使いまへん。お寺がお金を稼いでるだけや。燈念寺派を維持するために必要やからや。仏の教えを伝え、人々の支えになる。そのために必要やからや。景色なんかなんぼ変わったかてええ。それは生活が便利になって、暮らしが楽になった証拠やないですか。京都はただ遊びに来た観光客のためにあるんやない。日々移り変わっていく京都で、私どもは変わらぬ教えを広め続ける。それこそが伝統ちゃいますのんか」

海照と美緒は感銘を受けたように無言である。

だが、佐登子は違った。

「あんた、自分でええこと言うてるつもり？　あんたはあの地上げされた家を見たはずや。更地になった土地を見たはずや。それでもあんたは、おんなじことを言えますのか。追い出された家族に、おんなじことを言えますのか」

一瞬。ほんの一瞬。言葉を失う。あの光景は忘れられない。善か悪かで言うならば、まぎれもなく悪であろう。

「うちの幼馴染が、地上げ屋にどれだけひどいことをされてきたか。なんぼ断っても許してくれへん。立ち退きの書類に判子押すまでえげつない嫌がらせが続くんや。弱いもんを徹底的にいじめ抜きよる。あれは地獄や。そら確かに京都の景色は変わっていきますやろ。けどあんたの言うてることは、地上げ屋の暴力団に都合のええ方便や。あいつらは人間やあらへん。ほんまもんの鬼や」

「地上げ屋は鬼ですか。けど、御仏は鬼を恐れまへん。鬼をも使役し、人を救おうとなされるはずです」

佐登子はあの、京都駅前の広大な更地で見せたような表情を浮かべ、

「やっと分かったわ。あんたは地獄の鬼の仲間やねんね。もうええわ」

立ち上がった佐登子を追うように海照も立ち上がる。

「大豊さん、どこに行かはるんですか。凌玄は真面目な僧侶です。こいつの言うことにも一理はあると僕も思たんですけど」

振り返った佐登子は、海照に向かい、

「海照はん、でした？」

「はい」

「そやったら、あんたの考えも聞きたいわ。二人だけで」

「えっ？」

佐登子は驚いている海照の腕を取り、

「美緒ちゃん、せっかくの任等院庭園やし、うちら、しばらくそこらへん歩いてくるから、ちょっと待っといて」

強引に海照を連れ、木々の向こうへと去っていく。凌玄は声もなく彼女の後ろ姿を眺めるしかなかった。

不意に——佐登子がわずかに振り返ってこちらを見た。

その表情に、凌玄は己が胸の深奥部を細く尖った爪先で撫でられたような気がした。

繊細にすぎる慕情と、それを打ち消さんとする嫌悪。相反する二つの色を、凌玄は漠然と感じ取

っていた。

佐登子はんは――ひょっとしたら――

だがそれも一瞬で、佐登子はそのまま海照にしなだれかかるようにして遠ざかる。艶《あで》やかな佐登子の後ろ姿を、凌玄はぼんやりと目で追い続けた。

「佐登子ちゃんて、いつも勝手なんやから」

そんな呟きで我に返った。凌玄とともに残された万代美緒であった。

呆れたようにため息をつき、彼女はこちらに向かって微笑んだ。

「堪忍したって下さい。決して悪い子やないんやけど、お坊さんにあんなひどいこと言うて」

「いいえ、万代さんが謝ることとやないですよ」

美緒は心持ち凌玄の方へ身を寄せて、

「けど、私は凌玄さんの言わはったこと、分かるような気がします」

「ほんまですか」

「海照さんも一理ある言うてはったけど、一理どころやない、二理も三理もあるんやないか思いました。伝統や景観を守れやて、誰でも簡単に言いますよね。私もそれを当たり前のように思てました。けどそれは、一種の思考停止に陥っとったんちゃうかなあて。言われてみたら確かに全部自分らのためのエゴでしかあらへん。そういう考えは今まで誰も教えてくれへんかった。そやから、えらい新鮮でしたわ」

「そない言うてもらえると嬉しいですわ」

「それだけとちゃいます。大組織には経営が必要やいうのもその通りやと思いました。お山が潰れてしもたりしたら、それこそ伝統も何もなくなってしまいますもんねえ」

美緒との距離が急速に縮まっていくように凌玄は感じていた。精神的にも、物理的にも。

「あの、凌玄さんさえよろしかったら、もう少し、お話を聞かせてもらえまへんやろか」

感激だった。

「喜んで」

凌玄は勢い込んで答えていた。だが何を言うべきか、すぐにはまるで浮かんでこない。言《こと》の葉は木《こ》の間《ま》に隠れて姿を消した。

名園に降り注ぐ陽光は、植樹と苔の緑とを明るく照らし、和傘の赤を鮮やかに引き立てている。暖かい光の中、泉水のせせらぎに混じって、美緒の秘めやかな含み笑いが微かに聞こえた。

十

所用があって河原町《かわらまち》へ使いに出た凌玄は、帰途、ふと足を止めて周囲を見回した。

行き交う自動車。歩行者の雑踏。原色の衣服で着飾った若者達。ディスコの看板も並んでいる。まぎれもなく現代日本の風景だ。

しかし建物の合間には、歯が抜けたように更地がある。腐った虫歯のような廃屋がある。美しい光景であるとはお世辞にも言えない。だがそれは、よりよい世界に生まれ変わる前の、一時の痛み、仮の姿でしかないのだと自らに強く言い聞かせる。

そうだ、京の都こそ千年の都だ。その千年都市を未来へとつないでいく。それこそが尽未来際《じんみらいさい》へと続く仏の道ではないか。燈念寺派開祖たる浄願大師の願いではないか。

ふと思う。いや常に思う――仏とはなんや。

時々分からなくなってしまう。大豊佐登子が蔑《さげす》むように自分を見る。

やめとくなはれ――俺はこの世の真理を、仏教の真髄を求めとるだけなんや――

車道の向かいに目を向けると、一際大きなマンションが目に入った。横断歩道の信号が、凌玄を招くかのように青へと変わる。まるで仏の導きであるかの如く。

帰路を外れて横断歩道を渡った凌玄は、そのままマンションへと吸い込まれた。

そう古い物件とも思えないが、人の住んでいる気配はまるでなかった。廊下の照明もすべて消えていた。それどころか電球や蛍光灯が割れたまま放置されている。加えて至る所に散乱した塵芥が、まさに地上げ中の物件であることを示していた。

今一度、地上げの実相を見極めよということか――

足の向くに任せて細長い廊下を巡り歩き、なんの余念もなく突き当たりの階段を上る。

二階にはさらに荒廃した埃臭い空気が漂っていた。

「開けんかいコラ」

大きな怒声が聞こえてきた。

三階へと進もうとしていた凌玄は、足の向きを変えて声のした方を覗いてみる。

大きなドーベルマンを三匹も連れたジャージ姿の若い男が二人、怒鳴りながらドアの一つを蹴飛ばしている。

〈早よ帰って下さい。なんぼ言われたかて私らはここを売りません〉

インターフォンから、婦人の老いたしゃがれ声が聞こえた。

男達はますますかさに懸かって、

「わしらは隣に越してきたさかい、引っ越しの挨拶に来たったてなんべんも言うとるやろが。せやのにドアも開けへんて、失礼にもほどがあるんちゃうか、おうっ」

飼主の罵声に応じて、三匹の軍用犬が獰猛そうな牙を剝いて一斉に吠え立てる。

〈これ以上騒ぎはるんやったら警察呼びますよ〉

「おう、呼んでこいや。わしらは挨拶に来ただけなんやからな。なんも法律に触れるようなことはしとらんわい」

「そもそも、警察がここに来よりもせんのはよう知っとるやろが」

二人は心底愉快そうに哄笑する。それに合わせるかのようにドーベルマンが猛り狂う。

やはり地上げの最中であった。

おそらくは末端のチンピラであろう二人のヤクザが、どこの組に属するのか凌玄は知らない。そもそも、この地域が扇羽組のプロジェクトに入っていたかどうかさえ定かでなかった。

インターフォンの向こうで老婆が啜り泣いている。

地獄であった。

凌玄は我知らず両手を合わせて読経していた。

「なんや、おまえ」

こちらに気づいてヤクザ達が振り返る。

「なんで坊さんがこんなとこにおるんや」

彼らが扇羽組か但馬連合の構成員であったとしても、全員が凌玄について知っているわけではない。ましてや敵対関係にある黒松組の構成員ならなおさらである。

「ここの婆さんに頼まれてお祓いにでも来たんかい」

「辛気臭い坊主やのう。さっさと行かんかい。早よ帰らんかったらわしらの可愛い愛犬がなにするか分からへんど」

「そうや、わし、さっきから手ェ疲れてしもて、もうこいつら押さえられへんわ」

忠誠心を示そうというのか、犬達が今度はこちらに向かって吠え立てる。

そこへ四人の男が階段を駆け上がってきた。血相を変えた彼らは、凌玄を突き飛ばすようにしてジャージの男達へと詰め寄った。

「なにやっとんのじゃコラ。このマンションはわしらが買うことになってんのや。人様の米櫃に横から手ェ突っ込むような真似しくさりおって」

「そっちこそなんや。わしらが退《ひ》いても、この犬は帰りたない言うとるぞ」

「笑かすなや。犬が恐あて極道が務まるかい。構へん、いてもうたれ」

後から来た男達が懐に手を入れ、思い出したようにこちらを見る。ドスか拳銃を抜こうとして目撃者の存在に気づいたのだ。

凌玄は読経しながら階段を下っていく。無明《むみょう》の黄泉路を逆に辿って出口へ向かう。

背後から男達の揉み合う怒声と、大型犬の咆哮が聞こえてきた。銃声も聞こえたような気がしたが定かでない。

まさに地獄。ここが地獄。ならば一層、力を入れて清めねばならぬ。美しい都を作るために――

前方に光が見えてきた。出口である。

闇の小径を抜けた途端、現世の眩しい光とともに、都市の喧噪が戻ってきた。

やはり御仏の光は素晴らしい。自分は正しいのだと心から信じられる。

マンション内で立て籠もるように住んでいた老婦人の顔は、最後まで見られなかった。あの婦人はマンションに搦め捕られている。一刻も早くその妄執を断ち、あの人を解き放って差し上げねばならない。そしてこの不浄の地をまっさらに清めねばならない。

無《む》一物中無尽蔵《いちもつちゅうむじんぞう》。

蘇東坡《そとうば》の詩の一節である。一切の対象物に執着しない。その境地にこそ、無尽無限の理《ことわり》が存在する。

その理に人を導くことこそ、仏道に生きる者の使命であろう。

内に地獄を抱えるマンションの前で、凌玄はいつまでも読経を続けた。


山花組系但馬連合と扇羽組。

東陣会系黒松組。

双方の勢力は拮抗し、京都駅前だけでなく、各地の地上げ物件を巡って衝突を繰り返していた。

一進一退の攻防が続き、戦局は膠着状態に陥っているという。

最近では新聞やテレビ等のマスコミも、そうした情勢を及び腰ながら報道するようになっていた。

彼らは〈奥〉にあるものがなんであるかを薄々察してもいるので、決して深くは追及しようとしない。それでも市民の怒りや反発をかき立てるのに充分であった。

「若い衆にはできるだけ衝突を回避するように命じているのですが、地上げの現場でたまたまぶつかってしまうと、どうしてもね」

今宮《いまみや》神社の参道にある団子屋で、氷室は低い声で呟いた。

「こう派手な乱闘が頻発すると、警察も動かざるを得なくなってくるでしょう。早急になんとか手を打たねば……それも抜本的な手をです」

店内はそこそこ賑わっているが、京大卒のヤクザは平気で危険極まりない話をしている。

凌玄は目だけを動かして周囲の様子をさりげなく確認する。自分はポロシャツ、氷室は学生のような麻のシャツだ。こちらに注目している者はいない。

「抜本的な手ぇて、なんぞええアイデアでもおますのか」

その店の名物らしい、きな粉のたっぷりかかった団子を頬張りながら尋ねた。

「大体のプラン程度、ですけどね」

返ってきたのは、いつもながらの曖昧模糊とした答えであった。

「そのために今、扇羽組を通して山花組にも話をつけ、動いてもらっているところです。また他にも、いくつかそれなりの準備が必要となります」

「準備と申しますと」

「あなたの内部協力者である海照さん。この人を我々に紹介して下さい」

凌玄は口中のきな粉で咽《む》せそうになった。

「海照をですか」

「ええ」

氷室は自分の皿には手を付けようともせず、

「事が事だけに、これまで以上に慎重に動く必要があります。そのためにも、海照さんと直接会って打ち合わせをしておきたいのです」

「それは分かりますけど……」

ガラスのコップを取って冷たい緑茶をゆっくりと啜る。団子を茶で流し込むふりをして、少しでも考える時間を稼ぎたかった。

海照は自分の親友である。これまでも一蓮托生の危ない橋を一緒に渡ってきたが、心の片隅に、彼だけは穢れのないお山の中に置いておきたいという願いがあった。彼を和久良達に会わせるのは、何か尊いものを打ち壊す行為のように思えたのである。

「どうしたんですか、凌玄さん」

「いえ、海照はえらいデリケートな男やし、組の皆さんと直接会うたら、拒絶反応を起こすんやないかと心配してますねん」

凌玄の下手な口実を嗤うかのように、氷室はマイルドセブンをくわえ、百円ライターで火を点けた。

「そんなことを心配していられる状況じゃないのはよくご存じでしょう。それに、最上のカシラがどうやら不信感を募らせているようでね。『海照いう坊主といっぺん直《じか》に会うとかんことには信用でけん』とかこぼしてますよ。端的に言って、この先のリスクを考えると私もカシラと同意見です」

軽い口調であったが、それは事実上の絶対命令であった。逆らうことは許されない。

「分かりました。なんとか海照を説得して連れていきますわ」

「助かります」

「けど、お茶屋はあきまへんで」

「なぜですか。芸者遊びがお嫌いとか」

京都の遊びを人一倍嫌っている自分のことを棚に上げ、氷室が不審そうに質してくる。

「海照が嫌《きろ》てるいうより、私が恥ずかしいんですわ。その、海照の前で羽目外すのんが」

ああ、と氷室は得心したように煙を吐いた。

「分かります。会合には別の場所を用意しましょう」

「そうしてもらえるとありがたいですわ」

「では、時間と場所は追って連絡します」

そう言うと氷室は伝票をつかんで立ち上がった。

「私は先に失礼します。凌玄さんはゆっくりしてって下さい」

煙草をくわえたまま氷室はレジへと向かう。彼は最後まで団子に手を付けなかった。

もったいないこっちゃで——せっかくの美味しい団子やのに——

とりとめもなくそんなことを思った。

真剣に受け止めるのが恐かった。だからあえて思考を逸らしたのだ。そうと分かっていながらも、凌玄にはやはりどうすることもできなかった。

「それは会《お》うといた方がええんとちゃうか」

その夜遅く、凌玄のマンションでソファに座った海照は即座に言った。

「会うたこともない奴に生きるか死ぬかの作戦を任せるやて、そんなん、僕かて信用でけへんわ」

「けど、相手はほんまもんのヤクザなんやで」

「ヤクザにほんまもんもニセもんもあるかい。それに、あいつらは僕らの僧兵や言うたんは君やないか」

「そらそやけど……」

「ほんならこれは、言うたら閲兵式みたいなもんやないか」

最初は闇社会との共闘に抵抗していた海照が、いつの間にか前のめりになっている。危険な兆候であった。

「そんなん、あいつらの前で言うたらあかんで」

「分かっとるわ、それくらい」

「そやったらええねんけど」

「なあ凌玄」

立ち上がった海照が、向かいに座る凌玄の隣へと身を寄せるように移動する。

「考えてみたら、これは〈あのこと〉を和久良はんらに打ち明けるええチャンスやないか」

「そやなあ……」

それに関しては確かに海照の言う通りであった。〈あのこと〉はできるだけ早いうちにはっきりと伝えておかねば、厄介な事態ともなりかねない。

「おまえの考えはよう分かった。けど、後悔はないやろな」

最後の望みを託したわけではなかったが、もしかしたら、無意識のうちに海照の再考を期待していたのかもしれない。

凌玄の思いにかかわらず、海照はきっぱりと言い切った。

「そんなん、あるわけないやろ。これが僕の運命やったんやと思てるくらいや」


氷室から連絡があった。場所は京都ホテル。そこに部屋をとったという。

海照と連れ立って、凌玄は指定されたスイートルームへと赴いた。

広い室内の奥で、和久良、最上、氷室が待っていた。また壁際には、見るからに屈強そうな組員が十人ばかり控えている。海照の度胸を試そうというのか、いつもより恐ろしげな顔貌の持ち主を集めたようだ。

互いに簡単な挨拶をしてから、凌玄は彼らに海照を紹介した。

「お初にお目にかかります。燈念寺派監査局の瀧川海照です」

低頭する海照を見て、和久良が嘆声を上げた。

「こらまたえらい男前の坊さんやないか。さすがは凌玄はんの友達だけあるわ」

「和久良はん、お寺さんは役者やないんやさかい、顔褒めたかてしょうがありまへんで」

苦笑しながら言う最上に、和久良は大真面目に応じる。

「扇羽組の最上ともあろうもんがなに言うてんのや。人の上に立つ人間は、顔も器量のうちやねんで。これがほんまの器量よしや」

「なんや、シャレですかいな」

「あれ、そんなつもりで言うたんとちゃうんやけど」

「まあどっちゃでもよろしいわ」

最上は海照に向き直り、気迫の籠もった一瞥をくれる。

「海照はん、これまでお山の内側から凌玄はんを助けてくれはったそうで、わしらはほんまに感謝しとります。けどこれからはお互いをもっとよう知らんことには、安心して背中を預けられまへんさかい、お運びを願うた次第ですわ。まあ、二人とも座ってくれへんか」

言われるままに豪勢なソファに並んで腰を下ろす。

一同を代表するかのように、最上が海照に問うた。

「チンタラやっとる暇ないさかい、単刀直入に訊かせてもらうわ。海照はん、あんたこれからもほんまにわしらと組んでいこ思てんのやな？　いや、脅すつもりちゃうねん。逆に、今やったらあんたのことはきれいに忘れたる。ほんまやったら、いっぺんでもヤクザと関わり合うたらしまいや。けど、あんたには恩義もあるさかい特別や。昔の便所よりも臭いとこで手ェ汚してるわしらと縁切りたいて言うんやったら今のうちやで。さあ、肚据えて答えてんか」

途方もない威圧感とプレッシャーだ。その重力の下では、顔の筋肉さえ容易には動かせまい。答えたくとも答えられるものではないだろう。

実際に、密室内で初めてヤクザ集団に囲まれた海照の全身は、金棒のように硬直しているようだった。

「どないしてん。早よ答えてんか」

「答える必要などございません」

震えながらも海照が明瞭に返答した。だがそれは、最上以下扇羽組の面々の逆鱗に触れるものであった。

「なんやとコラ」

「おい海照っ」

凌玄は最上と同時に海照を叱咤していた。

「なに考えとんのやおまえはっ」

しかし海照は、まっすぐに最上を見据え、

「僕はもう凌玄と一緒にお山を穢す連中と戦うてます。それが道に外れる行ないやったとしたら、たとえ皆様がお許し下されようと、仏様がお許しにならんはずです」

ほう、と目を見開いたのは最上と和久良だ。氷室はただ無表情になりゆきを見守っている。

「このホテルへ参りました時点で、僕の決意は申し上げるまでもないでしょう。そやなかったら、こんな恐いとこ、最初から来るはずありません」

海照から視線を逸らさず、最上が氷室に問う。

「どや、氷室」

「充分に合格でしょう。採点としては、Ａマイナスといったところでしょうか」

「なんでマイナスやねん」

「緊張のしすぎで声が震えています。もう少し豪胆にふるまえれば文句なしですね」

「よっしゃ、分かった」

最上が両の掌を組んで身を乗り出す。

「すまんかったな、海照はん。これであんたはわしらの仲間や。これからもあんじょう頼むで」

「こちらこそよろしゅうお願いします」

海照が一同に向かって頭を下げる。

緊張したのはこっちの方や――

凌玄も安堵の息を吐いて脱力する。

「時間を無駄にしている余裕はありません。早速会議に移りたいと思います」

氷室が冷静に議事を進行させる。

「状況は各位がすでにご承知のことと思います。客観的に分析すると、東陣会のバックアップを受ける黒松組の攻勢は侮《あなど》り難く、我々の陣営が押されています……ご覧下さい」

氷室はガラステーブルの上に地図を広げ、黒く塗られた地点を指し示す。

「ここところ、それにここも……開発用地の取りまとめに不可欠な重要区画のいくつかがすでに黒松組側の業者に押さえられています。このままでは京都駅前再開発プロジェクトの主導権は〈サラ金〉こと更級金融が握ることになる。そうなれば京都は藪来晋之助の天下です。必然的に燈念寺派における塚本号命の勢力は拡大し、これを排除することはいよいよ困難なものとなるでしょう。なんとしても今のうちに思い切った対策を講じる必要があります」

一息の間を置いて氷室は一同を見回し、

「結論から申し上げます。最大の黒幕は更級金融です。我々が取り得る起死回生の一手。それは〈サラ金〉を直接叩くしかありません」

全員が瞠目する。

「〈サラ金〉を叩くて、そんなことが可能なんか」

和久良の問いに、氷室が即答する。

「はい」

「創業者のワンマン経営による〈サラ金〉の体質が以前から批判の対象となってきたのは皆さんもよくご存じでしょう」

「まあ、『ひどい、あくどい、えげつない』と三拍子揃とるとこが〈サラ金〉のパブリックイメージャからな」

　凌玄も海照も、和久良の軽口に思わず頷いてしまう。

「私はそこに着目し、扇羽組の人脈と組織を使って密かに調べを進めていたのです。その結果、法定金利を上回る高利貸付、過払い金の徴収、資金移動による脱税、こうした不正の証拠を入手しました」

「けど〈サラ金〉には警察庁の偉いさんが大勢天下《あまくだ》っとる。どんな証拠があろうと、警察は動かへんと踏んどるからこそ、〈サラ金〉はあそこまでえげつないことができるんや。そこを分かって言うとんのやろな、え、氷室」

　最上の追及に、氷室は平然と応じる。

「もちろんです。むしろ警察には静観していてもらった方がいい。あまり調べられると、こっちまで火の粉を被ることになりかねませんから」

「ほなどないするつもりや」

「私はこのネタを国税とマスコミに流そうと思っています。証拠そのものではなく、たっぷりと濃厚な〈疑惑〉をね。まあ、多少は証拠の断片かヒントを付けてやってもいいかもしれません。それと人目を惹くオマケ。マスコミは派手に騒ぐし、国税は警察以上に容赦ない。〈サラ金〉はマスコミ対応に追われた上、膨大な追徴課税で貸付資金にも困るようになる。京都の再開発どころではなくなってしまうというわけです」

　和久良がはしゃぐように手を叩く。

「そらおもろい。なるほど氷室はんらしい手や」

「それだけではありません。凌玄さん、海照さん、それにカシラ。皆さんにもそれぞれやって頂きたいことがあります」

「おまえはわしも将棋の駒みたいに思てんのとちゃうか」

にやにやと笑いながら最上が言う。

「申しわけありません。しかしこれはカシラでなくてはできないことなのです」

「構へん構へん。わしでよかったらなんぼでも使てくれ。この喧嘩には扇羽組の看板が懸かっとるさかいな。何があっても負けるわけにはいかんのや」

「ご理解に感謝します」

それから氷室は、各人の為すべき役割を詳細に伝え、会合は解散となった。

立ち上がりかけた和久良に向かい、凌玄はすかさず声をかける。

「和久良はん、ちょっとよろしいでしょうか」

「ええけど、なんやねん」

「実はお話ししたいことがございまして」

最上達と一緒に退室していく海照が肩越しに振り返り、微かに頷く。

頼むで、〈あのこと〉を——彼の顔はそう告げていた。

「ほうか。ほな聞いたろ」

再び腰を下ろした和久良を見て、護衛を命じられているらしい組員二人が元の位置に戻ろうとする。

「あの、お人払いをお願いします」

「そうか……あんたら、ちょっとバーでも行って好きなもん飲んどいで。わしが払とくさかい、高い酒にした方が得やで」

へい、と返答して二人の組員も去り、室内に残されたのは凌玄と和久良だけとなった。

「なんや、早よ言うてみ」

「任等院の定例茶会のことですわ」

「ああ、あれかい」

和久良は可笑しそうに笑い、

「あんたが地上げされた家の前でおなごと逢《お》うとったて最上はんから聞いてな、それで調べてみたんや。そしたら相手は叡光寺のお嬢様やないかい。京の仏教界でこんなええ相手はそうそうおらへん。これは天の配剤や思て、叡光寺の宋達はんにも連絡して最高の場を用意したったんや。宋達はんも大乗り気やったで」

「最上はんは佐登子はんの身許までは知らんかったはずですよ。それをなんで……」

喋っている途中で気がついた。

「和久良はんは以前、本山に耳を置いておられるとか言うたはりましたね。その〈耳〉からの情報ですか」

「相変わらず察しがええの」

和久良は燈念寺派先々代総貫首の御落胤であるという。ならばお山の内部に和久良の生い立ちを知り、密かに同情する僧侶が何人かいたとしても不思議ではない。これまでも彼らがスパイの役目を果たしていたということだ。

「和久良はんのお生まれについては噂で知りました。さぞお辛かったであろうとお察し致します」

最上から聞いたことは伏せている。が、和久良は何もかも承知という顔だった。

「けど、私の結婚までご自分の思うように仕切ろやて、そんなん、なんぼなんでもやりすぎとちゃいますか」

「あんなあ、言うといたるけど縁談て、あんたに限らずこういうもんなんやで。周囲のもんが勝手に要らん世話を焼く。その結果、当人同士の気が合うて結ばれる。これが案外ええように行くもんや。昨今は恋愛結婚第一で、見合いなんか古臭いて言われとるみたいやけど、見とってみ、そんなことばっかり言うとったら今に誰も結婚でけんようになるで」

誰も結婚できなくなるというのはさすがにあり得ない極論だと思うが、凌玄には反論している余裕はない。〈あのこと〉があるからだ。

「佐登子はんは燈念寺派を毛嫌いしてはります。金儲けのために地上げしてるて。私と合うはずがありまへんやろ」

「あの娘はなんやらいう市民団体の学生代表に担がれてええ気になっとるだけや。じきに目が覚めよるて。なんやったら父親の宋達はんにわしから言うたってもええねんで。今のええ暮らしがでけんようになったら、コロッと変わってしまいよるわ」

確かに佐登子は、茶会に行かねばもう学費を出さないと父親から言われたのでやむなく来たという意味のことを言っていた。彼女の主義主張は立派だが、そこに特権階級の学生に特有の傲慢と青臭さがまったくないかと問われれば、どうしても否定しきれない。

「私の意志は無視ですか」

「そや」

和久良は至極あっさりと答えた。

「あんたには意志は要らん。要るのは覚悟だけなんや。覚悟の方は最初に訊いたさかい充分や。後はわしらの言う通りにしとったらええ」

あまりと言えばあまりに露骨な言いようであった。

剽軽な言動に隠されていた和久良の昏《くら》い本質が、まさにその全貌を現わしつつあるのだ。

「わしがあんたに目ェつけたんは、自分が徳の高い坊さんやからとでも思とったんか」

「そんな……和久良はんご自身が言うたはりましたやないか。夜久野で私が老人を助けるのを見て感激したて」

「確かにそれは一つのきっかけやったな。けどきっかけはあくまできっかけでしかあらへん。わしがあんたを選んだんは、その声や」

「声、ですか」

「そうや。坊主に必要なんは、読経の際の声のよさや。およそ名僧ちゅうもんは、読経の声で信徒に極楽を見せるんや。あんたの声にはその力がある。それだけやないで。あんたは頭の形がええ」

頭の形。もはや意味不明である。

「あんたの頭は左右が完全な対称形をしとるさかい、剃髪がえらいさまになっとんのや。仏像かてそうやろ。左右非対称の頭した仏像なんか見たことあらへん。そやから信徒はんはあんたを見てありがたい、ありがたい言うて伏し拝むんや」

「そやったら私は外見だけやいうことになるやないですか」

「それでええんや」

天上どころか、地の底から響いてくるような声で和久良は言った。

「人の上に立つ坊主は、まず見てくれがようないといかん。見かけのよさだけやったら、あの海照でもええやろう。むしろ顔だけやったら海照の方がええくらいや。けどわしは、声、頭の形、その他諸々の総合点であんたや思うわ。決定的なんは、あんたには海照にない恐さがある。それ、その目ェや。言うたらカリスマや。宗教人としてこれは大きいで」

恐さやて――恐いのはこっちの方や――

散々貶《おとし》めておきながら、最後には持ち上げる。それこそが和久良の人心掌握術、その精髄なのであろう。

「なんやかや言うても、あんた、佐登子はんとええ仲やねんやろ？　わし、ちゃあんと聞いとんのやで」

一転して和久良が人懐こい愛嬌を見せる。

「聞いてるて、何をですか」

「この期《ご》に及んでとぼけんかてええがな。わしはな、あれから扇羽組のもんにあんたを見張らせとったんや。ええべべ着た若い女となんべんもデートしてるそうやないか。東山のマンションにも連れ込んどる。恥ずかしがらんでもええ。若いもんの特権や」

そんなことまで把握されていたのか。

「おっしゃる通りです。けど、これは遊びやないんです」

いよいよ〈あのこと〉の核心に近づいてきた。

「私は彼女と結婚するつもりです。心から好いとります」

「ほれ見い」

和久良が手を打って喜んだ。

「やっぱりわしの思た通りや。叡光寺に婿入りでけたら、あんたの将来は安泰やで」

「ただし、和久良はんは一つだけ勘違いをしておられます」

「なんや、勘違いて」

「定例茶会……厳密には定例茶会やおまへんでしたが、あの日、私は海照を連れていったんです。おんなじように、佐登子はんも大学の友達を連れてきたはりました。佐登子はんが選ばはったんは、私やのうて海照やったんです。あの二人も結婚するて言うてます」

今や和久良は、赫々《かっかく》と燃えるような憤怒をその両眼に湛えてこちらを見つめている。

「そうです。私が付き合うてるのは、佐登子はんの連れてきはった友達の方です」

「叡光寺の娘やのうて、その友達やて？」

「はい。扇羽組の若い衆は、佐登子はんを知らんさかい、美緒はん——それが彼女の名前です——美緒はんを佐登子はんやと思い込まはったんでしょう」

「あんた、自分がなに言うてるか分かっとんのか」

「ええ、よう分かってます」

「凌玄っ」

ついに激昂した和久良に対し、凌玄は落ち着いて告げた。

「美緒はんの苗字は万代て言いますねん」

「万代……」

京都の大物が知らないはずはない。思った通りの反応だ。

「万代美緒。位剛院《いごういん》の御住持、万代貴旺《きおう》様のお孫さんです」

「位剛院の孫娘やて」

和久良が目を剝いて叫んだ。

位剛院は叡光寺に勝るとも劣らぬ歴史的名刹である。だがその血を伝える万代貴旺の嫡子は将来の仏教界を背負って立つ逸材と評されながら若くして没し、貴旺のそばには孫娘の美緒だけが残されたのであった。

さながら好物の餌にありついた小猿のように、和久良は跳び上がらんばかりとなって手を叩いた。

「でかしたで、凌玄はんっ」

十一

黒幕の更級金融を追い込むという氷室の作戦が功を奏し、マスコミは一斉に同社を追及し始めた。報道されたのは脱税、不正貸付等のニュースだけではなかった。

［芸能界に広がる〈サラ金〉汚染］

［あの大物演歌歌手も〈サラ金〉の広告塔だった］

［若手俳優Kの豪華披露宴を仕切ったのは〈サラ金〉特命広報部　その極秘活動の実態］

氷室の言っていたオマケであろう、芸能界のゴシップに絡めた記事も多く見られた。それにより、大衆の注目度が大幅にアップしたのも事実である。

しかし〈サラ金〉が構築した警察人脈は予想以上に根深く、山花組系組織を標的とした『関西圏暴力団壊滅キャンペーン』を展開し始めた。真っ先に動いたのは京都府警だ。元警察官僚で現在は更級金融顧問の一人である人物が京大卒であったことから、そこには京大人脈の窓口とも言える梅徳博司が介在しているものと推測された。

扇羽組の組員が次々と捕縛され、ついには但馬連合の溝内まで逮捕されるに至った。いずれも暴行、傷害、恐喝、銃刀法違反、さらには別件での逮捕である。

国税も内偵を進め強制捜査の機を窺ってはいるのだろうが、よほど強固なコネと潤沢な資金を保有しているのか、〈サラ金〉は依然持ちこたえている。

〈サラ金〉の資金が尽きるのが先か、扇羽組の崩壊が先か。事態は混迷の度を深める一方であった。

「作戦に従い、僕は監査局の幹部らと秘密裏に会合を持ちました」

木屋町通のクラブ『みやこ本陣』。個室での密議の席上で、海照は一同に向かって報告した。心なしか、未知の冒険に挑む少年のように頬を紅潮させてさえいる。

「平銀の資料を見せたったんです。凌玄が渡してくれた言うて」

本当は凌玄ではなく、氷室が手に入れたものである。「凌玄が渡し」たということにすれば、少なくとも凌玄が号命を見限ったということになる。

〈京都闇社会のＡＴＭ〉とも呼ばれる平楽銀行は、ヤブライ不動産をはじめ、闇社会の各勢力からいいように使われている。扇羽組はヤブライ不動産と敵対関係にあるが、平楽銀行内部には、幹部達のように利権のおこぼれに与《あずか》りたいと考えている不満分子が少なくない。そうした非主流派行員を取り込んで、船岡山墓園の関係資料を手に入れたのだ。

その資料は他の面々も確認している。船岡山墓園からイエナハウスに流れた金は、平楽銀行を通じて『嵯峨《さが》野《の》エンタプライズ』『カラックス・カンパニー』といったペーパーカンパニーでロンダリングされ、塚本号命、船岡山別院番役の木暮唐文以下、燈念寺派の幹部僧侶へと還流している。おぞましいとしか言いようのない醜悪な構図であった。

「監査局長の随啓はんも目ぇ剝いてました。お山の名誉は守らなあかんさかい、警察に持っていくことはできひんけど、これで号命を追いつめられるて。そやけど、特別部長の燕教はんは不安そうにしてはりました。一つ間違えば自分らも罪に問われるんちゃうかて。やっぱり監査局の幹部もなんやかやで金をもろとるんですわ。そこで予定通り言うたりました。『そうならんように凌玄がうまいことやってくれます』て」

これで凌玄が号命の腹心であるという疑惑は完全に払拭される。それどころか、燈念寺派のため号命の陣営に潜入した心正しきスパイということになる。

しかしそのために凌玄は、昨年末の会合――名織電鉄撤退に当たって開かれたものだ――に同席していた監査局幹部の調査に資する材料を手に入れなければならない。またそれこそが凌玄に与えられた役割の一つであった。

「ご苦労様でした。次に凌玄さん、お願いします」

例によって氷室が進行役を務めている。しかも一般企業の会議かと思えるような口調である。企業ではなく、何かの学会、あるいは警察の捜査会議のそれと言ってもいい。

「はい」

海照と入れ替わりに立ち上がり、凌玄は答える。二つめの役割についてである。

「号命から目を離さんようにして周辺の人脈を洗てるんですが、まだ解明には至っておりまへん。ひょっとしたら、私はまだ信用されてへんのちゃうかと思うくらいです。以上です」

我ながら恥ずかしいまでに成果はなかった。しかしそれを咎める者は一人もない。極めて危険な任務であると誰もが承知しているからである。

「ありがとうございました。凌玄さんは引き続き号命の監視、人脈の解明、証拠の入手に努めて下さい」

「次はわしの番やな」

最上が座ったまま話し始める。

「但馬連合の溝内までパクられて、山花組の執行部は相当危機感を抱いとるようや。それで組から正式に増援を送ってくれ言うとるんやけど、東陣会と戦争になるちゅうて反対する幹部もおるさかい、すぐには動けんちゅうことやった」

「戦争はとっくに始まっとんのに、なに寝惚《ねぼ》けたこと言うてんのやろな」

和久良が呆れたようにコメントする。まったく以てその通りである。

「おそらくは警察と東陣会の間でセコい立ち回りでもしとるんですやろ。そんなん、どこの世界にでもいてますさかいな。まあ、わしの方では引き続き山花の本家と交渉を続けてみますわ」

氷室が研究上の問題でも考えているような面持ちで、

「場合によっては、逆に東陣会との手打ちに持っていくという手もありますね。つまり、それによって〈サラ金〉の実行部隊を足止めするというわけです。儲けの半分はあっちに渡すことになりますが、抗争を続けた場合の損失を考えると充分に合理的な判断かと」

「そら難しいわ。おまえらしい考えや思うけど、わしレベルでは山花組と東陣会の仲介やて、とてもやないけど貫目が足りん。せいぜいが山花の樋熊《ひぐま》はんに話してみるくらいやな」

樋熊とは山花組直参の樋熊組組長樋熊善己《よしみ》のことである。これまでの会合でもたびたび出てきた名前で、山花組執行部の中でも東陣会の京都侵攻に強い不快感を表明している人物だという。

「結構です。よろしくお願いします」

重い空気のまま会議は終わった。京都駅前の地上げは、かつて氷室が予見した通りに、掘れば掘るほど悪鬼が湧いて出る。果てしないこの悪夢がいつまで続くのか、凌玄は先の見えない不安を覚えずにはいられなかった。


京都の夏は暑い。その年の夏はことさらに暑かった。少なくとも凌玄には焦熱地獄のようにも感じられた。

明日は美緒ちゃんと会えるんや――

凌玄にとって、美緒こそは地獄の炎をも吹き散らす涼風であった。その微笑みを想うとき、すべての艱難辛苦《かんなんしんく》は消滅する。

翌日の逢瀬を心に思い描きつつ自席で執務に取り組んでいたとき、机上の内線電話が鳴った。

〈凌玄、いきなりですまんけど、今夜わしの供をしてくれるか〉

号命からであった。声を潜めて凌玄は慎重に応じる。

「そら喜んでお供させてもらいますけど、どちらへ行かはるんですか」

〈ええとこや、ええとこ。まあ楽しみにしとき……ああ、パリッとした恰好で来るんやで。ほな後でな〉

それだけだった。

電話を置いて考える。「パリッとした恰好で」と号命は言っていた。すると、相手は相当の地位にいる者であろう。

立ち上がって壁際のロッカーを開ける。こういうときのために常備してあるスーツやシャツに変色等がないか確認し、席へと戻った。

終業後、スーツを折り目正しく着用した凌玄は、号命とともに車で夜の京都を移動した。

着いた先は、周囲を竹林に囲まれた北山の豪邸であった。表札には［藪来］と記されている。

藪来晋之助の家やないか――

安易に同行したことを悔やんだが、もう遅い。

広い玄関前に付けられた車から降り立った号命を、スーツ姿の男達が出迎える。

「お待ちしておりました。さあ、どうぞ」

「おおきに、おおきに」

せかせかと進む号命に従い、凌玄もやむなく後に続いた。

案内されたのは適度な広さの和室であった。床の間を背に、恰幅のよい老人が脇息《きょうそく》にもたれかかっている。

この男が――

町場の工務店を振り出しに、七〇年代からマンションの建設を積極的に手掛け、瞬く間に京都の不動産業界で頭角を現わした人物。その躍進の背景には、政界や官界との密接な関係があったと噂されている。一般に中央政界との関係を嫌う京都人の中にあっては特異な存在であり、更級金融が京都におけるパートナーとして選んだのも頷ける。

「おばんです」

「遅かったやないか。みんな先に飲《や》らせてもろとるで」

見ると、大きな座卓を囲んでいる面々の前にはビールや徳利が置かれていた。彼らは随行したこちらに対し、一様に剣呑な視線を送っている。

「これが燈念寺派総務役員の志方凌玄です。若いのに抜け目のない利け者でしてな、ゆくゆくはわしの片腕にしよ思てますのや。凌玄、あちらにおられるのが藪来晋之助はんや。京都一の実力者やで。ご挨拶し」

「志方凌玄と申します。よろしゅうお頼み申します」

藪来は鷹揚に頷いただけだった。

「それからな、ここにおいでの方々はみんな当代きっての英傑や。左から順番に、イエナハウスの恵那社長、平楽銀行の加山《かやま》副頭取、更級金融京都支店の坪口《つぼぐち》支店長、京大名誉教授で京都国際福祉大学の梅徳理事長、それに京都市役所の飯降《いぶり》国際企画室長や」

各人に挨拶しながら、凌玄は戦慄する。

全員ではないが、敵陣営の幹部が顔を揃えている。その威圧感は、なるほど闇社会に棲まう者達にふさわしい。

ことに、京都市役所の飯降室長。

こいつやったんか――

その名は凌玄も耳にしていた。通称〈地下二階〉。昭和二年竣工の京都市役所本庁舎は地下一階までで、地下二階は存在しない。国際企画室という何をやっているのか分からない部署は、庁舎内で絶えず居室を変更していて幻の如くその実態をつかませない。一説には秘書課長や副市長さえ飛び越して、市長に直接助言することもあるという。そうしたことから室長の飯降克雄《かつお》は〈地下二階〉の符牒で呼ばれている。

本来は許可が下りぬはずの船岡山墓園造成計画に許可を出したのは、この飯降に違いなかった。

「号命はん、大丈夫でっか。この人を信用せんわけやないけども、いきなりこんな場に連れてきて……」

心配そうに発したのは加山副頭取だ。あれほどの乱脈融資を実行しながら、気の小ささが顔に出ているような人物であった。

「構へん。わしが連れてきてて号命はんに頼んだんや」

藪来が上機嫌で片手を振る。恵比寿顔のいかにも福々しい老人で、ときには疫病神にも貧乏神にも見える蓬髪の和久良とは対照的な外見であった。

「凌玄はん、あんたの活躍はわしもよう聞いとる。これからも号命はんをよう補佐したってや……ま、一杯いこ」

愛想よく盃を差し出してくる。

「頂戴を致します」

否やはない。凌玄は盃を受け取り、一息に干した。こんな状況だが、酒の旨さだけは格別だった。

「ええ飲みっぷりや。こら頼もしい限りやで」

まさに恵比寿様の如く藪来が破顔する。

座はそのまま歓談に移った。凌玄は緊張しつつ耳を澄ます。これだけの面々が集まる場に居合わせるという僥倖《ぎょうこう》を得たのだ。敵方の情報を入手する絶好の機会であった。

「……そや、号命はん、あんた、前にお山の内部でおかしな動きがある言うてなはったな。あれ、その後どないなったんや」

ふと思い出したように藪来が質した。

「ああ、あれですか」

ビールのコップを口に運びかけていた号命が応じる。

「例の監査局の連中ですねや」

凌玄は俄然耳をそばだてた。もちろんそうと気づかれぬように注意はしている。

「あの件はもう片づいたて聞いたけど、違うんか」

「へえ、それがこの前、お山の境内で燕教と弁游が連れ立って歩いとるんとすれ違いましてん。そしたら弁游がこっち見て妙な笑いを浮かべましたんや。それがなんや気になって、念のため監査局の動きを調べてみましてん。そしたらあいつら、イエナはんとこのトンネル会社について調べとるみたいなんですわ」

「ちょっと待って下さい」

坊主と言っても通用するような禿頭の恵那が猪口《ちょこ》を置き、

「その言い方やと、わしとこだけがやってるみたいやないですか。あれは平銀さんの段取りで船岡山の別院やらヤブライさんやら、いろんなとこが共同で――」

「まあまあ恵那はん、それはみんながよう分かっとるて」

恵那社長をなだめてから、藪来は加山副頭取に向かい、

「号命はんの話がほんまやとしたら、えらいこっちゃで。加山はん、もしかして、トンネル会社のことがばれてるんとちゃうか」

「まさか、いくらなんでも」

それでなくても蒼白い加山が顔色を変えた。

「少なくともウチから漏れるはずはありまへん。漏れるとしたら、お山の方とちゃいますか」

「阿呆言いなや」

号命は憤然として、

「わしの周りにおるんは岩より口の固いもんばっかりや。漏れるやなんて、そんなことおますかいな」

するとそれまで黙っていた飯降室長が口を開いた。

「いや、あり得る話や」

そして視線を凌玄に向けてくる。

「嵯峨野エンタプライズについて誰かに漏らしなはったことはおまへんか、凌玄はん」

「え、私が、でございますか」

「そうや、あんたや」

気がつくと、飯降だけでなく、全員が異様な目つきでこちらを注視している。

ようやく悟った。

これは単なる酒席ではない。自分を内通者ではないかと疑い、尋問するための罠であったのだ。

そうとも知らず、うかと同行してしまった――

「嵯峨野エンタプライズや。よう思い出してや」

小太りの小男である飯降が、畳の上をにじり寄ってくる。

「いえ、ほんまに言うてまへん」

「わざとでのうても、うっかり誰かに言うてしもたようなことは」

「そんなことはございません」

「間違いないやろな」

「はい、間違いございません」

「おかしいなあ」

大仰に言い、飯降は号命を見る。

「号命はん、あんた、嵯峨野エンタプライズのこと、凌玄はんに話したことは」

「いっぺんもありまへん」

先ほどまでとは打って変わった、号命の冷ややかな口調であった。

「凌玄に目ェかけとったんは事実ですけど、まだまだ新参でっさかい、嵯峨野エンタプライズについて話すわけおまへんわ」

「あれえ、こらますますおかしいやないか」

飯降の目が嗜虐の色を湛えて光る。まるで秘密警察の将校だ。

「なんであんたが嵯峨野エンタプライズを知っとったんや。さあ、説明してんか」

凌玄の眼前に飯降の顔が大きく迫った。逃げ場はない。

「さあ、言わんかい」

「申しわけございませんっ」

凌玄は畳に額をすり付けて平伏した。

「実は……実は……」

「実はなんや言うねん」

「実は私、号命はんが電話でお話しなさってておられるのを、後ろで聞いてしまいましてん」

飯降が黙り込む。

「決して盗み聴きしよ思てたんとちゃいます。用があって伺いましたところ、たまたまお電話中で……後ろで待っとるときに、『嵯峨野エンタプライズ』ちゅう名前だけが耳に入りまして……そやさかい、意味も知らんと、ただ……どうか、どうかお許し下さいませ」

「もうええやろ。その辺で堪忍したり。そいつはなんも知らんようや」

藪来が苦い顔で言う。

「すまんかったな、凌玄。これはお山の大事な話やさかい、詳しいことは言えへんのやけど、何もかもあんたのためなんや」

号令は元の慈愛に満ちた表情で、

「いずれはちゃんと話したるさかい、今夜のことは忘れた方がええ。分かったな」

「はい、もちろんでございます」

飯降もいつの間にか元の位置まで戻っており、何事もなかったかのような顔をしている。

「さあさ皆さん、いつまでも恐い顔せんと、機嫌よう飲み直しまひょ」

更級金融の坪口支店長がわざとらしい声を上げる。それがこの男の役回りなのであろう。

「支店長はん、まずはこっちに注いでもらいまひょか」

尊大な態度でコップを差し出したのは、京大閥の梅徳だ。噂通り、学者らしからぬあさましさが浮き出た人相の男で、コップを持つ手首に嵌められた深い緑色の数珠が目を惹いた。独特の縞模様が孔雀の羽を思わせることから孔雀石と呼ばれる高価な品である。それだけでこの人物の虚栄心が窺えた。

「ほな先生から、どうぞどうぞ」

言葉遣いだけは慇懃《いんぎん》に、しかし明らかにむっとしたような表情で坪口が梅徳に酌をする。

凌玄のコップにも、たちまちビールがなみなみと注がれた。

切り抜けられたのか――

激しく波打つ心臓をなだめるように、凌玄はビールを一息に飲み干した。

翌日、凌玄は予定通り午後から美緒と貴船《きふね》神社へと出かけた。

鞍馬《くらま》山と貴船山の間に位置する貴船神社は、市街地に比べて体感温度が大幅に低く、納涼には絶好の場所である。

他宗派に比して、燈念寺派には神道に対するこだわりや反感といったものはほぼ存在しない。そのため、仕事を離れたレジャーとして神社やその周辺施設を訪れる役僧は少なくなかった。

凌玄は白いTシャツの上にベージュのサマージャケット、頭にはソフト帽を被っている。帽子は精一杯のお洒落《しゃれ》だが、剃髪を隠す意味もある。美緒は型友禅の浴衣に西陣織の名古屋帯をお太鼓に結んでいる。育ちのよさを感じさせる、堂に入った着こなしであった。

昨夜は帰宅してからも恐怖のあまりほとんど寝つけなかった。一部始終はもちろん氷室達に報告しているが、「普段の通りにふるまうように」と指示されただけだった。

彼女と並んで歩いていると、昨夜の恐怖が嘘のように薄らいでいく。あれは夢だったのだと思いたいが、首魁である藪来の恵比寿顔、加山副頭取の卑屈な顔、坪口支店長のおどけた顔、梅徳理事長の高慢な顔は強烈に目に焼き付いている。それに何より、飯降の疑り深い顔だ。〈地下二階〉の異名は伊達ではない。

しいて収穫を挙げるとすれば、敵の顔ぶれを己の目で直接確認できたことくらいか。

「なんですのん、恐い顔して」

しどけなくもたれかかってくる美緒に、

「いや、ゆうべ恐い夢見たんを思い出したんや」

「へえ、どんな夢やのん」

「京都に巣くう化物が一部屋に集まっとってな、俺に襲いかかってきよるんや。『おまえか、わしらを祓お言うとる高僧は』て」

「自分のこと高僧やて」

美緒は明るく笑い、

「でも、そら恐いわあ。私やったら泣いてしまうかも」

「美緒ちゃんが泣いたら化物も困りよるやろなあ」

「嫌やわ、私がまるでちっちゃい子ぉみたいやんか」

そんな他愛もない会話が嬉しかった。

貴船神社は縁結びの御利益が有名で、ここで結婚式を挙げるカップルも多いという。しかし凌玄は燈念寺派の僧侶であるから、まさか神前で挙式するわけにはいかない。

貴船川の川床を予約しておいたので、かなり早めの夕食を取る。

川床とは、川沿いの料理屋が納涼のため川の上に張り出すように設けた桟敷席のことである。席の下で清流が爽やかな音を立て、実に風情のある趣向であった。

「なあ、ほんまのとこ、いつにする気やのん」

「え、なんのこと」

茄子の柚子味噌がけを口に運びながら、凌玄はうっかり訊き返してしまった。

「お式のことに決まってるやないの。凌玄はんのこと、祖父もえらい気に入ってくれたみたいで、一緒になるんやったら早い方がええて、あれからしょっちゅう言うてんねん。私、まだ学生やのになあ」

「そうか、貴旺様が……」

美緒の保護者である位剛院の万代貴旺師には、すでに正式な挨拶を済ませ、交際の承認を得ていた。

初めて対面したとき、凌玄はこれ以上ないくらいに緊張していた。仙人を思わせる白髯《はくぜん》の貴旺は世評の通りいかにも気難しげな態度であったが、美緒の美点、素晴らしさを訥々と訴えるうち、その表情は次第に和らいで、最後には交際を快諾してくれた。

孫に対する溺愛と言っていいほどの愛情は疑いようもないのだが、気になることも言っていた。

――凌玄君はほんまにええ声したはるなあ。それに頭の形もええ。

図らずもそれは、和久良の指摘とまったく同じ内容であった。

ともあれ、人一倍厳格なことで知られる万代貴旺師に認められた――京都の仏教界に生きる者にとっては、それだけでも大した栄誉である。

「佐登子ちゃんと海照はんも、具体的に話を進めてはんねんて。あの子、私の前でよう惚気《のろけ》よんのよ。もう聞いてられへんわ」

海照がその後、佐登子と順調に交際しているという話は本人から聞いていた。

「へえ、あの佐登子はんがなあ」

「気が強いのはええねんけど、佐登子ちゃんて、なんやこう、人に対して極端やから……」

「分かるような気ぃするわ」

佐登子のあの激しい言動の数々を思い出す。

彼女とは思想的に相容《あい》れない凌玄であったが、親友である海照の幸せを心から願わずにはいられなかった。

「それで、私らのお式の話や」

焦れったそうに蒸し返す美緒に、

「俺も早よしたいとは思てるけど、今はちょっと……」

「今は、なんやの。もしかして、私と結婚するの、嫌になったん?」

「そんなこと、あるわけないやろ」

「ほななんやの」

京都駅前の地上げを巡り、藪来晋之助をはじめとする闇社会グループと抗争の真っ最中であるなどとは、とても美緒に説明できることではない。

「おまっとおさんでございます」

そこへ煮物椀が運ばれてきた。

「ここだけの話やで」

仲居が去るのを待って、凌玄は声を潜める。

「実は、船岡山の別院が開発中の墓園のことで、お山の内部が揉めてんのや」

そう告げると、美緒は「ああ」と腑に落ちたような顔をした。

船岡山墓園の問題は、今や燈念寺派内部のみならず、関係者の間で公然の秘密となっている。位剛院の孫娘である美緒が知っていてもおかしくはない。

「あの件で、それはそれは頭が痛いねん。もう毎日や」

大仰にぼやきながら椀の蓋を取る。ふっくらとしたぼたん鱧《はも》の白に、若水菜の緑色が鮮やかに映えている。

「そやったんや。総務役員さんも大変やねえ」

「うん。ことによったら、貴旺様のお力をお借りすることになるかもしれへん」

「それやったら任せといてや。私からお祖父《じい》ちゃんによう頼んどくさかい」

「そら心強いわ」

嘘ではないから堂々と言える。美緒もすっかり信用したようだった。

「けど、でけるだけ早うしてや。私、もう待ちきれへんわ」

「分かってるて。俺もおんなじ気持ちやさかい」

それもまた嘘ではない。むしろ、あの問題が一刻も早く片づくことを誰よりも強く望んでいる。

そこへ焼物の鮎が運ばれてきた。

「わあ、美味しそうやねえ」

香ばしい香りに、美緒が歓声を上げた。


夕食を済ませた後は、貴船神社で行なわれている七夕笹飾りを二人で見物して歩いた。美緒と眺める笹飾りは、色とりどりにゆらめいて、幻想のあわいを通り越し、極楽浄土かと思われた。

午後十時過ぎ、美緒を送り届けてから、淩玄は夢見心地のまま東山のマンションに帰り着いた。オートロックのエントランスに向かおうとしたとき、近くで車が急停止する音が聞こえた。振り返った瞬間、黒いセダンの中に引きずり込まれていた。同時に車は滑らかに発進している。抵抗する暇さえない、あっという間の出来事だった。ひとけのない夜の住宅街なので、目撃者は期待できない。

車内には運転手を含め四人の男が乗っていた。薄暗い車内ではっきりとは見えないが、いずれも知らない顔で、まぎれもない暴力の気配を発散している。


「なんですねん、あんたらは」

身体の芯から震えつつ、淩玄は男達を質す。

「さあな。名乗らんかて見当くらいはつくんとちゃうか」

淩玄を左右から挟み込んだ二人のうち、右側の男が嗤うように言った。

「心当たりもあらしまへん。どなたかと間違えとられるんとちゃいますか」

精一杯の演技をすると、男達は軽く声を上げて笑った。

「ゆうべもそんなクサい芝居したそうやのう。それで〈地下二階〉を騙せるとでも思たんか。『わしも舐められたもんや』て飯降はんが怒ってはったわ」

京都市役所の飯降。やはり彼の目は欺けなかった。

「ほな、これは飯降はんの命令ですか」

「阿呆か。あいつは市役所の小役人や。鼻の利く犬や。命令すんのは飼い主や」

藪来晋之助か――

「一緒におったなんとかいう坊主も言うとったで。『正直に話してくれとったら堪忍したったのになあ』て」

「私をどないする気ですか」

「わしら、あんたをええとこ連れてったれ言われてんねん」

「ええとこて？」

「坊さんが一番よう知っとるとこや」

男達が爆笑した。

地獄か極楽か、つまりは自分を殺すということだ。

「堪忍しとくなはれ。私はなんも知りまへんさかい」

恥も外聞もなく、泣きながら必死で懇願する。

しかし男達が応じることは二度となかった。全員が黙り込んで前を向いている。こうした〈仕事〉に慣れているのだ。

京都を東から西へと横断した車は、西京区の市街地を過ぎて、そのまま山道へと入った。

山の中へ連れ込まれたらそれこそもうおしまいだ。

どないしたらええんや――どないしたら――

二車線の山道は、渓流に沿ってどこまでも細く深く延びている。行先はゴルフ場の開発現場か、人気のない廃屋か。いずれにしても〈目的地〉に到着したらそこで最期だ。

前方からヘッドライトが接近してきた。対向車だ。

すれ違う寸前、凌玄は夢中で後部座席から身を乗り出し、運転者の左腕を右へと押した。

「こいつ、なにしよんねんっ」

左右の男達に引き戻されたがもう遅い。セダンは対向車のミニバンと接触してスピンした。激しく回転する車内で、男達は衝撃に振り回されている。凌玄は咄嗟《とっさ》に頭を抱えて身体を丸めた。

ガードレールにぶつかってセダンが停止する。

「どこ見て運転しとんねんコラッ」

事故相手のミニバンから五人の男が飛び出してくる。

頭を打ったらしい左側の男を蹴り飛ばすようにして車外に転がり出た凌玄は、ガードレールを乗り越えて雑木林を駆け下り、そのまま渓谷へと身を躍らせた。

全身が岩にぶつかり、川底をこする。凌玄の細い身体はたちまち小枝のように押し流された。

「一人逃げよったぞっ」「なんやおまえらっ」「警察呼べ、警察っ」「逃がしたらあかんぞっ」「やりよったなっ」「おいコラ待たんかいっ」

男達の怒声が聞こえたが、すぐに激流の水音でかき消された。耳からも口からも、大量の水が入ってくる。闇の中、凌玄はただ水の流れに身を任せ、少しでも早くこの場から遠ざかることだけを念じていた。


やがて川幅が広くなり、水深が浅くなった。気がつくと足が川底に着いていた。

どれくらい流されたのか見当もつかない。そう長い時間ではないはずだ。衣服は裂け、満身創痍のありさまだったが、痛みよりも恐怖が勝った。

足を引きずりながらもなんとか車道に這い上がり、周囲を見回す。五、六十メートルほど先にドライブインの大きな看板が見えた。そばに外灯があるため、『ドライブイン西まつ屋』と書かれているのがぼんやりと読める。

川沿いの木々に身を隠すようにして用心しながら、少しずつドライブインへと近づいた。通りかかる車は一台もなかった。

息を切らせてドライブインに到達した凌玄は、絶望に崩れ落ちそうになった。

ドアの前には［休業中］の札が掛けられている。横の窓も固く閉ざされて、とても入り込めそうにない。

他に入口はないか――

外壁に片手をついてドライブインの周りを歩き出した凌玄は、緑の公衆電話が設置されていることに気がついた。

急いで尻ポケットに手を回す。幸運なことに財布はポケットに残っていた。札は濡れて互いに貼り付いており、引き出すだけでちぎれそうだが、硬貨は使用可能だ。

受話器を取り上げると発信音が聞こえてきた。使える。急いで百円玉を投入し、氷室の電話番号を押した。

頼む――早う、早う出てくれ――

〈氷室です〉

呼び出し音が八回を過ぎて、氷室が出た。

舌が硬直したようになっていてよく動かないが、なんとか状況を説明する。

〈『ドライブイン西まつ屋』ですね。すぐに行きます。それまで身を隠していて下さい〉

指示された通り、ドライブインの裏側に回って積み上げられた段ボール箱の陰にうずくまる。転がっていたビール瓶を拾い上げ、握り締めた。大した武器になるとも思えないが、何もないよりはまだ安心できる。敵側に先に見つけられたら今度こそおしまいだ。冷えきった全身はひどく震えている。しかし寒さは感じなかった。

そうしている間にも何台かの車が通過していったが、休業中のドライブインで停車する車は一台もなかった。

信じて待つしかない――信じて待つしか――

凌玄は、仏ではなくヤクザを信じている己に気づいて自嘲の笑みを浮かべる。仏像に刻まれた慈悲の笑みとはほど遠い、追いつめられた咎人《とがにん》の笑みだ。

やっぱり信心が足りんせいや――そやからこんな目に遭《お》うたんや――

三十分と経たないうちに、数台の車の走行音が接近してきて、急停止した。

「凌玄さん、氷室です、凌玄さん」

氷室の声だった。

段ボール箱の間から飛び出た凌玄は、急いで表へと回った。

三台の車が停まっていて、氷室と武装した扇羽組の組員達が周りを固めていた。

「氷室はんっ」

「凌玄さん、ご無事でしたかっ」

自分でも意味不明の叫びを上げて氷室に駆け寄った。あふれ出る安堵の涙が止まらない。

「しっかりして下さい。もう大丈夫ですよ」

毛布でくるまれ、車に乗せられる。

三台はドライブインの駐車場でUターンし、京都市内へと急ぎ引き返していった。

十二

凌玄が運び込まれたのは、京都市内の何処《いずこ》とも知れぬ路地裏に佇む寂れた旅館であった。すでに廃業しているらしく、他に客はいなかったが、寝具や調理用具など旅館としての機能は残っていた。氷室の話では、和久良が京都各地に所有している〈隠れ家〉の一つであるということだった。

そこで凌玄は、扇羽組専属の医師による手当てを受けた。幸い骨折はしておらず、外傷はさほどでもなかったが、精神的な衝撃が大きく、高熱を発してうなされながら昼夜を過ごした。

きらびやかな貴船神社の笹飾りが、無数の灯明へと一変する。その周辺に蠢く悪鬼の群れ。飯降が車のドアを開けて待っている。「イエナハウス行こか」と誘う。そんな家は知らないと答えると、恵那社長が恐ろしげな顔で言う、「おまえはわしと一緒に行くんや」と。気がつけば山道を走る車の中だ。行き着く先は、そうだ、地獄だ。自分は地獄に堕ちたのだ。そんなん嫌や、誰か助けて。夢中で三途の川へ飛び込んだ。鬼の金棒に全身を打たれる。息ができない。助けてや、氷室はん、氷室はん――

際限のない悪夢。その夢自体が地獄の責め苦かと思われた。

凌玄が臥《ふ》せっている間、扇羽組の組員達が警護に当たり、食事の世話もしてくれた。元旅館であった施設はこういう場合に最適で、和久良の慧眼と用心深さを改めて思い知った。

職場には風邪で欠勤する旨を電話で連絡した。高熱があり衰弱しているのは本当なので、応対した役僧は凌玄のかすれ果てた声に驚き、「くれぐれもお大事にしとくなはれや」とすっかり信じ込んだようであった。

隠れ家に入って三日目、ようやく熱も引いた頃、最上が見舞いに現われた。

「えらい目に遭うたなあ。助かってほんまによかったわ。和久良はんも心配してはったで」

慌てて布団から身を起こそうとした凌玄に、

「あかんあかん、そのまま寝とれ。ほんまはもっと早よ見舞いに来たかったんやけど、保釈中の溝内が刺されたんや。やったんは黒松組のチンピラらしいねんけど、まだ見つかってへん。そっちの対応に追われて動けへんかった。堪忍してくれ」

「堪忍するも何も、そんなえらいことが……」

自分が震えながら臥せっている間にも、事態はいよいよ深刻さを増していたようだ。

「それで、溝内はんは……」

「幸い命は取り留めたが、医者の話やと、難儀な障害が残るらしい。どっちにしたかて極道は続けられへん。引退せなあかんやろう。但馬連合は溝内がおったさかい今日までまとまってたようなもんで、今あいつがおらんようになったら、すぐにばらばらになる。現に、黒松組が脇から溝内の跡目争いを焚きつけとるちゅう話も聞こえてきとる」

最上の横では、氷室が神妙な面持ちで控えている。

確かに彼は〈軍師〉だが、言わば経済的謀略に関する指南役で、戦闘指揮官ではない。ヤクザ同士の切った張ったは専門外の上に管轄外と言ったところか。

「あんたをさろた四人は黒松組の殺し屋か藪来の手下やろけど、うまいこと現場から逃げてまいよった。そっちもまだ見つかっとらへんねん。車をぶつけられた方は警察に被害届出したそうやけど、あんたのことは誰にも知られてへん」

半身を起こして最上の話を聞いていた凌玄は、ふらつきながらも立ち上がり、

「私も明日から本山に戻ります」

氷室や護衛の組員達が慌てて支えに寄ってくる。

「凌玄はん、無理したらあかんて。素人が、しかも坊さんがあんな修羅場を潜ったんや。当分ここ

で休んどき。ここやったらうちの若いもんもついとるし、安心や」

心配そうに言う最上に対し、

「ご挨拶したことはありまへんけど、溝内はんのこと思たら、私だけ寝とるわけには参りまへん。それに、いつまでも隠れとるわけにもいきまへんし」

「戦略的にも、凌玄さんの言う通りだと思いますね」

発言したのは氷室であった。

最上は彼を責めるように、

「おまえは半病人の凌玄はんをわざわざ敵の目ェが光っとる前へ出せ言うんかい」

「ええ。ここで凌玄さんが平然と本山に顔を出したら、号命一派は間違いなく動揺するでしょう。なにしろ凌玄さんは藪来一味に殺されかけた生き証人ですから。号命や他の連中が果たしてどう動くか。それを見極めるだけでも大いに価値があると思います。うまくいけば、逆転の勝機を見出せるかもしれません」

どこまでも冷徹な戦略である。

「おまえ、金勘定だけやのうて、戦争の方も才能あるんとちゃうか。まるでほんまもんの軍師やないかい」

「恐れ入ります」

最上の皮肉に、氷室はその名の如く涼しい顔で応じていた。

自ら宣言した通り、凌玄は翌日から宗務総合庁舎へ出勤した。

「凌玄はん、お体の方はもうよろしいんでっか」

ほんの数日前とは別人のようにやつれきった凌玄の姿を目にした同僚の僧侶達は、一様に驚いて声をかけてきた。

「おかげさまですっかりようなりました。このたびはえらいご迷惑をおかけしまして、どうにも相すまんことでございます」

「そんなんは構しまへんけど、あんた、えらい顔色やで。もうちょっと休んではった方がええんとちがいますか」

「なにぶん病み上がりでございますゆえ、顔色はこんなんですけど、体の調子はどうもないさかい、お山のためにちょっとでも働かんことには仏様に顔向けでけしまへんわ」

冗談めかして僧侶達の追及と好奇心をかわし、凌玄は総務役員としての業務を再開した。

昼休みになり、海照から内線電話がかかってきた。

〈僕や。お昼、一緒に食べへんか。『くすもと』の座敷を予約してあんねん〉

「分かった。すぐ行く」

ごく短いやり取りだけで電話を切る。海照には今日の出勤を昨夜のうちに伝えておいた。敵による拉致と生還の経緯については氷室から連絡してもらっている。ただし隠れ家の場所は秘密で、海照はくれぐれも自重するよう念を押されたはずである。

『くすもと』は燈念寺門前の料理屋で、半ば観光客向けといった程度の店ではあるが、近いだけに利便性がよく、燈念寺派の役僧達もたまに利用している。また二階の座敷を借りてしまえば話を誰かに聞かれる心配もない。

「ちょっとお昼行ってくるわ」

部下にそう言い残し、『くすもと』へと急ぐ。足許はまだ少しふらついていたが、他人の目を引かぬよう注意する。

二階の座敷で海照が待っていた。

「ランチの会席膳注文しといた。それでええやろ」

「ああ、なんでもええ」

対面に腰を下ろした凌玄に、海照が早速切り出した。

「ほんま無事でよかったわ、凌玄」

「無事やあるかい。もうちょっとで殺されるとこやったんやで」

拉致の一部始終を改めて話す。

海照は恐ろしげに聞きながらも感心したように、

「君はほんまに悪運の強い男やな」

「悪運てなんやねん。仏様の御加護とちゃうんかい」

憎まれ口を叩いてみせると、緊張していた海照がようやく破顔した。

「見た目よりは元気そうで安心したわ。けど、もう出てきて大丈夫なんか。もうちょっと隠れとった方がよかったんとちゃうか」

「それやねんけどな……」

凌玄は自らの意志と氷室の作戦について説明した。

「そういうことやったんか」

そこへ仲居が膳を運んできた。

「用があったら呼ぶさかい、誰も二階に上げんといてな」

「へえ、分かりました」

さりげなく仲居に告げてから、海照は再び凌玄に向かい、

「その作戦は当たってるわ。監査局では号命一派の動きを監視してんのやけど、君が出勤してきたいう情報はもう号命に伝わってるで」

「ほんまか」

「うん。号命はえらい驚いてたらしいわ。すぐにあちこちへ電話をかけてたんやて。それから側近の幹部を集めて、なんや会議みたいなことをしとったそうや」

「もうそこまでつかんどるとは、さすが監査局やな」

「会議の内容や電話した相手までは分からんかったけど、これで藪来や〈サラ金〉がどう動くか分かるんとちゃうか」

「ああ。そいつらは扇羽組が見張っとるさかいな」

凌玄は蛸と胡瓜《きゅうり》の生姜酢を口に運び、言い忘れていたことを付け加えた。

「そや、美緒ちゃんにはゆうべ電話したんやけど、説明するのに苦労したわ。『なんべんも電話したのに、なんで出えへんかったの』て文句言われて」

海照は笑いながら、

「当然やろ。それで、なんちゅうて説明してん」

「えらい藪医者で、ただの風邪やのに緊急入院させられたんや言うたわ」

「大丈夫かいな。そんな言いわけ、かえって嘘臭いで。あの子は頭のええ子やさかい、すぐ嘘やて見抜かれるんとちゃうか」

「それがな、電話した後、美緒ちゃん、すぐにうちに来てくれてん。それで俺の顔見たら一発で納得してくれたわ」

「そうか、確かに今の君の顔は、重病人いうより幽霊みたいやもんな」

「冗談やないで」

「すまんすまん」

冬瓜《とうがん》と鶏の煮物を箸でつつき、海照が笑う。

東山のマンション周辺は扇羽組の用意したプロによって人知れず警固されることとなった。美緒がいつ訪れても安心である。もっとも、二人きりで長時間過ごすと彼らに要らぬ想像をさせてしまうので、当分は別の場所で逢うことにしようと決めていた。

もちろん凌玄の身辺も密かにガードされている。ただし、山内だけは扇羽組でもカバーできない。

「ところで、君らの方はどうやねん」

〈君らの方〉とは、言うまでもなく海照と佐登子のことである。

海照はあからさまな照れ笑いを浮かべ、

「こんなときに言うのもなんやけど、もう毎日が楽しゅうてしょうないわ。それでな、結婚式の方やねんけど、佐登子ちゃんが、学業は学業できっちりやりたいさかい、やっぱり卒業してからにしたいて言うてんねん。たまたま今は恐ろしい連中と事を構えとる真っ最中やし、佐登子ちゃんにもどんな危険があるか分からへん。そやさかい僕も、それくらい時間を置いた方がええかなて思てんねん」

「そうか、そらそやわなあ」

凌玄は汁椀の蓋を取りながら考え込む。

「俺も式は美緒ちゃんが卒業してからの方がええかもしれんな」

「それがええわ。君もそうし」

「けど、美緒ちゃんを説得するのは大変やで」

「僕らと一緒に式やろて言うたらどないや。佐登子ちゃんと美緒ちゃんも仲ええねんから」

「そやな。それでいこ」

だが凌玄は、蛤《はまぐり》の潮汁を一口飲んで椀を置き、

「ちょっと待ってや、佐登子はんは俺のことを嫌とんのとちゃうんか」

「どやろなあ……」

海照は言葉を濁す。

「俺は燈念寺派の地上げ推進派ちゅうことになってる。佐登子はんは本山の事業についてどない思てはるんや。今も考えは変わってへんのとちゃうか」

「それ言うたら、僕かて本山の幹部僧侶や。そやさかい、口に出しては言わへんようになったわ。なんやらいう市民団体の学生部代表も辞めてしもたし」

「それはおまえと付き合うとるから辞めたんか」

「つまりはそういうこっちゃ」

「なんや、悋気かい。それはそれでええけど、あの人がそう簡単に主義主張を変えるとも思われへん」

「ほな、はっきり言うわ」

海照は意を決したように箸を置いた。

「佐登子ちゃんの心の中までは分からへん。京都再開発についての考え方も変わってきてるみたいやしな。そうは言うても、燈念寺派の在り方を全面的に認めたわけやないし、おまえを毛嫌いしてるのは変わってへん。ただ僕と喧嘩せんように要らんことは言わへんようになった。美緒ちゃんの存在も大きいで。君の思想がどんなに画期的か、いろんな仏典を引き合いに出して説得してくれてんねん」

「美緒ちゃんが？」

「そや、あの子も佐登子ちゃんも経律大生やから、宗教学の授業も一緒に受けてんねん。いくら佐登子ちゃんでも、親友の言うことを無視ばっかりしとるわけにもいかんやろし、だんだん感化されてきてると思うわ」

「そうやったんか……」

凌玄は、京都駅前の更地で風の中に立っていた佐登子を思い出す。

強烈な意志を漲らせたあの白い顔――

「やっぱり、美緒ちゃんは偉いで。そこまで君のために尽くしてくれてんのやからな」

呑気とも聞こえる海照の声に、凌玄は少しく動揺する。

自分はなぜ真っ先に佐登子の方を思い浮かべたのだろう。想い人たる美緒ではなく。

「その意味でも、結婚を卒業してからにするちゅうのは正解やと思うわ。その頃には、佐登子ちゃんもだいぶ丸うなってるやろからな。まあ、とにかく君が無事で何よりや。僕らの結婚のためにも、これからは用心せえよ」

「ああ、おまえもな」

平静を装って、凌玄は再び椀を取り上げた。


その辞令は、あまりに唐突なものだった。

山内は騒然となり、次いで深山の如き静寂に包まれた。

「志方凌玄に統合役員を命ず」

総貫首の意向に基づくその人事が、塚本号命統合役員筆頭の画策によるものだという噂がたちまち山内を駆け巡ったからである。

凌玄が号命派であると信じる者はすでに少数派で、監査局を中心としてほとんどの僧侶は、凌玄が号命派から今や仏敵とまで呼ばれ憎まれていることを知っていた。

その号命が、どうして凌玄を統合役員として抜擢するのか。

多くの僧侶達は、かつて凌玄が総局公室室長に任命されたときの顛末を想起していたようだ。だからこそ、巻き込まれぬよう息を潜めて事態の推移を見守るしかないのだろう。

凌玄としてはなんらかの口実を設けてこれを拒否したいところであったが、山内での出世を考えるならば、統合役員はどうしても経験しておかねばならない要職であり、ここで断れば、将来的な統合役員会入りは極めて困難なものとなる。

つまり凌玄にとっては、罠と知りつつ受け入れざるを得ない命令であった。

果たして僧侶達の推測は的中した。

ほどなくして、流血の惨事を引き起こすまでにこじれた京都駅前の地上げ問題について協議するため、市会議員須永《すなが》辰美《たつみ》の肝煎りで関係者が一堂に会する場が設けられることになったのである。

須永の弁によれば、この席で特に重要であると見なされた関係者を、市議会の特別委員会に参考人として招致する予定であるという。

京都市は再開発関連企業の事実上の筆頭株主である燈念寺派にも責任者の出席を要請した。その責任者として統合役員会から指名されたのが、他ならぬ凌玄であった。

燈念寺派が京都駅前の再開発に関わるようになったのは、確かに自分の献策がきっかけであったし、事あるごとに土地開発への投資の有用性、正当性を説いてきたのも事実である。しかし正式な責任者として公式の場に出席するには、最低でも統合役員の職にあることが必要だ。そのための人事であったことは、今や誰の目にも明らかだった。

それでなくても古都税や拝観停止のいざこざで、燈念寺派は京都市役所や地元観光業界から目の仇《かたき》にされている。公式の場で迂闊な発言をしたり、まともに返答できなかったりして参考人招致されれば、凌玄のキャリアはそこで終わる。ましてや、燈念寺派が再開発事業から撤退に追い込まれるような事態にでもなれば、凌玄が厳しく糾弾されることになるのは必至であった。燈念寺派はすでに莫大な資金を投入しているからだ。

「須永は藪来の子分やないけども、金次第でどうにでも転ぶ古狸や。あんた、とんでもない役目を押し付けられたなあ」

『みやこ本陣』の個室で和久良は嘆いたが、凌玄はすでに覚悟を決めていた。

「こうなるんは辞令をお受けしたときから分かってました。生きるか死ぬか、何事も御仏のお導きですさかい、私は己が務めを果たして参るだけでございます」

「よう言うてくれた。あんたを選んだわしの目に狂いはなかった」

和久良は言うことがいちいち大仰だ。おそらくわざと演じているのだろう。それだけ状況が深刻だということの証しでもある。

「当日の出席者が判明しました」

氷室が手帳を繰りながら報告する。

「地権者や地元自治体の代表者は当然として、紛争の当事者であるイエナハウスの恵那一比古社長、大手ゼネコンの寅田《とらだ》建設と新羅《しらぎ》工務店の京都支店長、飲食業、土産物製造業を含む地元観光業界から各業界団体の代表者二名ずつ、参加申請のあった市民団体から代表者二名ずつ。京都市役所から行財政局、建設局、産業観光局、文化市民局の局長級が出席します」

ゼネコン二社のうち、寅田建設はすでに更級金融と結託していることが判明している。一方の新羅工務店は和久良が交渉中であるが、状況によっては〈サラ金〉側につき、寅田建設との共同受注に応じる可能性もある。

「それだけではありません。京都府警から地域部長、刑事部長、総務部長が出席予定であるとのことです」

「警察もメンツが懸かっとるさかい必死なんやろ」

嘆息する最上に並び、和久良も怒りを隠そうともしない。

「それにしても号命がこないな手を打ってきよるとは、つくづく姑息な坊主やで」

「基本的には、暁常を使って公室室長に抜擢させたときと同じ手口ですね。舞台装置は〈サラ金〉の仕掛けでしょうが、号命の底が知れますよ。しかし利権第一の市議達は言うまでもなく、〈サラ金〉も藪来も、再開発自体が白紙撤回になったりしたら元も子もない。今回は暴力団追放の名目で扇羽組を排除するのが狙いでしょう。敵はウチと凌玄さんの関係をとっくに把握してるでしょうから。その上で京都中の非難を凌玄さん一人に向けさせることができれば一石二鳥だ。本山の内部は後から号命がゆっくり一本化すればいい。黒松組は表舞台からひっそりと退場する。代わりに東陣会のフロントが土地を取りまとめ、イエナハウスを通して寅田建設がすかさず高層ビル街の建設に取りかかる、とまあ、そんなとこでしょう。市民も会場で警察幹部が睨みを利かせている以上、こんな手の込んだ出来レースだとは夢にも思わない。よく考えたものですよ」

「感心しとる場合とちゃうで」

最上が氷室をたしなめるが、彼は平然として続ける。

「ここで一方的に舞台から下りるわけにもいきませんしね。早い話が、後は凌玄さんの器量次第というところでしょうか」

これまでにない焦燥の色を浮かべ、和久良が凌玄の手を取った。

「ええか、今度という今度は正真正銘の正念場やで。しっかり気張りや」

凌玄はその皺だらけの手を握り返し、堂々と言った。

「お任せ下さい。私には御仏がついておられますさかい」

根拠はない。しかし、なぜかそんなふうに思えたのだ。

通称『京都駅前再開発問題検討会』の当日となった。

凌玄は墨染の法衣《ほうえ》に数珠を持ち、総合庁舎を出た。出席する人々に与える印象を考慮しての装いである。不安そうな面持ちの役僧達に見送られ、タクシーに乗り込んだ。持参する荷物は風呂敷包み一つで足りた。

会場に指定されたのは京都市役所の大会議室であった。

受付の係員に案内され、会場に足を踏み入れた凌玄は、室内に立ち籠める灰色の靄《もや》にも似た気の塊を幻視した。

気色が悪い――なんや、これは――

「どないなされました？　ご気分でもお悪いんですか」

「いえ、今日はえらい蒸しますなあ」

「ああ、ここは空調の効きが悪いんです。すぐ調整してみますわ」

心配そうな案内係をなんとかごまかし、指定された席に着いた。

細長いテーブルが長方形に配置され、全員が互いの顔を確認できるようになっている。

凌玄の席は奥側の真ん中あたりであった。

扇子を手に上座でふんぞり返っている黒縁眼鏡は、京都のローカル紙や畿内放送のニュースでよく見かける須永市議だ。京都の闇社会は、中央や他の地方に比べると伝統的に政治家とのつながりが極めて薄い。それはひとえに「洛中のことは洛中で始末をつける」という掟のゆえだが、須永は生まれも育ちも上京区小山町で、彼だけは例外的に京都闇社会とやや濃厚な関係を保っている。

須永のすぐ近くに、一際厳めしい態度で控えているのが京都府警の幹部達だろう。

驚いたことに、下座のあたりにぬけぬけと座っているのは〈地下二階〉の飯降室長だった。会合の結果を見届けにでも来たのか。

間もなく予定された出席者全員が揃い、協議が開始された。

予想された通り、地権者や地元住民、業界団体の陳情から始まった。彼らはそれぞれ具体的な地上げの被害を延々と述べ立て、とどまるところがなかった。同じ話の繰り返しとも言えるそれらを、誰一人として遮ろうとしなかったのは、最初に気の済むまで喋らせておこうという策に違いあるまい。

案の定、最後に府警の刑事部長が「暴力団の無法はこれを徹底的に取締り、今後は市民の皆様に被害の及ぶことのないよう、全力で対処することをお約束します」とスピーチし、その件はあっさりと終わってしまった。

続けて京都の景観を破壊することの是非についての討議に入った。

市民団体から説明を求められたイエナハウスの恵那社長は、「本プロジェクトは国際都市京都が真の発展を遂げるためにも必要不可欠な大事業であり云々」と、定型文だらけで目新しい部分など一片たりとも見出せない空疎な答弁を行なって、座をいたずらに疲労させた。

さらにゼネコンとの癒着を疑う声も上がったが、府警の総務部長がすかさず挙手し、

「立場上、法律に則ってご注意を致しますが、確たる証拠もなく憶測のみで犯罪事実があるかのような言動はお控えになるべきやと考えます。せやないと、我々は皆さんを逮捕せなあかんことになってしまいますさかい」

どこまでも軽いその口調に一部で小さく笑いが起こったが、聞きようによっては市民側を牽制しているとも取れる発言であった。それをフォローするかのように、間髪を容れず刑事部長が発言する。

「仮に不正の疑われる事案が発覚した場合、我々京都府警は可及的速やかに捜査に当たり、これを厳しく追及します。せやから、ご心配は無用ですわ」

ゼネコン二社から来た各支店長と、相当なエリートとおぼしきその部下達は、まったくの無表情

でただ時間を潰すように座っている。彼らはこれが茶番であると最初から承知しているのだ。

「よろしいでしょうか」

そのタイミングで発言を求めたのは、『国際京都文化保護連合』の副代表だった。佐登子が以前、学生部の代表を務めていた市民団体である。

「私らのもとへ、錦応山燈念寺派が京都駅前の再開発プロジェクトに巨額の投資を行なっているという情報が寄せられております。これは事実でしょうか」

来よったな――

全員の視線が凌玄に集中する。

落ち着いて立ち上がり、率直に答える。

「事実です」

会場全体が一気にざわめいた。

「京都の伝統を守るべきお寺さんが、京都の景観を台無しにするような真似してよろしいのですか。はっきりとお答え下さい」

「よろしいと思います」

一昔前の活動家のような風貌をした副代表は、たちまち両目を吊り上げて、

「なんですて。念のためもういっぺん言うて下さい」

「よろしいと思います。ただし」

正念場だ――

凌玄は息を整え、経文を唱える心地で発声する。

「ただしそれは、京都の伝統を守る場合にのみ許されることやと思てます」

騒然となっていた室内が、一瞬にして静寂の谷へと変わった。

「なんですのんそれ。変なこと言うてごまかさんといて下さい」

「ごまかすつもりはちっともありまへん」

「ほな分かるように説明して下さい」

「つまり、京都の伝統は、京都に住んでおられる皆さんのためにあるいうことです」

「それはイエナハウスはんの言うてはったようなお題目とおんなじやないですか。いくらお寺さんやいうたかて、こんなときにお題目唱えられても困りますがな」

凌玄は持参した風呂敷包みをテーブルの上で開き、中に入っていた手製の冊子を、左右に座っていた関係者に半分ずつ渡す。

「すんまへんけど、これ、皆さんに回して下さい」

冊子は間もなく全員に行き渡った。

「燈念寺派ではこれまで地域の皆様と共存共栄を図るべく、景気の動向、京都の地価等について厳しく調査して参りました。そこに並んでおりますグラフがその結果です」

皆が驚いたように冊子を黙読している。

「基本的に行政の発表による数値を使用しておりますが、いかんせん素人には分かりにくい。そこで、なるべく分かりやすうに表にしたもんです」

「なるほど、こら分かりやすいわ」

地権者達の間からそんな声が漏れ聞こえる。

希代の経済スペシャリストである氷室特製のグラフなのだ。国民のことなど眼中にもない役人の作るものとは一線を画している。

「次のページには燈念寺派の財務状況が載っております。税務署に申告しましたまぎれもない本物です。ようご覧になって下さい」

列席した人々は意表を衝かれている。そんな資料をこの場で出してこようとは夢にも思っていなかったのだ。

包括宗教法人である燈念寺派の財務資料は、予算編成の段階から公表されており、決して極秘といった性質のものではない。本物には違いないが、そこに欺瞞が隠されている。燈念寺派は総収入の全容をブラックボックスとして税務署にも明かしていない。また、決して表には出せない裏帳簿の類《たぐい》も多数存在する。

「今は戦後最大の好景気とも言われておりますが、今後の予測として、この景気はあと一年足らずで終わる。それが私どもの結論です」

嘘ではない。ただし結論を下したのは燈念寺派ではなく、氷室である。それだけに精密な予測であったが、一般人にとっては寝耳に水であり、にわかには信じ難いものであったろう。

「ほんまかいな」「根拠はなんやねん」「いや、どないしょ、これ」

場内のざわめきに対し、凌玄は一層声を張り上げる。

「根拠はそこに記しました通りです。風船のように限界まで膨張した景気は、一瞬で破裂してしまう。そんな危うい状況やいうことです。このままやったら京都市も燈念寺派も一緒に大打撃は免れん。燈念寺派が破産してしもたら、京都の仏教はどうなるんですか。御仏の教えを誰が伝えていったらええんですか。燈念寺派はどこまでも京都と一体です。せやから、京都の暮らしを守らななりません。そのための施策の一つが再開発です。これだけはなんとしても今のうちにやっとかなならん。来年になったら、もうやりとうてもできまへん。京都の玄関口がぼろぼろのまんまで、観光客のおもてなしもへったくれもあらしまへん」

経文を唱えるつもりで話していたが、いつの間にか経文そのものに変わっていた。

景気。限界。膨張。破産。再開発。そうした言葉が、まるで原始経典に書かれていたかの如く口から滑らかに滑り出る。

　これは声明とおんなじや——

　そう気づいたとき、凌玄の目の前には極彩色に輝く楽土が広がっていた。

　あれは、涅槃の——

「けど、おんなじ再開発でも、高層建築に頼らないプランがあるんとちゃいますか」

　先ほどとは別の市民団体の代表が発言する。

「その通りです。私どもかて、もっとええ再開発プランがあったらそっちにしたい。プロジェクト全体の下絵を描いたんは私らと違いますさかい。けど、もう時間があらへんのです。今は時間との戦いです。京都を滅ぼさへんためにも、この事業を今のうちに進めるしかないんです」

「京都を滅ぼさへんためにて、そんな大層な……」

「大層かどうか、お手許の冊子をよう読んで下さい。今後経済がどうなっていくか、分かりやすう書きましたさかい」

　須永市議が扇子の先で京都市役所の行財政局長を指し示した。

「どうやねん、穴井《あない》君。ほんまかどうか、市役所の見解を聞かせてんか」

「はあ……」

　立ち上がった穴井行財政局長は、黄ばんだタオルでしきりと首筋を拭きながら、

「一読した限りでは、データも正確やと思いますけど、一旦持ち帰って精査せんことにはほんまに合うてるかどうか……」

「持ち帰るも何も、市役所はここやないかい。君は一体どこへ持って帰る気や」

　一部で笑いが起こったが、ほとんどの者は笑うどころではないようだった。

「数字が合うてるかどうかは後からでも調べられる。そこで合うてないと分かったら、燈念寺派が

騙しよったいうことになるだけや。わしは今、この場での君の意見を訊いとんのや」

「はあ……」

行財政局長は観念したように一同に向かい、

「あくまでも個人的な意見ですけど、将来的な景気の衰退については、私も間違いのないことやと思てます。そやさかい、京都市としても再開発を急ぐとともに、対応策を模索してるところです。けど、いくらなんでもそんな急にあかんようになるとは……」

市役所側の責任者たる行財政局長自ら将来の経済危機を認めてしまった恰好である。「あくまでも個人的な意見」と前置きしているが、参加者の耳には残っていない。

「一年先であろうと十年先であろうと、万が一にもあかんようになったら、その時点で手遅れなんとちゃいますか」

「それは……そうやと思いますけど……」

凌玄の主張を穴井はまたも追認せざるを得ない。

飯降はというと、意外にも感心したようにこちらを眺めている。

これは〈徳〉の勝負である。分かりやすく言えば〈器〉の勝負である。事の真偽など関係ない。

飯降はそれを承知しているのだ。

「すべては御仏に仕える者の義務でございます。ご批判があることも重々承知の上でございます。私どもは皆様のお声を正面から受け入れる覚悟でおります。その上で、本日お越しの皆々様に申し上げます。景気は必ず悪うなる。各々で今のうちから備えられることをお勧め申し上げます」

不吉極まりない予言を受け、参加者達が不安そうに顔を見合わせる。

人間は誰しも個人の生活が脅かされることを何より恐れる。燈念寺派への批判を、凌玄は一般的な景気の話へとすり替えたのだ。

視界の隅で、恵那社長が舌打ちしている。

対してゼネコン側は一様に薄笑いを浮かべていた。再開発さえ実行されれば、京都の未来など知ったことではないという本心がありありと透けて見える。

「私どもはただ無責任に言うておるのではございません。私ども仏教界の人間に何ができるか、常にそのことを考えて参りました。そこで、本日こういう機会を得ました上は、私から皆様にご提案を致したいと存じます」

凌玄は充分に間を置いて一同を見回す。ありがたい法話を語る高僧のように。

「燈念寺派では、ここにおいでの皆様が所属しておられる業界の各店舗と提携し、拝観料の大幅割引キャンペーンを開催するプランを検討しております。つまり、一緒に京都を盛り上げていこうと考えておられるお店のお客様に、燈念寺派が率先して優遇サービスを提供する。もちろん私どもにとっては収入が減るわけですから大きな負担です。けれどもそんなこと言うとる場合やないと心得ます。観光客、参拝客の大幅な増加が期待できますので、景気の悪化による旅行者減少対策として有効でありますとともに、これこそ御仏の意に添うた、地元に対する御恩返しやないかと考えておる次第にございます」

そこで凌玄は数珠を手に合掌し、深々と頭を垂れた。参加者の多くが反射的にそれにならう。

皆様が俺を拝んでくれてはる――そうや、それでええんや――

凌玄は、予想もしていなかった多幸感の訪れを全身で実感していた。

十三

地上げ問題関係者の集会で、凌玄は「拝観料割引キャンペーン」を持ち出した。それにより、一部の市民団体を除く地元関係者はなし崩しに再開発を認める恰好となった。

凌玄の勝利である。そのさまを目の当たりにして〈法力《ほうりき》〉と称する向きもあったという。

もっとも、キャンペーン自体は凌玄の創作であり、独断である。これが号命に凌玄弾劾の口実を与えることとなった。

燈念寺派の各所属寺院は被包括宗教法人であり、拝観料に関わるような案件はたとえ宗会で議決を採ったとしても、通常は教団本部側だけで決められるものではない。だが燈念寺派においては総貫首の権限は絶対であり、表向きの建前は建前として、総貫首の内諾さえあればそれは全寺院の同意にも等しい効力を持つ。そうしたしきたりを承知していながら、凌玄はすべての手続きを怠ったのだ。

「宗会の決議もまた総貫首猊下の認可もなく、燈念寺派全体の拝観料割引を勝手に約するなど言語道断」。それが号命派の言い分である。

凌玄を統合役員に抜擢したのが号命であるという噂を勘案しても、常識的に考えると号命派の方が圧倒的に正しい。

凌玄は燈念寺派の事業を救ったが、同時に自らを滅ぼした——それが山内の〈世論〉であった。

またそれゆえに、一層凌玄を信奉する僧侶が増えたことも事実である。

ともあれ、統合役員筆頭塚本号命より監査局に対し、正式な告発状が提出された。これを受け、監査局では定められた手続きに則り、凌玄を召喚して事情聴取を行なうこととなった。

結果によっては、その場で凌玄に破門が言い渡されてもおかしくない局面である。

宗務総合庁舎五階。監査局の入るフロアに、専用の広間がある。真新しい畳敷きで、三十畳はあるだろうか。そこに今、芝随啓監査局長、堀口燕教特別部長、岡崎霖内《おかざきりんない》審理部長ら十数名の監査局幹部が顔を揃えている。

山内でありながら、閻魔庁もかくやと言うべき厳めしさであった。

さらには、告発者にして統合役員筆頭の塚本号命以下、三名の統合役員が静粛に控えている。

彼らと向き合う形で座した凌玄は、聴取に対して徹頭徹尾静かに応じた。

聴取は主として審理部長自らが行なった。

「……以上の通り、完全なる捏造のキャンペーンを外部に対して発表した、その事実に間違いはないな」

「間違いございません」

凌玄の返答を受け、監査局の幹部達が小声で囁き交わす。硬く強張った彼らの表情だけで、温情など望むべくもない状況であることが分かる。

号命は一言も口を挟まない。ここは黙っている方が得策であると読んでいるのだ。

「最後に訊いておきたい。このたびの暴挙について反省の弁、その他言いたいことはあるか」

審理部長の霖内に対し、凌玄ははっきりと答えた。

「ございます」

「言うてみい」

「暴挙と申されましたが、私はそうは思ておりません」

「なんやて」

幹部達が一斉に気色ばむ。

「皆様への事前のお伺いが間に合わへんかったんは事実です。けど、あの場で発表せなんだら、燈念寺派に非難が集中し、再開発への投資事業が危ぶまれる局面でございました。そうなれば、お山の屋台骨が揺らぎかねんほどの大事でございますゆえ、私はあえて発表に踏み切りました次第。事の順序が前後してしもうたことは幾重にもお詫び申し上げます」

「私らに根回しさえしとったらそれでよかったとでも言いたげな口振りやな」

霖内が皮肉を言う。

「手続きがぎょうさんありますのは承知しておりますので、そこまで簡単やとは思てません。しかし、ここで改めてご検討頂きたいのです。業界団体と連携してこのキャンペーンを実施した場合、必ずや収益は倍増し、本山にとって最も有効な――」

「それが思い上がりや言うとんねん」

特別部長の燕教が一喝する。

「この者の心底は皆様がご覧になった通りですわ」

ここぞとばかりに号命が割り入った。

「事ここに及んで、仏法どころか道理も作法も心得んようなもんを、これ以上お山に置いとくわけには――」

そのとき、古色蒼然とした襖が開かれ、係の役僧が顔を出した。

「あの、お客様がお見えになりまして……」

明らかに困惑している若い役僧を、監査局の幹部が叱咤する。

「こんなときに客を取り次ぐ阿呆がおるかっ」

すると、係を押しのけるようにして白髯の老僧が入ってきた。

凌玄を除く全員が息を呑む。

「貴旺様――」

位剛院の住持、万代貴旺であった。

随啓に目で促され、末席の役員が慌てて新たに座布団を用意する。

貴旺は無造作にその上へ腰を下ろし、

「えらい大きい声やったなあ。外から丸聞こえやったで」

尊大にして闊達な口調で言った。

「おそれながら貴旺様、この場は監査局の――」

随啓の言葉を遮るように、

「相変わらず固いのう、随啓。何事もこれ、融通無碍《ゆうずうむげ》や」

「お言葉ですが、現在監査の最中にて……」

「分かっとるて。外から聞こえとったて言いましたやろ」

「は……」

監査局長といえども、万代貴旺の前ではひたすら恐縮するよりない。

「根回しがどうとか言うとったけど、わしはそこにおる凌玄から拝観料割引の話、ちゃあんと聞いてましたで。それで、すぐに天善《てんぜん》はんに電話して相談したってん。そしたら天善はん、『そういうことでしたら、ぜひやらせてもらいますわ』て言うてくれましたわ」

天善とは、言うまでもなく燈念寺派現総貫首、塩杉《しおすぎ》天善のことである。

「貫首様が……」

監査局員のみならず、号命派も一人残らず絶句している。

正式な役職名は「総貫首」であるが、「貫首」と略して呼ばれることも少なくない。

「そうや。わしと天善はんは戦時中からの盟友やさかいな。天善はんが『うん』て言わはった以上、それは燈念寺派として進めるいうこっちゃ。せやさかい、わしは凌玄に『話は通っとるから安心しい』言うて帰してん。それをあんたらが聞いてないちゅうのは、こらおかしいわ。なんかの間違いやないんかな」

「凌玄、そらほんまなんか」

霖内が質してきた。

「はい、ここで総貫首様のお名前を出すわけにもいかず、すべて私の責任いうことで収めようと決意して参りました。浅はかではございましたが、他に道はなく……どうかお許し下さいませ」

殊勝に頭を下げてみせる。

貴旺は監査局の面々を睨め回し、

「なんやったら、わしがこの場から天善はんに電話してみてもええんやで」

「いえ、それには及びません。どこかで行き違いがあったものと思われます」

随啓がすかさず言い繕う。

当然だ。仮に総貫首が『伝え忘れた』という事実があったとしても、組織として表に出すことはできないし、『まったく聞いていない』と言われた場合、燈念寺派と位剛院との対立を生じせしめる結果となる。つまり総貫首に確認することは事実上不可能なのだ。

十中八九、貴旺のでまかせであると推測しつつも、監査局には手の出しようがない。

「お待ち下さい」

たまりかねたように号命が立ち上がる。

「行き違いやて、そんなんありますかいな。せやったら、ぜひとも貫首様に――」

「ちょっとは慎みなはれや、号命はん」

霖内が鋭く制した。

仁王立ちとなっていた号命を、側近達が総がかりで懸命に座らせる。

「号命はん、どうかお鎮まりを」「貴旺様の御前にございます」「どうか、どうか」

真っ赤になって座り込んだ号命は、その巨体を震わせて懸命に自制している。万代貴旺師の前で礼を失するふるまいがあれば、日本の仏教界に居場所はないものと承知しているのだ。

貴旺はそれを、いかにも涼しげな顔で眺めている。

「では、この件は差し戻しということで、皆様、本日は……」

苦渋に満ち満ちた顔で随啓が閉会を告げようとしたとき、

「まあ待ちなはれ」

貴旺が一同を押しとどめる。

「なんでございましょうか」

いぶかしげに尋ねた随啓に、

「ここは監査局で、監査やっとる最中なんやろ」

「さようでございますが」

「そやったらええ機会や。もっと先に監査せなならん案件があんのとちゃいますか」

「まさか、それは……いや、どうかこの場はひとまず……」

「ひとまずどないせい言いますねん。燈念寺派の伝統に関わる大事やないか」

監査局の面々が悲鳴のような呻きを漏らす。

「ほほう、その様子からすると、皆様には心当たりがありますねんな」

老獪な高僧は、意地悪そうに笑いつつ、

「そうや。船岡山墓園の件や。あれはあかん。世間ではすでに騒ぎ始めたもんもおる。早いとこ始末をつけな、燈念寺派の歴史に取り返しのつかん汚名が残りますさかい」

それこそ正論であり、反論できる者は一人もいない。

「正直言うたら、今日わしが足を運んだんもそのためや」

「しかし、貴旺様……」

随啓はすでに脂汗さえ流している。

船岡山墓園の件を追及すれば、自分達にとっても命取りとなりかねないからだ。

重苦しい沈黙の中、突如貴旺が快活に笑った。

「すまんすまん、あんたらを困らせるつもりはなかったんや。心配せんでもよろし。監査局はじめ、お山の中を全部調べとったら全役員が辞任しても済まんことになる。それはそれで燈念寺派の存亡に関わる一大事や。せやさかい、あんたらの身辺は触らんようにて天善はんにあんじょう言うとくわ」

「ありがたきお言葉、感謝の申しようもございません」

傍目《はため》にも露骨なまでに、全員が胸を撫で下ろしている。

「けど、あんたは別やで」

老僧は視線を号命に向け、

「あんたと船岡山の番役がタチの悪い業者と組んどるいうんは誰かて知ってる。少なくともあんたらだけは責任取ってもらわんことには、こら収まるもんも収まりまへんわな」

「私らだけて、貴旺様、それではあまりに――」

「ほな訊くけどな、号命、あんたは自分の保身と燈念寺派全体とどっちが大事やねん。この場ではっきり言うてもらおか」

「それは……」

号命が返答に窮する。

我が身の方が大事であると返答すれば、全山の信頼を一気に失ってしまう。すなわち自死に等しい行為である。

「……燈念寺派でございます」

まさに絞り出すような声で号命が答える。

老僧は慈愛とも見える笑みを浮かべ、

「よう言うてくれた。その意気に免じて、僧籍だけは残してもらえるように天善はんに言うといたります。けどな、もし他のもんまで道連れにしたろちゅうような悪心を起こしよったら、そのときは必ず仏罰が下ると思ときや。ええな」

「はい、よう分かってございます」

蒼白になって答える号命の体軀は、一回りも二回りも小さくなったように見えた。

「ほな随啓、後のことはきっちり頼みますで。燈念寺派は日本仏教の要《かなめ》なんや。傷は最小限に抑えなならん。身内の悪事を調べるんも監査局の役目やが、その前にわしらは坊主や。仏様の教えを広めるためにも、お山の権威はなんとしても守る。それはあんたらの働きに懸かってますのやで」

「は、改めて心致します」

平伏する一同を睥睨《へいげい》し、貴旺は満足そうに帰っていった。


万代貴旺の予期せぬ闖入《ちんにゅう》により、凌玄のスタンドプレイに対する監査は不問とされた。

それだけではない。号命を失脚させることにも成功した。しかも号命は他言や報復をしないことまで約束させられている。

同時に扇羽組が日頃手なずけている記者のリークという形で、「船岡山墓園の不正は統合役員筆頭と船岡山別院番役によるもの」という噂が流れ、ゴシップ誌のスクープ記事となり、やがて全容が曖昧なまま決着した。

またそれにより、凌玄は監査局から一目置かれる存在となった。

すべては死中に活を求めるの諺《ことわざ》を地で行く捨て身の策であったのだ。

貴旺があのタイミングでやってきたのは、もちろん入念な打ち合わせによるものである。孫かわいさから、貴旺は凌玄の頼みを容れ、最大限に協力してくれた。実際、燈念寺派をスキャンダルから守りたいというのは貴旺の本心でもあるし、拝観料割引キャンペーンという凌玄のアイデアにも賛同してくれている。

しかし、喜んでばかりもいられない。

市役所での会合により、非難が燈念寺派と自分に集中することは阻止したが、地上げを巡る更級金融や藪来一味との抗争に決着がついたわけではない。市議の須永はどちら側にも転び得るという感触を得たが、京大人脈を握る梅徳の存在もあり、京都府警はおそらく藪来側であろうと推測された。

いずれにせよ、気を抜いている余裕はどこにもなかった。

「凌玄はん、ちょっとええか」

昭和六十三年の十一月も半ばを過ぎたある日、総合庁舎から去った塚本号命の後任である村崎《むらさきじ》爾倫《りん》に呼び出された。

統合役員筆頭に指名されるだけあって爾倫はなかなかのやり手であり、灰汁《あく》の強かった号命に対する反発からか、穏健派の中から選ばれたという経緯がある。それゆえに凌玄も安心して仕えられる人物であった。

「はい、なんでございましょう」

「明後日にな、畿内放送の会長やった坂津弥一《さかつやいち》はんの法要があってな、坂津はんは一時期信徒代表もやってはったさかい、お山からそれなりの僧侶を出すことになっとんねん。今までは広宰《こうざい》はんに行ってもろとってんけど、この前の地上げ会議、あれであんたの人気がえらい上がってんねやて。それで坂津家と畿内放送から、どうしてもあんたに来てほしいて言われとんねん。どないする？

うちらは人気商売やないさかい、断ってもええねんけど、坂津家とは長い付き合いやし、偉いさんも大勢参列しはるし、ここで燈念寺派が貸し作っとくのも悪ないしなあ思て」

凌玄の脳裏に、市役所で己を拝む市民達の光景が、心くすぐる如くに甦った。

「はあ、そういうことでしたら行かさしてもらいますわ」

「ほうか、行ってくれるか」

淡々とした口調ながら、爾倫はほっとしたようだった。

大勢の参列者を背に、燈念寺派からの来賓として臨席する。そのイメージは、凌玄の自尊心を心地よく刺激した。


法要の当日は朝から冷たい秋時雨《あきしぐれ》であった。

色衣《しきえ》の上に七条袈裟を着けた凌玄は、坂津家の菩提寺である寛孝寺《かんこうじ》にハイヤーで乗りつけた。門前で車から下りた凌玄は、燈念寺伝統の和傘を開いて本堂へと向かった。切袴《きりばかま》に雨の飛沫《しぶき》が降りかかる。石畳の前後には、同じように傘を差し急ぎ足で歩く人が何人も見受けられた。

「凌玄はん」

不意に呼びかけられ、足を止めて横を見る。聞き覚えのある声だった。黒の紋羽織を着た太った男が雨の中に立っている。暗色の傘と雨とに隠れて顔は見えない。

「どなたはんですか」

「お見忘れですか。藪来ですがな」

藪来晋之助であった。

息を吞んで立ち尽くす凌玄のすぐそばまで歩み寄ってきた藪来は、ねっとりとした声で囁いた。

「よう来てくれはりましたなあ。弥一会長もあの世で喜んではりますやろ」

「あんたやったんですか、私を指名しはったんは」

「さよです。なんせ私は畿内放送の大株主でっさかい。それに志方凌玄と言えば、近頃の京都では一番人気のお坊様や」

「ほんまのわけを教えて下さい。そやないとこのまま帰らせてもらいます」

「そんな恐い顔せんかてよろしがな。ある人があんたに紹介してほしい言わはるもんで、ちょうどええ機会や思いましてな」

「そやったら別の日にして下さい。秘書に言うてスケジュール空けさせますさかい。ほなこれで」

歩き出そうとした凌玄に、

「会うといた方があんたのためや。黙ってついて来なはれ」

有無を言わせず横に逸れて歩き出す。

その迫力に半ば気圧《けお》される思いで、凌玄は彼の後に従った。なんと言っても坂津家法要の場であるし、人目もある。滅多なことはすまいと踏んだ。

鐘楼を回り込んで進む藪来の前方に、傘を差して佇むブラックスーツの男達が見えた。七人。全員が無言でこちらを見つめている。気配だけですぐに分かった。ヤクザだ。

中でも若い男に傘を差し掛けられた壮年の男は、一際強烈な気を放っていた。

最上よりはるかに勝る圧倒的な気迫。ヤクザとは何度も顔を合わせている凌玄が、目眩《めまい》を覚えるほどに凄まじい眼力を有している。

藪来が足を止めて振り返る。

「凌玄はん、こちらは東陣会で若頭補佐を務めておられる御厨《みくりや》はんです」

東陣会――

「御厨です」

壮年の男がこちらから目を逸らさずに軽く頭を下げる。

凌玄は反射的に目礼を返していた。そうせずにはいられない〈何か〉が男にはあった。

イントネーションは明らかに関東の人であることを示しているのに、この男の背中には京都の闇が広がっている。いや、京都のような美しい闇ではない。無数の鬼火が周囲を照らす、墓場にも似た禍々《まがまが》しい薄闇だ。

「御厨はんほどのお人がわざわざ京都まで来られるいうんはよっぽどのことやで。どないしてもあんたに会うてみたいて言わはってなあ。それだけあんたのことを買うてはるんやろ」

福々しい恵比寿顔で、藪来は縁談の仲人でもしているかのように言う。

「凌玄さん、あんたの話は俺も聞いてる。京都の市役所で大した度胸を見せたんだってな。なるほど、坊主とは思えねえほどいい目をしてる。あの号命を手玉に取った手並みも上出来だ。あんたが極道だったら、俺の盃をやりたいくらいだ」

僧侶に対し、冗談でも不愉快極まる――

そう言おうとしたが、全身がすくんで言葉にならなかった。

「俺は気の短いタチなんで用件に入らせてもらう。あんた、俺達と組む気はねえかい」

「それは……扇羽組を裏切れちゅうことですか」

全身の気力を振り絞って訊き返す。

「妙なことを言うじゃねえか。あんたは極道じゃねえんだろ。ただの坊さんなんだろ。だったら裏切るもなにもねえ。単にビジネスパートナーを乗り換えるってことでいいんじゃねえのか」

失脚した号命の代わりに自分を取り込もうという肚だ。

「けど、最上はんにも和久良はんにも義理がおますさかい……」

「聞いたかい」

御厨は可笑しそうに子分達を振り返る。

「義理だってよ。昔のヤクザでもあるめえし。てめえの損得より義理人情か。ますます気に入った」

ヤクザ達が無言のまま一斉に笑った。

だが御厨は本性らしき獰猛さを覗かせて、

「もう一度だけ訊く。これが最後だ。俺達は京都の掟なんざ知ったこっちゃねえ。欲しい物は力で取る。凌玄さん、悪いことは言わねえ、俺達と組みな。これからの日本はきっとえれぇことになる。そんとき頼りになるのは永田町や霞が関とのパイプだ」

期せずして、彼の語る日本の展望は氷室のそれと一致していた。

「ご忠告はありがたく承りました。法要の時間が迫っておりますので、私はこれで」

立ち去ろうとしかけた凌玄に、

「あんたの肚はよく分かった。こうなった以上、お互い恨みっこなしってことでいいな」

「お釈迦様は『怨みは怨みを以て息《や》むことなし』と申されました。怨みは怨みを持たぬことによってしか鎮まらぬという教えにございます」

「この俺にまで説教かい。なるほど、大した坊主だ。覚えとくよ」

身を翻した御厨は、雨の中に姿を消した。子分達もその後に従う。

「あんたなあ、和久良はんにどないな義理があるんか知らんけど、今はもうそんな時代やあらへんのやで」

藪来が大きな顔を寄せてきた。傘を打つ雨の音が細かい針となって耳に刺さる。

「まあええわ。和久良はんとはいずれ決着をつけるときが来ると思とった。けどわし、和久良はんは嫌いやないねん。こないなってしもて残念やて、和久良はんにはよう言うといてや」

「承知致しました」

「けど、あんただけは地獄に堕ちよったらええわ」

憎悪を込めた恵比寿顔で言い放ち、藪来は本堂へと向かった。

その背中を見つめながら、凌玄は和傘を差したまま雨の中に立ち尽くす。

いつの間にか切袴はしとどに濡れて、どこまでも気味悪く足に貼り付いていた。

十四

寛孝寺での法要を終えた凌玄は、その夜『みやこ本陣』で、藪来晋之助と東陣会若頭補佐による恫喝の一部始終を、和久良や最上らに余さず報告した。

「大胆不敵もええとこやないですか」

海照が目を丸くして声を上げた。

「格の違いを見せつけに来よったんかもしれんけど、案外、あちらさんも焦っとるんとちゃいますか」

「せやったらええんやがな」

最上はまるで哲学者のような面持ちで、

「藪来が言うとった通り、御厨がわざわざ出向いてきよったんはただ事やない。関東は本気で京都を取る気なんやろな。再開発の利権がそれだけ大きいちゅうこっちゃ」

ヤクザ社会の常識や通例は、凌玄や海照には窺い知る由もない。従って最上の分析がどこまで当を得ているのか、判断のしようがなかった。

ただ凌玄は、雨の中で実感した御厨の殺気と藪来の妖気とを思い出し、戦慄に身を震わせるばかりであった。やはり彼らは恐るべき敵である。少しでも気を抜いたが最後、頭から取って食われてしまうだろう。

「どないしますのんや、最上はん。こればっかりはあんただけが頼りや」

和久良も事態を深刻に受け止めているようである。

「山花組直参で舎弟頭の樋熊はんが来週あたり大阪に来はるらしい。わしはすぐにアポ取って樋熊はんと会うてきますわ。樋熊はんは前から京都に肩入れしてくれとるさかい、山花組からなんとしても応援を回してもらえるよう、直談判してみます」

「そうしてくれるか」

「へえ。わしは樋熊はんとは盃こそしとりまへんけど、おんなじ時期に滋賀刑務所に入っとったことがおましてな、それでお付き合いをさせてもろてます。知性派の現代ヤクザや言われてますけど、極道として筋の通った人ですさかい、見込みはあると思いますわ」

「そらええわ。よっしゃ、その件はあんたに任せた。次は藪来と〈サラ金〉の力や」

和久良は氷室に視線を向け、

「氷室はん、地上げの方はどうなっとんねん」

「最終局面といったところでしょうか。末端の〈まとめ屋〉が個別にまとめた地所を、平楽銀行経由でウチのフロントが一挙に買い上げる。今年中、遅くとも来年の春までにはまとめたいところです。私の予測ではこの景気はそう長くは保《も》ちません。いつ破綻してもおかしくない状態です」

「平銀は藪来側やったんと違うんか」

「もともとあそこはどうにでも使える便利屋です。加山副頭取が強硬な藪来派で利益を独占している分だけ、非主流派の反感も強い。市会議員の須永にも充分な金を届けてありますから心配は要りません。土地さえこっちで押さえられたら〈サラ金〉も撤退するしかなくなるでしょう。しかし……」

そこで氷室はいまいましげに、

「現在のところ、〈サラ金〉は連日のバッシングにもかかわらず、しぶとく持ちこたえています。国税も今一つ動きが鈍い。京大閥のキャリア官僚を梅徳が抑えているせいでしょう。現場としても大いに歯嚙みしているものと思われますが、公務員である限り、上に立つキャリアや政治家には逆らえません」

氷室による解説は本職のアナリストさながらに明解であった。彼はそうした学閥による支配構造に批判的だが、逆に凌玄は中央の政界や官界とのパイプの重要性を改めて思い知らされるばかりであった。

一方和久良は、氷室をさらに厳しく質している。

「警察は？　地上げは徹底的に取り締まるて言うてるそうやないかい」

「一番の問題点はそこですね。梅徳が府警のキャリアにも睨みを利かせていますから始末に困る。こっちが牽制されている間に土地をイエナハウスにかっさらわれたら我々の敗北です」

「あかんやないかい。そこをどうにかせんことには蟻の一穴にもなりかねへんで、氷室はん」

「少し時間を下さい。なんとかいい手を考えてみます」

珍しいことに、氷室が即答できなかった。よほど困難な問題なのだろう。

けど、なんとかなる──

耳許で激流の渦巻く音が聞こえる。殺されかけたときに耳にした三途の川の水音だ。

きっとまた氷室はんが助けてくれはる──

凌玄はそう信じて疑わなかった。

十二月二日。師走は年末の煤払いや年越し年明けの行事を控え、仏教関係者には最も忙しい月である。

分刻みに等しい燈念寺派のスケジュールを調整するため、凌玄は自席でノートの作成に追われていた。午後六時を過ぎた頃、外線電話が鳴った。下書きを済ませたノートに視線を走らせながら受話器を取る。

「はい、燈念寺派志方凌玄です」

受話器から氷室の緊迫した声が流れ出た。

〈最上のカシラが撃たれました〉


大阪市北区にある『ホテル神無月』のロビーラウンジで、広域指定暴力団山花組幹部樋熊善己は、地元暴力団賛《さん》尾《び》会幹部三名、京都扇羽組幹部最上篤《とく》市《いち》らと歓談中であったところ、賛尾会と対立関係にある暴力団渋《しぶ》江《え》組組員二名に襲撃され、頭部に銃弾を受けて死亡した。居合わせた賛尾会幹部のうち一名は死亡、二名は意識不明の重体。扇羽組幹部は搬送先の病院で死亡が確認された。襲撃した渋江組組員二名は現場より逃走したが間もなく大淀《おおよど》署員に逮捕され、犯行の動機について「かねてより遺恨のある賛尾会幹部を狙った。他に誰がいたかまでは知らない」と供述している――

それが報道の概要であった。白昼、しかも公共の場所での拳銃発砲による射殺という事件の重大性に、世間は震撼し、全国のヤクザ社会に衝撃が走った。

凌玄は未だ事態を呑み込めずにいる。

最上はんが、死なはったて――ほんまなんか、これはほんまに現実なんか――

「やりよったっ。なんもかんも〈サラ金〉と東陣会の描いた絵や。こんなん、最初から最上はんと樋熊はんを狙とったに決まっとるやないかっ」

京都ホテルのスイートルームで、和久良は天を呪うが如くに激昂した。

駆けつけた凌玄と海照も同じ意見である。

「それが、一概にそうも言えんのですわ」

護衛の子分達が控える前で、扇羽組組長の羽鳥《はとり》はウイスキーを呷り、

「樋熊はんは山花組の最高幹部や。東陣会が的にかけるにしては大物すぎるんですわ」

「あっちは若頭補佐の御厨が出てきとんのやで。御厨やったらそれくらいやりよるやろ」

「そうかもしれまへん。けど今この時期に全面戦争を仕掛けるほど、東陣会は阿呆やないですよ。それだけやない」

なぜか老組長はそこで声を潜めた。

「山花組には近頃妙な噂がありますねん」

「妙な噂やて？」

羽鳥のグラスに若い衆がウイスキーを注ぐ。和久良や凌玄達のグラスにも。

「山花組執行部本部長の鍋島《なべしま》はん、あの人が四代目や樋熊はんと前々から対立してたいう話ですわ」

「それがほんまやとしたら、最上はんは山花組の内紛に巻き込まれてしもたちゅうことか」

「そうなりますわな」

和久良は目の前のグラスをつかんだが、思い直したように再びテーブルに置く。

「どれが真相なんか、こうなったらもう見当もつかんわ。羽鳥はん、あんたはどない思いますねん」

「今できるだけ情報を集めさせてますけど、たぶん真相は闇に埋もれて終いですやろ。確かなんは、

ウチの最上が殺されたちゅうことだけですわ」

その言葉に、全員が今さらのように羽鳥を見つめる。

扇羽組組長羽鳥。これまで前面に出ることのほとんどなかった人物である。

老齢の組長は、震える指でグラスを置き、背後に控えていた精悍な男に声をかけた。

「紅林《くればやし》」

「へい」

紅林と呼ばれた男が前に出る。

「今日からおまえが若頭や。最上に代わって、和久良はんや凌玄はんをしっかり助けたり」

「へい」

組長に向かって低頭した彼は、次いで凌玄らにも丁寧に挨拶した。

「紅林と申します。今日から扇羽組の若頭を務めさせて頂きます。皆々様には、よろしゅうご指導のほどお願い申し上げます」

最上が死に、その仕事を紅林という男が引き継いだ。節くれ立った筋肉に短く刈った髪。最上より若い分だけ精気もある。だが、果たして無条件に信用していいものなのか。

「心配する必要はありませんよ」

凌玄の不安を察したように氷室が言う。

「紅林さんは最上のカシラが最も信頼していた人物です。後任としてこれ以上の人選はないでしょう」

「若いもんの前できいたふうなことぬかすなや」

紅林が氷室を低い声で一喝する。

「最上のカシラがおまえを買うとったのは知っとるし、組にもえらい貢献してくれとる。けどな、筋目だけは通さんかい」

「失礼しました」

氷室が慌てて詫びを入れる。察するに、紅林はかなりの武闘派のようだ。

「紅林よ、氷室は最上によう仕えてくれとったんや。けったいな男やけども、おまえもこいつをうまいこと使たり。それがでけたらおまえの器量も一段と大きなるはずや」

老組長が紅林をやんわりとたしなめる。

「へい、よう分かりました」

素直に謝った紅林は、次いで氷室を睨めつけるようにして言う。

「わしもカシラの後を継ぐからには、カシラみたいにおまえを使たる。いや、おまえに使われたるわ。わしにでけることがあったらなんでも言うてくれ」

「恐縮です」

氷室はすぐさまいつもの冷静さを取り戻し、

「状況を分析しますと、樋熊さんの暗殺により、山花組も東陣会もともに身動きの取れない状態に陥りました。山花組の応援はいよいよ期待できませんが、こうなった以上、東陣会の御厨も東京に引き揚げざるを得ないでしょう。となると、京都に残っている敵側の実働部隊は黒松組だけとなりますが、なにしろ警察の目がありますから、我々も迂闊に動くわけにはいきません」

「それでええと思とるんかい」

紅林が咆《ほ》えた。

「最上のカシラの仇はどないなるんや。こっちは但馬連合まで潰されとんねんで」

「私も同じ気持ちです。しかし藪来派に梅徳がいる以上、京都府警はウチを重点的に狙ってくるでしょう。今は自重の一手です。ここをやり過ごせば、ぎりぎりでイエナハウスに勝てるというのが私の計算です。再開発プロジェクトの主導権さえこっちが握っておけばいい。〈サラ金〉が何か手を打とうとしても間に合わない。蜃気楼よりも実体のないこの景気が破綻したとき、逃げ遅れた連中は軒並み地獄へ引きずり込まれる。そうです、敵は勝手に自滅するというわけです」

「わしらはただ黙って見とったらええちゅうことかい」

「そうなりますね」

憤怒の形相を示す紅林に対し、氷室が冷徹に応じる。

凌玄は立ち上がって叫んでいた。

「そうはいかんで」

全員が驚いたように自分を注視している。

「そうはいかんて、どういうこっちゃねん」

海照が怪訝そうに尋ねてくる。

「そうは……いかへんのや……」

口に出して繰り返す。

そうはいかんで？

「氷室はんの計算通りにはいかんちゅうことか」

「違う……いや、うん、そうかな……」

自分でもよく分からない。

——わしはあの世の地獄は見たことないけど、この世の地獄はよう知っとる。たぶんあの世の地獄の方がなんぼかマシやろ。

そう言って、最上は吸い殻を投げ捨てた。無常の風が吹き抜ける京都駅前の更地であった。その最上が、吸い殻よりも儚く踏みにじられ、舞い散るゴミと一緒に崩れて消えた。

そうはいかんで――いかしてたまるかい――

「凌玄さん、景気の動向は私が責任を持ってチェックしています。間もなく日本中がとんでもない大不況に陥ることは間違いありません。どうか私を信用して下さい」

氷室が落ち着いた口調で諭《さと》すように言う。

「そうか、そやな」

小声で言い、凌玄は恬淡と腰を下ろした。そして心の中で繰り返す。

そうはいかんで。

十五

年が改まり昭和六十四年となった。

一月七日午前六時三十三分、皇居吹上御所にて昭和天皇崩御。

翌る八日、元号が昭和から平成へと改められた。

日本国民は揃って喪に服し、未来に垂れ込める暗雲を、意識とは異なる心の領域で予感した。

燈念寺派も例外ではない。一月に予定されていた新年を寿《ことほ》ぐ行事はすべて自粛し、打ち沈む昏い刻を過ごすのみであった。

皇室典範により、天皇の葬儀は国の儀式である大喪の礼として執行される。これには政教分離の原則に基づく国家の宗教的中立性を保つ意味もある。

従って燈念寺派といえど、大々的に天皇の法要を営めるものではない――誰もがそう考えていた。

しかし燈念寺派統合役員志方凌玄は、燈念寺派の高僧のみによる私的な法要を総局に提案した。

政教分離の原則はあれど、宗教家個人による追悼の儀までを禁じるものではない。これは統合役員筆頭村崎爾倫以下、満場一致で決議され、総貫首塩杉天善の認可を得た。

会場は燈念寺の本堂たる阿弥陀堂。開催は大喪の礼と同じ二月二十四日。すなわち他の国民とともに昭和天皇をお見送りするという意思表示である。

このことは一般国民はもとより信徒にも極秘とされたが、いつの間にか噂が広がり、燈念寺派の昭和天皇に対する畏敬と哀悼の念、さらには宗教団体として憲法をわきまえた処し方は広く民衆の支持を得た。

一方、国民の与り知らぬ闇社会では、扇羽組と黒松組との抗争がいよいよ膠着状態に陥っていた。氷室は事あるごとに好景気の終焉を口にするが、その兆しは他の者には一向に窺えない。地価や株価は依然として高騰を続けている。未曾有の好景気に世間は相変わらず浮かれ騒ぐばかりであり、まるで氷室一人が見えない何かを見ているかのような感さえあった。それが彼の妄想でないとは誰も言い切れないだけに、関係者の焦燥は日増しに募る一方である。

ことに新若頭の紅林は、元来が武闘派だけあって最上ほど慎重ではなく、実力行使による事態の打開を主張するようになっていた。土地買収合戦はぎりぎりで勝つとした氷室の計算に反し、黒松組は手段を選ばず着々と買収を進めている。それを後押ししているのが〈サラ金〉の資金と京都府警の援助であることは明らかであった。

今や戦況は「ぎりぎりで勝つ」どころか、「相当に不利である」と言っても過言ではない。それでも氷室は頑なに現状維持を主張するばかりで、若頭に公然と反駁《はんばく》する。これでは景気が破綻する前にこちらの人間関係が崩壊するのではと誰もが不安に怯《おび》え始めた頃。

状況が動いた。

丹波地方にある『丹波カイゼリンゴルフ倶楽部』に、扇羽組組員をはじめ、主だった面々が集結したのは、二月十七日のことであった。

同ゴルフ場とその施設は、名義上のオーナーこそ存在するものの、実際は和久良の所有物である。密談を含む大規模な集会には打ってつけの施設と言えた。

「なんやねん、わしまで呼び出して」

所有者であるはずの和久良が、クラブハウスのロビーで凌玄に文句を言っている。

海照、氷室、それに紅林達は、緊張と不信感の入り混じる面持ちで、全員を招集した凌玄を見つめている。彼らの背後に立ち並ぶ組員達も同様である。

凌玄は一同を見回し、おもむろに発した。

「号命と唐文が黒松組に拉致されました」

「そらおかしいんとちゃうか」

紅林が前に出る。

「あいつらはもともと藪来派やないかい。それを拉致するて、一体どういうこっちゃねん。ええかげんなこと言うとったら承知せんぞ」

「そうや、紅林はんの言う通りや。辻褄《つじつま》が全然合わへんやないか」

海照も裏返った声で叫んだ。

凌玄は落ち着いた口調で告げる。

「彼らは船岡山墓園の不正についてロをつぐむよう、監査局幹部の前で貴旺様に約束させられています。当事者であり、真実を知る彼らが船岡山墓園のからくりについてマスコミ、いや、警察当局に訴えれば、燈念寺派のダメージは計り知れません。藪来は身の安全と莫大な報酬を餌に彼らを懐柔し、口裏合わせのリハーサルをやらせている真っ最中というわけです」

「なるほど、合理的な作戦だ。確かに筋は通っていますね」

氷室が感心したように言う。

「けど凌玄はん、あんた、それをどうやって知ったんや」

和久良の問いに、凌玄は従業員室に通じる右手のドアを指差した。

「あの人が教えてくれはったんです」

ドアから姿を現わしたのは、京都市役所の〈地下二階〉飯降室長であった。

彼の顔と名前は、その場にいるほとんどの者が知っている。

「飯降っ、なんでおまえがっ」

紅林が顔を真っ赤にして怒鳴る。

「簡単なことです。この人は裏切ったんですわ、藪来を」

「凌玄はん、そんな人聞きの悪いこと言わんといて下さいよ」

薄笑いを浮かべながら、飯降は凌玄に抗議する。

「私は一公務員ですよ。裏切るも何もあらしまへん。京都市民のためになるように動いとるだけですわ」

「能書きはええっ。裏切った理由を言わんかい」

さながら阿修羅のような形相で紅林が飯降に詰め寄った。

「理由てそんな、今言うた通りですよ。市役所での議論を見せてもろてね、これからのお寺さんを背負《しょ》て立つのは凌玄はんやろなて思ただけですわ。そうなると京都市としても凌玄はんに肩入れしといた方が得やないですか。第一、坊さんを二人も拉致するて、どえらい犯罪や。そんなん、人として黙って見過ごすわけにはいきまへんやろ」

かつて凌玄の拉致に加担しておきながら、のうのうと言う。あまりに人を食ったその態度に、全員が唖然としている。

「ここで号命と唐文に証言されてしもたら、それこそおしまいですわ。私らの負けです。もう景気の悪化を待っとる余裕はあらしまへん。私は心を決めて参りました」

「心を決めたて、どう決めた言うんや凌玄っ」

海照の悲鳴のような叫びに構わず、凌玄は大勢の組員達に向かって声を張り上げた。

「皆様は僧兵です」

意味が分からず、ヤクザ達が互いに顔を見合わせる。

「皆様はヤクザと言われとるかもしれまへん。またカタギやないことに引け目を抱いておられるかもしれまへん。ヤクザにならはったんは、皆様、深い深いわけがあってのはずやのに、世間様から冷とうされ、厄介もんや言われることもあったでしょう。けど、皆様は京都のために、御仏のために働いてくれてはるんです。ただのヤクザやない。ヤクザの俠気と、僧侶の徳を持ったはる。つまり僧兵です。皆様の戦いは仏さんが必ず見てはる。この私が保証します。そやから、私と一緒に戦うて下さい。最上はんの仇を取って下さい」

最上の仇。その文言を出した時点で、紅林の心は必ずつかめると踏んでいた。

「カシラの仇討ちやて？」

計算通り、紅林が反応した。

「待てや凌玄、そんなん、なんぼなんでも許されるわけないやろっ」

悲痛な声で抵抗する海照に、そして困惑する一同に、凌玄は両手を静かに合わせて語り聞かせる。さながら法を説く高僧の如く。

「僧兵の刃《やいば》はこれすなわち御仏の御裁断。仏法を蔑《ないがし》ろにする者を仏に代わって成敗する。誰かがやらねばならんことでございます。誰かがやらんと、この世は闇のまんまです。その誰かとは、ここにおられる皆様であると私は信じておりますのや。根拠のない妄言ではございません。仏教では何事も縁《えにし》と申します。皆様がこの世に生まれ、この場に集われたことこそが縁の証し。偶然のように見えながら、何事もこれ必然。皆様は御仏の御意志によって、今この場におられるのでございます」

社会から弾かれてヤクザとならざるを得なかった男達が、凌玄の言葉に聞き入っている。中にはうっすらと涙を浮かべている者さえいた。

紅林は配下の者達を振り返って叫んだ。

「よう分かった。わしは暴れられるんやったらそれでええ。いっぺんなってみたろやないか、僧兵ちゅうのに。仏さんの御加護があるんやったら恐いもんなしや。僧兵になって、最上のカシラの仇、取ったろやないかっ」

組員達が歓呼の声を上げる。士気は最高潮にまで達しつつあった。

こうなったらもう誰にも止められない。

和久良は大きく頷いている。意外にも、抵抗するかと思われた氷室までがうっすらと笑っていた。

読みの通りや――やっぱり御仏がついてくれとるんや――

場はそのまま作戦会議へと移行した。

紅林を中心に、具体的な襲撃プランが練り上げられていく。越えてはならないはずの一線を大きく越えた計画だ。

覚悟はある。宗教的信念も。しかし葛藤がなかったと言えば嘘になる。逡巡しなかったと言えば嘘になる。

声が聞こえる。誰の声だ。実家の寺で罵り合う両親の声か。貧乏寺の倅と囃《はや》し立てる餓鬼《がき》どもの声か。夜久野で見た老人の声か。それとも浄願大師の唱える声明か。夜久野の仏堂が粉々に破壊され、京都駅前の更地に土埃が舞う。閉ざされたドライブインの公衆電話。激流の水。泥の衝撃。我浄堂。天井に広がる夜。救済の黒。浄土へと至る闇。

ああ、ええお経や——音が一つも乱れてへん——このまま極楽へ連れて行かれそうや——

「それで、決行はいつなんや」

和久良に尋ねられ、凌玄ははっきりと答えた。

「二月二十四日、大喪の礼の日に」


同月二十四日。大喪の礼当日の朝。

午前九時三十五分、雨の中、昭和天皇の霊柩《れいきゅう》を乗せた轜車《じしゃ》を中心とする葬列が皇居正門を出発した。

同時に燈念寺阿弥陀堂内で法要が始まった。

総貫首塩杉天善を筆頭に、高位の僧侶が三十人。位剛院住職万代貴旺や、佐登子の父である叡光寺住職大豊宋達の姿もある。緋色、紫色、緑色と、それぞれが僧階に応じた色の法衣を着用している。

本堂の中央に安置されているのは阿弥陀如来像である。その左右ではインド、中国、日本の高僧の影像が、時を超えてその場に集う者達を、試すが如くに見据えている。

中の様子が外から窺えないよう、すべての扉は固く閉ざされて、広大な阿弥陀堂はその大部分が闇に在る。ただ無数に置かれた燭台の蠟燭《ろうそく》が、内部の荘厳さを異界の淵へと引き寄せていた。

この日の京都も東京と同じく雨であったが、法要のことを聞きつけた信徒の有志が、早朝から阿弥陀堂を取り囲むようにして拝んでいるのを、凌玄は己の目で確認している。

心身ともに充実した若い僧侶達による梵唄は、力強さと伸びやかさにあふれている。対して徳の高い高僧によるそれは、どこまでも深く果てしなく、まさに至高、まさに玄妙と言うよりない。若さといった身体的な要素では、到底及ばぬ境地にあった。

これが――これこそが燈念寺派の尊い伝統なんや――

事実上の発起人としてこの場に加えられたことを、凌玄は心から栄誉に思う。そうなることを狙い、またあれこれと根回しに励んだ結果ではあるが、嬉しいことに変わりはない。

末席に座し、高僧達と音階を合わせ、魂で唱和する。これに勝る喜びがあろうか。

今この瞬間に、紅林率いる精鋭部隊が大江山山中にある藪来晋之助の隠し別荘を急襲しているはずである。場所は飯降が教えてくれた。そこで号命と唐文が燈念寺派の告発に備えて口裏合わせのリハーサルを行なっている。恥を知らぬ者は最後の最後まで悟れぬものだ。

別荘には黒松組の組員が五人。まかないを命じられた藪来の配下が一人。それに号命と唐文の二人を加えた八人が、痕跡も残さず忽然と姿を消す。彼らがそこにいたという証拠すらない。

悪いことしたもんには罰《ばち》が当たる――子供でも知っとる、当たり前のことやないか――

霊柩は、今頃どこを通過しておられるのだろう。

奏楽される葬送曲は『哀の極』であるという。それはきっと、この梵唄と合わさって、陛下を極楽浄土へと導いて下さることであろう。

凌玄には分かる。閉ざされた阿弥陀堂を伏し拝む信徒の数は、刻々と増えているに違いない。法要の功徳《くどく》を真にありがたく受け止め、信仰心を一にしているに違いない。

分かるのだ。なぜならば、極秘であるはずの法要を信徒にリークしたのは凌玄自身であったから。

この時刻、平楽銀行の加山副頭取は必ず河川敷へジョギングに出かけようとする。出かけなければ、ヒットマンが自宅玄関脇にある呼び鈴のボタンを押す。いずれにしても、加山は自宅で銃弾を浴びる。玄関の外か中かの違いだけだ。加山はさまざまな不正融資に関与している。容疑者の数は鴨川の観光客より多い。その数を聞いて、勤労意欲を失わずにいられる捜査員がいようとは思えない。

　慈悲と慈愛を知る声明が、天下の大伽藍に吸い込まれていく。高さ八丈四尺以上に及ぶ天井は、漆黒の闇に覆われ何も見えない。幼い頃、朽ちかけた我浄堂で見上げた闇と同じく、まるで無窮の宇宙へとつながっているかのようだ。

　そうだ、宇宙だ。そこにこそ真理がある。高僧達の魂魄《こんぱく》が、真理への扉を開いてくれる。その中心におわすは阿弥陀如来。

　ああ——

　かつてない法悦が怒濤のように押し寄せて、凌玄は意識を失いそうになる。だが音階を外すことがあってはならない。高僧達の調和を乱すことがあってはならない。

　真冬であるにもかかわらず、寒々と冷え込んだ堂内で、凌玄の僧衣は全身から噴き出た汗で濡れていた。


　——お願いがあります。

　丹波カイゼリンゴルフ倶楽部で、氷室が言った。

　——梅徳は私にやらせて下さい。

　これまでの彼は、作戦の立案のみを行ない、決して自らの手を汚そうとはしなかった。だがそのときの彼の目には、己の栄達と虚栄心のために多くの若手研究者を潰してきた者達への、溜まりに溜まった怨念があった。

　昨夜から梅徳は愛人宅のマンションにいる。この愛人はすでにこちら側の買収に応じていた。交渉に当たった〈担当者〉の話によると、「心からせいせいした」という顔であったという。

　薬物を飲まされ昏倒した梅徳は、回収に来た氷室らに引き渡される。氷室が梅徳をどうやって処分するのか、凌玄は知らない。梅徳が永遠に〈失踪〉してくれればそれでいい。死体の始末は海照の担当となった。燈念寺派の管理する墓地のどこかに有象無象の無縁仏と一緒に埋葬すればいいだけであるから造作もない。

おお――おお――

股間の昂ぶりが今にも達しようとしている。

まだや――まだなんや――

まだ自分の精神はあの高みへと至っていない。高僧達の声明は、それほどまでに遠い宇宙の深淵へと迫っている。徳の違いというものか。

――あんただけは地獄に堕ちよったらええわ。

藪来にはあえて何もしない。その必要がないからだ。

京都駅前再開発プロジェクトの主導権を握った上、他への投資を急ぎ回収して洗浄し、資産を分散させる。迫りつつある景気の破綻を無傷で逃れる。成功すれば和久良の天下である。京都の大物や顔役はこぞって和久良のもとに集うだろう。藪来には未来も来世もない。

――怨みは怨みを以て息《や》むことなし。

釈迦の言葉であり、自分の言葉でもある。

最上を殺された恨みはあるが、藪来や号命らに下されるのは仏罰であって恨みではない。恨みに呑まれたのは彼らである。ゆえに彼らだけが地獄に堕ちる。

自分には信仰がある。この昂ぶりを見よ。精神の清明を見よ。螺旋となって立ち上る声明の旋律に酔いしれよ。

何もない、漆黒の伽藍の凄絶なる美よ。

あ――ああ――

凌玄はそこに、仏のおわす浄土を確かに見た。

第二部

一

「それでなあ淩玄はん、無住寺の増加もえらい問題やけど、御本尊やら掛軸やら、果ては狛犬まで、値打ちのあるもんが片っ端から盗まれてますんや。ここだけの話ですけど、中には寺の関係者が売ってしもとる場合もあるそうですわ」

位剛院の庫裡《くり》に設けられた客間で、燈念寺派宗会議員の吉井弘休《よしいこうきゅう》が訴えた。弘休は九州出身であるが、京都での生活が長いため、言葉はすっかり変わっている。

「九州だけとちゃいます。四国も沖縄も、とにかく関西一円を中心にえらい数の仏像がなくなっとる。表面化してへんだけで、おそらくは関東や北海道でも似たようなもんですやろ。私の地元は九州やさかい、なんとかしてくれいう陳情が私のとこへぎょうさん上がってきてますのや」

日本には八万近い寺院が存在する。統計等の詳しい資料はまだ作成されていないので断言はできないが、そのうち住職のいない無住寺は一万以上に上るのではないか。すでに解散し管理もされていない廃寺を加えると、その数はさらに膨れ上がるものと推測される。

地方の過疎化による檀家の減少、それに伴う寺院の消滅は、日本の伝統仏教界において、そう遠くない将来、必ずや深刻化するであろう問題の一つであった。

「そうですか、現状はそんなにひどおますのか」

「ええ、それはもう……」

「もしほんまやとしたら、本山としても放っとくわけにはいきまへんなあ」

淩玄は重々しく嘆息してみせる。体重が増えたせいか恰幅もよくなり、議員僧侶らしい仕草も身についてきた。

昭和天皇崩御にともない、元号が平成に変わってはや十二年目。凌玄は故万代貴旺の後を継ぎ、位剛院の住職に就任した。それと兼任する形で、燈念寺派宗会議員として現在は仏道興隆関連問題担当委員を務めている。言わば、宗派全体のあらゆるトラブルに関する窓口役であった。

十一年前。塚本号命、木暮唐文、それに梅徳博司が失踪し、平楽銀行副頭取が自宅玄関で射殺された。それからほどなくして、氷室の予言した通り、日本の経済状況は一変した。現在で言う『バブル崩壊』である。あらかじめ対応策を施していた燈念寺派と扇羽組はほぼ無傷で済んだが、更級金融は決定的なダメージを受け、京都駅前再開発プロジェクトから全面的に撤退したばかりか、不透明な経営に対する批判と当局の締付けもあり、二年後には廃業を余儀なくされるに至った。

後ろ盾を一挙に失ったヤブライ不動産と、植井不動産、ウエイ不動産開発、及びイエナハウスといった関連会社はバブル崩壊の直撃を受け、軒並み倒産に追い込まれた。また平楽銀行も巨額の不良債権を抱えて破綻した。

凌玄と和久良の完全勝利であり、昭和天皇の隠密法要、バブル崩壊の被害を最小限に食い止めた功績などから、凌玄は燈念寺派において確固たる足場を固めたのである。

選挙によって宗会議員に選ばれた凌玄は、その三年後、村崎爾倫の後任として統合役員筆頭を拝命した。宗会と異なり、総局に属する統合役員、総務役員は選挙によらず統合役員会の推薦と総貫首の信任によって任命されるが、統合役員筆頭のみは宗会議員であることが必須とされる。

さらに二年後、燈念寺派最大の別院である東京の神田別院番役を四年務めた後、本山に戻って現在の役職に就任した。

そうした華々しい経歴には、位剛院住持というある意味特権的な地位も大いに与っている。

「これは私の聞いた話で、ほんまかどうか知りませんけど、盗まれた仏像は外国に売られてるらしいですわ」

「外国に……」

「ええ、それも韓国や中国が多いて聞きました。こないな言い方するのはやらしい感じもしますのやけど、地方の無住寺いうても、そこにおわします仏さんの中には、美術的価値があって、えらい高う売れるもんがあったりするそうですわ。たとえ見た目はぼろぼろでも、国宝級の値打ちもんがようけ埋もれとるらしい。実際に国や県の重要文化財に指定されてるもんもあります。それが軒並みなくなってるちゅうことは、燈念寺派の資産を掠《かす》め取られとるわけで、被害額にしたらもう洒落になるレベルとちゃいますで」

「お話はよう分かりました。お金の話はともかくとして、仏さんを盗んで外国に売るて、そんな罰当たりな行ない、燈念寺派として見過ごせるもんと違います。これは私の方で実態をきちっと調査した上で、早急に対処させてもらいます。次の宗会でも正式な議題の一つにさしてもろて、その場で経過報告を致しますさかい」

「凌玄はんがそう言うてくれはるんやったら安心ですわ」

弘休は心底安堵したようだった。

「ほな、くれぐれもよろしゅうに」

何度も頭を下げながら帰っていった弘休を見送り、凌玄は家族の集う居間に入った。

誰もいない。

二階に上がって美緒の部屋を覗くと、和服を着て外出の支度をしているところであった。

「どこぞ行くんか」

「蓮上《れんじょう》婦人会の集まりですわ。ゆうべ言いましたやろ」

「ああ、そやったかいな」

「今日は天気が悪うて、なんや気が重いんやけど、私、地区会長やさかい、休むわけにいきまへんのや」

「旺玄《おうげん》は」

「塾に行ってます。晩御飯はヘルパーさんに頼んどきましたさかい、今夜は旺玄と二人で食べて下さい」

「ああ、そうするわ」

一人息子の旺玄は今年で九歳になる。早いもので、京都でも指折りの名門私立小学校に入学した旺玄は、この春から三年生だ。

平成二年、凌玄は美緒の卒業を待って結婚した。万代家に養子に入ったわけであるから、名前は万代凌玄となった。

翌年、美緒は長男を出産した。凌玄は大恩ある義理の祖父であり、心から尊崇する高僧でもある貴旺から一字をもらい、我が子を旺玄と名付けた。貴旺はことのほか満悦の様子であった。

曾孫の顔を見て安心したのか、気力の衰えすら見せたこともなかった貴旺師は、間もなく眠るが如くに逝った。昭和の名僧と言われた人物にふさわしい大往生であった。

貴旺師の法要に際しては、凌玄は涙をこらえて亡き義祖父のために読経した。幽玄の極致とも言うべきあの声明が二度と聞けぬかと思うと、それだけで喪《うしな》われたものの大きさが胸に迫った。

そして凌玄は、万代貴旺の後継者として位剛院の住職となった。すでに宗会議員に選出されていたため、寺の仕事は多数いる僧侶に任せ、自らは燈念寺派幹部役員として全国を飛び回った。

権力を得た凌玄は、全国の過疎集落を活性化させるための試みとして『地方重点布教活動』を提唱した。各地方から数十ヶ所を選んで『重点布教地域』に指定し、教団による関連施設の補修及び改修を可能とする。地方への出費に難色を示す宗会議員に対して入念な根回しを行ない、苦心の末このスキームを構築した。

これを使い、凌玄は両親が守り抜いてきた実家の寺の周辺も重点布教地域に加え、教団の予算によって実家の寺に豪勢な改修を施した。涙を流して喜んでいる老いた両親の姿を見て、凌玄は何か解放されたような気分になった。自分は長年、それほどまでに劣等感を抱いていたのかと、自らが知らぬ己を初めて思い知らされたような感慨を抱いたのである。

改修前に実家を訪れた凌玄は、あの仏堂が健在であることも確認している。改めて見ても、やはり夜久野の仏堂によく似ていた。寺全体の改修に当たり、思い出深い我浄堂にも必要な補修を行なうことを特に指示した。

実家と夜久野の小さな仏堂。そして燈念寺派の本堂。その伽藍に広がる闇。

あの深い闇こそが、人の心に通じているのだ。

巌斗上人は知らず、燈念寺派開祖たる浄願大師が悟りを得たのもこのような仏堂であったはずだ。そう思うと、自分こそが燈念寺派の教えを正しく受け継ぐ者であるという信念がいよいよ深まってくる。

地方重点布教活動を提唱したのも、教団による実家の改修を身内贔屓《びいき》の職権濫用であると批判されないための、言わばカモフラージュであった。しかしそうした小手先の工作は、凌玄に反感を抱く勢力には見え透いたものであったらしい。陰で批判する者もいると耳にしていたが、今や燈念寺派の一大派閥を形成しつつある凌玄に表立って逆らう者はいなかった。

「ほな、行ってきます」

支度を終えた美緒が、姿見で全身を確認しながら言う。

「ああ、気ぃつけてな」

いそいそと部屋を出ようとした美緒が、ふと思い出したように振り返り、

「最近海照はん、どうしてはります？」

「海照？　そう言えば最近は会うてへんなあ」

海照も凌玄と同時に佐登子と結婚した。やはり凌玄と同じような出世コースを辿り、現在は宗門校の一つである久遠《くおん》学園の理事長を務めている。

「あいつは学校の方をなんやえらい熱心にやっとるさかい。けど、海照がどないしたんや」

すると美緒は、心持ち声を潜めるようにして、

「実は海照はんやのうて、佐登子ちゃんの方が気になってますねん」

「佐登子はんがどないしたん」

「私も蓮上婦人会の人に聞いただけなんやけど、なんや具合悪いらしいねん」

「具合悪いて、病気なんか」

美緒はいよいよ声を潜める。

「それが、どうもメンタルの方らしいねん」

「メンタルて……一体どないしたんや」

「まあ、軽い気鬱《きうつ》やそうですけど……佐登子ちゃん、子供がでけへんで悩んではったから」

「佐登子はん、おまえとおんなじ年なんやろ」

「そら同級生ですもん」

「そやったら、これからなんぼでも作れるがな」

近頃ふっくらと肉付きのよくなった美緒は、呆れたような、また憐れむような目で凌玄を見遣り、

「男はんはこれやから……女にはいろんなプレッシャーがありますねん。叡光寺はんも由緒あるお寺やさかい、周りがうるさいんやろなあ。かわいそうに佐登子ちゃん、真面目な分だけ参ってんのちゃうかなあ思て。婦人会もずうっと欠席したはるし」

「そうか……」

佐登子に初めて会った日のことを思い出す。あの燃えるような眼差しは、今でも鮮烈に覚えている。それだけに、精神的不調とは意外であった。

「どないしたん？」

過去に戻りかけた凌玄を、美緒は鋭く察したらしい。

「いや、昔と違て今は、なんやったかな……病院で診《み》てもらう方法……」

「不妊治療ですか」

「そう、それや」

美緒もため息をついて、

「私もそれを勧めよ思てますのやけど、電話では言いにくいし、なかなか機会があらへんから……」

「分かった。海照に会うことがあったらそれとのう訊いといたるわ」

「お願いしますわ。けど、くれぐれも慎重に言うて下さいよ。こればっかりは微妙な問題やさかい、他人が無神経に踏み込むんは……」

「分かっとるて。それよりおまえ、早よ行かんと遅刻やないんか」

「あっ、そやそや。ほな行ってきます」

美緒は慌てて階段を下りていった。

一人で茶の間へと戻り、凌玄は座卓を前に座り込んだ。佐登子のことも気になるが、それより弘休の持ち込んできた件だ。

よりによってこの自分に――

凌玄はそう独白する。

いろいろと面倒なことになりよった――

地方重点布教活動を自ら提唱した手前、無住寺や廃寺の増加による仏像の盗難や海外流出はなんとしても食い止める必要がある。それでなくても、地方の過疎化による檀家の激減は喫緊の課題でもあった。

なぜならば、巨大宗教団体である燈念寺派は全国の末寺から上納金を徴収しており、末寺の減少はそのまま本山の収入減に直結しているからだ。それを補填するには、末寺や信徒からの懇志、すなわち寄付に頼るしかない。寄付を募る名目として、本山や別院などで新施設の建設や記念事業を絶えず行なう必要があった。

皮肉なことや――今頃になってやっと分かった――

号命や当時の幹部達が、船岡山墓園造成という詐欺的手法に手を染めた理由の一端を、凌玄は今こそ身を以て理解していた。

この流れは止められない。凌玄は心のどこかでそう予感してもいた。

過疎を抑止するどころか、近い将来において自治体がいくつも消滅するだろうと指摘する声もある。高度成長期の過疎と異なり、少子高齢化によって寺を支える人口自体が減っているのだ。しかもバブル崩壊後の長引く不況は、一向に終息の兆しを見せない。むしろ悪化の一途を辿っている。時代の流れは、燈念寺派の力を以てしても変えることはできない。ましてや個人には不可能と言っていい。

それができるとすれば――御仏だけだ。

祇園の会員制クラブ『エリザベート・プレイス』で、凌玄はブランデーのグラスを傾ける。要人の接待には依然として茶屋を使うことも多いが、昨今ではしきたりの多い芸妓遊びより、こうした新しいクラブを好む者も増えていた。もっとも今夜は接待ではない。和久良や紅林らとの会合であった。

　藪来晋之助との戦いに勝利を収めた和久良は、今や名実ともに京都最大のフィクサーとして君臨していた。五十五歳という年齢にもかかわらず、見た目は夜久野の工事現場で初めて遇《あ》ったときとほとんど変わらない。普段着の和服は多少なりとも高級になったが、赤茶けた蓬髪は当時のままである。

「破綻した平楽銀行ですが、預金保険機構や整理回収機構が今も熱心に調査を行なっています。平銀は掘れば掘るほどヤバい案件が出てくるので、整理回収機構の社長が終わらない悪夢を見ているようだとぼやいてたって話です」

　今や扇羽組若頭となった氷室が報告する。

　三年前に亡くなった羽鳥組長の跡目は紅林が継いだ。それに伴い、氷室が若頭に昇格したというわけである。まったくヤクザらしくないことで知られた氷室の若頭就任を危惧する向きも多かったが、実際に就任してみると、この人事が意外なことに嵌まっていた。徹底的に筋を通そうとする研究者らしい考え方が、現代ではかえって古風なヤクザに近いと、古株の親分衆からも一目置かれているらしい。また氷室には、梅徳博司を始末したという〈勲章〉もあり、若い衆のみならず古参の組員を統率して組の運営に辣腕を発揮していた。

　しかし和久良同様、氷室本人にはなんの変化もなく、相変わらず学者崩れの風体で経済の動向を日夜シニカルに観察している。

「ウチはバブル崩壊前に逃げ切ったとはいえ、平銀をいいように利用していた組織との付き合いは残っていますから、どこでどう足をすくわれるか知れたもんじゃありません。引き続き警戒が必要です」

不動産取引に関連する法律の不備を衝き、バブル期に凄まじい進化を遂げた地上げスキームの大半を考案したのは他ならぬ氷室であり、そのことは全国の闇社会で密かに認知されている。それだけに彼の言には重みがあった。

「それで、この不景気はいつ終わるんですか」

海照が氷室に質問する。こちらは年相応に老けているが、それでも皺が増えたという程度で、さながら〈いい歳の取り方をした二枚目俳優〉といったところか。

「楽観できる要素は何一つとしてありませんね。世間では『失われた十年』なんて言ってますが、この先、失われた二十年、三十年と簡単に積み上がっていくでしょう。つまりは延々と続くだけってことです」

氷室の話し方も相変わらずで、あらゆる希望的観測を容赦なく嘲笑する。

「まだ続きよるんかい。それでのうても暴対法でえらい目に遭うとんのに、わしらはいよいよやりにくうなる一方や」

近頃めっきり温厚になったと言われる紅林が弱々しく嘆いた。心なしか、あれほど隆々としていた筋肉も落ち、少し痩せたようにさえ見える。

平成四年に施行された『暴力団員による不当な行為の防止等に関する法律』、通称『暴対法』は、暴力団の活動を著しく規制するものだった。その第三条によって、扇羽組は「指定暴力団」に加えられている。

「明らかに違憲の疑いがある暴対法ですが、私の耳に入ってきた情報によりますと、各自治体でさらにヤバい暴力団排除条例の導入が検討されているようです。いくら相手がヤクザだからって、民主国家でこんなのが本当に施行されたりしたら、人権も何もあったもんじゃない。民主主義や人権に対する日本人の理解度は、しょせんその程度だったってことですかね」

「あんたが物知りやいうのは昔からよう知ってるさかい、肝心の話を頼むわ」

うんざりしたような和久良の要請に応じて、氷室が議題を変える。

「凌玄さんが担当することになったという仏教美術工芸品の盗難と海外流出の件ですが、山花組傘下の組織にも協力を依頼して調べてみました」

山花組に協力してもろたやて――

「徹底した調査とはとても言えませんが、判明した限りにおいても相当に厄介な問題ですね。これは自治体、いえ、警察でも手に負えないでしょう」

「警察でもあかんて、そらどういうことやねん」

和久良の問いに対し、氷室は眉間に若干増えた皺を寄せ、

「背景には地方の衰退と少子高齢化の問題があり、これは今のうちに国が抜本的な手を打たない限りどうしようもありません。にもかかわらず、政府は問題を先送りにしたままで何もしようとしていない。断言しますが、近い将来、日本から子供の姿が消え、高齢者ばかりの国になるでしょう。つまり自然に滅ぶというわけですよ、この国は」

「おまえの予言はよう当たるけど、今はそんな駄ボラ聞いてるんとちゃうわ」

舌打ちする紅林に、慣れた様子で氷室は平然と続ける。

「予言ではなく統計に基づく論理的分析なんですけどね。まあ、日本の未来はこの際どうでもいいとして、全国で多発している一連の仏像盗難事件についてですが、中には食い詰めた個人による犯行も確かにあります。しかしここまでピンポイントに盗みを行ない、しかも売却方法がつかめないというのは素人の仕事とは考えにくい。手口にも共通点が多く見られます」

氷室の説明は相変わらず簡明で淀みがなかった。大学教授、いや、せめて講師になれていたら、さぞ名講義を行なったことであろう。

「まず被害に遭った寺は山間部であったり、田畑に囲まれていたりと近隣住民に気づかれにくい立地であること。中には番役や住民が定期的に見廻りを行なっていた寺もあるようですが、いずれもその合間を的確に狙っていること。犯行には廻し挽きノコギリ、メタルカッター、ボルトクリッパーなどの専門工具が使われ、短時間で効率的に盗み出していること。軽トラック等の移動手段と確実な逃走ルートをあらかじめ用意しているらしいこと。そうした点から、これは組織的な犯行ではないかと考えたのですが、案の定でした。多くの場合、韓国系の犯罪組織が関与した形跡がありますす。凌玄さんや海照さんならピンと来るでしょう。韓国側が引き渡しを拒否している事例です」

「ああ、あれですかいな」

海照が腑に落ちたというように、

「何世紀も前に韓国から盗まれた仏像や言うて、韓国が返しよらん。もう何年も裁判沙汰や。鑑定結果がどないやったか、それすらも日本と韓国で言い分が違てて、頭の痛いことですわ」

「そうなると国と国との歴史認識の話にもなりますから、我々にはどうしようもない。問題は、仏像の由来に関係なく、それらを盗み出す集団です。中でも容疑が濃厚なのは、『龍山派《ヨンサンパ》』という組織です」

「ヨンサンパか。名前だけは聞いたことあるわ。日本で好き放題にショバ荒らしよって、あっちこっちの組と揉めとるて。山花の本家も手ェ焼いとるて言うとった」

頷いた紅林に、和久良が尋ねる。

「なんやねん、それ」

「韓国の組織ですわ。名前の通り、龍山で生まれたグループやから龍山派て言いますねん」

「韓国だけでなく、北朝鮮が関与しているケースもあるようです。この場合、犯人は主に軍人や工作員ですが、国家の命令で実行しているケースと、個人や小集団が小遣い稼ぎで犯罪行為に手を染めているケースとに分けられます。いずれにしても、北朝鮮には手が出せません。下手に関わると我々が国から目をつけられるリスクが高い」

「そうなると、私らが対処できるのは龍山派のケースだけいうことになりますな」

「凌玄さんのおっしゃる通りです。我々に依頼されたのは正解でしたね。カタギでは龍山派と交渉することなどまず不可能でしょう。しかし……」

そこで氷室は言葉を濁した。何やら考え込んでいるようだ。

凌玄はその様子が気にかかった。

「なんや気になることでもおますのか」

「はい、一点だけ……先に凌玄さんからご提供頂いたこれまでの盗難事件の資料ですが、あれに基づき犯行の特徴を精査した結果、ある疑念が生じたのです」

「疑念、とは」

「本堂は言うに及ばず、薬師堂、地蔵堂と、盗まれた仏像の安置されていた場所はさまざまです。ただ、燈念寺派の寺院に限ってのみ、堂内を物色した形跡が極めて少ない。まるでそこに何があるか最初から知っていたようにです。加えて侵入から強奪、逃走までが他宗派のケースに比べて迅速に行なわれている。そうしたことから、事前にターゲットについての情報を充分に得ていたとしか考えられません。日本の仏教団体はどこも寺院名簿を作っていて簡単に購入できるそうですが、どうもそんなレベルの情報じゃないようです」

「つまり、燈念寺派内部、それもだいぶ上の方にスパイがおって、そいつが龍山派に情報を流して仏像を売っとると」

「そう仮定すると説明がつくというだけでしかありませんが」

一同は互いに顔を見合わせる。

「もしほんまやとしたら、えらいこっちゃで」

そう漏らしたのは海照だ。

「これは燈念寺派だけの問題やあらへん」

今夜は飲みすぎたのか、顔を赤くした和久良が憤然と立ち上がる。

「仏像はどんな寂れたお寺のもんでも日本の大事な宝なんや。日本人の心なんや。それを売ったり盗んだりて、断じて許されることやない。紅林はん、氷室はん、わしからも頼みますわ。どうか日本の宝を守っとくなはれ」

その出自から、和久良は仏教界に対し複雑な思いを抱いている。いや、常軌を逸した愛憎と言っていい。それだけに、仏教そのものに対する傾倒は純粋だ。だからこそ日本から仏像が刻々と失われているという現状に強い義憤を感じているのだろう。

「和久良はんにそない頭下げられたらわしらの方が困りますわ」

「そうですよ。我々は和久良さんや凌玄さんと組んでこれまで大きな収益を上げてきました。正直に申し上げて、私には仏像に対する思い入れなどこれっぽっちもありませんが、凌玄さんが宗会で追及されるような事態はなんとしても避けねばなりません。龍山派に関しては早急に交渉の糸口を探ってみましょう。また、燈念寺派内部に本当に内通者がいるとしたら、必ず探し出して然るべき償いをさせる。それでよろしいでしょうか」

「ああ、ええ、ええ。それで頼むわ。ほんまにあんたらは昔から頼りになるわ。これからもよろしゅう頼むで」

歳を取って涙もろくなったのか、一同の手を握って回る和久良の言葉でその夜の会合は解散となった。

紅林と氷室は組員の運転する車で、和久良はあの運転手の運転する車で帰った。

京都闇社会の帝王となった今も、和久良はその地位にふさわしい高級車に乗ろうとはしなかった。頑なに大衆車、それも明らかな中古車にこだわっている。それだけでなく、和久良の運転手は、驚くべきことに当時と同じ小指の欠けたあの老人であった。もっとも、老人と言っても年齢を尋ねたことはないので、実際は見かけよりかなり若いのかもしれなかったが。

海照はタクシーを呼ぼうとしたが、凌玄は彼に声をかけて自らの用意したハイヤーに同乗させた。

「海照、そこまで送るわ。一緒に乗り」

「けど君、えらい遠回りになるで」

「ええやんか、久しぶりに会うたんやし。積もる話もいろいろあるんや」

「そうか、ほな乗せてもらうわ」

もともと友人同士である。海照は同じ車に乗ってきた。

「先に叡光寺へ行って。そこで一人降りるさかい、それから位剛院へ頼みます」

凌玄は運転者にそう指示した。

車が走り出してすぐ、海照の方から切り出してきた。

「君、僕に話があるから誘たんやろ」

さすがに海照は往時の鋭敏さを失っていなかった。

「なんや、早よ言うてくれ」

「実はな、佐登子はんが最近婦人会に来てはらへんから、うちのんがえらい心配しとんのや。それで、おまえに会うたらそれとのう様子訊いてくれて言われとってな」

「そうか、その話か」

それきり海照は沈鬱に黙り込んだ。

「すまん、言いとない話やったら無理せんでええ。拙僧の不覚や。『それとのう訊け』て美緒に言われとったのに、こんなあからさまに訊いてしもて、いや、修行が足らんにもほどがあるわ」

剽軽な口調で車内の空気をまぎらわせようとしたが、

「いや、気ぃ遣てくれんかてええ。美緒ちゃんもそら心配やろ。佐登子とは長年の親友なんやし。実はな、佐登子はちょっと調子が悪うて通院しとんねん」

何科に、とはあえて尋ねず黙っていると、海照は訥々と語り始めた。

「結婚してもう十年になるいうのに、僕とこは子供ができひんやろ。義父の宋達はんは口にはしはれへんのやけど、親戚がなんやかんやうるそう言うてきよんねや。そんなんをいちいち気にしすぎたせいや思うねん。不妊治療の先生も精神的なもんちゃうかて言うとったし。それにな……」

海照は横目でこちらを見て、

「君とこはええ跡継ぎに恵まれたやんか。なまじ親友やっただけに、佐登子はかえって美緒ちゃんにも相談でけんような心理に陥っとんのや」

「そやったんか……」

話の内容が内容だけに、迂闊な相槌は打てなかった。

「せやから、美緒ちゃんには君からええように言うといてくれへんか。婦人会は飽きてしもて行っとらへんだけやとか、適当に言うといてくれ。もちろん今の話をそのまま正直に伝えてくれても構へん」

「分かった。美緒には適当に言うとくわ。けど、あいつが佐登子はんに電話してよけいなこと言うたりせんように、ここはある程度正直に言うた方がええと思う」

「すまんなあ」

「なに言うてんのや。おまえがしっかり佐登子はんを支えたらんと」

「ああ、ありがとう。お礼に、僕からも君に一つ忠告させてもらうわ」

唐突に海照の目が仄暗《ほのぐら》い光を帯びた。

「なんや、忠告て」

「君は美緒ちゃんをもっと大事にしたらなあかんで」

「どないしてん、藪から棒に」

「君、八坂通のマンションに芸妓囲とるやろ」

息が止まった。

どうしてそれを――

「ある人が教えてくれてん。誰かは訊くなや。前々から君は遊びが過ぎる思てたんやけど、あんなかわいい子供がいてるいうのに、まさかそこまでするとは思てなかったわ」

即座に否定しようとしたが、意表を衝かれたあまり、一言も発することができなかった。

「心配せんとき。僕は誰にも言わへんさかい。君と美緒ちゃんに対する精一杯の厚意や。けど、いずれは必ずばれるこっちゃ。早よ別れや」

「ああ……そないするわ」

うわずった声で答えながら、横目で運転手の様子を窺う。京都人の運転手なら、こうした秘密には慣れている。ことに僧侶の色事など珍しくもない。一切の感情を消し去った〈無〉の顔で、ハンドルを握った運転手はただ前方のみを見つめていた。そのさまは、下手な僧侶など到達し得ない『色即是空』の境地を体現しているのではないかと思えるほどである。

「ええな、きっと、きっと別れるんやで。美緒ちゃんや旺玄君のことも考えたりや」

くどいまでに念を押して、海照は叡光寺の通用口前で降りた。

位剛院に向けて走り出した車の中で、凌玄は独り深い息を吐く。

忠告をするつもりが、予想外の忠告をされようとは。

海照の言ったことは事実であった。凌玄は八坂通のマンションに芸妓を愛人として囲っていた。歳は二十歳。凌玄が水揚げした女である。

若い女を愛人にしている幹部僧侶は本山でも珍しくない。だが、凌玄には女を囲う〈理由〉があった。

おまえには理解でけんやろなあ、海照——

彼が自分や美緒を案じてくれていることは嘘ではないだろう。だが同時に、跡継ぎのいる自分から佐登子の精神的不調を指摘され、むきになって言い返してきたようにも感じられた。

——きっと、きっと別れるんやで。

頭を振って、凌玄は海照の残した声をかき消した。

二

錦応山燈念寺派の最高議決機関である宗会は、僧侶議員四十四名、信徒議員三十三名によって構成される。定期宗会は総合庁舎内にある大会議室で年二回開催されるが、場合によっては臨時宗会が招集されることもある。

昭和の中頃、すなわち凌玄が総局役僧として本山に入る以前には、大会議室は畳敷きの大広間であったと聞くが、今はテーブルと椅子の置かれたいかにも会議室らしい洋間へ改装されている。

上座でも下座でもない、中ほどの席に座した凌玄は、列席した一同をゆっくりと見回した。

今回出席した僧侶議員は三十一名、信徒議員は二十四名。計五十五名で過半数を超えているため、規約により宗会は成立している。

この中には、凌玄の息のかかっている者も数多く含まれるが、もちろん反感を抱いている者もまだまだ少なくはない。

宗門校の理事長である海照も宗会議員の一人であり、凌玄の対面に当たる離れた席に座っていた。

「……それでは、次の議題に移りたいと思います」

司会進行役を務めるのは宗会事務局長の奥野新学《おくのしんがく》である。

日本伝統仏教のほとんどの宗派において、宗会は議員側が事前に質問内容を通告しておき、事務方が作成した回答文を執行部が読み上げるという、極めて儀式的な手順によって進行される。

しかし今回は、各議題の重要性もあり、特別な形式で開催されることとなったのだ。それは各議員の主体性を尊重するという、燈念寺派特有の理念でもあった。

「議事番号四番、『仏像その他美術工芸品の盗難多発について』。これは続く議事番号五番『過疎化の進行による無住寺、廃寺の増加について』と密接に関連しておりますので、同時に議論して頂きたいと存じます。両議題の概要につきましては先ほど配布致しました資料に書かれてございますが、まずは担当の万代凌玄議員から改めてご説明をお願いします」

指名を受けて立ち上がった凌玄は、弘休から相談を受けた経緯に始まり、その後の調査によって判明した実態について説明を行なった。

「……被害の一部を申し上げますと、熊本県散単寺の釈迦如来像。長崎県校栄寺の薬師如来像。熊本県雲間寺の毘沙門天像。福岡県庸命寺の十一面観音像。これは江戸時代の作であり県の指定文化財でもありました。宮崎県倫妙寺の大日如来座像。こちらは南北朝時代のもんで国の重要文化財に指定されております。続きまして長崎県対馬繁瑛寺の十二神将像。同じく対馬来漢寺の地蔵菩薩像。九州だけでも枚挙にいとまがありません」

聞いている議員達も驚きを隠せずにいる。

「このように、盗難の被害は北海道から沖縄まで広範囲にわたっております。盗まれた仏像の評価額が必ずしも判明しておるわけやないですので、被害額は算出できておりませんが、相当な額に上ると見て間違いはないでしょう。また、こうした問題の根底には、檀家の減少に伴う末寺の無住寺化、廃寺化があることは否定できません。それは燈念寺派の努力だけではどないもならん、国の政策が伴わんことには解決不可能な社会問題であると言わざるを得ません」

　地方の教区から出てきた議員は、皆真剣に凌玄の話に聞き入っている。彼らにとっては、最も切実な問題であるからだ。死活問題と言ってもいいだろう。

「もちろん私らかて、ただ手をこまねいているだけではございません。私が地方重点布教活動を提唱させて頂いたのはその一環でございますが、今後も地方の仏教興隆に力を尽くし、それにより無住寺を少しでも減らしていく。そうした努力を怠りのう続けていく所存でございます」

　発言を終えて着席する。海照がどこか不満げにこちらを見ていた。「通り一遍の説明にすぎるのではないか」。彼の顔はそう告げている。

　分かっている。凌玄はいくつかの点についてあえて触れなかった。韓国の犯罪組織や北朝鮮の国家犯罪について、この場で説明するわけにはいかない。ましてや、燈念寺派内部に内通者のいる可能性についてなど、公の場では絶対に口外できない。それを口にすれば、宗会が疑心暗鬼による混乱に陥るだけでなく、情報の出所について尋ねられるのは必定であるからだ。

　その程度の理屈は海照も理解しているとは思うが、妙なところで融通の利かない真面目さが彼の美点でもあり弱点でもある。

「ありがとうございました。凌玄議員がお話しなされました本議題につきまして、何かご意見がございましたら、どうか活発な議論をお願いいたします」

　新学が議論を促す。僧侶、信徒の別を問わず、何人かが挙手し発言した。

隣接区域の関係者が自警団を組織して寺院の見廻りを行なったらどうか。廃寺の財産は即刻本山で回収すべきではないか。信徒代表の江瀬十蔵《えせじゅうぞう》氏は政界に強力なコネのあるやに聞き及ぶから、それを頼って陳情してみてはどうか。いや、その前に地方自治体の危機意識の欠如を問うべきではないか――

そうした声が聞かれたが、いずれも即効性を欠くばかりか、隔靴掻痒《かっかそうよう》の感さえある。

ひとしきり意見が出尽くした頃合いを見計らったように、上座に着いていた宗会副議長の斉藤芳雁《さいとうほうがん》が発言した。

「先ほどから皆さんのお話を聞いておりましたけども、いや、どなたのご意見も傾聴に値する名案や思いました。今日出ましたご提案は、全部やってみたらええとさえ思てます。しかしながら、法的、あるいは手続き上の問題で実行でけへんもんもある。例えば、廃寺の財産を本山で回収するちゅう案や。文化財の保護のためにはそれが最善なんやろうけど、寺には寺の権利者いうもんがあるさかい、いくら本山でもそう簡単にはいきまへん。一事が万事で、どれも難しいことですわ。その上、この案件はとにかく範囲が広い。日本中が狙われてるちゅうてもええくらいです。凌玄議員の話にもありました通り、私ら燈念寺派にできることは、決して地方を見捨てんと常に目を配って地道に布教を重ねていく。それしかないのとちゃいますかなあ」

誠実に話しているようで、結局はすべてを振り出しに戻してしまった。事なかれ主義の権化とも言われる芳雁副議長の面目躍如といったところである。

「信徒代表の江瀬はんは確かに顔の利くお人やさかい、国に働きかけてもらうのもよろしいですやろ。けど、なんもかんも東京に任せる前に、私らだけでできることがあるんとちゃいますか」

自分達にできることは布教しかないと言ったそばから、東京には任せたくないと言う。外部からの干渉を嫌う京都至上主義の前には、その程度の矛盾など意味を持たない。

こんなんが副議長やいうて偉そうにしとるさかい、仏教はここまで衰退してしもたんや――

凌玄が心の中で毒づいたとき、

「そこでや、凌玄はん」

芳雁がいきなり話を振ってきた。

「は、なんでございましょう」

慌てて姿勢を正した凌玄に、

「あんたは仏道興隆関連問題担当の上に、地方重点布教活動の立役者や。この件は引き続きあんたに一任したいと思うが、どや」

挙句の果てに責任の丸投げだ。

「私にできますことでしたら、謹んでお受け致します」

この場にいる全議員が注目しているのだ。受諾する以外に道はない。

「それでは、本議案を万代凌玄議員にお任せするという副議長案に反対の方は挙手をお願いします」

新学が声を張り上げる。反対できる者などいようはずもないことは全員が承知している。海照でさえ俯いたまま無言であった。

「全会一致で決議されました」

散発的な拍手が聞こえてきた。

凌玄は立ち上がって全方位に頭を下げる。満場一致にもかかわらず拍手が小さいのは、これが喜ぶべきことなのかどうかさえ判断できずにいる者が大半であるせいだ。

消極的な拍手がやんで凌玄が着席しようとしたとき、

「凌玄」

唐突に声がした。

議長の御前崎英慶《おまえざきえいけい》であった。高齢のせいか、宗会に出席してもほとんど発言しないことで知られている。副議長の芳雁がともすれば前に出たがるのも、英慶の放任と無関心に一因があるというのが宗会議員の一致した見解であった。

「おまえの言う地方重点布教活動やけどな、それでほんまに仏像の盗難に対応でけるんか」

しわがれた声が凌玄の胸を揺るがす。置物でもお飾りでもない、本質を見通すような、透徹した迫力を感じた。

「最初に申しました通り、気の長い話ではございますが、私ら燈念寺派の本分と致しましても、地方での布教活動、支援活動は決して無駄にはなりません」

力を込めて言い切ったが、それだけでは議長の追及をかわせないと直感した。

「これは詳細が判明してから皆様に御報告しよ思てたことでございますが、これまで盗難被害に遭うた各寺院の事例を個別に調べましたところ、手口の共通点からして、仏像の強奪を組織的に行なっているグループがあるように思われます」

「組織的にて、そらどういう組織やねん。構へんからここで言うてみ」

芳雁が裏返った声で言う。

「はい、おそらくは韓国の犯罪集団、もしくは北朝鮮の関係者かと」

室内が騒然となった。

「それが分かっとって、おまえはあんな大見得切ったんかい」

常にない鋭さで英慶が突っ込んでくる。やはり事の本質を理解しているのだ。

「もちろん、私一人でなんとかできるもんやないんは百も承知でございます。実は、警察と連携して調査を進めるべく密かに動いとるところです。こればかりは京都だけで収まる話やございません。

その旨ご了解下さいませ。また警察からも内密にと言われとりますさかい、この場でも言及致しませんでした。どうぞお許し下さいませ」

連携しているのは警察ではない。ヤクザである。そのことを知る海照は、なんとも複雑な表情を浮かべている。

「詳細が判明致しました暁には、必ずや皆様に御報告致しますさかい——」

「結果やで、凌玄」

有無を言わせぬ英慶の気迫であった。

「結果を出すことや。そやないと、おまえは今日わしらを侮ったちゅうことになる」

「は、よう分かってございます。この上は、全力を尽くして」

脂汗がじっとりと全身を濡らしていく。自分は確かに御前崎英慶という人物を侮っていた。

扇羽組に調査を任せていたおかげでこの場を乗り切ることができたのは、不幸中の幸いというよりない。

事務局長の進行によってその他の報告がなされ、定期宗会は閉会となった。

議員達が退席していく中、弘休が近寄ってきた。

「ありがとうございました。議題に入れてもろたばかりか、なんや凌玄はんに全部押し付けるような形になってしもて……」

「いえいえ、これが私の務めでございますさかい。何事も燈念寺派のためでございます」

「ああ、ほんまに御奇特な。凌玄はんこそ僧侶役員の鑑《かがみ》や」

大仰に褒めそやす弘休の相手を適当に切り上げ、凌玄は他の議員達に挨拶しながら退室した。

その日は八坂通に〈出張〉する予定であった。囲っている女と二時間ほど過ごしてから位剛院に戻れば夕飯に間に合う。息子の旺玄は九歳だが、日に日に逞《たくま》しく成長して、心強いばかりである。

来年は旺玄も得度させせな――

位剛院も、自分の地位も、すべて息子に委譲する。それが将来的な望みであった。

タクシーを降りてマンションのエントランスに向かおうとしたとき、行手を遮るように見慣れたセダンが停止した。

後部座席のドアが開き、和久良が顔を出す。

「話があるさかい、乗れ」

「和久良はん、なんでここに」

「ええから乗れ」

否も応もない。凌玄は渋々ながらセダンに乗り込んだ。

すぐに走り出した車内で、和久良が言う。

「あんな女、今すぐに別れなはれ。今後一切会うことはまかりならん」

いつもと違い、憤怒を孕んだ強い口調であった。

「誰に聞かはったんですか」

「わしを誰や思てんねん」

言葉の端々から激烈な怒りが迸《ほとばし》っている。

「お言葉を返すようですけど、なんも知らんかった私に芸妓遊びを勧めはったん、和久良はんやないですか」

「遊ぶのはええ。女を囲うのもええ。けど、芸妓を囲うのはあかん。子供でも生まれたらどないするつもりや」

凌玄は、和久良自身が舞妓の婚外子であったことを思い出した。

「女はええけど芸妓はあかんて、筋が通りまへんわ。そんなん、職業差別やないですか」

「そないな阿呆な理屈、本気で言うとるんか」

「いえ……」

これはさすがに言葉を濁さざるを得ない。

「けど、聞いて下さい。なんで私がそんな危険を冒してまで女を囲うとるか」

「この期に及んで言いわけかい」

「いいえ。私は試しとるんですわ。自らの信仰心を」

「こらいよいよ正気とは思えんな」

予想した通り、和久良は呆れたようだった。

「浄願大師は出家して間もない頃、遊女や白拍子《しらびょうし》に溺れて信心を忘れかけたと申します」

「ああ、そら有名な話や」

「けど最後には煩悩の虚しさを知り、悟りへの機縁をつかまれました。私がその境地に至るためには、開祖様と同じように煩悩を究めなならんと――」

「待たんかい」

和久良は血相を変えて遮った。

「何かい、あんたは自分を浄願様とおんなじように考えとるんか」

「私に燈念寺派を正しゅう導けるようになれて言わはったんは、和久良はんやないですか」

「そら確かに言うたわ。けどな、いくらなんでも――」

「それだけやございません。私は心から思うてますねん。女色に溺れながら、同時に女を救うてこそ、仏の道に近づけるんやないかと。少なくとも、我が身を以て試してみる価値はある、いや、やらなあきまへんのや、なんとしても」

我知らず言葉に熱が籠もる。和久良は目を見開いてただこちらを凝視していた。

「こればっかりは教学派の海照にはかえって理解でけんことでしょう。実務派の私やさかいでけることです。海照は海照のやり方で悟ったらええ。私は浄願様の歩まれた道を正直に辿る。八坂通の女はそのために囲うてますのや」

車内で和久良がゆっくりと首を振る。

「もうええ。もう聞きとない。思い上がるんも大概にせえよ」

「私の修行を思い上がりや言わはりますのんか」

「もう聞きとないて言うたやろ。あんたの理屈はどうでもええ。わしの言うことが京都の掟や。それが聞けけん言うんやったら、あんたとの付き合いもこれまでや。それだけやないで。明日から本山におれんようにしたる。ハッタリやない。今ここで返事もらおか。肚据えて言いや。あの女と別れるか別れへんか、どっちや」

「……別れます」

「嘘やないな」

「はい」

「まあ、嘘やったとしてもすぐに分かるし、そのときはおまえの最後や」

その言葉に一切の誇張がないことを凌玄は理解している。

「位剛院まで送ったるさかい、おまえはそのまま嫁はんや子供と過ごし。後始末はわしの方でやっとくさかい。明日になったらマンションも解約されとるし、女も京都から消えとるはずや」

最悪の想像が脳裏をよぎった。

「まさか……」

和久良はいかにもいまいましげに言う。

「そんなことするかい。絶対に断りよらんくらいの金を女に渡すだけや」

「そらそうですわな」

安堵の思いと無力感に、凌玄は再びうなだれた。

位剛院に着いた。車から降りた凌玄に、和久良は何も声をかけなかった。

夕刻の道を走り去る中古のセダンを見つめ、ぼんやりと考える。

しょせんは悟入《ごにゅう》のための過程である。

まだまだ浄願様の境地には至っとらんのに、しょうあらへんなあ——けど、俺はなんとしても仏の道を求めるのみや——

女への未練は自分でも意外なほどなかったが、和久良との間に初めて亀裂の入ったことをただ痛切に感じていた。

また、己が人生を他人に操られる不快さも。

三

庫裡の台所で朝食を済ませた旺玄は、すぐにランドセルを背負って玄関へと向かった。

「お父さん、お母さん、行って参ります」

「ああ、気ぃつけてな」

凌玄は美緒とともに、玄関先で車に乗り込む息子を見送った。位剛院で最も若い僧侶が万代家の自家用車で旺玄を小学校まで毎日送り迎えすることになっている。

車が専用門を出て行くのを見届け、屋内に引き返そうとしたとき、寺務所の方からやってきた別の僧侶が凌玄の耳許で囁いた。

「市役所の人が来てはります。寺務所へお通ししておきました」

「そうか」

そっけなく頷いて、スウェットの上下のまま寺務所へと向かう。

引戸を開けると、事務と会計を担当している僧侶が立ち上がって挨拶する。

「おはようございます」

「ああ、おはようさん」

軽く挨拶を返し、奥の応接室へと入る。

ソファにふんぞり返るようにして、〈地下二階〉の飯降が待っていた。

十一年前、大喪の礼の日に大きな功績を挙げた者達の中で、飯降だけはどんな見返りも受け取ろうとはしなかった。選挙資金を支援するから市会議員に立候補してはどうかという話にも乗らなかったし、それどころか、市役所内での昇進さえ拒んで〈地下二階〉にとどまり続けた。その真意は未だ以て不明である。

「朝も早よから仕事熱心なこっちゃな」

あからさまな皮肉を言うと、

「そら公務員ですさかい、当然ですわ」

平然と憎まれ口を返してくる。

「来られるこっちの方が迷惑や」

「まあ、そないに嫌わんといて下さいよ。いつもええネタ持ってきてるやないですか」

「不幸の種の間違いやないいんかい」

「それは京都中にありますさかい、わざわざ持ってくるまでもないですわ」

「聞いてるで、清掃工場の件。あれは市役所の官製談合なんやてな。あんたも噛んでんのとちゃうか」

「冗談言わんといて下さい。私は摘発する側ですがな」

「どっちでもおんなじや。〈御池産業〉は金儲け第一主義やからな。まあええ、それで今日はなんやねんな」

「実は畿内放送の件で」

「ああ、あれか」

畿内放送は京都のローカル放送局だが、創業家である坂津家の内紛につけ込んで怪しげな団体や人物が入り込み、経営権を巡って長らく泥沼の様相を呈していた。きっかけの一つとなったのは、大株主の一人であった藪来晋之助が破産し、すべての株を手放したことである。

「あれ、やっぱりあかんようになりましたで」

「そうか、いよいよあかんか」

「来週にも破産手続きに入るみたいですわ」

「最近は特におもろい番組もなかったし、まあ、しゃあないやろ。あそこまで揉めとったんやからなあ。むしろ今日までよう保った方やで」

断りきれぬ筋からの頼みで、一時は燈念寺派も出資していたのだが、氷室の助言により今はすべて引き揚げている。つまりは対岸の火事でしかないということだ。

「お山の方にもいろいろ頼み事をしに来はる人が増える思いますけど、うまいこと言うてかわしとって下さい」

「そないするわ。ありがとうさん」

「ほら、ええネタでしたやろ」

得意げな飯降としばし世間話に興じる。この場合の〈世間〉とは、取りも直さず京都闇社会のことである。

「ほな、私はそろそろ」

きりのいいところで飯降は足音も立てずに去っていった。

相変わらずおかしな男や――

そう呟く凌玄は、自らの表情が一変していることを自覚する。

飯降はかつて自分を殺そうとした一味の側にいた男なのだ。心を許していい相手では決してない。むしろ、最も警戒すべき人物であると言える。

そのとき、応接室のドアがノックされた。

「なんや」

返事をすると、事務をしていた僧侶が顔を出した。

「御住職にお電話です」

「電話？　誰からや」

「田中《たなか》はんて言うてはります」

「そうか」

内心の動揺を押し隠し、応接室を出て事務机に置かれていた受話器を取り上げる。

「はい、お電話替わりました。万代凌玄でございます」

〈田中です。金《キム》が会いたいと、言っています〉

「これはこれは、どうもご無沙汰をしとります」

事務の僧侶に気取られぬよう、話の内容とは関係なく、当たり障りのないことを口にする。

〈明日の夜九時、『ホテルしあわせ館』五〇四号室で、待っています〉

「はい、そのようにさしてもらいますわ。いつもお世話になってすんまへんなあ」

〈遅れないように、して下さい。キムは時間に、とてもとてもうるさいです〉

「ええ、よう分かっとります。ほな、皆様によろしゅうお伝え下さい」

電話は切れた。家族が住む庫裡に電話をかけてこられるのは危険なので、寺務所の番号を伝えておいたのだ。

受話器を置き、さりげないふうを装って僧侶に声をかける。

「君、最近がんばっとんなあ」

「もったいないことでございます」

若い僧侶が恐縮したように応じる。

「御仏はちゃあんとご覧になっておられます。その調子でがんばりや」

「はい、ありがとう存じます」

相手の返事を聞き流し、凌玄は庫裡へと引き揚げた。


翌日の午後九時五分前、凌玄はスーツ姿で指定された『ホテルしあわせ館』を訪れた。

しあわせ館は左京区にある二流のホテルだが、キムが用意したのは最上階の一番いい部屋だった。

カーテンの閉め切られた部屋の奥で、緑に黄色という珍妙な色使いのオープンシャツを着たキムがアームチェアに腰掛けていた。姓だけで下の名前は未だに明かそうとしない。もっとも、その姓とても本名かどうか定かではない。

彼の背後に立っている痩せた丸眼鏡の男が田中である。それもまた偽名である可能性が高いと凌玄は考えていた。

壁際には男が四人。全員韓国人だ。いずれも剣呑な目でこちらを威嚇するように睨んでいる。

キムが韓国語で何か喋った。

「『時間通りに行動するのは大事なことだ』と言っております」

抑揚の欠如した奇妙な発声で田中が通訳する。イントネーションも多少おかしい。自称在日韓国人四世という田中は、キム専属の通訳でもある。生まれは確かに日本らしいが、育ったのは違う国のようだ。

凌玄は断りも入れずキムの向かいに座る。勝手な都合で呼び出された身としては、決して気分のいい会合ではない。

早速キムが早口で何事かをまくし立てた。

「『ヤクザが我々のことを調べている、なんとかしろ』と言っております」

「ヤクザのことなんか知りまへんがな。そんなん、そっちで対処することやないんかい」

凌玄の発言を受け、田中がキムの耳許で囁いた。途端にキムが喚《わめ》き、田中が訳した。

「『扇羽組がおまえの仲間であるのは分かっている。おまえの責任だ』」

「変な言いがかりはやめとくなはれ。仲間やったら、なんでわざわざ調べさせるんや。そんなん、理屈に合わんやないかい」

二人が黙った。

「それより、もっと大事な話がありますのや」

「『なんだ、言ってみろ』」

「燈念寺派の宗会でな、警察と連携して仏像盗難の対策に当たることになったんや。あんたら、ただの泥棒とちゃうんやろ。龍山派《ヨンサンパ》ちゅう韓国マフィアなんやてな。知らんかったわ。最初に聞いたときはびっくりしたで」

キムと田中が顔を見合わせる。

「『どこで知った』」

「そやから警察やて言うてるやろ。どっちにしたかてこのビジネスはもう終わりや。あんたらも早よ国外に逃げた方がええで。これからは警察も取締りを厳しするて言うとるさかい」

「『我々が捕まったらおまえも同罪だ。各地の寺の情報を流したのはおまえだと教えてやる』」

最も恐れていたことを言い出した。

しかしここで弱みを見せるわけにはいかない。

「勝手にしたらよろし。観光マップのつもりやったとか、寺の修復してくれる奇特な人や思たとか、口実はなんぼでも用意してある」

「『おまえの口座に分け前を入金している。そんな言い逃れが利くものか』」

「あれか。あれは燈念寺派への御寄進や思て、全部本山の口座に入れてしもたわ」

嘘である。口座への入出金記録は早急になんとかせねばならない。

「ほな、私はこれで。あんたらも早う逃げや」

余裕の態度を見せ、退室する。韓国人達の視線が背中に食い入るようだった。

ホテルの前でタクシーに乗り、位剛院への帰途に就く。

妙なことになりよった――

寺院名簿は誰でも容易に入手できるが、数ランク上の詳細なデータとなると、管理する者の数も限られてくる。地方で顔の利く自派の有力な檀家衆と組み、窃盗に役立つ情報をキムに渡した燈念寺派の内通者は確かに自分である。にもかかわらず、仏像盗難の実態を扇羽組に調べさせたのは、宗会での報告に当たって参考になるような材料があればいいと思ったからでしかなかった。

しかし山花組の組織を利用するとまでは思わなかった。それに、氷室の情報収集能力とあの頭の冴えだ。

おかげで『龍山派』という名称も、キムがその幹部らしいということも分かった。また宗会で英慶議長の追及をかわすこともできた。

反面、氷室は内通者――つまりは自分だ――の存在に気づいているし、キムはそのことをこちらへの切り札としている。

こうなってみると、何が災いで何が幸いであるかさえも分からなくなってくる。

かつて経験したこともないほど複雑で厄介な状況であった。

どないしたらええんや――

「お客はん、着きましたで」

振り返った運転手が、驚いたように言う。

「具合でも悪いんでっか」

「いや、なんでもあらへん。ただの車酔いや」

料金を払い、凌玄はタクシーから出た。


翌週の火曜日は、有力な檀家の祥月法要の日であった。毎回役僧達に任せきりにしているわけにもいかない。その日は凌玄も久々に御本尊の前で読経した。

灯明の炎。香炉の煙。流麗に変転する音階。ここ数日鬱々と沈みがちであった精神が清明に澄み渡っていく心地がした。

そして、位剛院の伽藍に広がるこの闇だ。経を唱えて浄土に近づかんとするとき、凌玄はいつも我浄堂にあった闇を想う。

やっぱりええもんや――

何かを信じているからこそ、人は生きていけるのだ。それがなんであろうとも。何もなければ生きていけない。だから宗教というものがある。

燈念寺派はなにゆえ大衆に受け入れられたのか。不敬不遜を承知で言うと、それは開祖浄願大師の俗人性にあったのではないか。誰もが内に抱えている欲望を、大師はおおらかに肯定した。のみならず、自らの罪悪を隠さなかった。だからこそ大衆は、浄願という僧を身近に感じ、心から信じられたのだ。もちろん、大師はただ露悪的であっただけではない。人を認め、人を受け入れ、人に慕われる力を備えていた。

それが徳というものなのであろう――

本堂での法要を終えた凌玄は、別室で主だった関係者と歓談していた。

「失礼を致します」

そこへ若い僧侶が入ってきて、凌玄に告げた。

「御住職にお電話でございます」

「そうか。すぐ行くわ」

信徒達に挨拶し、席を立って寺務所へ向かう。先ほどまで明るかった空がにわかに翳《かげ》っていくような不安を覚える。

〈田中です〉

悪い予感ほど当たるのはどういうわけか。

〈今夜、しあわせ館に来て下さい。九時に同じ部屋で待っています〉

「あんたら、ええかげんにしいや。毎回人を呼びつけよって。早う出国せんと、パクられても知らんで」

〈来ないとキムが何をするか分かりません。息子さんはお元気ですか〉

想像もしていなかった恐怖に襲われ、受話器を握り締めて叫んだ。

「おまえら、何をする気や」

〈何も。しかし、この先、何が起こるか、私にも分かりません〉

「私を脅しとるんか」

〈九時にお待ちしています〉

電話は切れた。

凌玄は呆然と手にした受話器を見つめる。

こんなことになろうとは――

重いため息を吐いて受話器を置く。恐怖に代わって、激しい怒りが訪れた。

あいつら、舐めくさりよって――俺をただの坊主やと思うなよ――


九時。ホテルしあわせ館。前回と同じ部屋のドアをノックする。返事はない。ノブを回す。鍵は掛かっていなかった。

「来たったで。鍵も掛けんと不用心な――」

中へ入った途端、左右から腕をつかまれた。同時に別の男が中から施錠する。

奥の椅子にキム。その背後に田中。

だが今夜は、先日いなかった男がキムの横に足を組んで座っていた。

「しばらくだな、凌玄さん」

知っている男だった。それも最悪の記憶として。

東陣会の御厨だ。

室内の壁際に並んだ男達は、おそらく韓国人だけではない。半分以上は東陣会の組員だろう。

凌玄の両腕をつかんだ男達が、御厨の前へと引きずっていく。御厨の傍らに控えていた男が椅子を置く。男達は凌玄の体を投げ出すようにして椅子へ座らせた。

「いいスーツ着てるじゃねえか。十二年ぶりか。あんた、ずいぶん出世したんだってなあ。俺も今じゃ若頭だ。そうそう気ままに出歩けねえ立場になっちまったが、どうにもあんたに会いたくなってよう」

「……どういうことですか」

かろうじてそれだけ言った。

十二年の歳月は、御厨という男からまったく精気を奪わなかった。それどころか、ヤクザにとって最も重要な資質とされる〈器量〉が何倍にも増しているようだ。

「こちらのキムさんから相談を受けてよ。山花組系の扇羽組に対抗するには、東陣会しかねえ。まったく正しい判断だ。ウチもあっちこっちに系列の組があるからさ、寺荒らしの話は耳にしていた。いいシノギになるんだってな、あれ。そこでウチも一枚嚙ませてもらうことにした。あんたはこれまで通りボロ寺のネタを流す。龍山派がボロ寺から仏像を盗む。ウチの系列がそれをカバーする。まあそういうことだ」

お断りします——そう言おうとしたが、唇が震えて言葉にならなかった。

御厨は楽しそうにこちらを眺め、

「あんた、警察と協力してるってキムさんに言ったそうだが、変だよな。警察には俺達がエサをやってる犬が何十匹もいるが、どいつもこいつも燈念寺派の仏像なんて知らねえって言ってる」

「宗会で、問題に……なってるんは……事実です」

舌を嚙みそうになりながらそう言った。

「つまり警察の話は噓ってこったろ」

激昂したキムが韓国語で喚いた。内容はこちらへの罵倒だろう。訳す必要もないと思ったのか、田中は何も言わなかった。

「十二年前は山花の樋熊さんが撃たれたせいで俺まで動けなくなっちまったが、今度ばかりはそういかねえ。てめえに俺のケツを舐めさせる。覚悟はいいな、え、凌玄」

「私に手を出したら、扇羽組、いや、山花組が……」

「こっちはな、山花とケンカするつもりで来てんだよ」

御厨の恫喝が一挙に凄みを増す。体に残っていた気力が粉々に打ち砕かれるようだった。

「なんだい、ビビってんのかい、燈念寺の偉いお坊様がよ」

そうだ——自分はこの男が心底恐い——

御厨はいよいよ楽しそうに、

「まあこのご時世だ、まさか正面切ってケンカってわけにもいかねえが、今の山花はガタガタだ。執行部と話をつけて適当に分け前をくれてやりゃあ、喜んで好きにさせてくれるこったろうぜ」

その推測はおそらく正しい。内紛の絶えない今の山花組執行部には、末端の組織を守る意思も力もない。ましてや一介の僧侶など、知ったことではないだろう。

「それにしてもよう」

組んでいた足を解《ほど》き、御厨が身を乗り出す。

「宗会議員とやらにまで出世したあんたが、なんでまたてめえんとこの仏像を韓国に売っ払おうなんて気になったんだい。キムさんから最初に話を聞いたときは、俺ァ自分の耳が信じられなかったぜ」

その質問には答えたくない。

「黙ってんじゃねえよオラッ」

横にいた組員が椅子を蹴りつける。

キムは「ざまあみろ」と言わんばかりにけたたましく笑った。

「いいか凌玄、どっちにしろこれでてめえと扇羽組の仲もおしめえだ。てめえは自分で燈念寺派のネタを流しながら、扇羽組を使って龍山派を追い込もうとしてたんだからな。つまりは扇羽組を騙してたってわけだ。坊主のクセに、ヤクザをいいように使いやがって、てめえは一体何様だ、あぁ？　俺らにとっちゃ扇羽組は言わば敵だが、おんなじヤクザとして、てめえにゃ反吐《へど》が出るぜ」

田中がキムの耳許で囁いている。御厨の唆呵を訳しているのだ。キムはほくそ笑みながら何度も頷いている。

「分かったな？　分かったらとっとと帰れ。帰ってこれまで通りキムさんにネタを渡すんだ。そうそう、これまでてめえの分け前だった金は全部俺達の取り分になる。命があるだけありがたく思いな。これが御仏の御慈悲ってやつだろう」

男達の嘲笑を浴びながら、凌玄は逃げるように部屋から出た。涙を滲ませて階段を駆け下り、ホテルの外に出てタクシーを拾う。

猛獣の顎《あぎと》から逃れ得たという安堵の気持ちはもちろんあるが、屈辱もまた大きかった。

あんな奴らにこんな辱めを――

明日からは、龍山派と東陣会の言いなりになるしかないのだろうか。

まだや――まだこれからや――

逆転の目はまだ残っている。

御厨は一つだけ大事なことを訊かなかった。

それは、「自分がどこで韓国人組織と接点を持ったのか」ということだ。

キムからすでに聞いているという可能性もあり得るが、それはないと断言できる。なぜなら、もし聞いていたら必ずやなんらかの行動を起こしているはずだからだ。その兆候すらない以上、御厨は知りもしないし、またそれが重要であるとも考えていない。

今に見とれや——

気がつくと、凌玄はポケットから取り出した数珠を握り締めていた。


その夜のうちに、凌玄は電話を二本かけた。

一本は、扇羽組の紅林に。

〈明日の夜十時、嵐山の南船乗り場に来とくなはれ〉

四

風のない夜だった。川のせせらぎはわずかに聞こえるが、それ以外の音は絶えてない。

暗い静寂を破り、嵐山南船乗り場の前で一台の赤いレガシィが停車した。紅林の車であった。

護衛の若い衆を連れ、渋い海老茶のジャケットを着た紅林が降りてくる。

「紅林はん、こっちです」

待ちかねていた凌玄は、紅林に駆け寄って、黒い川面に繋留されている屋形船を指し示した。屋形部分の四方に張られたガラス戸の内側には簾《すだれ》が下ろされ、外から見えないようになっている。

「一番上等の船を貸し切りにしました。どうぞ乗って下さい」

不審の色を浮かべてこちらを見つめる紅林に、

「心配は要りまへん。この船の所有者は信仰心の厚い御方でして、ゆうべ電話して特別に用意してもらいましてん。船頭はんも口の固い、信頼でける方ですわ」

「よっぽど大事な話なんやろな」

「もちろんですわ。さあ、早よ乗って下さい。ただし、お一人でお願いします」

紅林は背後に付き従う護衛の男達に向かって命令する。

「おまえら、ここで待っとれ」

「けどオヤジ……」

護衛の一人が不審そうに凌玄を見る。

「わしになんかあったら、凌玄はんもただではすまんと分かっとるはずや」

「ほな、お気をつけて」

「おう」

紅林は大股で船に歩み寄り、凌玄に続いて乗船した。

畳敷きの内部は六畳ほどの広さがあり、雪洞《ぼんぼり》を模した和風の照明器具が置かれている。

「なるほど、観光客向けの船とは作りがちゃうのう」

銘仙判の高級座布団に座ると同時に、船が陸を離れるゆったりとした振動が伝わってきた。

ガラス戸を閉め切った上に簾をすべて下ろしているため、船内は世界から隔絶した空間となっている。

「それで、話いうんはなんやねん」

「実は、燈念寺派の内部におるスパイのことですねん」

「おう、誰か分かったんか」

予想通り、紅林は俄然興味を惹かれたようだった。

「はい」

「誰や、もったいぶらんと早よ教えてくれ」

かつては京都任侠界きっての武闘派として知られた紅林の顔が、その名の如く見る見るうちに紅潮する。

「いいえ。ほんまのことなんです」

「あんた、わしをおちょくっとんのか」

紅林はまじまじと凌玄を見つめ、

「無住寺のリストを龍山派に渡したんは、私です」

「なんやて？」

「私です」

「どういうこっちゃ。答えによっては、いくらあんたでも──」

「その前に、紅林はんにお引き合わせしたい人がおりますねん」

凌玄の言葉を待っていたかのように、舳先《へさき》側の戸が開けられ、白髪の小男が入ってきた。

「叔父貴……」

その顔を見た紅林が、両眼を見開いて絶句している。

「溝内の叔父貴やないですかっ」

かつて新興組織の但馬連合を事実上束ねていた溝内であった。対立していた黒松組のチンピラに刺され、引退を余儀なくされた人物である。但馬連合自体すでに消滅しているが、死んだ最上とは兄弟分の盃を交わしているので、紅林にとっては叔父貴分に当たる。

当時の言葉で言う〈イケイケ〉であった溝内が、今は見る影もなくやつれ果て、打ちひしがれた風体を晒している。

「今までどこで何してはったんですか。わしら、探してましたんやで」

「わしはもう極道を引退した身や。情けのうておまえらに頼れるかい」

歳は紅林とそう変わらぬはずだが、落魄した溝内は、片頬を歪めて自嘲的に嗤う。

「けどなあ、後遺症で体がこんなんになってしもて、ようけおった女も全部逃げてしまいよって……」

溝内は左手を持ち上げてみせる。その手首は、糸の切れた操り人形のようにぶらぶらと揺れただけだった。

「仕事ものうて、行き倒れを覚悟しとったときに、見つけてくれはったんが凌玄はんやねん」

厳密には、溝内を発見したのは京都市役所の〈地下二階〉である。

「私は当時、溝内はんにはご挨拶する機会もありまへんでしたけど、私らのために体張って下さったんはよう知ってます。それで、なんとしても御恩返しせなならんて思てましたんや。危ういところで間に合うたんは、まこと、御仏のお導きに違いありまへん」

「そやったら、なんですぐにわしに教えてくれんかったんや」

「わしが凌玄はんに頼んだんや、紅林や組のもんには知らせんといてくれて……こんなとこ、恰好悪うておまえらに見せられへんがな……」

弱々しい声でありながら見栄を張る。ヤクザとはまったく以て救い難き衆生である。

「凌玄はんはな、ずっと内緒でわしの面倒見てくれとったんや。おかげでなんとか暮らしていけとる。ありがたいこっちゃ」

その部分は本当だ。救い難き衆生を救う。それこそが仏の教えである。

「叔父貴、すんまへんでした……わしら、叔父貴がこないに苦労されとるとも知らんで……」

「ええのや、ええのや……おまえのせいやないんやさかい……凌玄はんのおかげで、わしも人の情けいうもんが分かるようになってきてな、これでよかったと思てんのや」

「叔父貴……」

感極まったように、紅林は凌玄に向き直った。

「すまんかった……わしからも礼を言わせてもらうで」

「すべては御仏の御心にございます」

凌玄は敬虔に合掌してみせる。御仏の御心。御仏の慈悲。御仏の導き。何もかも真実であると確信する。確信の度合の強さこそが〈カリスマ〉の条件、正体であることも。

「それでな、紅林……おまえ、わしが在日やて知ってるやろ」

「なんですか、いきなり」

「ええから早よ言うてみい」

「それは、知ってましたけど」

ヤクザ組織において、在日外国人をはじめとするマイノリティーの占める割合が高いのは事実である。ことに京都では相当に多いと、いつだったか和久良も言っていた。

「わしは政治が嫌いやさかい、北や南の組織とは関わらんようにしとったけど、在日の互助会とは多少なりともつながりがあってな、その伝手《つて》で寄ってきよったんがキムいう男や。『燈念寺派の凌玄はんにつないでくれんか』言うて」

紅林がはっとしたように顔を上げる。

「そうや、悪いのは全部わしなんや……わしが凌玄はんにあんな男を紹介してしもたばっかりに……」

「そういうことやったんですか……」

凌玄はここぞとばかりに畳みかけた。

「私はキムの持ちかけてきた話に乗りました。これはすべて私の責任です。燈念寺派はバブル崩壊の直撃を免れたとは言え、景気の衰退に伴って年々収益が減少しているのは紅林はんもご存じの通りです。無住寺を維持するのに兼任の御住職がどれだけ苦労されておることか。言うたら燈念寺派にとっての不良債権みたいなもんです。こればっかりは氷室はんでもお手上げや。他ならぬ本人もそう言うてはりましたやろ。これは誰かが泥を被らなならん。私はそない思て、あえてキムの話に乗ったんです。誓って申しますが、キムが韓国人組織の幹部やとは知りまへんでした。知ってたら扇羽組に話持ってったりはでけしまへん。龍山派ちゅう名前も氷室はんから聞いて初めて知ったくらいです。けど、あの場ではとても言えまへんでした」

「ほな、仏像を売った金は」

「一旦隠し口座に入れてから、信徒の御寄進という形で本山に入れてます。氷室はんがようやってはる手法の見よう見真似ですわ」

「話は分かった」

紅林は淩玄に向かって頭を垂れた。

「あんたには叔父貴を助けてもろた恩もある。難しいことは分からんが、あんたが裏切ったわけやないっちゅうんはよう分かった」

「そんな、どうか頭をお上げ下さい」

殊勝にそう言ってから、

「もう一つ、お耳に入れておきたいことがおます」

「言うてくれ」

「東陣会の御厨がキムと手を組みました」

「御厨やて」

紅林の表情が一瞬で武闘派のそれに変わる。

「ゆうべ、御厨から直接脅されました」

「あの男が京都に来とる言うんかい」

その問いに頷いて、

「御厨は燈念寺派に入るはずの金を自分のシノギにしよちゅう魂胆です。それで、紅林はんに洗いざらい申し上げる決意を固めました」

「あの外道が……」

紅林が今日まで抑えつけていた闘争心を露わにした。

「それやったらわしにやらせてくれ。東陣会には恨みがある。こんな体でも右手やったら使えるさかい、道具さえ貸してくれれば……」

身を乗り出す溝内を、紅林がやんわりと押しとどめる。

「叔父貴にこれ以上の苦労をさせられますかいな。どうかわしらに任せとって下さい。叔父貴の分まで、わしらがきっちりカタつけたりますよって」

これで扇羽組の方は大丈夫だ――

紅林はその場でジャケットの内ポケットから携帯電話を取り出した。

数年前から急速に普及の進んでいる携帯電話だが、職業柄ヤクザにはいち早く導入している者が多かった。

「……氷室か。わしや。話があるさかい、今からそっち行くわ。凌玄はんも一緒や……ほな後で」

紅林が携帯を切ると同時に、凌玄は船頭に声をかけている。

「船頭はん、そろそろ船戻してもらえますやろか」

紅林のレガシィに同乗して、凌玄は氷室のマンションを訪れた。

エントランスにオートロックの設けられた新築の高級マンションである。フロント企業の名義で入居したと聞いている。

「どうぞ」

独り暮らしの氷室が三階にある自室のドアを開けてくれた。普段とまったく変わらぬスタイルだった。

間接照明の配されたモダンな室内には、至る所に専門書や書類が積み上げられている。

「散らかっててすみません。独り暮らしは気楽なもので、ついそのままにしてしまって」

「とてもヤクザの家とは思えへんのう。しかもおまえは若頭やぞ」

紅林はリビングルームのソファに座り込む。凌玄もその隣に座った。

「近所の人には研究職だと言ってあります」

あながち嘘とも言い切れないところが妙に可笑しい。

氷室はキッチンの冷蔵庫から缶ビールを数本取り出し、ローテーブルの上に置いた。

「こんなものしかありませんが」

「構へん」

寛《くつろ》いだ風情で、紅林は遠慮なく手近の缶を取り上げる。

「さて、ご用件を伺いましょうか」

「それなんやけどな……」

ビールを呷りながら、紅林は今夜の一部始終について氷室に打ち明けた。時折凌玄も横から補足するように口を挟む。

「なるほど、そういうことだったんですね」

氷室は二本目のビールを開缶し、

「大体の事情は分かりました。それにしても、よりによって東陣会の御厨自ら乗り込んでくるとは」

「昔、京都進出の出鼻挫《くじ》かれたことを相当根に持っとんのやろ。執念深いやっちゃで」

「ともかく、こうなるとウチだけの問題ではなくなる。東陣会と山花組の抗争になりますが、肝心の山花組が当てにならないというのがネックですね」

「向こうもそれを見越してのことやろ。樋熊はんが殺《や》られてから、山花はもうバラバラや。そのうち分裂でもしよるんとちゃうか」

「つまり、龍山派だけではなく、東陣会もウチだけで相手をしなくちゃならないと」

「それだけやない。山花の本家から『勝手に何やっとんじゃ』て言われかねん」

「味方も敵ってわけですか」

「そうなるわな」

氷室は呆れたように、

「〈ヤクザの筋目〉や〈ヤクザの意地〉といった法則性が適用されない。論理も何もあったもんじゃないですね」

「それこそヤクザのセリフやないで」

この複雑な状況に対し、さすがの氷室も有効な手立てを考案できずにいるようだった。

「もとはと言えば私の不徳でございますから、この件は私の方でなんとかせなと思てますねん」

おそるおそるといったふうを装って、凌玄は慎重に発言する。

「すると凌玄さん、何か策がおありになると」

「策と言えるほどのもんか分かりまへんけど……ヤクザの論理があかんのやったら、政治の論理に任せたらどないやろ思いまして」

紅林はピンと来ていない様子であったが、氷室は興味を惹かれたようだった。

「具体的にお願いします」

「はい、私が神田別院の番役に任じられて、四年ほど東京に行っとったんはご存じですやろ。その際に東京の有力な信徒の方々と仲ようさせてもらいまして」

「つまり、コネやパイプを作ったということですね」

「そうです。それを使うんは今やないかと」

「なるほど……それはいけるかもしれませんね」

「待ったれや。どういう話か、わしにも分かるように言わんかい」

いらだたしげに紅林が割って入る。

「これは失礼しました。私の理解した限りで申しますとですね……」

氷室は淩玄が意図したことを的確に説明する。

「……という理解でよろしいでしょうか、淩玄さん」

「ええ、大体は」

しかし紅林はやはり渋い顔で、

「極道としては気が進まんけど、淩玄はんがやるて言わはるんやったら、反対はせんわ」

「どうかお任せ下さい、紅林はん。こないな手ぇでも使わんことには、正面きっての殺し合いになりかねん。そうなったら、また溝内はんみたいな被害者が出る。私は御仏に仕える者として、それだけはなんとしても防ぎたいのです」

じっと考え込んでいた紅林は、やがて意を決したように言った。

「『洛中のことは洛中で始末をつける』。わしがこの道に入ったときから、それが京都の掟や言われてきたが、山花の代紋を掲げた時点で、それはもう反故になっとった。時代はほんまに変わってもうたんやなあ」

それは彼の詠嘆でもあったろうか。

「仏教では『諸行無常』と申します。京都や洛中や言うても、お釈迦様の時代からあったわけやございまへん。明日にはもうのうなっとるかもしれまへん。それよりも大事なんは、今を生きてる人やないですやろか」

紅林は胸を衝かれたようだった。

「よう分かった。凌玄はんに任せますわ」

そしてひどく疲れたように立ち上がった。

「そろそろ帰るわ。凌玄はん、位剛院までお送りしまひょか」

「位剛院は反対方向でしょう。凌玄さんは私の車でお送りしますよ」

氷室がなにげない口調で言う。紅林の目が、一瞬、警戒とも疑念とも取れる光を帯びた。だがヤクザとしての本能とも思えたその光は、流れ星よりも儚く消え失せて、

「そうか、ほな頼むわ」

どこか虚ろな面持ちで紅林は帰っていった。

「じゃあ、我々も行きましょうか」

氷室がクローゼットを開けて黒いブルゾンを取り出し、袖を通しながら玄関へと向かう。凌玄は無言で彼の後に従った。

地下駐車場に下り、氷室はギャランＶＲ－４の運転席に乗り込んだ。続いて凌玄も助手席に乗り込む。

氷室はすぐに車を出した。深夜の道路には、人影も走行している車も少なかった。

運転している氷室に、凌玄が話しかける。

「私になんぞ言いたいことがあるんやおまへんのか」

「敵いませんね」

氷室が苦笑する。

「私もよう使う手ですさかい」

そうだ、海照に対しても使った手だ――

「二人きりで話したいことがあるさかい、急に送ったろて言い出さはったんですやろ」

「その通りです」

「私もおんなじ考えやったから、ちょうどええわと思いました。氷室はんの車に乗ったん、私が初めてとちゃいますか」

「初めてってことはありませんが、まあ、似たようなものですね」

暗闇の道に、対向車はない。

「さっきのお話ですが、全面的には信じられませんね」

「私も、氷室はんまで騙せるとは思てまへんでした」

「嘘の部分は、おそらく、仏像を売り払った金を全部本山に入れてるってとこでしょう。違いますか」

「違《ちご》てまへん。その通りですわ。けど、百パーセント私利私欲というわけやないんです。それだけは信じて下さい」

「何を私利私欲と呼ぶか、その定義によって違ってきますね。もっとも凌玄さんの場合、溝内さんをこっそり援助してたってのは本当でしょうから、そうした経費ということで理解しておきます」

善悪の基準が常人とはかけ離れている。それが氷室という男の最大の特質であった。

「私はね、仏像が日本にあろうと韓国にあろうと、どうだっていいんです。今回の見所は、僻地《へきち》の寺に転がっていた仏像を巡って、誰がどう動くか。その力の作用にポイントがあると考えています」

「よう分かりまへんけど、氷室はんが楽しんでくれてはるいうんは分かります」

「楽しいですね、あなたのやることはいつも」

前方に延びたギャランのヘッドライトが、濃密な闇の奥で消失する。

「実は、私の方からも話がありますねん」

「当ててみましょうか。龍山派からの入金の証拠をどうやって消すかでしょう。本山に振り込んだ形跡はないから、信徒からの寄進だなんて言いわけは通用しない」

自分はこのまま、無間《むけん》地獄へと連れていかれるのではないか――

不意にそんなことを思った。今自分の隣でハンドルを握っているのは、いにしえより京都に巣くう化生《けしょう》の類ではないのかと。

「お願いできますやろか」

「口座の名義は」

「『近畿トータル・プランニング』です」

「近畿トータル……」

呟くように繰り返した氷室が、

「呆れたな。畿内放送の関係で潰したはずのペーパーカンパニーじゃないですか」

呆れたと言いながら、やはりどこか楽しんでいるとしか思えない。

「組のダミー会社を利用するなんて、凌玄さんじゃなければタダではすみませんよ。いや、凌玄さんでもこれは一線を越えている」

「堪忍して下さい。私はそういうことに疎いですから、他に方法を思いつかへんかったんです」

「言っておきますが、私の前で下手な小芝居はやめて下さい」

「はい……」

氷室は片手でマイルドセブンの紙箱を取り出して一本くわえ、器用にライターで火を点けた。これも昔と同じ百円ライターだ。

「まあいいでしょう。どうせ潰したはずの会社だ。私の方できれいに始末しておきます。凌玄さんは通帳と関係書類をすべて処分して下さい。龍山派はないはずの会社に送金していたことになる」

窓を開けて煙を吐き出す氷室に、

「あの、銀行の記録には残ってんのとちゃいますやろか」

「ええ。ですが、近畿トータル・プランニングの役員はすべて無関係の高齢者か、すでに死んでいる人ばかりです。当局が辿れないように仕込んだ会社ですから、凌玄さんがあれを使ったのは不幸中の幸いと言いますか、実に賢明でしたね。もしかして、最初から狙ってたんじゃないですか」

「いえいえ、そこまで考えてますかいな」

考えてはいないが、予感はしていた――

「潰した会社をまた潰す、か」

そう独りごちて、氷室は何やら可笑しそうに笑みを漏らした。

「なんです？」

「いえ、あなたに出会えて本当によかったと、喜びを噛み締めているところですよ」

京都の化生はそう言って、ハンドルを握ったままいつまでも低く笑い続けた。

五

〈仏像盗難事件の調査と対策〉。そんな名目で、凌玄は東京へと出張した。

この問題について一任されているのは事実であるし、出張計画を承認するのは自分自身であるからどうにでもなる。

帝国ホテルに投宿した凌玄は、早速信徒代表の江瀬十蔵に連絡を取った。

江瀬は旧日本陸軍の元将校で、戦後は大手商社の幹部役員として活躍し、顧問や理事長を務める団体は数知れず、政財界と深いつながりを持つフィクサーの一人である。現在八十六歳と高齢だが、その威光は少しも衰えていない。

曲がりなりにも燈念寺派宗会の僧侶議員が上京してきたのである。江瀬は面談の時間を作ってくれた。

目黒にある江瀬の豪邸を訪れた凌玄は、一階の広い応接間へ通された。

ソファに座ってしばらく待つ。

この部屋に通されたことは以前にもある。その頃から、凌玄は黒ずんだこの部屋の光と匂いに、どこか懐かしいものを感じていた。

人の情念が渦を巻き、善か悪か、そうした人智の概念を超え、高い天井のあたりで霊気へと転じたような。それがなんであるのか、当時は定かでなかったが、今ははっきりと分かる。

似ているのだ、燈念寺の大伽藍に。

やがて、江瀬が入ってきた。秘書なのかボディガードなのか判然としない若い男を従えている。

「お待たせ致しました。お久しぶりですなあ、凌玄さん」

「いえ、こちらこそご無沙汰しております」

立ち上がって礼を返す凌玄の目の前で、江瀬は若い男の手を借りて安楽椅子に腰を下ろした。

江瀬とは神田別院の番役時代、大いに交誼を結んだ仲である。

「あの頃は本当にお世話になりまして。お元気そうで何よりですわ」

「いやいや、凌玄さんこそ、ご活躍はかねがね耳に致しております。本来ならば、こちらの方から本山に参らねばならぬところ、わざわざのお運びを賜りまして、信徒として恥じるばかりです」

見かけの腰の低さに騙されてはならない。この老人の狷介《けんかい》さ、狡猾さは旧日本軍仕込みなのだから。そのことを凌玄は誰よりもよく知っている。

「早速ですが江瀬はん、私が東京に参りましたのは他でもございません。燈念寺派、いや、日本の仏教界にとって看過できない一大事が出来《しゅったい》致しており、それについて急ぎご相談致すべくご無理を申したのでございます」

凌玄は仏道興隆関連問題担当委員としての己の立場と、一連の仏像盗難事件、そしてその実行犯たる龍山派と東陣会の提携について打ち明けた。自分がキムに情報を流した経緯とその結果については当然ながら秘匿している。

当初無感動に聞いていた江瀬は、話が韓国組織に及ぶと同時に、俄然興味を示し始めた。

思た通りや——

相手の反応に、凌玄は一層話に熱を込め、

「……そういうわけで、罰当たりにも東陣会が関わっておりますさかい、盗まれた仏像を運び出すルートも倍増し、地方の関係者だけではとても歯が立たんありさまですねん。これは一刻も早よ国に動いてもらわんことには、日本と韓国との間に要らん摩擦が起きるもとにもなりかねまへん」

「お話はよく分かりました」

江瀬は皺だらけの顔を強張らせて頷いた。

昭和の末期、江瀬は悪化していた日韓関係の改善に奔走した。当時の首相の訪韓や韓国大統領の来日実現は彼の功績が大きいと言われている。また昭和六十三年のソウルオリンピック開催に際しても多大な影響力を発揮した。

それだけに、日韓関係を悪化させるような事案には敏感に反応するであろうと凌玄は踏んでいた。

結果は、予想した以上であった。

「凌玄さん、今夜のご予定は」

「あることはありますけど、なんちゅうてもこの件が最優先ですわ」

「では、私とご同行願えませんか」

「喜んでご一緒させてもらいます」

江瀬はその場から衆議院議員の松ヶ枝《まつがえ》玉一郎《たまいちろう》に電話して会食の予定を取り付けた。この件に対処させるには、警察や各省庁に言っても埒が明かない、有力な政治家から圧力をかけてもらった方が早いと言うのである。

松ヶ枝は政府与党の要職にある政治家で、父親は生前江瀬の盟友であったという。普通ならば、そんな要人との会食をその日のうちにセッティングできるものではない。凌玄は江瀬の実力を改めて思い知った。

その夜赤坂の料亭で、凌玄は松ヶ枝に対し、江瀬にしたものと同じ話を繰り返した。

「なるほど、それは憂慮すべき問題ですな」

松ヶ枝は大きな顔をしかめてそう言った。

「竹島の問題もあり、今ここで反韓国の世論が高まるような事態は党としても避けたい。いや、よくぞ教えて下さいました」

「東陣会の山下会長は在日三世ですからな。韓国の組織と親和性が高かったのでしょう」

義憤も露わに江瀬が重々しく口を添える。そして腕を組みながら考え込むように、

「山下君も日本国籍を持つ立派な日本人の一人だ。にもかかわらず金に目が眩《くら》んで日本の宝を流出

させるとは……」

「暴対法がよほど応えておるのでしょうな。最近のヤクザは昔なら想像もできなかった仕事に手を出しておるそうですから」

「山下君は話せば分かる人物ですので、私からも言っておきますが、松ヶ枝さんには……」

「分かっております。警察庁はもちろんのこと、文部省をはじめ、関係する省庁に厳しく伝えておくとしましょう」

「各自治体にも警戒を呼びかけて下さい。また、こうした取引は沖合の船で行なわれるそうですから、海上保安庁にも」

凌玄の目の前で次々と対策が決まっていった。

東陣会会長の命令では御厨も逆らえまい。

——これからの日本はきっとえれぇことになる。そんとき頼りになるのは永田町や霞が関とのパイプだ。

皮肉にも、かつて御厨が言った通りになったのだ。

「凌玄さん」

江瀬がこちらに向き直って、

「本当によく教えて下さいました。信徒代表として改めて御礼を申し上げます。これからも仏教のため、日本国民のため、燈念寺派をよろしくお願いします」

「そんな、御礼やなどと……私はひとえに一僧侶として、仏様を信仰する国民の安寧を願うておるだけでございます」

殊勝な文言を並べつつ、凌玄は江瀬と松ヶ枝の前で合掌した。

政界工作をすべて終え、さらには全国の僻村と無住寺をいくつか回って一ヶ月後に京都へ戻った凌玄は、本山で弘休から報告を受けた。

自治体はこの問題に対し、それまでとは打って変わって真剣に取り組むようになり、警察の本腰を入れた警戒もあって、この一ヶ月間で仏像盗難事件は目に見えて減っているとのことであった。

宗会議長の英慶に求められた「結果」を出すことができたわけである。

また紅林からも報告があった。

警察の取締り強化を受け、龍山派はキムも田中もすでに出国した、東陣会系組織も一切動かず、黙って手を引いたとのことであった。

俺は法難を退けたんや――

胸を撫で下ろしつつ、悦に入っていたのも束の間、凌玄のもとへ和久良からの呼び出しがあった。

場所は和久良の所有する商業ビルの最上階。

なんやろ、今度は――

指定された午後四時に右京区のビルに入る。解体予定であるというそのビルは、すべてのテナントが退去して、がらんどうの胎内を晒していた。

呼び出されたのは凌玄だけではなかった。組長の紅林以下、扇羽組の面々も招集されており、ゴミの散らばる広いフロアで所在なげに固まっている。

「みんな、よう聞いてくれ」

最後に現われた和久良が、怒りを露わにして一同に向かって発した。

「わしのとこに、御厨はんから電話があった。そうや、東陣会若頭の御厨や」

組員達の間にざわめきが広がった。

「御厨はんが教えてくれたわ。龍山派に無住寺の資料を渡した裏切り者は、そこにおる凌玄やっ」

御厨め――案外器の小さい奴や――

会長直々に釘を刺された御厨は、腹いせに自分のことを和久良に密告したのだ。

「それやったら、わしら、もうみんな知ってますで」

紅林が困惑したように言う。

「凌玄はんは溝内の叔父貴を助けてくれとったんや。叔父貴があないな体になったんは組のためです。その叔父貴に頼まれたら、そら嫌とは言えまへんわな」

「考え違いすな。ヤクザの義理と、燈念寺派の宝とは別の話やろ」

「ほな、わしらはヤクザでっさかい、義理の方で考えさせてもらいます。燈念寺派の話には関係ないちゅうことでよろしおますか」

「紅林、おまえは何を――」

「わしらからしたら、和久良はんが御厨と連絡を取り合うとることの方が驚きですわ」

絶句している和久良に構わず、扇羽組の面々は一人残らず帰っていった。氷室は去り際に和久良の方を振り返ったが、やはり何も言わずに紅林達の後に続いた。

後には和久良と凌玄だけが残された。

「凌玄……」

闇夜の蟇蛙《ひきがえる》のように底光りのする目で和久良が睨めつけてくる。

「おまえ、自分のしたことが分かっとんのんか」

「聞いて下さい、私は……」

「今さら遅いわ。これを宗会に教えたったらどうなるか。おまえはもう終わりや、凌玄」

正面から吹きつける妄念の妖気に対し、渾身で抗い、気力を振り絞って応じる。

「ほな好きなようにしとくなはれ。証拠も証人も、なんもありまへんよって」

「仏教者として、おまえはほんまにそれでええと思とるんか。おまえは燈念寺派の仏像を売り飛ばしたんやぞ」

「私からもお訊き致しますが、和久良はん、仏教は偶像崇拝を勧める教えやなかったはずとちゃいますのか」

決して意図したわけではない。気づいたとき、凌玄は自ずと合掌し、両目を柔らかに伏せていた。

「自灯明《じとうみょう》、法灯明。法を拠り所とし、自らを拠り所とせよ。『大般涅槃経』に書かれておりますお釈迦様のお教えでございます。大切なんはお釈迦様の説かれた真理であり、法であります。決して仏像そのものやございまへん。仏像とは、人々を仏の教えに導く手立てであって、それに執着するんは、むしろお釈迦様のお教えに反することとちゃいますやろか」

そう、執着だ。それを断つ道を教えてくれたのは他ならぬ和久良だ。自分から女を取り上げることによって。

女を囲う。女を失う。そして自分は我執を断つ。なんのことはない。つまるところ、仏に近づく狙いは期せずして達成されていた。

「凌玄、おのれはこのわしにそないな詭弁を……」

「和久良はんほどの御方やったら、必ず理解できはることと思います。仏像を拝むことによって、人は〈仏、法、僧〉の三宝を敬う心を自ずと養う。そのために御仏の像がある。人も僧もおらんとこにただ置かれとるだけの仏像は、仏でも宝でもない、ただの物ですわ。けど、燈念寺派は違う。大勢の僧侶が日本中で教えを広めようとしておられます。この組織はなんとしても維持せなりまへん。それは和久良はんもようご存じの通りです。ただの物やったら、それを売って燈念寺派のために使う。これのどこが悪いんですか」

和久良は無言でこちらを見ている。今やその両眼からは一切の光が消えていた。

代わりにあるのは――そう、無明の深淵だ。

「一番大事なんは〈本質〉でございます。仏像の所有にこだわるんは、その本質から遠ざかる行為でしかありまへん。本質でございますよ、和久良はん」

返答はない。

凌玄は合掌したまま一礼し、その場を去った。

六

平成二十年二月十日午前四時二十一分。錦応山燈念寺派第二十二代総貫首塩杉天善遷化《せんげ》。享年七十八。死因は脳血管疾患。

天善は二週間前に倒れて緊急入院し、集中治療室で医師団による懸命の治療を受けていたが、ついに意識を取り戻すことなく逝去した。

その第一報はただちに宗会議長でもある位剛院住職万代凌玄のもとへともたらされた。

「そうか……とうとう……」

すでに起床していた凌玄は、僧衣をまとって本堂に赴き、役僧達とともに総貫首の冥福を祈って読経した。

声明は、どういうわけか常より高く大きく広がって、深淵の彼方へと吸い込まれる。まるで亡き総貫首が、西方より凡愚の衆生を慈悲深く招いておられるかのように。

おお――

凌玄は、それこそが仏道の正しきを証する現象であると確信した。その道理のありがたさを役僧達は気づき得たかどうか。

私をお導き下さいませ、天善様――

御仏となった総貫首猊下に願わずにはいられない。

ついにこのときが来よりましたわ――

これから始まるであろう新たなる戦い。それに勝利するための算段は、二週間前、総貫首倒るの報を受けてから練り上げてある。

祈らずとも猊下が浄土へと往かれたことは明らかだ。ならば祈るべきは自らの栄達と悟入である。

真心から経文を唱えつつ、凌玄はその手筈を再検討するばかりであった。


新聞の朝刊には間に合わなかったが、朝のニュース番組で燈念寺派総貫首死去は大々的に報じられた。燈念寺には近くに住まう信徒が押し寄せ、亡き総貫首を偲《しの》んで一様に合掌していた。

もちろん燈念寺派の幹部僧侶には報道より早く連絡が回っている。彼らの思いはみな同じであったろう。

すなわち――誰が次の総貫首に選ばれるのか。

宗務総合庁舎に駆けつけた凌玄は、大勢の幹部僧侶達と総貫首の遺徳を偲び、次いで法要の打ち合わせに入った。

宗会議員、総局統合役員、総局総務役員、本廟局長、総合施設局長、布教出版事業局長、京都市内にある直属寺院住職らが大会議室に顔を揃えた。地方にいたりして間に合わない者も少なくなかったが、総貫首死去という緊急事態である。集まった者だけで粛々と段取りが決められていった。

とは言え、新たに決めるべきことは実はそう多くない。すべては古くより定められた手順に従って進めればよいことである。逆に、そうした手順に反することはなんとしても避けねばならない。

その点は最も慎重に考慮された。

事務的な事柄が膨大な数に上るので、総局各部から出席した役僧達は必死になって各自メモを取っていた。万が一にも遺漏があれば自らの進退に関わるからである。幹部僧侶は定められた儀式をいかにつつがなく遂行するか、そのシミュレーションに今から余念がないようだった。

法要が無事終わった暁には、次期総貫首を決定する、通称「貫首選」が待っている。

だが今そのことを口にする者はいない。誰もが神妙な顔でうなだれている。下世話な好奇心を露わにすれば、身を滅ぼす原因ともなりかねない。

ことに野心は禁物だ。一切を心に押し隠し、総貫首の冥福を御仏に祈る。

偽善ではない。背徳でもない。それが宗教者の義務であり、行《ぎょう》というものなのだ。


錦応山燈念寺派総貫首塩杉天善の法要は九日間に及び、全国から集められた僧侶数千人規模の態勢で厳粛且つ壮麗に執り行われた。

時の内閣総理大臣は言うまでもなく、政財官界の重鎮が弔問に訪れ、国内外の要人からの弔電も相次いだ。他宗派、他教団も例外ではない。ローマ法王をはじめとする世界の宗教指導者からのメッセージも数多く届けられた。

法要に際し登礼盤《とうらいばん》をして調声《ちょうしょう》する者を導師という。この導師を先頭に、諸僧が集会所から行列を為し堂縁を通って入堂する。すなわち縁儀である。

法要の席次には厳密な規定があって、等級が上位の者から着座した。

讃衆《さんしゅ》が座前に立列し声明を出音《しゅっとん》すると同時に、配供衆が華《け》、灯《とう》、供物等を順次手渡し、尊前に献《けん》供《く》する配供を開始する。

羯鼓《かっこ》、龍笛《りゅうてき》、楽太鼓、篳篥《ひちりき》、笙《しょう》、鉦鼓《しょうこ》、楽箏《がくそう》、楽琵琶《がくびわ》の順に、本堂内陣下の外陣に着座した奏楽員が合掌礼拝し、楽行事の指揮により奏楽を行なう。玄妙なる調べが本堂から流れ出し、参列者に西方の楽土を垣間見せた。

この九日の間、雨や曇りの日は一日とてなく、空は果てなく青く澄み渡り、欲得ずくの指導者層は知らず、善男善女は燈念寺派による論理を超えた御仏の御加護にひたすら感じ入ったことであった。


錦応山燈念寺派の総力を挙げた総貫首塩杉天善の法要は、日本伝統仏教界に燈念寺派の存在感を存分に示したのみならず、現執行部の徳を広く全国の信徒に識《し》らしめた。

法要の総責任者である会奉行《えぶぎょう》を務めたのは凌玄であった。より高位の僧は何人もいたが、いずれも高齢で、式次第、手配等の一切を決定し、各所に指示を出さねばならない会奉行の激務をこなすのは不可能であったからである。

昭和天皇の追悼法要のように極秘で行なう必要はなかった。凌玄は日本最大手の広告代理店ＯＢを高額の報酬で雇い、あらゆるメディアを駆使して法要の一部始終を――そして指揮する自らの姿を――全国民にアピールした。それは仏道興隆に間違いなく一役買ったと、仏教専門誌でも取り上げられた。表紙を飾ったのは亡き総貫首の遺影であるが、一枚めくれば凌玄のグラビアとインタビューが掲載されている。すべて凌玄サイドの仕込み、すなわち氷室のプロデュースによるものだ。

荘重極まりない儀式が一段落した頃、宗会議長万代凌玄は、宗会議員有志と有力な檀家筋の推薦を受ける形で次期総貫首への立候補を表明した。

宗会議員有志といっても、実質は凌玄の側近で固められた凌玄派の僧侶達である。また有力な檀家筋とは、京都でも知られた二、三の名家を含んではいるが、京都実業家連合会、京都未来開発財団、観光資源開発国際シンポジウム推進委員会といった、要するに利害関係で結びついた業界団体が中心となっていた。こうした団体は燈念寺派の実力者、すなわち万代凌玄を支援する見返りとして、将来的な利益供与を期待している。

錦応山燈念寺派の総貫首は、宗会議員による選挙で選ばれる。その選挙戦を制した者が、名実ともに燈念寺派の頂点に立つのだ。

凌玄の立候補は、山内ではごく自然なこととして受け止められた。

「そら凌玄様やろ」「あの方を措いて他に誰がおりますねんや」「こらもう決まったも同然ですわな」「選挙なんかやる必要もないやろ」「無投票で信任ですやろなあ」

そうした声が山内、いや、全国のあちこちで囁かれた。そんな報告を受けるたび、凌玄は事態が順調に推移しつつあることを実感し、また密かに悦に入っていた。

当たり前やないか――俺以外に誰がおるちゅうねん――

前宗会議長の御前崎英慶は老衰により四年前に死去している。副議長であった斉藤芳雁は、現在本山修復推進事務長の要職にあるが、人望の点で支持者が少ない。神田別院、船岡山別院といった大別院の番役も同様で、本山の執行長《しゅぎょうちょう》である定岡舜心《さだおかしゅんしん》に至っては、長らく病気療養中の身であり、総貫首の法要にも参加できなかったほどである。

他に立候補の動きを見せる者も何人かいるようだが、いずれも泡沫の域を出ず、凌玄を脅かすまでには至らなかった。

つまりは凌玄の一人勝ちという状況である。

最高のタイミングで往生してくれはった――

この状況を凌玄は、亡き天善の施した最後の、否、最大の善根であるとさえ思った。

凌玄は四十八歳になったばかりである。いささか若すぎるのが難とも言えたが、歴代総貫首の就任時年齢に鑑みると決して不自然ではない。むしろ気力体力ともに充実し、燈念寺派を率いるにふさわしい新たな指導者としてのイメージで以て迎えられることであろう。また凌玄自身にとってそれは、開祖浄願大師の到達した同じ高み、すなわち解脱に至ることと同義であった。

その日、本山での彼岸の法要を終え、大勢の僧侶達を従えて阿弥陀堂の回廊をしめやかに歩んでいた凌玄は、前方に自分を待っていたらしい葛井《くずい》円芯《えんしん》の姿を認めた。

二年前から宗会事務局長を務める円芯は、凌玄の側近中の側近である。

急用でもあるのか、何やら落ち着かぬ様子で柱のそばに立っている。

「君らは先に行っとって。私はちょっと用がありますさかい」

僧侶達を先に行かせ、凌玄は円芯に声をかけた。

「どないしたんや、そんな顔して」

「凌玄様、先ほど事務局に貫首選立候補の届け出がありました」

「ほう、そらまたどこの阿呆やねん」

「それが……」

どういうわけか円芯が口ごもっている。

「ええから早よ言わんかい」

「大豊海照様でございます」

「なんやて」

凌玄は声を失った。

学生時代からの盟友である海照は、経律大学理事長という地位にあった。充分に総貫首を狙えるポストである。

「そらなんかの間違いやろ。海照が俺を裏切るような真似するわけないやないか」

「間違いありまへん。私が直接海照様から届け出の書類を受け取りましたさかい」

あまりのことに、円芯の声も体も震えている。

なんでや――

経律大学において海照はその手腕を遺憾なく発揮し、教職員のみならず、学生からも大いに慕われているという。凌玄は当然の如く、海照派の握っている票を自派の票として加えていた。その票が失われるどころか、そっくり敵に回るとなると、洒落では済まない大打撃である。

「円芯、おまえ、携帯持っとるか」

「はい、ございますが」

「そやったら早よ貸さんかい」

円芯の差し出した携帯電話を引ったくるようにして受け取り、その場で暗記している海照の携帯番号を入力し発信する。自分の携帯は法要前に控えの小部屋に残してきた。取りに行くのももどかしい。

〈大豊海照です〉

すぐに海照の声が応答した。

「俺や、凌玄や」

〈ああ、そろそろ電話してくる頃やと思てたわ〉

「どういうことや。わけ分からん」

〈わけも何も、僕が立候補したいうだけやないか。分からへんことないやろう〉

「そんなんはええ。今やったらまだ間に合うさかい、すぐに撤回せい。これはなんかの手違いやったとか言うて」

〈阿呆言うなや。撤回するくらいやったら最初から立候補なんかするかいな〉

「おまえ、本気で言うとんのか」

円芯は誰かに聞かれたりはしないかと周囲をはらはらと見回している。

〈当たり前やないか〉

「もうええ。おまえ、今どこにおんねん」

〈どこて、まだ総合庁舎や〉

「今から行くさかい、そこで待っとれ」

〈分かった〉

円芯に携帯を突き返し、法衣のまま宗務総合庁舎へと急ぐ。

海照は側近らしき数名の男達とともに応接室にいた。全員スーツ姿なので、おそらくは経律大学の関係者だろう。他に総局の事務方も何人かいる。

以前の海照ならばそうした者達を近づけることさえ嫌ったものだが、近年とみに尊大さを増した彼は、むしろ積極的に身辺を側近や支持者で固めるようになっていた。

「あんたら、悪いけどみんな出てくれるか。円芯、おまえもや」

他の者達を追い払おうとすると、海照が落ち着いた態度で止めた。

「その必要はあらへん。僕は何事も公明正大に透明性を以て進めた方がええ思てんねん」

海照も自分と同じ四十八歳だ。全体に贅肉がついて頬の弛んできた自分とは違い、スリムな体型を保っている。

「私は友達と二人きりで話したいんや。ご理解をお願いしますわ」

怒鳴りつけたくなる気持ちをなんとかこらえ、穏やかな口調で言う。

海照の目配せで、男達が凌玄に目礼しながら退室していった。円芯も彼らに続く。

室内には凌玄と海照だけが残された。凌玄は北欧製の高級ソファに座した海照の向かいに腰を下ろし、

「どういうこっちゃ。説明してくれ」

「それやったらさっきも言うた通りや」

「それが分からんて言うてんのや」

「僕かて宗会議員や。立候補の資格はあるはずやで」

「そんな話をしとんのとちゃうわっ」

ついに耐えかね、声を荒らげた。

「ええやろ、そやったら言うたるわ」

海照は意を決したように、

「君、最初に僕とした約束、覚えとるか」

「約束？」

「君は仏教で人を救い、社会をようするて約束したやろ。絶対にそれを守るて。だから僕は君についていくて決めたんや。もし破ったら自分で自分を許さへんとも言うとったな」

「ああ、あれか。確かに覚えとるけど、それがどないしてん」

「その約束を、君はとっくに破ってしもとるやないか」

遠い過去から放たれた矢に、凌玄は胸を射抜かれた心地がした。

「約束が破られた以上、僕はもう君とは一緒にやれん」

「俺は破ってへん。破ったように見えるんやったら、それはおまえの修行が足りんせいや」

目には決して見えぬ矢を、血を吐く思いで己が胸から引き抜いて、

「僕のせいやて……君、本気で言うとんのか」

「ああ、本気や」

「君、今の自分のやっとることを見てみいや。それが僧侶のすることやと本気で思とんのか。『一《いっ》

切我今皆懺悔《さいがこんかいさんげ》』や。今こそ君は懺悔するときなんとちゃうか」

「笑かすなや。おまえかて散々俺の片棒担いできたやんか」

そこで海照は自らを蔑むが如くに嗤った。

「そうや。僕の手はもう汚れとる。そやから嫌になったんや。そやから懺悔しとるんや。そやから燈念寺派を正しい道に戻すんや。僕はなあ、どんな悪党でも救えるはずや思てやっとったんや。ところが気ぃついてみたらこのありさまや」

「悪人正機説《あくにんしょうき》かい。それは他宗の教えやろ」

「もう一つ言うたろか。僕はもう君の片棒なんか担ぎとない。これからは自分の棒を担がせてもらうで」

「おまえ、俺に取って代わろちゅうんかい」

「そう思うんやったらそれでもええわ。別に違てるわけでもあらへんし」

これまで海照が見せたことのないふてぶてしさだった。

「そうか、ほんなら俺も言わせてもらうわ。燈念寺派の開祖たる浄願大師は、釈尊のお教えに回帰して『自帰依』と『法帰依』による解脱を説かれた。人間は罪を犯すもんなんや。それを認めるんが燈念寺派の第一歩のはずやのに、おまえはそれを忘れてしもたんか」

「なにを言うんか思たら、僕に教義を教えてくれる言うんかい」

「ああ、そうや」

「人の罪を認めるんと、我欲のために罪を犯すんは全然別や。君は燈念寺派の教義を自分の都合のええように利用しとるだけや」

「そう、そこや。利用してもええもんなんや。浄願大師はこうも言わはった。『苦は政と不可分也』て。人を苦しめとんのはいつの時代も政治なんや。そやさかい、俺らは政治を利用して、少しでも人の苦しみを取り除いたらなあかんのや」

「それが詭弁や言うとんのや」

「詭弁やない。現に浄願大師は自ら実践して燈念寺派を守らはったやないか。燈念寺派が日本最大の宗派になれたんも、全部そのおかげやないか。おまえは開祖様の行為を非難しとるんも同然や」

言葉に自ずと熱が籠もった。なりゆきとは言え、海照と議論を交わすのは学生時代以来だろうか。

「中世と現代では時代が違うわ」

「時代が違ても仏教の本質は変わらへん。仏教の初歩の初歩やないか」

「開祖様が説かれたんは『人仏協行』や。罪を犯せて言うとるわけやない。修行する人間を御仏は救うて下さる。それこそが燈念寺派の〈唯心〉や」

「そやさかい俺は一生懸命にやってきたんや」

「一生懸命に人を殺してきただけやろ」

直接的な言葉を使った海照に対し、凌玄は正真の覚悟と気迫で受けて立つ。その程度で怯《ひる》んでいたら負けると本能で察した。

「ああ、そや。浄願様が僧兵を使て為されたようにや。あれもこれも、燈念寺派のためなんや。『人仏合一』、為さんとする前に徹底して己を見つめ、然る後に実行する。そこに御仏の御意志があり、より大勢の衆生を救うことにつながる理や。おまえも納得しとったはずやないか」

そこで海照は悔恨に呻くが如く、

「ああ、納得しとった。けど気がついてみたら、思たようになってへんかった。燈念寺派はちっともようなってへん。かえって昔より悪なっとるくらいや」

そう言われると、凌玄もまた我が身の不徳に立ち返らざるを得ない。

「それは認める。けど、おまえはさっき時代の違いや言うたな。そこが現代の不幸なんや。今の政治はより複雑に人を追い込んできよるさかい、俺らは浄願様より苦しみながら皿の中に立ち向かわななならん。考えてみたら、艱難辛苦のきつい分、それだけ俺らに修行の機縁が与えられとるとも言えるんやないか。そうや、浄願大師が仏堂で悟りを得られたように、俺らも我浄堂で悟りを――」

「ちょっと待て。なんやねん、それ」

海照が怪訝そうに議論を遮る。

「ああ、すまん。我浄堂いうんは俺の実家の――」

「そうやない。浄願大師が仏堂でなんとかいうとこや」

「それは大師様が悟りの機縁を得られた故事やないか」

「故事か説話か知らんけど、そんなん、聞いたこともあらへんで」

「ええかげんなこと言いなや」

「いいや、初耳や」

いつになく頑迷になっている。やはり海照は普通ではない。

「博識のおまえが知らんはずはない。それとも、世俗にまみれて忘れてしもたんか」

「世俗にまみれとんのは君の方やろ。どっちにしたかて、君は異端や」

「言うに事欠いて、俺を異端て言うんかい」

「異端で悪かったら邪教にしたってもええで」

「おまえは自分の正当性を担保するために俺を否定しとるだけや」

「それこそ君の方やろう」

凌玄は目の前の親友をまじまじと見つめ、

「海照、俺はな、おまえをほんまに尊敬しとったんやで。学生の頃から徹夜で議論して――」

「あんなあ、学生の頃の議論やけどなあ、大抵は君が最後に勝っとったやろ」

心なしか、海照の視線には憐れみにも似たものが感じられた。

「それがどないしてん」

「あれはな、僕、いつもわざと負けとってん。君があんまりしつこいもんで、そうでもせんことには終わらんさかい。そんなことも分からんと、ええ気になっとるような奴やったなあ、君は」

強烈な痛みを覚え、記憶をまさぐる。モノクロ写真よりも曖昧で古ぼけた記憶が、嘘ではないと告げている。

――僕の負けや、君にはほんま敵わへんわ。

払暁の光の中、学生の海照が爽やかに笑っている。

ああ、海照――おまえはあの頃から俺を騙しとったんか――

「もしかして君、ほんまに浄願大師の生まれ変わりやと自分で思い込んでんのとちゃうか」

「さすがにそこまで阿呆やないわ。けど、輪廻転生も仏教の基本やで。ましてや俺は燈念寺派を率いていかなあかん身や」

「やっぱりそうやないか。君は頭がどうかしてしもたんや」

こちらを罵る海照の表情が、凌玄にはどうにも昏く翳って見えた。

「どうかしたんはおまえの方やろ」

「僕は真っ当な仏教に立ち戻ろうとしとるだけや」

しばし眼前の友を見つめていた凌玄は、彼らしくない態度に何かが隠されていると直感した。

「それだけやないな。いや、そんなんとちゃうな。なんや、言うてくれ海照。俺ら、友達やったんとちゃうんか」

こちらを睨んでいた海照の双眸《そうぼう》から、唐突に涙が滴り落ちた。

「僕ら……僕と佐登子には、とうとう子供ができひんかった……」

「それは……」

一瞬言葉に詰まったが、

「けど、まだ望みはあるいう話、去年おまえがしとったやないか」

海照はゆっくりと首を左右に振り、

「ちゃうねん……」

「ちゃうて、あれは嘘やったんか」

「そんなんとちゃうねん」

「ほなどういうこっちゃ」

「佐登子はな、ほんまは僕やのうて、君のことが好きやったんやて」

予想だにせぬ回答と、それにともなう衝撃が淩玄を襲った。

「こんなときにけったいな冗談はやめてくれや」

「冗談やない……去年、二人でビール飲んでるときにケンカになってな……この数年はそんなんばっかりや……それで佐登子がうっかり口滑らしてしもたんや。本人も泣きながら『忘れてくれ』て謝っとったわ」

「そら酔っ払っとっただけとちゃうんか。仏さんに誓《ちこ》てもええけど、俺は佐登子はんとは――」

「分かっとる。佐登子の一方的な感情や。けど、僕には人生最大のショックやったわ」

「なんぼなんでも、そらあり得へんわ。初対面のときから、俺は佐登子はんにあんだけ毛嫌いされてきてたんねんで」

「それくらいのインパクトをおまえは佐登子に与えたんや。あいつのプライドの高さはおまえもよう知ってるやろ。おまえを意識すればするほど、本音を言えんようになってしもた……僕と付き合うたんも、おまえに対する当てつけのつもりやったんやろ……」

「聞いてくれ、海照……」

聞いてくれと言いながら、凌玄はなんの言葉も続けられなかった。

「僕はもう、君の代役はこりごりや。そやから、これからは自分のために生きることにしたんや」

海照がゆっくりと立ち上がる。

「佐登子は別れたいて言うとる。頼むから別れさしてくれて。これ以上僕を苦しめたないんやて。けど、僕は絶対に別れへん。僕自身の力で、佐登子を振り向かせたる。この手で佐登子を取り戻すんや」

「おまえ、それこそが煩悩とちゃうんかい」

「凌玄っ」

それまでうなだれていた海照が顔を上げる。温厚で知られた彼が、初めて見せる羅刹の形相であった。

「煩悩やて？　どの口が言うとんのやっ」

「待てや、海照……」

豹変した海照に、凌玄は狼狽するばかりである。

「今こそ分かった。おまえは仏教を知らん。高僧の真似だけ上手になって、仏の教えがなんも分かっとらん。佐登子のことがのうても、これ以上おまえを燈念寺派にのさばらせとくことはでけん。僕は全力でおまえを叩き潰す。よう覚えとき」

人が変わったようになって、海照は大股で出ていった。

厄介なことになってしもた——

頭の中で海照の言葉が渦を巻く。どれも充分な真実味を帯びていた。

それにしても——

佐登子。

過ぎ去った日々。風の吹き渡る広大な更地で。光あふれる任等院の庭園で。

佐登子はいつも毅然として力強く、気位の高そうな目でこちらを挑発的に睨んでいた。

すべては夢だ。何もかもが消え去った夢なのだ。

のろのろと立ち上がって応接室を出た凌玄は、別室で待機していた円芯に声をかけて再び携帯電話を借りると、これも記憶していた番号を入力した。

京都市役所〈地下二階〉の番号である。

七

二十年以上の時が過ぎ去って、京都の町は変貌した。ことにバブル期に計画された再開発事業によって、景観も人心も、闇社会の勢力図も一変した。

破綻した平楽銀行だけでなく、日本中の金融機関に闇社会が広く深く浸透したのは、政財界との蜜月期間とも言えるバブル期の癒着によってである。そのため、もともと歪《いびつ》な形であった日本経済は、より醜悪で奇怪なものへと姿を変えた。

地上げによる再開発を推進した一人でありながら、凌玄は無常の感を抱かずにはいられない。

新しいクラブもできては潰れ、凌玄が和久良や扇羽組幹部との密談に使用する店は、結局昔通りの『十七夜』になった。そこだけは当時のオーナーとスタッフが頑なに営業を続けていて、かえって闇社会からの信用を厚くした。もちろん女性は随時入れ替わっているが、凌玄達には近づかないようオーナーから指示されているらしく、昔より使いやすくなったということもある。

だがその夜の密会に『十七夜』を選んだのは、他に大きな理由があった。すなわち、海照がその店を知らないということである。京都ホテルで彼を和久良達に引き合わせて以後は、専ら『みやこ本陣』を使っていたからだ。

また凌玄は、この店でともに謀議を巡らせた最上のことを思い出さずにはいられない。当時でも古いタイプのヤクザであった。闇社会の人間でありながら、いや、闇社会の人間であるからこそ、無常の悟りを自ずと開いていたように思う。彼が生きていれば、どれほど心強くいられたことか。

さらに思う。

仏道とはなんや――燈念寺派とはなんなんや――

奥まった別室で、凌玄は海照の裏切りと立候補について紅林と氷室、そして和久良に説明した。佐登子の秘められた心理については伏せている。

「まさか海照はんが……」

かつての最上のように貫禄を増した紅林は、驚きを隠せぬ様子で話に聞き入っている。

最上と大きく異なっているのは、彼が剃髪した僧形をしている点である。

昨年心臓発作で死んだ溝内の葬儀を、凌玄自ら京都市内の末寺で丁重に執り行なったことから、大いに感激した紅林は凌玄と燈念寺派への傾倒を深め、得度を強く希望した。現役のヤクザでもあり、燈念寺派への所属は常識的に不可能であったが、凌玄は非公式に彼の得度式を挙行し、「凌豪《りょうごう》」という僧名まで与えていた。

「ちょっといいですか」

手を挙げたのは氷室であった。ネイビーのストレッチジャケットにライトグレーのスラックスチノパンという、相変わらずヤクザらしからぬ恰好だが、怜悧《れいり》で知的な風貌はそのままに、年相応に老けている。それでも実年齢よりは若く見えるところが凌玄にはうらやましくてならない。自分は太ったせいもあり、年齢以上に見られることが多いからだ。もっとも、燈念寺派総貫首の座を狙う身としてはその方が好都合なのだが。

「海照さんが立候補されるということですが、いくら叡光寺のお布施が結構な額になるといっても、他に確固とした資金源がないことには選挙には勝てません。それくらいは海照さんだってよく分かっているはずでしょう。そのあたり、どうなってるんですかね」

いかにも氷室らしい指摘であった。暴対法の施行以後、ヤクザの取締りは年々厳しくなる一方だが、規模の小さい扇羽組が持ちこたえていられるのも、氷室の才覚に負うところが大きい。

「実は、海照にはどえらい資金源がありましたんや。資金源ちゅうより、バックでしょうか。そいつが海照をそそのかしたんですわ」

「ここでですか」

そう言って、凌玄はカウンターの片隅で水割りを飲んでいた〈地下二階〉の飯降を見る。

「全部この飯降はんが調べてくれました。ほな飯降はん、皆に教えたって」

珍しいことに、いつもは何があっても平然としている飯降が驚いたように訊き返した。

「そや」

「ええんですか、ほんまに言うて」

「構へんて言うてるやないか」

自分の言葉に制御しきれぬ感情が籠もるのを自覚する。

「聞こえへんかったんか、飯降。早よ言わんかい」

「はい」

飯降は手にしていたグラスをテーブルに置き、

「それは、この方でした」

彼が指差したのは、中央のソファに陣取っていた和久良であった。

氷室も紅林もさすがに唖然としている。

一人、和久良のみが嗤っていた。

そのソファを中心に化野《あだしの》の妖気が広がっていくような、総毛立つほど禍々しい嗤いであった。

「飯降、それはなんかの冗談かい」

墨染の衣を着た僧形でありながら殺気さえ覗かせる紅林に、

「とんでもない。さすがは京都随一の大物だけあって、隠そうともしてはりませんでしたよ。いやあ、大したもんですわ」

平静を装っているのか、とぼけた口調で応じているが、飯降の声は明らかに震えていた。

「そうやってわしを持ち上げといたら、いざというときの命乞いに使えるとでも思てんのか、え、飯降」

和久良の強烈な脅しに対し、飯降は慌てて弁解する。

「とんでもない。私は単なる公務員ですさかい、ただ京都のためを思てやっとるだけですわ」

「まあ、おまえみたいな小物はどうでもええわ」

全身から瘴気《しょうき》にも似た悪念を発しつつ、和久良は鬼の目で一同を睥睨し、

「海照を担いだったんは確かにわしや。みんなもよう知っとる通り、近頃の凌玄の増長ぶりは目に余る。けど、それはええ。許せんのは、仏の教えをきれいさっぱり忘れてしもたことや。こんな奴を燈念寺派の総貫首に据えたらあかん。けど、わしももう六十三や。還暦過ぎて、さすがに気ィがだいぶ短かなってきた。次のもんを育てとる時間はもうあらへん。それで海照を担ぐことにしたんや」

京都闇社会を制した顔役が、そのどす黒い肚をさらけ出した。おそらくは仏像盗難の一件から

——あるいはそのずっと以前から——凌玄に対する怒りを燻《くすぶ》らせていたのだろう。薄暗い室内にあって、憎悪の総量は計り知れない。

「紅林はん、氷室はん、そこにおる凌玄はもうただの腐れ坊主や。今夜限りでわしらとは関係ない。早よ放り出してんか」

しかし——紅林も氷室も動かなかった。

「何しとんねん、さっさとやらんかい」

和久良がいらだちを見せる。扇羽組は自分に従うものと信じて疑いもしなかったのだ。

「おまえら……」

ようやく状況を悟ったようだった。

扇羽組の反応は、凌玄の読みの通りでもあった。

「おまえら、わしの言うことが聞けん言うんか」

「そう言われましても、ウチは和久良はんの組織とちゃいますので……単に業務提携しとるだけですさかい……それは先代も言うとりましたし……」

煮え切らぬ紅林の弁に、和久良は静かに宣告する。今はその静謐が何よりも恐ろしい。

「紅林、おまえは組を潰してもええちゅうんか。氷室、おまえはどやねん。場合によっては、おまえに扇羽組を任したってもええねんで」

「ヤクザの組長なんて勘弁して下さい。私はそんな器じゃありません。それに、私はどちらかというと海照さんより凌玄さんに魅力を感じます。できればこのまま凌玄さんをウォッチしていたいですね。宗教にも興味はないんで、燈念寺派がどうなろうと知ったことではありませんが、そんな大組織のトップに立った凌玄さんが今後どう動くか、そっちの方に惹かれます」

凌玄には、二人のリアクションは大筋で読めていた。

凌玄の非公式な弟子となった紅林は言うまでもなかったし、氷室に至っては、その独特の性向を過小に見ていた和久良の不覚と言うよりない。

闇社会の人間なら誰であっても自分に従う――フィクサーならではの自負が招いた誤算である。

それにしても、と凌玄は思う。

二人とも、この恐ろしさによくもまあ耐えきったもんや――

「よう分かった。おまえら、覚悟しとけや」

和久良が憤然と立ち上がる。決定的な決裂の瞬間であった。

紅林も氷室も、顔を背けたまま和久良とは目を合わそうともしない。飯降はというと、ただ路傍の人を装って双方を観察しているのみである。

和久良は目の前にあったグラスを持ち上げて、

「ちょうどええ、これが盃の代わりや。よう見とれよ」

思い切り床に叩きつける。

粉々になって飛散したガラス片を踏みしだき、和久良は別室を後にした。

昭和六十年から二十年以上も続いたチームが、ここに分裂したのである。しかも、京都最大の顔役がはっきりと敵に回ったのだ。

最悪とも言うべき事態だが、不可思議なことに、悲愴感といった空気はその場にはなかった。誰しもが冷ややかに状況を受け入れている。

「いいんですか、凌玄さん」

氷室がからかうように訊いてくる。

「そっちこそ大丈夫なんですか。和久良はんは京都一の実力者ですよ。私のせいで扇羽組を潰すようなことにでもなれば……」

「またそんな殊勝なふりを……私の前で変な小芝居はやめて下さい。前にもお願いしたこと、ありませんでしたっけ?」

「すんまへん」

苦笑しながら謝った。氷室の目はやはり欺けない。

「凌玄さん、すでに何か策を用意してあるんじゃないですか」

「いやいや、全部これからですわ。どっちにしたかて、皆さんのお力添えがなんとしても必要です。ほんまに私に力を貸してくれますやろか」

今度は氷室が苦笑しながらグラスを口に運ぶ。

紅林は凌玄に向き直り、

「これでわしの肚も決まりましたわ。わしはどこまでも従います。凌玄はんには御仏がついておられる。誰が相手やろうと、負ける気がしませんわ」

「私はオヤジと違って無宗教ですが、オヤジの決めたことには従いますよ。ヤクザなんでね」

横から氷室が楽しそうに付け加える。

最後に、凌玄は飯降に問うた。

「飯降はん、あんたはどないですねん」

「決まってますがな。私は京都のために働くだけです」

何事もなかったかのように、彼は同じ答えを繰り返した。

「じゃあ、まずは票読みですね。それが選挙戦の第一歩ですので。凌玄さん、明日までに有権者のリストを用意して下さい。それをもとに対策を練ることにしましょう。和久良さんはありとあらゆる手で攻めてくるはずですから、そっちの方も何か先手を打っておく必要がありますね」

氷室が早速に仕切り始める。彼以上の選挙参謀はいないだろう。

それもまた、凌玄の読みのうちであった。

位剛院の庫裡で、凌玄は家族との朝食を終えた。だし巻き、鮭の西京焼き、自家製糠《ぬか》漬け、昆布佃煮《つくだに》に味噌汁といった、典型的な京都の朝飯である。

一足先に食べ終えている旺玄は、もう十六歳になっていた。食生活の違いからか、若い頃の凌玄より筋骨逞しく、背が高い。頭は当然坊主刈りだ。

「いってくるわ」

ほうじ茶を一息に飲み干して無愛想に言い、バッグを手に玄関へ向かう。経律大学附属安居《あんご》高校へ登校するためだ。

「いってらっしゃい」「気ィつけてな」

それぞれ声をかけた美緒と凌玄は、決して明るいとは言えない面持ちで顔を突き合わせる。

「附属の安高《あんこう》なんかに行かしたんが悪かったんかなあ」

凌玄がぼやくと、美緒が応じる。

「今さら言うても仕方ありまへんがな。それに、あの年頃の子いうたら、あんなもんとちゃいますの」

経律大学附属安居高校の評判ははっきり言ってあまりよくない。富裕層の子弟が多いため、何かというと他人を見下したがる。いじめも多く、退学者が絶えない。保身第一で何もしようとしない教師をあからさまに嘲笑する生徒も少なくないと聞く。周りの影響を受けたのか、素直であった旺玄の生活態度は、高校入学以来、目に見えて悪くなっていた。

「そやけどなあ、旺玄には俺の跡を継いでもらわなならんのやし」

「そらそうですけど」

安居高校の唯一の長所は、よほどのことがない限り経律大学へエスカレーター式に進学できるという点にある。

息子に位剛院の跡を継がせる――その一点において、夫婦の意見は一致していた。

「進路指導の先生の話やと、なんや、他の大学に行きたいみたいなこと言うてたんやて」

「ほんまかいな」

胃がきりきりと締め上げられるような気がした。

旺玄が十歳のときに頭を剃って得度させたが、そのときも泣いて嫌がっていたことを思い出す。

「そないゆうたかて、入試に受からんことには入られへんやろ。安居かてぎりぎりやったんやし」

客観的に言って、旺玄の成績はあまりよくない。下手をすれば経律大学への内部進学も危ういくらいだ。

「頭の悪い子とちゃいますねんけど、遊んでばっかりで勉強とか全然してまへんし」

凌玄は何も言わずに茶を啜る。

おまえが甘やかしたせいだ――ここで妻をなじるのは簡単だが、それを口にすれば取り返しのつかないことになるのは分かっているのであえて言わない。

「俺が実家の寺を建て直すんにあれだけ苦労したいうのに、位剛院に生まれた旺玄は御仏のありがたさを知ろうともしよらん。皮肉なこっちゃ」

「そうやって自分の考えを押し付けるとこがあかんのとちゃいますのん」

凌玄は上目遣いに妻を見る。自分は妻への言動に気をつけているつもりだが、以前は控えめだった美緒も、最近ではすっかり言いたい放題となっている。

「せやけど、坊主にせんことには話にならんやろ」

「そうですわなあ」

結局は夫婦二人してため息をつく。今は旺玄が休まず通学してくれているだけでも御の字だった。

「それで、あっちの方はどないですのん」

食器を片づけながら美緒が言う。

「あっちて、なんやねん」

「貫首選に決まってますがな」

凌玄の総貫首就任は、位剛院に生まれた美緒の悲願でもある。現に美緒は、蓮上婦人会を通じて有権者を夫に持つ奥様方に対し、凌玄への投票を熱心に呼びかけてくれている。

「海照さえ立候補せなんだら楽勝やってんけどな。世の中、つくづく思うようにいかんもんやなあ」

新聞を手に、台所から居間へと移る。内装はそのままだが、畳だけは最高級の備後《びんご》産畳表を使用したものに入れ替えた。そのため今もかぐわしい匂いがほんのりと残っている。

「油断はでけんけど、まあなんとかなるやろ」

適当なことを言いながら新聞の記事に目を走らせていると、

「あんた、絶対に負けんといてや」

すぐ近くで妻の声がした。

驚いて新聞を下ろすと、目の前に美緒が立っていた。

「なんやおまえ、びっくりしたやないか」

「絶対に負けんといてや」

能面のような顔で、同じことを繰り返す。

「あ、ああ、そのつもりやけど……どないしたんや、急に」

「急にやおへん。私は毎日そのことばっかり考えてますねん」

「そらそやろけど……まあ座りぃな」

しかし美緒は凌玄の前に立ったまま、

「佐登子ちゃんは、もうちょっと苦労した方がええ思いますねん」

「どういうこっちゃ。おまえ、佐登子はんの親友やったんとちゃうんか」

「親友？」

美緒は一瞬、怪訝そうな顔を見せ、次いで心から可笑しそうに笑った。

「親友どころか、あの子には友達とか一人もおらんのとちゃいますか」

わけが分からない。凌玄は混乱した。

「佐登子ちゃんのプライドがえらい高いのん、あんたもよう知ったはりますやろ」

「ああ」

「あの子にとって、友達はお互いになるもんとちゃいますねん。自分が選ぶもんですねん。私が選ばれたんも、位剛院の娘やったからですわ。こっちの気持ちなんか眼中にもあらへんかった。それで私がどんだけ嫌な思いをしたことか」

「けど……そうや、佐登子はんには地上げされた家に住んどった友達が……」

「あんた、ようそんな細かいこと覚えてますな」

美緒は何やら疑わしげな目で凌玄を一瞥し、

「確かにあんな家に住んでたような子は、大したおうちとちゃいますやろ。きっかけは知りまへんけど、たまたま佐登子ちゃんのお気に召しただけなんとちゃいますか。その子が佐登子ちゃんのことをほんまに友達と思てたんかどうか、怪しいもんですわ」

無言で妻を見上げていると、美緒は思い出したように凌玄の隣に腰を下ろし、

「この際やから言いますけど、佐登子ちゃん、ほんまは海照はんやのうて、あんたが好きやったんやろ思いますわ」

その言葉に、凌玄は完全に不意を衝かれた。

先日海照本人が告白したこととまったく同じ内容であったからだ。

「けどあの子、最初にえらい高飛車なことあんたに言いましたやろ。それでもう自分からは何も言えんようになってしもて……ええとこの生まれでも、ほんま阿呆や」

独語するように言い、美緒は前を見つめたまま小さく噴き出した。

美緒の視線がこちらに向けられていないことに心からの安堵を覚える。もし今の自分の顔を見られたら、察しのいい美緒のことだ、よけいな疑念を招く結果になったであろう。

「ええ気味や。自分がぐずぐずしとる間に、あんたは私のもんになった。あの子はそれでも強がって、海照はんの方がええ男やてよう言うてましたけど、結局は跡継ぎもでけんで、挙句の果てはメンタルがもうアレや」

慄然とするあまり、新聞を持った手が微かに震える。凌玄は妻に気づかれぬよう、新聞をそっと脇に置いた。

妻がそんな憎悪を募らせていたとは、今まで想像したこともなかった。佐登子とは仲のよい、ごく普通の友人同士だとばかり思っていた。

外面如菩薩内心如夜叉《げめんにょぼさつないしんにょやしゃ》。

外見は菩薩のように美しくとも、内心は夜叉のように恐ろしい。

仏の教えは、どこまでも正しかった――

「海照はんが立候補したんも、きっと私らに対する佐登子ちゃんの逆恨みや。どうしてもあんたに勝って、私らを見下したいて思てんのに違いないわ。ほんま、やらしいことしはりますわ。そやから絶対に勝ってや。叡光寺なんかに負けたらあかん。位剛院は叡光寺より格上なんや。なあ、あんた、聞いてますか」

「ああ……ちゃんと聞いてる」

「負けたらあかんで。絶対に、絶対に貫首様になってや」

憑《つ》かれたように繰り返す美緒に、凌玄はただ頷くよりなかった。

八

僧侶議員四十四名。信徒議員三十三名。宗会議員の総数七十七名。この七十七名の投票により、一票でも多くの票を獲得した者が次期総貫首に選出される。無効票が多数であっても関係ない。従って過半数を得る必要もない。ただ対立候補を上回りさえすればいいのだ。

「……このうち凌玄派が二十二票、海照派が十五票、残る四十票が中立の浮動票というわけですか。もうちょっと行くかなと思ってたんですが、凌玄さん、意外と人望がないんですねえ」

氷室が無遠慮な感想を漏らす。

中京区にあるマンションの一室。極秘裏に設けられた『万代凌玄選挙対策本部』に、氷室、紅林、飯降といった凌玄派の面々が集まっている。山内の側近である円芯には、扇羽組との関係は教えていない。忠誠心はあるがどこか気弱な円芯は、その方が便利に使いやすいと判断した。

「人望がないんとちゃいますよ。敵が多いだけなんですわ」

「凌玄さん、それは冗談で言ってるんですか。それとも本気で言ってるんですか」

氷室に突っ込まれたが、平然と返す。

「もちろん冗談ですわ。けど、どっちでもおんなじですわな」

「この選挙は泣いても笑っても一、二票差で決まるでしょう。今後は冗談を言っている余裕もなくなるものと覚悟して下さい」

「氷室先生、あんた、経済学者やったんと違うんですか。いつから社会学者も兼ねてますのん」

飯降は氷室を「先生」と呼ぶ。氷室本人は最初こそ嫌がっていたものの、飯降が本気で尊称のつもりでいるらしいことと、何度言ってもやめないことなどから、今では好きに呼ばせている。

「選挙はね、経済学でもあるんですよ。現代の選挙では資金の多い方が圧倒的に有利だ。どこにいくら投資すれば効果的か。それは経済学の知識なしには判断できない」

「なるほどねえ。さすがは氷室先生や」

飯降は大真面目に感心している。

「飯降さん、あなたも小芝居がお好きのようですね」

「そらどういうことですやろ」

「京都市役所の〈地下二階〉が知らないはずはないでしょう。市会議員の選挙でもどれだけ金が動くことか。これが府議会議員、さらには国会議員となるとなおさらだ」

飯降はただうっすらと笑っている。不気味なようで、愛嬌もある不思議な笑みだ。

「さて、今回の貫首選ですが、こうした選挙には法律の縛りが一切ない。従って実弾は大っぴらに使い放題です。もちろん世間一般には内緒ですが。私が調べた限りでも、過去の貫首選では莫大な金が動いたようですね。その結果、圧倒的に不利と見られていた塩杉天善が総貫首の座に就いた」

するると紅林が「なるほど」と呟き、

「海照の後ろに和久良がついとるいうことは、敵はこの先、なんぼでも実弾撃ってきよるいうわけか」

「それだけではありません。闇社会の実力者達にも最大限働きかけるものと見るべきです。そのあたりの動きは、飯降さん、あなたにお任せします」

「分かりました。せいぜい目ェ光らせとくことにしますわ」

「それから、こっちが本題ですが、この選挙は四十票の浮動票をどれだけ買い集められるか。同時に海照派をどれだけ切り崩せるか。仕手戦と同じで買い負けた方が破滅する。言わば金の勝負です。凌玄さん、あなたには和久良に匹敵するほどの資金源がありますか」

「当てはあります」

「伺いましょう」

「信徒代表の実力者やった江瀬はんは残念ながら三年前に往生なされました。けど、江瀬はんの遺産、まあ遺産いうても専ら人脈のことですけど、これを引き継いだ後継者の方がいてはります。ただし、今の信徒代表は極東電力名誉会長の狐坂《きつねざか》はんですから、信徒代表ではありまへん」

「ほう、どんな方でしょう」

「江瀬はんの懐刀と言われた人で、桜淵範次郎《さくらぶちはんじろう》ちゅう人です」

「桜淵……どこかで聞いたような……」

首を捻っている氷室に、

「表には出ん人やさかい、あんまり知られてまへんけど、大和会議の世話役とかいろいろやってはる人ですわ」

「大和会議ですって？」

氷室が常にない驚きの声を上げた。

「凌玄さん、あなたは燈念寺派の総貫首を狙おうという身でありながら、神道と組もうと言うんですか」

「大和会議のメンバーは、そのほとんどが統一教団や創世学会と掛け持ちです。早い話が、バックは多ければ多いほどええいう考えなんでしょうなあ」

「いや、それにしても……」

無宗教だと自称していたはずの氷室が、なぜかこれまでなかったほどの躊躇を見せている。

「真の宗教とはすなわち御仏の教えです。それも燈念寺派こそが最も正しい。私の信念に変わりはございません。そうすると、他の宗教は全部偽もんやということになります。つまり、統一教団も創世学会も、その本質は宗教やない。ただの事業体ですわ。そやさかい、燈念寺派がビジネスとして提携するのになんの矛盾もございません」

心の底からの信念で以て言い切った。

「軍国神道に韓国産キリスト教に、伝統仏教から破門されとる宗派。私らが乗る前から、結構な寄合所帯ですわ。ほんまに神仏を信じてるんやったら、そないな真似ができますかいな」

「本地垂迹《ほんじすいじゃく》……という考え方もあるんじゃないですか」

「こらびっくりや。氷室はん、経済学だけやのうて、宗教学もいけますのんか」

「まあ、門前の小僧というやつですよ」

凌玄は嫌悪感とともに吐き捨てる。

「あれが宗教やったら、本地垂迹みたいな神仏習合思想もありですやろ。けど大和会議は違います。あの人らはみんな、一生懸命お金儲けをやっとるだけですわ。思想的にはなんにもない。がらんどうの空っぽです」

あの氷室が、何も言い返せず黙り込む。

「大和会議には政財界の偉いさんがぎょうさん揃とります。特に政治家は必ず乗ってきよると思いますわ。燈念寺派の信徒は一千万人はいてますよって、えらい票田になるんとちゃいますか」

「あなたは信徒に特定政党への投票を強制するつもりですか」

氷室の口調が、まるで詰問するかのような厳しさを帯びた。

「そんなことしますかいな」

凌玄は片手の掌をひらひらと左右に振ってみせる。

「こっちはなんも言いまへん。向こうが何を想像しようと、そらあちらさんの勝手ですわ。貫首選の後でなんか言うてきよっても、こっちはお山の中でひたすらお勤めをしとったらよろし。それだけのことですわ」

氷室はもはや言葉もないようだった。

「大和会議の人脈を使えたら、無尽蔵の資金源を手に入れたようなもんや。ああいう人らには表に出せんお金がありましてな、ほれ、時々そこらの竹藪や道端に何億いうお金が落ちてることがおますやろ。けど落とし主は絶対に名乗り出えへん。そんなお金ですわ。その金を〈お布施〉として預かり、きれいにしてお返しする。どっちも得するだけで、誰も損しまへん」

「ブレてませんね、凌玄さん。最初にお会いしたときと同じ発想の策だ」

遠い昔を思い出したのか、氷室が感に堪えぬように言う。

「なるほど、仏教を利用したマネーロンダリング……〈仏教ロンダリング〉か。あなたはもう私を超えられたようですね」

「とんでもございません」

凌玄は氷室に、そして他の面々に頭を下げる。

「なんぼお金を引っ張ってきたかて、その使い方が分からんかったら、こら猫に小判です。氷室はんには、ええ使い方考えてもらわなあきまへん。ご一同のお力も必要です。みんなで力を合わせな、和久良と海照、この二匹の外道を斃《たお》すことなぞできまへんさかいに」

「もうええやろ、氷室」

坊主にして組長の紅林が、若頭の氷室をたしなめる。

「わしらはヤクザで、これは選挙ちゅう名のケンカや。なんとしても負けるわけにはいかん。勝つためにはどんな手ェでも使うんが、ヤクザやないかい」

「オヤジがそう言うんなら、私に異存はありません」

そこで不敵な笑みを漏らすのが氷室らしい。

「考えてみれば、日本の肥溜めとも言える大和会議の内情を覗ける絶好の機会です。普通の研究者には、望んでも絶対に得られない夢のテーマと言えるでしょう」

「そう言うてもらえるとほんま心強いですわ」

最近とみに「慈悲深い」と称されることの多くなった笑みを浮かべ、凌玄はテーブルに広げられたノートを指し示す。

「ほな、早速票読みといきまひょか」

「お山の内部事情についてだけは私にも飯降さんにも知りようがない。凌玄さん、率直に伺いますが、浮動票の四十票、この内訳はどうなっていますか」

氷室の質問に対し、凌玄は淡々とした口調で、

「正直言うて、どないにでも動くと思います。逆に言うたら、お金で動かんもんはおりまへん。それくらいの目端も利かんようなもんは、そもそも宗会議員になれまへんさかい」

「しかし、中には不正を嫌うような人もいるのでは」

「そんな人、宗会で見たこともおまへんなあ」

凌玄は平然と言ってのける。

「お金は仏道を広めるために使う。そやさかいどのお寺でもお布施やお賽銭を取ってますのやない

か。お金の大事さが分からんような人に、燈念寺派の将来が託せますかいな」

「分かりました。たとえるなら、これは対戦型のシューティングゲームですね。対戦するのは凌玄さんと海照さんで、飛んでくるカモを実弾で次々と撃つ。お二人の腕前、つまり人徳や弁舌も戦局を大きく左右するが、最終的には弾の数で決まると。そう考えていいんですね」

「氷室はんは相変わらずおもろいこと言わはりますなあ。はい、その通りですわ」

「だったら話は早い。この四十人をどれだけ落とせるかが勝負だ。凌玄さんはすぐに桜淵範次郎と連絡を取って下さい。それから飯降さん」

「はい」

隅に控えていた飯降が身を乗り出す。

「宗会議員の買収工作ですが、さすがに組の人間が直接動くわけにはいかない。この四十人の身辺調査――経歴、家族構成、資産状況、性格、弱点、可能であれば両候補のどちらになびきそうか、そういったことを徹底的に調べて下さい」

「そら構いまへんけど、いくらなんでも四十人は多すぎますわ」

「分かっています。信頼できる〈業者〉を総動員して下さい。心当たりがなければこちらで紹介しますが」

「いえ、それやったら腕のええのんを何人も知ってますわ。けど、えろう金かかりますで」

「金を惜しんでいられる場合ではありませんので、支払に関してはどうかご心配なく……いいですよね、凌玄さん」

「はい。それで総貫首になれるんやったら安いもんですわ。飯降はん、頼みましたで」

「心得ました。京都の発展のためやったら、なんぼでもがんばらせてもらいますわ」

どう聞いても建前としか思えぬようなきれい事を、大真面目な顔で言っている。本当に信頼できるのか疑わしいが、それが〈地下二階〉の飯降という男であると思うしかない。

方針は決まった。

その翌日、淩玄は側近の僧侶二名を連れて東京行きの新幹線に乗った。留守中、本山の動きについては、円芯が逐次報告してくる手筈である。


蟬の声がやけにうるさい。

「なあ幸念《こうねん》はん、今度の貫首選は、燈念寺派百年の計の礎《いしずえ》とも言える大事な選挙や」

円芯を伴って山科区の道倫寺《どうりんじ》を訪れた淩玄は、庫裡の奥座敷で住職の渡辺《わたなべ》幸念と対座した。幸念は投票権を持つ宗会議員でもある。

「それはよう分かってます」

幸念が脂汗を浮かべているのは、京の蒸し暑さのせいだけではあるまい。

「バブルが弾けてもうてから、いや、バブルの前から日本人の心は仏様から離れる一方ですわ。今は亡き天善様はなんとか仏教を建て直そうとえらい苦労をなされておられましたけども、志半ばにして病に倒れられました。こうなりました以上、残された私らで燈念寺派を守っていかななりまへん」

「おっしゃる通りやと思います」

「そやったら、私らは同志ですわ。幸念はんなら分かって下さると私は確信しておりました」

「恐れ入ります」

「いやあ、けど、そない言うてもろて、なんやほっとした気分ですわ」

あえて剽軽に言い、背後に控えた円芯に目配せする。

「はい」

円芯が持参した風呂敷包みを幸念の前へ差し出す。

「どうぞお納め下さいませ」

「なんですのん、これは」

分かっていながら形だけ問う幸念に、

「なんでもおまへん。ほんの一本ですわ」

百万円である。

「いや、凌玄はん、それはちょっと……」

「私らは政治家とちゃいます。ただの坊主ですわ。せやさかい、なんも気兼ねすることはおまへんのやし」

「そない申されましても……」

「なあ幸念はん」

凌玄は膝を進めてにじり寄り、

「この道倫寺は燈念寺派にとって由緒ある大事なお寺や。それだけに修繕にはぎょうさんのお金がかかる。せやのにこれまでの燈念寺派はなんの援助もしてくれんかったんとちゃいますか」

幸念が黙り込む。彼の急所は〈地下二階〉の調べ上げた通りであるようだ。

「私は違います。御仏のお教えを広めるために必要なお金やったら、なんぼでも使います。そら私とこかて楽なわけやございまへん。けど、こんなときに助け合うのがおんなじ仏様を信じる僧侶の務めいうもんとちゃいますやろか」

「凌玄はん……」

顔を上げた幸念の手を取って、

「私はこんな未熟者ですさかい、他に気持ちの示しようを知りまへんのや。機嫌よう収めてもらえまへんか。これで屋根瓦の一枚でも直せるんやったら、このお金は御仏のために生きることになる。どうか私に、功徳を積まさして下さい。この通りですわ」

「分かりました」

幸念が凌玄の手を強く握り返す。

「凌玄はんの信仰心、しかと受け取りましたで」

「おおきに、おおきに」

凌玄の手を放した幸念は、何食わぬ顔で風呂敷包みをつかみ取り、すばやく僧衣の懐に収めた。

「いやあ、今日はほんまに暑いですなあ」

「ほんまですなあ」

凌玄は心の籠もらぬ言葉だけの相槌を打つ。

これで自分の票は一票増えて二十三票となった。残る浮動票は三十九票。


桜淵範次郎の仲介により、大和会議に名を連ねる政財界要人達との連携は成った。少なくとも資金源において、和久良がどうあがこうと及ぶものではない。

なんぼ大物やいうたかて、和久良はしょせん京都だけの人間や――世間が狭いちゅうんはこういうこっちゃ――

三人目の買収を難なく終えた凌玄は、円芯とともに今や〈表の選挙対策本部〉と化している位剛院の寺務所へと戻った。

これで自分の票は二十五票。海照の動きは、彼の陣営に潜り込ませたスパイの半井良針《なからいりょうしん》が随時伝えてくることになっている。その秘密は紅林と氷室、それに円芯以外には打ち明けていない。

良針は経律大学を中程度の成績で卒業した僧侶だが、早くから彼の秘められた野心に気づいていた凌玄は、このような状況を予期し、目立たぬ形で宗会議員に引き上げたのである。

凌玄の意を受けた良針は、いち早く海照支持を表明し、選挙対策本部に出入りできる身となった。彼の報告によると、海照は未だ支持者を一人しか増やせずにいるという。つまり敵は自派の票を十七票と勘定している。しかし良針が実際に投票するのは凌玄であるため、海照の本当の票数は十六。氷室の予言した通り、最後の土壇場で一票の差が運命を分けるとしたら、この仕掛けは海照にとって致命的なものとなるはずだ。

「ただいま帰りましたで。ああ、京の暑いのんだけはたまらんわ」

ハンカチで汗を拭いながら寺務所に入った凌玄を、位剛院執行長の本間《ほんま》垂鳴《すいめい》以下、主だった面々が落ち着かぬ面持ちで出迎えた。

「御住職、大変でございます」

「どないしたんや、そないな暑苦しい顔しよって」

駆け寄ってきた垂鳴を質すと、

「舜心様が立候補なされました」

「そんな阿呆な」

我が耳を疑わずにはいられなかった。

「舜心様はお体がようないんとちゃうかったんか」

「それが……本山の執行長として、宗派全体の危機をこれ以上黙って見とるわけにはいかんと申されまして……」

何やら言い淀んでいる垂鳴をじっと見つめ、

「舜心様の御意志やないな。後ろに誰ぞおるんとちゃうか」

「はい、どうやら智候《ちこう》様が舜心様をご説得なされたようで」

そういうことか――

蔵前《くらまえ》智候は定岡舜心の同輩で、ともに故塩杉天善の薫陶を受けた愛弟子であり、長年の盟友でもある。しかし執行長に任じられた舜心と違い、智候はその狷介な性格から決定的に人望がない。そこで病弱な舜心を神輿《みこし》として担ぎ出したというところだろう。

舜心とて決して清廉潔白ではあり得ない。それでも他の幹部僧侶達に比べれば聖人に近いと言っていい。

「よう分かった。それで、舜心派は何票握っとんねん」

「今、本山で知ってそうなもんに当たらせとるとこですわ」

垂鳴が視線を向けた先で、三人の僧侶が電話中である。二人は寺務所の固定電話を使い、もう一人は携帯電話を使っている。

「……おおきに。ほなこれで切りますさかい、今後ともよろしゅう頼みますわ」

最初に受話器を置いた僧侶がこちらを振り返る。

「分かりました。舜心様の立候補を受けて、ただちに支持を表明したもんが八名、智候様の弟子が二名、これに舜心様、智候様の票を合わせて十二票です」

「十二票か……多いような、少ないような……」

本山執行長の立候補は、凌玄や海照の時代を望まぬ者達、言わば守旧派勢力にとっては、まさに待望の出来事であったろう。それだけ多くの者に慕われていたということでもあるが、逆に支持者がわずか八名にとどまったという事実は、やはり舜心の健康状態に対する懸念が影響しているものと推測される。

しかし油断はならない。もともと人望があるだけに、時が経てば経つほど支持者が増える可能性は高い。

「まあええわ。現状でもこっちが一番なんやし、残った票を取りこぼさんようにしたらええだけのこっちゃ」

側近達の前で弱気は見せられない。凌玄は努めて快活に言い、自派の僧侶達を励ました。

「みんな、この調子でがんばってや。私が総貫首になった暁には、君らの功徳は、ちゃあんと仏様にお伝えしますさかいな」

軽い気持ちで口にしたところ、笑う者は一人もいなかった。

「それだけやないで。現世利益ももちろんある。君らの将来は任せてくれ。少なくとも二階級特進は固いで」

慌てて言い添えると、やっと安心したように僧侶達は強張った笑みを見せた。

全員が〈現世利益〉の欲得ずくで動いている。

その事実を軽視してはならない——凌玄は固く己を戒めた。

九

不測の事態はそれだけにとどまらなかった。

前宗会副議長の斉藤芳雁まで立候補を表明したのである。彼もまた人望のなさでは蔵前智候に引けを取らないが、それでも前副議長だけあって、一定数の支持者がいる。その数六名。つまり芳雁自身を含めた七名が芳雁派というわけである。

いずれにしても貫首選での勝利は覚束《おぼつか》ないが、この場合、芳雁の意図は明らかだった。

「なるほど、自派の票を取りまとめて、できるだけ高く売ろうという魂胆ですね」

〈裏の選挙対策本部〉で、話を聞いた氷室はたちどころに喝破した。

「市場原理に則った、立派なビジネススキームじゃないですか」

「いやしくも宗会の副議長まで務めたもんが、信じられん強欲ぶりですわ」

「いいじゃないですか、凌玄さん。それだけ分かりやすく票を売りに出してくれてるわけですから、こちらとしては買いの一手でしょう。最悪なのは――」

「分かってます。海照に先に買われてしもたら目も当てられまへん」

「幸い資金力ではこっちが上ですから、善は急げですよ」

「そうですわな。こっちが善ですさかいにな」

俺が善なんや、氷室はんはやっぱりええこと言うてくれはる、善は急げ、善は急げや――

そう呟きながら、凌玄は現金の入ったバッグを円芯に持たせ、芳雁の住む北区の高級マンションに急行した。

「いやあ、えらい久しぶりやなあ。宗会議長の凌玄はんがこないな陋屋《ろうおく》に来てくれはるとは思うてもおらんかったわ。今夜はゆっくり般若湯でも酌み交わそやないか。君、行けるクチなんやろ？聞いてるで、祇園や先斗町ではええ顔なんやてなあ。うらやましいわ。わしかてもうちょっと若かったらなあ。けどわしらの時代は、今よりもっともっと厳しゅうてなあ、毎日が修行やったさかい、そうそう遊びに行けなんだし。そや、君、今から案内してくれへんか。君のことや、ええ妓をようさん知っとんのやろ。どや、隠さんと言うてみい。こんな年寄り相手に恥ずかしがらんでええがな」

上下スウェットを着た芳雁の饒舌はとどまることがなかった。彼の真意が奈辺にあるか、その異様な態度が極めて明瞭に示している。

すなわち、愚弄と引き延ばしである。

「芳雁はん」

いらだちを抑えかね、凌玄は単刀直入に切り出した。

「芳雁はんの持ったはる七票、まとめてなんぼか、はっきり言うて下さい。言い値で買わせてもらいますさかい」

「さて、そらなんの話やろ。それより祇園のな――」

「駆け引きはやめとくなはれ。物には売り時ちゅうのもおますねんで」

「それやったら、まだまだ先やと思うけどなあ」

芳雁は皿に盛られたあられをポリポリと囓《かじ》りながら、

「物事は公平にいかんと。海照はんの値付けがまだやさかい」

陰湿な上目遣いで凌玄を睨め据える。

「海照がなんぼで買うか知りまへんが、こっちは言い値で買う言うてますがな」

「せやさかい、公平に行くべきやて言うとんのや。君なあ、ここでわしを怒らせてなんかええことでもあんのん？　あったら言うてみ？　な、あらへんやろ？　そやったらわしの言うこと聞いといた方がええと思うで」

副議長どまりであった我が身の悔しさを現議長である自分にぶつけ、屈折した鬱憤を晴らしているのだ。

「よう分かりました。今日のところはいっぺん帰らしてもらいますわ」

立ち上がった凌玄に、

「そない早よ帰らんかて、もっとゆっくりしていったらええがな。祇園の妓、紹介してくれるんとちゃうんかいな」

「すんまへん、公務がありますよって。また出直して参じます。ほな」

「待ちぃや、なあ、凌玄はん」

嘲笑混じりに引き留める芳雁の声を無視して引き揚げる。

とんでもない性格の悪さであった。

「あんなんでほんまに副議長が務まったんですか。私はもうなんも信じられへん気分ですわ」

帰りのタクシーの中で、普段は慎重に構えて無駄口を叩かぬ円芯がこぼした。

「まあええがな。芳雁はなんも分かっとらん。自分がどれだけ危ない橋を渡っとるか。それに気づいたときはもう手遅れや」

「そらどういう意味でございますやろか」

「芳雁の握っとる七票が、事と次第によってはただの白紙に変わることもある。そないなってみぃ、芳雁に票を預けた六人が分け前にありつけんようになって、全員で芳雁を八つ裂きにしよるやろ」

「まさか、そないなこと……」

こちらを見て何かを言いかけた円芯が口をつぐむ。

抑えつけた憤怒が顔に出ていたのであろう。円芯が怯えて黙り込むほどに。

俺もまだまだ修行が足りんようや——

心を静めるため、頭の中で読経する。そして、現時点での票を読む。

海照十六票。舜心十二票。芳雁七票。そして自分は二十六票。残る浮動票は十六票。仮に芳雁票がすべて海照に流れたとしても、まだまだ自分の優勢は変わらない。

「開祖浄願大師の原点に立ち戻る」

それが凌玄派のスローガンであった。凌玄自身は本気で信じつつも、客観的に言って空疎な文言でしかないことも承知している。格調高く、見栄えのする〈看板〉であることが第一なのだ。各派それぞれ独自のスローガンを打ち出しているが、はっきり言ってそんなものに意味などあろうはずもない。金のある方が勝つのである。

〈裏の選挙対策本部〉で、凌玄達はそれぞれの成果を報告し合い、現時点での票を確認した。

「僧侶議員の方はお山の中でどないな力が働いとんのか、私らには探りきれんとこもありますけど、信徒議員の方は俗人やさかい、まだやりやすいと思てたんですわ」

京都市役所で無料配布している『ニコニコなかよし手帳』をめくりながら、飯降が愚痴混じりに報告する。どうやら芳《かんば》しいものではないらしい。

「財団とか信金とかの偉いさんはとりわけ話が早いはずですねんけど、まあ大概はややこしいとことつながってたりしますから、迂闊に接近したりしたらえらい目に遭います。特に和久良みたいなフィクサーとは必ずどっかでつながってますさかい、この点に関しては海照派が有利ですわ。ほなそれ以外の信徒議員はどやいうたら、信仰に凝り固まった人もいてはりますんで、下手に買収を持ちかけたりしたら逆効果になりかねまへん」

「おい飯降、それくらいのことは最初から分かっとんのや。わしらがおまえに調べろ言うたんは、そういう連中に言うこと聞かせるための材料やろが」

往年の凄みを見せて紅林が叱りつける。

飯降はおどけたような仕草で首をすくめ、

「それがですね、調べは一応ついとるんですわ。正味の話が、弱点も大体把握してます。まあ大抵は金か女ですわ。せやけど信心深い人ほど、弱点を突いたらヤブヘビや。全員敵に回りかねん。さすがは信徒議員に選ばれるだけのことはありますわ」

妙な感心をしてみせたりする。嘘をついているわけでもないのだろうが、相変わらず本心の見えない男であった。

「分かりました。飯降さん、ご苦労様でした。次に扇羽組からの報告ですが、残念ながらこちらもあまりいい報告はありません」

氷室が珍しく沈んだ口調で言う。その日はこれまた彼にしては珍しく、会合の開始予定時刻を過ぎ、飯降が話し始めてから駆け込んできたのであった。

「飯降さんのお話ももっともですが、そうした人間を痛めつけ、徹底的に追いつめて言うことを聞かせるのがヤクザ本来の技術です。この先はウチの出番かなと楽観視していたところ、つい二時間前、思わぬ横槍が入りました」

「横槍やて？」

怪訝そうに紅林が発したところを見ると、彼もまだ聞いてはいないらしい。

「はい。組の事務所に東陣会の御厨から電話がありました。オヤジはすでに出ておられたので、私が代わりに応対しました。内容は単なる世間話でしたが、この時期にかけてきた理由は、ウチに対する牽制以外の何物でもないでしょう」

御厨――またあの男か――

「御厨はよほど凌玄さんが嫌いなんでしょうね。最近は和久良と仲よく遊び歩いてると言ってましたよ」

「和久良め、事もあろうに東陣会と組みよったんか。ここまで筋目の分からん爺さんとは思わんかったわ」

奥歯を嚙み砕かんばかりの勢いで歯ぎしりしていた紅林が、

「けど、そらどういうこっちゃ。なんぼ山花組がヨレヨレや言うても、こっちには大和会議がついとんねんで。東陣会くらい、政治家がなんぼでも抑えてくれるんとちゃうんかい」

そうだ、以前も龍山派とのトラブルの際に、フィクサーを通じて政治家から手を回してもらい東陣会を抑え込んだのだ。なのに性懲りもなくまた仕掛けてこようとは。

「私もそれを不審に思い、ここに来る直前まで調べていたというわけです。その結果、和久良が総《そう》盟《めい》と手を組んだことが判明しました」

室内の酸素が一挙に消失したような衝撃であった。

「総盟ちゅうことは、北朝鮮か」

驚愕を隠せぬ紅林に、氷室は苦い顔で頷いて、

「京都駅前再開発プロジェクト——あの中に総盟系の会社が混じっていたようですね。私もそこまではチェックしきれませんでした。どういう経緯か分かりませんが、和久良はその会社を通じて総盟と接触したようです。まあ、京都という土地柄を考えても、和久良が以前からそうした人脈と接点を持っていたとしても不思議ではありませんが。ともかく、こんなことで北朝鮮と関わりたくないという政治家の本音を東陣会は見抜いている。だからこそ堂々と挑戦してきたのです」

「つまり、わしらの動きを封じたるいうこっちゃな」

「はい。もともと東陣会は、密輸、密漁、それに何より麻薬の密売などで北朝鮮とはビジネス上の付き合いがあります。これを機に、より関係を深めようという狙いもあると見ていいでしょう。そうしたビジネスで得られた金は、そのまま海照さんの選挙資金になるというわけです」

「これは燈念寺派の貫首選やったんと違うんかい。そんなド汚い金で選挙て……」

自らもヤクザであるはずの紅林が絶句している。

それほどまでに北朝鮮の介入は衝撃的だった。大和会議に所属する政治家の掩護《えんご》はもはや期待できない。こうなると東陣会が大手を振って京都進出を企てるのは目に見えている。

「そら困りましたなあ。京都の治安が急に悪なりますで」

あの飯降までもが柄にもなく青ざめた顔を晒していた。

「どないしますねん、凌玄はん」

紅林が弱り果てたように言う。

「心暗き刻は即ち遇う処、悉《ことごと》く禍《か》なり。眼《まなこ》明らかなれば途《みち》に触れて皆宝なりと申します。他宗ではございますが、空海上人のお言葉です。状況は確かにようない。けど、くよくよしとったらよけいに悪うなるだけです。反対にええように考えてみたらどうですやろ。つまり、扇羽組が動こうにも東陣会が邪魔をして動かれへん。逆に言うたらそれだけですわ。京都では扇羽組に地の利がある。力が拮抗してる以上、話は地道な票の買い集めに戻りますわな。現時点で私の方が海照より十票も多い。芳雁の七票が全部海照に流れたとしてもまだ三票勝っとります。私らはこのまま票を買うていったらええだけです。何事も御仏の教えの通りですわ」

「なるほど、理屈ではそうなりますね」

氷室にも異論はないようだった。

紅林に至っては、合掌してこちらを拝んでさえいる。いい傾向だ。

「向こうさんがどんなに卑劣な手を使うてきよっても、私らだけは真っ当な仏の道を行きましょう。それが正しい行ないちゅうもんです」

そんな言葉がすらりと出た。己の言こそが真実である。凌玄はそう信じて疑わなかった。

十

庫裡の台所で美緒と夫婦二人きりの昼食を取る。九条葱《くじょうねぎ》のたっぷり入ったうどんで、山椒の香りもほどよく効いている。

「最近どやねん、旺玄の方は」

うどんを啜りながら美緒に尋ねる。

「さあ、よう知りまへん」

「そら無責任やろ」

「無責任なんはあんたかておんなじですやろ。男の子のことは男親の方がよう分かるんとちゃいますのん」

「そやかて学校のことはおまえに任すしかあらへんがな。どうやねん、最近は」

「相変わらずやわ。坊さんにはなりとないの一点張りやし。私がなんか言うたりしたら……」

美緒が視線を居間の壁に向ける。そこには壁土が小さく陥没したような跡が残っていた。旺玄が怒りにまかせて殴りつけたのである。

「一歩間違えたら家庭内暴力やな」

凌玄はため息をつく。

「それよりあんた、選挙の方、順調に行ってますのん」

「ああ、今のところは」

「今のところて、そんな頼りないこと言わんといてや。私の聞いてる限りでは、叡光寺はん、なんやえらいおとろしい後援者を見つけてきたそうやないの」

蓮上婦人会の情報網は馬鹿にならない。美緒は凌玄が驚くほど最新情報に通じていたりする。

「おまえ、ほんまによう知っとんなあ」

「当たり前ですわ。婦人会は選挙の話で持ちきりやし。そんなに凄い後援者やの」

「まあ、凄い言うたら凄いかもしれんな」

曖昧に言葉を濁すと、

「あんた、どないしますのん。万が一にも叡光寺はんに負けでもしたら、私はもう恥ずかしゅうて婦人会にも行かれしまへんわ」

「心配せんかてええ。海照なんぞに負ける俺かい」

「ほんまにほんまですやろね」

「しつこいな。俺はどんな手ェ使ても総貫首になるんや。そやないとあの世で貴旺様に顔向けでけんわ」

喉を鳴らして薄味の出汁《だし》を飲み干し、

「ごちそうさん。これからお山の方に行ってくるわ」

丼を置いて立ち上がった。

法衣に着替え、若い僧侶の運転する自家用車で燈念寺に向かう。

幹部僧侶専用の駐車場から宗務総合庁舎に入ると、通路で数人の役僧と出くわした。

奇妙なことに、凌玄の顔を見るなり全員が顔を伏せるようにして目礼し、早足で歩み去った。

エレベーターに乗り込み、宗会事務局のある八階に向かう。途中の階で乗り込んできた役僧も同じ反応を示した。彼は苦痛に悶《もだ》えるような表情を押し隠し、次の階で早々に降りていった。

どう考えてもよい兆候ではない。

なんや――何があった――

目的の八階で降り、宗会事務局のフロアに入る。

「みんな、どないしてん」

凌玄が声をかけた途端、一箇所に固まっていた僧侶達が驚いたように振り返った。

「凌玄様っ」

その中から飛び出してきた円芯が、凌玄の耳許で囁いた。

「第七応接室でお待ち下さい。私もすぐに参りますよって」

「一体何事や」

「ともかく、第七応接室へ」

わけの分からぬまま言われた通りにして待っていると、すぐにノートパソコンを脇に抱えた円芯が入ってきた。もう片方の手には、灰褐色をした少し大きめの封筒を持っている。

「今朝方、この封筒が宗会議員、統合役員、それに総務役員の全員に送られてきました。中にはCD－ROMが……まずは聞いてみて下さい。収録されているのは音声だけです」

円芯が封筒から取り出したCDをパソコンに挿入し、再生する。

〈……するとなんや、おまえはこのことを南房山の住民に、いや、世間に言いふらして回るつもりか〉

〈逆でございます。私はこのことを死んでも隠し通すつもりです〉

暁常の声だった。暁常と、自分の声だ。

今日までずっと忘れていた。『右文字旅館』の二階広間。暁常の策略に対抗するため、自分はスーツに録音装置を隠して対決に臨んだ。そのときの音声だ。

今になってこんなもんが――

あの隠し録りを仕掛けたのは扇羽組だが、いくら記憶を探っても、録音されたテープがその後どうなったのか、まるで覚えていなかった。

〈証人やて。粕辺みたいなセコい事件屋の言うことなんか信用でけるわけないやろ。仮に裁判になったとしても信憑性が疑われるだけやぞ〉

〈裁判になんか致しません。第一、証人は粕辺なぞではございません〉

〈ほな誰やねん〉

〈藪来晋之助様です〉

円芯はそこで再生を止めた。

「CDと一緒にこの文書も同封されていたそうです」

差し出された紙を引ったくるようにして内容に目を通す。

ワープロソフトで印字されたA5の紙には、細かい字で以下の内容が偏執的な文体で記されていた。


「これはメキシコで布教中に無念の死を遂げられた故佐野暁常師と万代凌玄との会話である。昭和六十一年、植井不動産が手がけていた伏見区南房山の別荘地開発現場で山崩れが発生し、住民訴訟となりかけた。驚くべきことに、この植井不動産の株主として故塚本号命ら燈念寺派の幹部僧侶多数が名を連ねていたのだ。住民からの委任を受け燈念寺派との交渉に当たったのは、録音に名前の出てくるジャーナリストの粕辺義三郎氏。一方燈念寺派側の窓口として応対したのは、当時総局公室室長であった万代凌玄（当時の名は志方凌玄）であった。凌玄は卑劣にも藪来晋之助とその手下であった塚本号命の意を受け、この不祥事を隠蔽したのである。すべての罪を着せられた暁常師は中米メキシコ開教区へと追いやられ、凌玄は総務役員に抜擢された。正義の士であった粕辺義三郎氏は五年前交通事故で死亡している。これは果たして本当に事故であったのだろうか。ともあれ、御仏に仕える僧侶の身でありながら、かくも卑劣極まる手段で出世を重ねた万代凌玄は己の罪深さを恥じるべきである。このような人物が伝統ある錦応山燈念寺派総貫首の座に就くことがあっては、間違いなく日本の伝統仏教は滅びの道を辿るであろう」

所謂《いわゆる》「怪文書」である。文体まで典型的なパターンだ。しかし、証拠となる音声が添付されているところが痛い。

皆の様子がおかしかったんはこのせいか——

円芯が疑念と不安の入り混じる目で、

「差出人は不明です。凌玄様、これは一体……」

「海照派の仕業やろ。南房山の件はほんまにあったことやけど、書いてあるんはデタラメや。録音も私が悪者に思えるよう編集してある。そもそも、暁常は号命の手先やったんやし、藪来を追い払《はろ》たんは私なんやで」

「どないしましょ。お山のもんはみんな動揺しとります。早よう、なんぞ手ェ打たなならんのとちゃいますか」

「円芯、おまえがうろたえてどないすんのや。もっとどっしり構えとり」

内心では円芯以上に狼狽しているのだが、落ち着いた声で言い聞かせる。

「これは、申しわけもございません」

「ふらついとるもんがおったら、信仰が足らんて叱ったれ。それでな、おまえはお山の中の動きによう目ェ配っとれよ。海照派に票がどれくらい流れよるか、きっちりチェックしとくんやで」

「はい、承知致しました」

青い顔で円芯が頷く。

「心配は要らん。私らには御仏がついていなさるよって、なあんも心配は要らんのや」

豪快に笑い飛ばそうとしたが、顔の筋肉が強張って、薄笑いすらできなかった。

号命らの〈成敗〉は言うまでもなく、仏像盗難を巡る抗争など、これまでやってきたことについてはすべて、自分の関与を示す証拠を残していないつもりであった。海照と和久良は生き証人でもあるが、彼らも共犯者であるため自ら暴露することはあり得ない。しかし、これまで思い出しもしなかった南房山の一件がこんな形で掘り起こされようとは想像を絶している。

同じフロアに特別に作らせた専用執務室に入った凌玄は、外線で京都市役所の〈地下二階〉に電話した。

〈ああ、ちょうどええわ。こっちから電話しよ思てたところですねん〉

呑気な声で答える飯降に、

「そう言うからには、もう知っとんのやな、あのCDのこと」

〈はい。選挙に怪文書はつきものですさかい、そのうちなんかあるやろとは思てましたが、音声付きとは予想外でしたわ〉

「それで?」

〈南房山の件は私も耳にしとりますけど、あのテープと怪文書に実名が出とるもんは凌玄はん以外みんな死んどるちゅうとこがアレですわな。あっちの都合のええようになんぼでも言えますさかい。藪来はんも去年脳梗塞で逝きはりましたし〉

「藪来は因果応報やとして、粕辺が死んだいうんはほんまかい。俺は全然知らんかったわ」

〈ほんまです。すぐに調べてみましたけど、疑いようもない交通事故ですわ。粕辺の信号無視で、目撃者も大勢いてますから間違いありまへん〉

小物にふさわしい死に方であったということか。

「他になんか分かったことがあったらすぐに知らせてや」

〈もちろんですわ〉

受話器を置いて考える。頭に上った血が次第に下がり、冷静さが甦ってきた。

凌玄はそのまま瞑想へと入る。

念仏者は無碍《むげ》の一道なり――

念仏を唱えながら生きることは、如来の呼びかけを受け止めるということ、すなわち阿弥陀如来の本願の心に触れる生を意味する。ゆえに人に害なす悪鬼も念仏者には手出しできない。念仏者は我欲を捨てきれぬが、己の欲と愚とを自覚し、罰を恐れないので神を拝む必要はない。だからこれを念仏者の神祇《じんぎ》不拝とも呼ぶ。

誤った仏道を往く者、他者を呪い祟らんとする者どもなど恐るるに足らず。

せやから俺は間違うてない――俺には阿弥陀如来がついとんのや、あんな連中に惑わされたりはせえへん――

「これはどういうことですねん」

その日のうちに〈裏の選挙対策本部〉で氷室と落ち合い、CDと怪文書を突きつけた。

「……なるほど、うまく編集されてますね」

怪文書を読み、CDを聞いた氷室は、感心したように漏らした。

「録音だけを聞くと、確かに淩玄さんは『死んでも隠し通す』とか隠蔽を示唆するようなことを言っていますが、事態の全貌はよく分からない。しかしこの文書が、淩玄さんが悪者であるかのようなストーリーへと読む者を誘導する。そうなると人は逆に音声が動かぬ証拠であるかのように錯覚する。いや、かなり作り込まれた仕掛けですよ、これは」

「あのとき録音したのは扇羽組や。その録音が残ってるとは、夢にも思てませんでしたわ。あれは扇羽組が消したんとちゃいますのか」

「私は現場にはいなかったので、淩玄さんと同じく、データの所在なんて今日まで考えたこともありませんでした。確かにこれはウチの手抜かりです。当時関わった組員、まだ生きていればの話ですが、彼らを呼び出して誰がデータを管理していたのか問い質してもいいでしょう。しかし、おそらくは和久良が個人的に秘匿していたと見るべきでしょうね」

「やっぱりそう思わはりますか」

「ええ。ウチが持ってても証拠を残すだけで意味はないですから、仕事が問題なく終われば処分しますよ。そんなに物持ちのいいヤクザなんてそうそういません」

「和久良はそれだけ先のことを考えとったと」

「そこまではっきりしたビジョンがあったとは思えませんが、あの人ならそれくらいしていても不思議はないでしょう」

氷室は凌玄に向き直り、

「私の見たところ、これはさほど致命的なものではない。基本的に凌玄さんは首尾一貫して燈念寺派を守ろうとしているわけですから。利権に目のない幹部僧侶は、むしろ凌玄さんを頼もしく思うんじゃないでしょうか」

「私もおんなじ考えですわ」

凌玄はにんまりと笑みを浮かべる。他人にはその笑みが〈アルカイックスマイル〉に見えるらしい。それは、人間がいかに他人を立場や地位で見ているかということの証左でしかない。

ともあれ、燈念寺からここに来るまでの間に、凌玄はこの件に対する己の姿勢と今後の方針を固めていた。しかも氷室がそれを明確に理解していると確信できた。

「凌玄さんの覚悟は半端なヤクザの及ぶところじゃありませんね。やはり私の助言などもう必要ないんじゃないですか」

真面目な顔で言う氷室に、

「とんでもない。氷室はんに聞いてもらえるだけでえらい安心でけますのや。どうかこれからも私の力になって下さい」

「また始まりましたね」

「え、何がですか」

「私の前で小芝居はやめて下さいと言ったでしょう」

「そんな、今のは芝居なんかとちゃいますて」

「ほらまた」

五十を目前に控えた男同士が、若い頃に返ったように声を上げて笑った。


無記名で送られてきた怪文書とCDについての話は、僧侶の配偶者からなる蓮上婦人会を通して、瞬く間に全山に広まった。

これはほんまなんやろか——凌玄様はもうあかんのとちゃうか——監査局は何をしとんのや——やっぱり海照様が総貫首になられるべきや——

そんな声すら山内のあちこちで囁かれているという。

僧侶達の動揺を見て、凌玄は良針を除く自派の二十四人を位剛院の本堂に集めた。

「皆に来てもろたのは他でもない。例の怪文書とCDのことや」

おもむろにそう切り出すと、正座した僧侶と信徒達が一斉に身を硬くするのが手に取るように分かった。

「あれが編集された音声やいうことは専門家に鑑定してもろたらすぐに分かりますやろ。けど私はそないなことはせんつもりです。怪文書についても言わずもがなや。弁解なんぞする気もありまへん。私が信じられんという人は、どうか思うたようにして下さい。私は決して非難は致しませんさかい。御仏はすべてを分かっておられます。私にはそれで充分でございます。信心さえあったらええ。それが悟りへの道ですわ。ただ一口に仏の教え言うても、人によって解釈の仕方はいろいろや。そやさかい多くの宗派があります。それでええと思います。私はどこまでも燈念寺派を信じ、燈念寺派のために尽くしたい。私の考えに少しでも賛同してくれる人がおって下さったら、それだけで仏道に生きてきた意味があるいうもんです」

そこで合掌する凌玄に対し、一同は一斉に合掌し、頭を垂れた。

凌玄の対処法、すなわち人心掌握術は功を奏し、最悪の事態は回避された。結局のところ、匿名の告発を受けて凌玄派を離脱した者は四名。うち二名は海照派に流れた。しかし新たに凌玄支持を表明した有権者が三名現われた。つまり、凌玄派は一票を失っただけでスキャンダル音声による被害は最小限に食い止められたのである。

対して海照派の収穫は二票と効果は薄く、陰湿な工作を仕掛けた犯人と目され、山内の印象をかえって悪くした観さえあった。

豊富な資金をバックにした凌玄の買収工作はその後も順調に進み、現時点で二十八票に到達した。一方の海照派は、良針からの報告によると一票を伸ばして十九票。だが舜心派が意外な健闘を見せ、十二票から十六票へと躍進した。恥も外聞もない買収合戦に嫌気の差した層が、穏健保守とも言える舜心支持に回ったものと分析された。

これにより、事態はまったく予断を許さぬものとなった。残る浮動票は七票。仮に舜心がこの七票を手に入れたとしたら、海照派さえ上回ってしまう。さらに他の派閥からの転向者が出れば、凌玄にとって最大の脅威となりかねない。

定岡舜心は先々代の宗会議長を務めた定岡舜来の嫡男で、燈念寺派の保守本流を歩んできた名家の出である。それだけに舜心派の結束は固く、簡単に切り崩せるものではない。京都にあっては、現位剛院住持といえども地方出身の自分は相当に分が悪いと言っていい。

そんなとき、位剛院に凌玄を訪ねてきた者があった。

「いよいよ選挙が近づいてきよりましたなあ」

斉藤芳雁であった。

「ほんまに早いもんですわ」

適当に相槌を打ちながら客間で相対する。

無意味で空疎極まりない世間話を交わしてから、芳雁はおもむろに切り出した。

「ところで凌玄はん、票の集まり具合はどないやねん」

露骨にもほどがある、生々しい言い方であった。

「えげつないこと言わんといて下さい」

「そんな呑気なこと言うてる場合やないで。早よ言うてみいや」

「まあ、ぼちぼちですわ」

芳雁はこれ見よがしに舌打ちし、

「わしの票読みやと、二十六、七いうとこととちゃうか」

驚くほどの正確さだ。

「まあ、そんなもんですわ」

平静を装って応じると、芳雁は驕慢さを隠そうともせず、

「わしとこはな、二票増えて九票になったで」

「えっ」

うっかり声を上げてしまった己の迂闊さ、未熟さを後悔するがもう遅い。

狷介な老僧はいかにも得意げなしたり顔で、

「わしの徳を慕《しと》てくれる真の仏教者が、まだまだおったいうこっちゃなあ」

二票の中身は、大方芳雁に便乗して自分の票をより高く売ってもらおうという魂胆の持ち主だろ

うが、どんな意図であれ票は票だ。

「そういうわけでな、この前より二票分値上げさせてもらうわ」

「値上げも何も、前は値付けさえしはらへんかったやないですか」

態度が以前よりさらに傲岸になっている。おそらくは海照側が申し出た値段を聞いたのであろう。その上で、こちらと天秤に掛けるつもりなのだ。

「分かりました。なんぼですか」

「わしが言うんとちゃうわ。君が値ぇ付けてみいや」

「それやったら前とおんなじですやんか。私はそないぎょうさんなお金は持ってまへんさかい」

「ええんか、そないなこと言うて」

芳雁は嗜虐的とも取れる笑みを浮かべ、

「わしの持っとる票が海照のとこに流れてみい。海照は一、二票差で当選や。それでもええんか」

貪欲な芳雁のことだ、ここで応じれば際限なくつけ上がるだろう。金額もまた彼の思い上がりに比例して常軌を逸したものになる。

こんな男に借りを作れば、後々厄介なことになるのは間違いない。

当然ながら芳雁は、海照派の良針がこちらの送り込んだスパイであることを知らずにいる。一、二票差で負けるのは海照だ。

「なあ芳雁はん」

「なんや」

「私がお金を使てますのはな、あんたみたいな人をお山から掃除するためですのや」

芳雁の顔色が変わった。

「私は御仏に顔向けでけんようなことはなんもやっとりまへんし、この先もするつもりはありまへん。まあ、そういうことですわ」

「よう分かった。君がそない阿呆やとは知らんかったわ」

憤然として芳雁は帰っていった。

「ちょっと、あんた……」

入れ違いに美緒が入ってきた。一部始終を隣の部屋か廊下で立ち聞きしていたらしい。

「よろしいんですか、あんなこと言うてしもて。九票いうたら大きいんとちゃいますの」

「構へん。あんな外道に金出すくらいやったら、残った五票の持ち主に倍、いや三倍の金出した方がはるかにマシや」

「あんた、南房山のデタラメを海照に撒《ま》かれて票が減ったんとちゃうの。婦人会でもあんだけえらい噂になっとったのに」

怪文書を撒かれたことを美緒は誰よりも恥じ、海照派を心底から憎むようになっていた。

「あれはもう片づいたんや。心配は要らん」

「せやけど、万が一いうことも……」

「そのときは直前になんぼでも打つ手があんねん。おまえはなんも心配せんかてええ。位剛院が叡光寺なんぞに負けるかいな。俺はな、おまえを絶対に貫首夫人にしたるんや」

そう言うと、和服の美緒がいきなりむしゃぶりついてきた。

「よう言うてくれはった、それでこそ私が選んだ人や」

「放さんかい、そろそろ旺玄が帰ってくる頃ちゃうか」

「まだまだ時間はありますがな……」

久々に抱き締める妻の体は、凌玄の知るものよりはるかに肉付きがよくなっていた。

十一

貫首選まで残り二ヶ月を切った。

ここに来て、再び怪文書が配られた。前回と同じ灰褐色の封筒に入れられていたのだが、今度はCDではなく、写真付きである。

最近のものではない。そこには親密そうに腕を組んでマンションらしき建物に入っていく凌玄と若い女が写っていた。明らかに隠し撮りされた写真であり、しかも女はまだ未成年のようにも見える。

添えられたワープロソフトの檄文は撮影時の赤裸々な状況を語っていた。

［平成十二年、妻子ある身でありながら万代凌玄は八坂通のマンション『グランデ八坂通』に当時二十歳の芸妓を囲っていた。女性がまだ駆け出しの舞妓であった頃に目をつけた好色漢凌玄は、水揚げして自らの専有物とした。そして散々に弄んだ末、容赦なく捨てたのである。現代の倫理観からしてまったく許されざる破廉恥《はれんち》極まりない所業と言うよりない。こんな破戒坊主が伝統ある錦応山燈念寺派の次期総貫首にふさわしいか否か、有権者諸賢に再考を促すばかりでなく、広く信徒の良識と信仰心とに訴えるものである］

女を囲っている幹部僧侶は今でも珍しくないが、こればかりは蓮上婦人会が黙っていなかった。婦人会会長名義で説明を求める要求書が宗会に提出され、凌玄は対応に追われた。

有権者である宗会議員達も、凌玄を支持すれば家庭内不和を招きかねない。そうなると各自が住職を務める寺の運営にも影響してくる。

しかも今回は、「海照派の仕業とは違うのではないか」という声が多かった。

いくらなんでも海照はんはこんなえげつないことせえへんのとちゃうか——私もそない思いますわ——けど使われとんのはおんなじ封筒やし——そうなると、前のんも海照はんやなかったんとちゃいますかいな——

海照の人格はここまで信頼されていたのかと、凌玄は改めて思い知らされた。ことに経律大学の関係者は、以前からおしなべて海照に好意的な支持を寄せている。それは決してゆえなきことではなかったのだと、誰もが認めざるを得なかった。

こうした逆風の中、凌玄にとってまだしも幸いであったのは、妻の美緒が沈黙を貫いたことである。それはそれで恐ろしくもあるが、ここで美緒が下手に騒げばもう選挙どころではなくなってしまう。内心は知らず、賢明にも美緒はそのことをよく理解していた。

しかし家庭の居心地がこの上なく悪化したのもまた確かである。先日の情熱的な行為とは一変して美緒はよそよそしく冷淡になり、視線さえ合わそうとはしない。息子の旺玄も学校かどこかで耳にしたらしく、あからさまに嫌悪と侮蔑の視線を投げかけてくる。

一時の我慢や、一時の——

自らにそう言い聞かせ、凌玄はひたすら耐えるほかなかった。

ともあれ、これで票はまったく読めなくなってしまった。どれくらいの票がどこへ流れたか、良針から流れてくる海照派の情報を勘案しても、見当すらつかない。買収の金を返してきた者は少なくとも自派から離脱したと分かるが、返さずにとぼけ通そうとする者もいるはずだ。

今度ばかりは扇羽組にも手の打ちようがなかった。

——君、八坂通のマンションに芸妓囲とるやろ。

海照の言葉が甦る。当時、ハイヤーの中で唐突に言われた。

——ある人が教えてくれてん。誰かは訊くなや。

誰だ。誰が海照に教えたのだ。

身悶えするような思いで後悔する。

あのとき、なんとしても海照を問い質しておくべきやった——

「あの写真をばら撒いた者を突き止めました。撮影したのもおそらく同一人物でしょう」

氷室が〈裏の選挙対策本部〉で苦々しげに報告した。

「封筒が独特で、一斉に配布されていることから、文具の専門店、量販店、あるいは卸問屋からまとめて購入しているのではないかと推測したわけです。それで当たってみたところ、該当する店を見つけました。今回と前回の怪文書が撒かれる数日前に、その店に同じ封筒を箱単位で発注している者がいたんです。納品書もちゃんと残ってましたよ」

「誰ですねん、それは」

勢い込んで訊くと、氷室は冷笑的とも言える表情を見せ、

「京都市役所です」

「〈地下二階〉か……」

凌玄は絶句する。

やはり飯降は信用すべきではなかったのだ。

「大胆と言うか、無頓着と言うか……実に彼らしい仕事ですよ」

「飯降のガキが、ようもやってくれよったな」

激怒した紅林が凌玄に向かい、

「なんなりと言うて下さい。バラすか、半殺しか。半殺しやとわしらがパクられますさかい、殺すしかおまへんのやけど」

「紅林はん、それはちょっと……」

躊躇する凌玄に、仏教に帰依しているはずの紅林は言い切った。

「どのみちわしらとしては裏切り者を見逃すわけにはいきまへんのや。面子《メンツ》に関わりますよってな。凌玄はんのお許しがのうてもやりますで」

飯降が京都闇社会と深い付き合いのあることは誰もが知っている。もちろん警察もである。仮に飯降が失踪したとしても、容疑者が多すぎて絞り込むことは不可能だろう。誰もが「ああ、やっぱり」と呟くだけだ。「いつかはこうなるて思とった」と。また飯降には家族もいないと聞いている。

それでも――

「反対するわけやないんですけど、飯降を始末したら和久良が騒ぎよるんとちゃいますかな。いや、和久良の罠ちゅうことも考えられますで。あっちには東陣会もついてますし」

氷室が口にくわえたマイルドセブンに火を点けながら、

「断言はできませんが、それはないと思いますね」

「なんでですか」

「飯降はいろいろ知りすぎてる。肚が見えないだけに扱いにくい。和久良としては、むしろこっちが始末してくれるのを待ってるんじゃないですかね」

なるほど、さすがに氷室の読みは凡俗を超えて深い。

「分かりました。けど、私から訊いてみたいこともありますので、まずは殺さんように連れてきて下さい」

凌玄は無意識のうちに合掌していた。

これから犯されるであろう罪を悔いてではない。仏罰の代行者を務める扇羽組の面々をあがめてのものである。

その夜、位剛院の本堂で凌玄は写経用の奉書に向かい、宗会議員の名前を一人ずつ書き出していった。集中するため、経文を低い声で唱え続ける。傍目にはまさに写経しているとしか見えないだろう。

集中して考える。この者は我を信じ、我をあがめるか否か。我に背いたのであれば、誰の元へ向かうのか。誰に票を投じるのか。

名前の横に、さまざまな情報を知る限り書きつける。その者の性格。言動。出自。覚悟。信念。野心。欲望。家族関係。交友関係。そして良針に探らせた海照派の内実——永仙《えいせん》は忠誠心の厚い強硬派で、仁鍛《にんたん》は自己主張が強く海照の方針に異を唱えることがある、喜万《きまん》は心が揺れており金で動く可能性がある等々。

最後に、自分なりの〈読み〉を記していく。

焦ってはならない。読み誤ってはならない。心を空《くう》にして、ただ御仏の示される通りに信ずればよい——

夜が白々と明け初《そ》めるまで、凌玄は経を唱え続けた。

払暁と同時に新たなる票読みが終わった。晩秋の冷え込みにもかかわらず、凌玄は全身から脂汗を流していた。

宗会議員七十七名が持つ票のうち、海照二十二票。芳雁九票。舜心二十票。浮動票七票。そして、自分が握るは十九票。

誤差はあるだろうが、今の自分に〈読める〉のはこれが限界であった。

この読みの通りであるとすれば、海照に負けているだけでなく、下手をすれば舜心が浮動票を得て当選という事態にもなりかねない。

まだまだや、まだ負けへんわい——俺は燈念寺派の未来を背負うとるんや——

疲労困憊した凌玄は、奉書を持って立ち上がり、蹌踉《そうろう》とした足取りで本堂を出た。

「あっ、あんた、ここにおったん」

まだ薄青い光の中、前方から美緒が近寄ってくるのが見えた。

「こんな朝早ようから何やっとんたん……もしかして寝てへんの」

「どうでもええ。それよりどないしたんや、おまえこそ」

「そや、あんたに電話が」

「電話？　誰からや」

朝の冷気のせいもあろうが、怯えたように震えながら美緒が答える。

「蔵前智候はんです」


午前十一時。先方の指定した料亭『咲耶《さくや》庵《あん》別室』の離れに入る。中庭に面した座敷では、スーツ姿の智候が一人で待っていた。派閥の長であるはずの舜心の姿はない。

「お待たせを致しました」

同じくスーツ姿の凌玄は徹夜の疲れを悟らせぬよう、明朗な声で挨拶して下座に着いた。

「急に呼び立てて申しわけない。よう来てくれたなあ」

形の上では慰労の挨拶であるが、少ない言葉の中に自らの優位性を誇示するニュアンスがあふれている。名門に生まれた僧侶特有の気位の高さであるが、智候は特に顕著であった。

「早速やが、わざわざ来てもろたのは他でもない。凌玄君、君に一つ提案があってな」

「提案とおっしゃいますと……」

「率直に言わせてもらうわ。君、今度の貫首選、降りてくれへんか」

啞然として智候を見る。

頭頂部の尖った頭にメタルフレームの眼鏡。常に人を見下している目。坊主というよりは公家、公家というよりは官僚といった尊大さ。特権意識がそのまま人の形となったような外見には、冗談を言っている気配など微塵《みじん》もない。

「あの怪文書とCDな、ほんまかどうかは知らんけど、君が燈念寺派の総貫首にふさわしい人間やないことくらい、君自身が一番よう知っとるやろ。そこでや、君の派閥の票、全部私らに預けてくれんか。そうしてくれたら君を要職につけることを約束したる。その後の働きによっては、次かその次の総貫首に据えたってもええ。どや、悪い話やないやろう」

あまりの言いように、言葉もなく眼前の相手を見つめることしかできなかった。

こちらの反応など眼中にないのか、智候は平然と続ける。

「経律大学での成績もわしの耳に入っとる。中の下いうとこやそうやな。君は知っとるかどうか分からんけど、少なくともこの五十年、燈念寺派の総貫首は全員首席で卒業しとる。それだけでも君は不適格やと言えるやろ」

宗教指導者も学歴で決まると本気で信じているのか、この男は。

「お言葉ですけど、智候様は燈念寺派の教えをお忘れになっとるんと違いますやろか」

「君はわしに説法でもしよ言うんかい」

「場合によりましては」

色のない薄い唇を歪めて智候は嗤った。

「中の下の凡才が何を偉そうに。それでのうても破戒坊主の君が勝てる見込みはもうあらへんのやで」

「それで負けるようやったらそれでも構いまへん。私は今回の貫首選を、悟りに近づくための試練やと思とります。言うたら修行ですわ。開祖様のお教えにある人仏合一、人仏協行は人が生きる上での苦難と仏の慈悲を示されたものでございます。そもそも燈念寺派は――」

「やめんかい。わしを誰やと思とんのや」

癇癖を露わにして智候が遮る。

「いえ、言わしてもらいます。智候様は開祖浄願大師様が悟りを開かれた仏堂の説話をご存じでしょう」

「なんやそれ。全然知らんわ」

「恐れながら、智候様は燈念寺派の根本を見失っておられるようでございますなあ」

「もうええ。君の考えはよう分かった。選挙の結果が出てから泣きついてきても知らんさかい、覚悟しときや」

智候は視線を中庭へと向け、それきり振り向きもしなかった。

自分の思うようにならんからて不貞腐《ふてくさ》れよったんか、ボンボンが――

凌玄は智候の横顔に向けて一礼し、料亭の離れを後にした。


氷室の車に同乗して京丹波町に向かう。空は重苦しい灰色で、とても快適とは言い難い時間であった。

由良川《ゆらがわ》沿いにひっそりと建つ倉庫の前で、氷室は車を停めた。

「ここですよ」

外に出た凌玄は、軽く伸びをして閉ざされた鉄扉へと向かう。どこからか外を監視していたのだろう、扉が内側から開けられた。氷室と一緒に中へ入る。

「ご苦労様っす」

内部にいた扇羽組の男達が一斉に低頭する。

「お勤め、ご苦労様でございます」

彼ら一人一人に合掌し、凌玄は奥へと進む。

そこに、両手首を鎖で縛られた飯降が天井に渡された鉄骨から吊り下げられていた。手首の皮はずるりと剝けて、赤い血が滲んでいる。

「これは凌玄はん、ようお越しやす」

顔の右半分を醜く腫れ上がらせた飯降が、いつもと変わらぬ愛嬌に満ちた笑顔で言う。

まったく動じることのないその様子に、凌玄は感嘆せずにはいられない。

「あんたはつくづく大したお人やなあ」

「凌玄はんにそない言われるとなんや照れますわ」

組員の一人が飯降の腹に蹴りを入れる。

「おどれは自分の立場が分かっとるんかいっ」

「まあまあ、この人はとっくに覚悟を決めておられますのや」

組員をなだめ、凌玄は吊された飯降に問いかける。

「あんたになあ、訊きたいことがありますねん。八年前、私が芸妓を囲てるて海照に教えたんは、飯降はん、あんたやな」

「そうですわ」

「和久良に教えたんもか」

「そうですわ」

「ほな、あんたはその頃から私らを裏切ってたんか」

「違います」

「そらどういうこっちゃ。あんたは和久良のスパイやったんとちゃうんかい」

しいて理解しようとするならば、彼は徹頭徹尾、独自の理論に従って〈京都のために〉尽くして

この男は嘘をついていない——凌玄は直感した。そして、支離滅裂であるとも。

「いやあ、なんでやったかいなあ。たぶん、そのうち京都の役に立ついう予感がしたんやないかと思いますわ。実際に効果ありましたやろ？」

「ほな、なんで私と女の写真を盗み撮りしとったんや。理屈に合わんことばっかり言いなや」

この男と話していると呆れるばかりできりがない。

「そらおんなじこっちゃ」

「あれは知りまへんて。私はただ、あんたがどっかへ連れてかれるて、藪来はんやったか号命はんやったか、どっちかに聞かされただけですわ」

「よう言うわ。私を山奥で殺そうとしよったくせに」

「けど、市役所の職員にこんな乱暴してはんのやから、私の判断は間違うてなかったんとちゃいますか」

その言葉の通り、懸命に考えているかのように首を傾げ、飯降は続ける。

「なんでですやろなあ。自分でもよう分かりまへんわ」

「なんでや。なんで私が京都のためにならんのや」

海照はんに鞍替えしましたんや」

「簡単ですわ。あんたが総貫首になったら決して京都のためにはならん、去年あたりからそう感じるようになりましてん。それで和久良はんがあんたを見捨てたんを機に、私もいろいろ考えまして、

飯降は血の混じる唾を吐いてから、

「いよいよ分からへんわ」

「違います」

いる。

「私も長らくこの人を理解できずにいたんですが、要するに〈理解不能〉というのが結論ですね」

くわえていたマイルドセブンを投げ捨て、靴底で踏み消しながら氷室が言う。

「和久良も見捨てるはずだ。ある意味、放送禁止用語的な人なんでしょう。これ以上は時間の無駄だと思いますよ」

「そうですなあ」

凌玄は組員達に向かって丁寧に頭を下げ、

「ほな、後の始末はよろしゅうお願いしますわ」

「待っとくなはれ」

不意に飯降が呼びかけてきた。

「なんですのや」

「最後に一つだけ頼みがあるんですわ」

「言うてみなはれ」

「私は生まれつき水が苦手ですねん。そやさかい、どこぞに埋めるにしても、必ず京都の山にしてもらえまへんか」

鉄パイプを握った組員が飯降の胴をしたたかに殴りつける。

「なに勝手な注文つけとんのじゃコラ。琵琶湖か若狭湾にでも沈めたろか」

「まあまあ、この人はもうじき仏さんになりますさかい」

荒ぶる組員を制止し、凌玄は全員に申し渡す。

「ほな、この人はできるだけ遠くの海に沈めたって下さい」

飯降の顔色が初めて変わった。

「凌玄、おのれはっ」

「この者を京都の山に埋めたら、燈念寺派に祟る怨霊になる。当人もそれが狙いで言うとるんですやろ。そんなことはこの私がさせまへん。私の法力で、なんべん生まれ変わったかて二度と京都に戻れんようにしたります」

そう言い残し、凌玄は氷室とともに倉庫を後にした。

京都市役所〈地下二階〉とは、もともと京都の地霊が棲む場所であったのかもしれない——そんなことを考えながら。

十二

貫首選まで残すところひと月半。

票の行方は依然混沌として誰にも読めない。凌玄の感触としては、それまで投票先を決めかねていた浮動票がかなり舜心に流れたようである。

海照、舜心、それに自分のうち、誰が勝利してもおかしくはない状況だ。

問題は芳雁の九票だが、こうなると彼が選挙戦の行方を握る最大のキーマンとなってくる。悪いことには、芳雁が最近とみに海照派に接近しているという噂まであった。先日芳雁の票をなんとしても買い取っておくべきであったと今さらながらに後悔する。

焦燥の念に駆られつつ、円芯ら数人の側近を従えて燈念寺の外縁を歩いていると、前方から来る海照派と出くわした。

凌玄は表情を殺して右側に寄り、先頭の海照に対して一礼する。海照もまた凌玄から見て左側に寄り、恭しい動作で頭を下げた。

海照とすれ違う刹那、凌玄は空間に蒼白い炎が燃え立つのを見た。海照もきっと同じものを見たのであろう、わずかに目を見開くのが分かった。

それこそが闘争する者の情念であり、罪業の炎に違いない。すべてを呑み込み、昇華した者が悟りを開き、総貫首となる――

無音の緊張が高まる中、両派は何事もなくすれ違っていく。

海照派の末尾にいた良針の表情に、凌玄は一瞬目を走らせる。

視線を外して完璧に内心を隠した良針は、そのとき、微かに頷いたようだった。

それでええ――

凌玄は安心して豪胆に足を運ぶ。

海照派に潜ませた一本の針。それが最後に海照の心臓に突き刺さるのだ。

執務室に入って一息つき、安楽椅子にもたれ込んで濃い茶を啜っていると、懐の中で携帯電話が振動した。湯飲みを置いて携帯を取り出し、表示を見る。良針からであった。

「俺や」

すぐに応答すると、声を潜めているらしい良針のか細い声が漏れ出した。

〈本日もお勤めお疲れ様でございました〉

「そんなんはええて、なんべん言うたら分かんねん。用事だけ言い」

〈はい。今日は檀家筋の衆がおいでになり、海照様と御面談なされましたが、こちらの情勢に変化はございませんでした。けど、海照様はその後、私らに変わった法話をなされました〉

「変わった法話て、どんなんや」

興味を惹かれて促すと、良針は懸命に思い出すような口調で答えた。

〈はい、『才覚と智慧にて渡る世なりせば　盗人《ぬすびと》は世の長者なるべし』と歌を詠まれ――〉

「そら至道無難《しどうぶなん》の有名な和歌やないかい」

〈またこうも詠まれました。『身の咎《とが》を己が心に知られては　罪の報いを如何《いか》逃《が》れん』と〉

「それも至道無難の作や。そんなんを引いてきて海照は何を言うたんや」

〈それが、どうにもよう分かりまへんでしたので……なんやこう、私らに言うてるというよりは、御自身に言うておられるようで……〉

「もうええ、分かった。またなんかあったら報告しい」

〈承知致しました〉

通話を終えて携帯をしまう。

最初の歌が意味するところは明らかだ。海照はこちらを「盗人」と呼んで見下している。

だが二番目の歌で、海照は自らの行為を罪と断じて怯えている。

そこに海照の弱さが現われていると凌玄は見た。宗教観以前の問題だ。海照は戦わずして負けている。

――平安朝の昔から百鬼夜行の土地柄であるせいか、魑魅魍魎が入り乱れ、互いを貪り食おうと日夜蠢いている。金こそが彼らの啜る生き血なんです。

かつて氷室はそう言った。確か、初めて会ったときだ。

金が生き血か。その通りかもしれない。しかし、と凌玄は考える――それはむしろ、仏の教えに通じているのではないか。

血が人の体を駆け巡るように、金は人の社会を駆け巡る。血は人を活かし、金は社会を活かす。ならばそれは悪しきことではあり得ない。そこに思い至らぬあたりが海照の未熟である。

人の体は絶えず新しい血を作り出し成長する。同様に、人の世もまた金によって進歩していく。

それが人の世の移ろいであり、変転というものだ。金は世の変転を象徴している。万物は刻々と移り変わってもとの形を保ち得ない。これすなわち『無常』ではないか。

――この地域の再開発は、京都市と本山にお金をもたらします。そのお金の力で、私は決める力を持てるようになります。

――お寺がお金を稼いでるだけや。燈念寺派を維持するために必要やからや。仏の教えを伝え、人々の支えになる。そのために必要やからや。

――お金は仏道を広めるために使う。そやさかいどのお寺でもお布施やお賽銭を取ってますのやないか。お金の大事さが分からんような人に、燈念寺派の将来が託せますかいな。

期せずして、これまでの自分は悟りへの道を忠実に歩んでいたのだ。

そうや、無常なんや――

思わぬところで機縁を得た。凌玄はまた一歩、悟入へと近づき得たと実感する。

あらゆるものから悟りへの機縁をつかみ取ること。つかみ取ろうと貪欲に生きること。その発想が海照には欠けている。だからこそ金を活かさんとする行為が盗人としか思えず、一義的に非難することでしか自らの正当性を確認できない。ゆえに〈金〉というものが何を示しているのか、その本質に気づき得ないという道理。

無常とはそういうことやったんや――

安楽椅子に座ったまま、凌玄は天井に向かって手を伸ばす。

もうすぐや、俺はもうすぐあそこに行けるんや――

役僧の運転する車で位剛院に戻ると、広い駐車場に黒塗りのセダンやバンが何台も停まっていた。一目でヤクザの車と知れた。位剛院の塀沿いには、黒いスーツ姿の男達がちらほらと見受けられる。

「御住職様……」

運転する役僧が青い顔で指示を求めてくる。

「構へん。おまえはいつものようにしとったらええ」

「けど、あれはどう見ても……」

「ええから言われた通りにしとき」

「はい」

強い口調で命じると、役僧は庫裡の玄関口前で車を停めた。

後部座席から下りた途端、待ち構えていたように美緒が走り出てきた。

「あんた、お客さんが来はりましたさかい、客間にお通ししましたんやけど」

「そうか」

「お客いうんは——」

「分かっとるて。おまえはしばらく寺務所の方にでも行っとき」

「警察に言うた方がええんとちゃう」

「そんなことはせんでええ」

出し抜けに玄関の内側から声がした。

「やっとお戻りかい。ずいぶん待ったぜ」

高級スーツに身を包んだ御厨だった。歳は取っても、その偉丈夫ぶりに変わりはない。

「こらお珍しい。八年ぶりですかいなあ」

「それくらいになるかな」

「燈念寺派に宗旨替えなさる言わはるんやったら大歓迎ですわ」

御厨は、ほう、と目を細め、

「てめえは一段と図太くなったようじゃねえか。目つきも金筋の幹部クラスだ」

いまいましげに吐き捨てた御厨の背後から、もう一人、和服の小男が現われた。

「こんなん相手にてんご言うとったらきりないで」

和久良であった。

こちらを射殺さんばかりの眼光で睨め付けながら、

「わしらはなあ、あんたの陣中見舞いに来たったんや。積もる話もあるさかい、あっちの車の中で話そか」

発する一言一言に、煮えたぎる怨念が籠もっている。呪《じゅ》の言霊というものか。

御厨が片手を挙げて合図すると、音もなく近寄ってきたSクラスのベンツが一同の前で停止する。

ここで騒ぎになったら位剛院の名にますます傷が付くだけである。凌玄は咄嗟に肚を決めた。どうせ人に聞かせられぬ話なら、車の中が一番だ。

凌玄は傍らの美緒を振り返り、小声で告げる。

「俺はこの人らと話があるさかい、ちょっと行ってくるわ」

「あかんて、あんな車に乗ってしもたら――」

「心配せんでええ。なんぞするつもりやったら、こない賑々《にぎにぎ》しゅう来よらへん」

「そない言うたかて……」

「もし俺が帰らなんだら、扇羽組に連絡しぃ。番号は垂鳴と円芯が知っとる。間違うても警察に言うたらあかんぞ。ええな」

位剛院の妻として、美緒は京都闇社会と仏教界とのつながりをそれなりに知ってはいる。震えながらも美緒は無言で頷いた。

それを確認し、凌玄は御厨と和久良の方に向き直る。

「ほな、行きまひょか」

内側から開かれたベンツの後部座席にそのまま乗り込んだ。和久良が続けて乗ってくる。御厨は助手席に座った。

「助手席なんて、何十年ぶりだろうな」

そんなことを呟いて、御厨が運転手に命じる。

「おい、そこらを適当に流してくれ」

「へい」

走り出したベンツの後に従い、駐車場から黒い車が順次発進する。ボディガードを何人乗せているのか知らないが、適度に間隔を空けてついてきている。

「近頃飯降を見かけんのやけど、凌玄、おまえ、知らんか」

和久良が白々しくも訊いてきた。

「飯降はんですか。さあ、知りまへんなあ」

同様にとぼける凌玄の顔を、御厨がバックミラーから見つめている。

「それより、和久良はんが東陣会の皆さんと仲ようしてはるとは、仏さんの和の教えに沿うたええことやと思いますわ」

「そないなことに御仏を持ち出すんやないっ」

和久良がいきなり激昂する。それまで我慢していた怒りが暴発したようだった。

「そらすんまへんでした」

「おまえは燈念寺派を正しい道へ戻すと誓たんと違うんかい。それでわしと組んだんと違うんかい」

「その通りです。それは今でも変わっとりまへん」

「やっぱりおまえは燈念寺派の面汚《つらよご》しや。おまえは、おまえは……」

罵倒が続くかと思ったが、和久良はなぜか、寒気でもするかのように身震いし、

「おまえに夜久野で出逢うてしもたんは、わしの心に隙があったせいや。わしがおまえを選んだんやない。おまえに夜久野で出逢うてしもたんは、わしの心に隙があったせいや。そうや……おまえこそが悪霊やったんや……」

それきり下を向いて黙り込んだ。気のせいか、もともと大きくない和久良の体が一層縮まったようにさえ見える。

バックミラーの中で、御厨もその目を不可解そうにすがめていた。彼にも和久良の変化は意外なものであったらしい。

「和久良さんもいい歳だ。血圧が上がりすぎたか、車酔いでもしたんだろう」

そう呟いて、彼は話を引き取った。

「俺が代わって言ってやる。凌玄、俺達がわざわざ出向いてきたのは、てめえに最後の引導を渡してやるためだ」

引導渡すんは坊主の役目と違いますんか――

そんな半畳を入れかけたが、今の御厨には一切の揶揄や韜晦《とうかい》を許さぬ殺気があった。

「山花はもう長えことガタガタだ。分裂は時間の問題だろう。たかが坊主の一人くらい、俺達が殺《や》ろうと思えばいつでも殺れる」

それが誇張でもはったりでもないことはよく承知している。

車内が震える。ベンツの振動ではない。御厨の発する圧力のせいだ。

「私には大和会議がついとります。ましてや、燈念寺派の貫首候補が殺されたとなったら、政府も警察も黙ってはおりません。東陣会を潰す覚悟がでけてんのやったらいつでも殺しに来て下さい」

御厨が肩越しに振り返った。

「この八年、伊達に修行は積んでなかったようだな。大した度胸だ。俺にそんな口を叩ける奴は、ヤクザにもチャイニーズ・マフィアにもいやしねえ。坊主にしとくのがもったいねえくらいだ……ああ、今のは昔、どっかの寺で最初に会ったときにも言ったっけな。てめえなんぞを二度も褒めちまった」

その口許が、凄愴《せいそう》としか言いようのない笑みに歪む。

「だが選挙で負ければてめえは貫首候補ですらなくなる。そうなると利権目当ての大和会議や政治家どもも一斉に手を引くだろうぜ」

その通りだ――

背筋に日本刀を押し当てられたような心地がする。魂が凍てつくほどの冷気だ。

「覚悟しとけよ。俺達は絶対に海照を勝たせる。つまり選挙に負けたら、おまえの命もねえってこった」

明確な処刑宣告である。曲がりなりにも東陣会の若頭が口にしたのだ。必ず実行するに違いない。

その宣告に力を得たか、震えていた和久良が上目遣いにこちらを見る。

「燈念寺派に……京都に仇なす悪霊めが……見とってみい、わしがきっとおまえを滅ぼしたるからな……」

呪詛のように繰り返す。そんな和久良の姿こそ、京都の深山に住まうという物の怪のようであった。

「もう一つだけ、おまえに訊いておきてえことがあるんだがな」

御厨がふと思いついたように言った。

「おまえは仏教のためだとか、燈念寺派のためだとか言ってるようだが、やってることは極道も真っ青の悪事だらけだ」

「そら和久良はんもおんなじやと思いますけど」

「俺はおまえに訊いてんだよ」

御厨の語調が凄みを増す。

「そりゃ何事にも表と裏があるだろうさ。第一俺は宗教なんぞ信じちゃいねえ。けどよ、仏教ってのは人を救うためにあるんだろ。おまえはそれでいいのかよ。人を救うどころか、自分が救われねえとは考えたこともねえのかよ」

「ありまへんな」

即答した。

「それが燈念寺派の真髄です。人は罪を犯します。罪を犯しながら生き、人を救う。人仏協行。その真理を知る者こそ、御仏は救うて下さるのです。悟りはそれらの果てにあるんです。なんの迷いもございまへん」

御厨は「ちっ」と舌打ちし、

「相変わらず口だけはうまい野郎だぜ」

それきり何も言わずに黙り込んだ。

口先だけやあらへんのや──

そう言い返そうとしたが、言えなかった。恐怖からではない。なぜか〈言えなかった〉のだ。

車道を流していたベンツは、京都を一回りした末に、位剛院に戻って凌玄を下ろし、何処《いずこ》へともなく走り去った。

「凌玄様っ」「御住職様っ」

位剛院に集まっていた円芯、垂鳴らが駆け寄ってきた。美緒と旺玄もいる。

「ご無事でございましたか」「お怪我はございませんか」

口々に自分の身を案じる側近達に、凌玄は空元気で笑ってみせた。

「心配は要らん。私には御仏がついとんのや。ヤクザなんぞが手ェ出せるかいな」

一同はほっとしたように息を漏らし、次いで感嘆の声を上げる。

「さすがは凌玄様や」「徳の高さが違いますわ」「ほんまにありがたいことや」

そうした声を聞きながら庫裡へと引き上げる。

「ヤクザと仲ようドライブしとって、何が御仏や」

ぼそりと吐き捨てるような声は旺玄のものだ。凌玄はあえて聞こえなかったふりをする。

逢魔が刻のうそ寒い風が、忘れ物でも届けるように、物の怪じみたあの声を運んできた。

――見とってみい、わしがきっとおまえを滅ぼしたるからな。


ついに選挙まで一ヶ月を切った。

投票予定日が近づくにつれ、凌玄には眠れぬ夜が増えてきた。

どうしても読みきれん――残りの浮動票は何票なんや――海照は、舜心は――

票数を数え始めると、睡魔は夜の彼方へと遠のいていくばかりである。

そんなとき、凌玄は位剛院の本堂でひたすらに読経を続ける。

――選挙に負けたら、おまえの命もねえってこった。

御厨はそう言った。

貫首選での敗北は、すなわち自らの死を意味する。もはや何があっても負けるわけにはいかなくなってしまった。

この苦境こそが、御仏のお導きなんや――悟りへの道なんや――

赫々と燃える無数の灯明が揺らめいて、己の影をおぼろと映す。それは幽玄また幻怪な光景であった。

——仏教ってのは人を救うためにあるんだろ。おまえはそれでいいのかよ。人を救うどころか、自分が救われねえとは考えたこともねえのかよ。

一人のヤクザが発した言葉。なぜか心に刺さって容易に抜けない。

自分は仏を信じて生きてきた。なのに自ら宗教を持たぬとうそぶくヤクザの言葉がどうして自分を震わせるのか。

無所有処。非想非非想処《ひそうひひそうじょ》。原始に還れ。釈迦の教えに戻るのだ。降魔成道《ごうまじょうどう》。御厨は釈迦を惑わす魔に相違ない。

声が聞こえる。違う。ここには自分しかいない。自分の声明しか聞こえぬはずだ。

だがそれは、異様な旋律となって凌玄の耳をつんざく。

魔に相違ない。

暁常の慟哭。

号命の絶叫。

唐文の咆哮。

藪来の断末魔。

そして、飯降の狂笑。

さまざまな悪念が本堂を取り囲み、押し潰さんと渦巻いている。

さてはうぬら、燈念寺派を恨むあまりに、あさましい鬼になりよったんか——それで成仏もでけんと迷うとるんか——

凌玄はいよいよ心機を凝らして声明を唱える。

なんもかんも、燈念寺派のためにやったことや——我欲に溺れたうぬら如きが、俺に指一本触れられるもんやない——

一際かん高い雄叫びが聞こえた。狂おしく、憎悪に満ち、世界のすべてを呪っている。

あれは死霊やない――和久良の生霊や――

先々代総貫首の婚外子として生まれ、日陰に潜んで生きてきた。絢爛たる燈念寺の伽藍を見上げ、己が出自を恨み続けた妄執の怪物。

彼の憎悪はあまりに深い。隙間風のせいか、灯明が一本、また一本と消えていく。御仏の加護が、少しずつ、少しずつ遠のくように。

いいや、この本堂に隙間などない。

なんでや――なんで消えよるんや――

凌玄は必死に読経を続ける。清澄にして正確な音階は、あらゆる邪を祓うはずが、狂暴な生霊はいっかな退散しようとしない。

三界火宅《さんがいかたく》。この世は煩悩の炎に焼かれる家であると釈尊は説かれた。

欲望に囚われた者は、何が炎で、何が焼かれているのかすら分からない。苦しみの本質が分からないから、苦を同じ苦で以て癒やさんとする。だからますます炎に包まれ、業苦が際限なく続く。そのため輪廻転生を繰り返しても、同じ火宅に生まれるばかりで、炎に焼かれて未来永劫苦しみ続ける。

俺は違う――我欲やない、我執でもない――

灯明が次々に消えていく。闇が本堂を呑み込んでいく。凌玄は喩《たと》えようもない恐怖を覚えた。

なんでや、俺には御仏が――御仏がついとるはずなんや――

やがて最後の一本が消えた。

闇より暗い真の闇。絶叫が聞こえた。誰かが恐怖におののき叫んでいる。

それが自分の発する悲鳴であると気づいたとき、凌玄の喉は嗄《か》れ、唇の端から血の唾が滴っていた。

十三

その日、事態が大きく動いた。

「舜心様が……」

宗務総合庁舎内の執務室で、凌玄はその第一報に接した。

伝えたのは宗会副議長の三田《みた》庸大《ようだい》である。凌玄は本来、海照を副議長に据えたかったのだが、彼が経律大学理事長に就任して間がなかったのと、派閥のバランスとを考慮して庸大を起用せざるを得なかった。庸大は中立公正な人物として知られ、舜心との距離も近い。その起用は自派への風当たりを防ぐ意味でも間違ってはいなかったと凌玄自身も納得していた。

しかし舜心が立候補するという予想外の事態が突発し、庸大は舜心に投票するものと推測された。そのため、議長の凌玄が副議長を遠ざけねばならないという状態に陥っていたのである。

その庸大が、憔悴《しょうすい》しきった面持ちで凌玄の前に立っている。

「はい、今朝のお勤めの最中に倒れられ、すぐに病院へ運ばれました。医者が申すには、心臓の疾患が悪化しており、長期の入院治療を要すると……やはり無理な選挙活動がお体の障りになったんでしょう。それを知った智候様が、舜心様の名代として事務局に舜心様立候補の撤回を申し出られました」

「そうか……舜心様が……」

そう呟いてから、凌玄は我に返った思いで、

「長期の入院て言わはりましたな」

「はい」

「舜心様のご容態はどないですねん。なんちゅうてもそれが一番大事なことや。正味のところを言うて下さい」

「それが、医者もはっきりとは言わへんのですわ。ご家族の方々も、薄々はお察しになっておられ、もう退院はできひんやろと……」

「それは……私のような悟れん身には、言葉もないことでございます」

凌玄は庸大と同時に合掌した。

舜心が立候補撤回――それどころか再起不能――

舜心のため、無意識的に経文を唱えながら、凌玄は懸命に思考を凝らす。

選挙戦の最終段階に入って求心力を強めていた舜心派が、どれほどの票をつかんでいたか、正確には分からない。おそらくは二十票前後というところであろう。

その舜心派が消滅した。庸大のように心から舜心を慕っていた者達は、おそらく選挙の本番では白紙で投票するだろう。舜心派の中核とも称すべき面々は、凌玄や海照の台頭を快く思っていないからだ。

では、残りの者達はどう動くか。

海照派に流れるか、それとも自分の方か。何人かは芳雁に票を託して高く売ろうとするに違いない。いずれにしても、売り手市場というわけだ。

一気に買い集める機会が到来した。ここで一票でも多く集められた者が勝つ。

凌玄は庸大が退室するのを見送って、すぐに携帯電話を取り出した。登録してある番号を呼び出し、発信する。

「……あ、桜淵はんですか、凌玄です……いきなりですんまへん、買いのチャンスが来よりました……ええ、ほんまです、最大最後のチャンスですわ……すぐに円芯と垂鳴をそちらへ行かせますよって、〈お布施〉をご用意願えまへんやろか……ええ、現金でないと足がつきますよって……警察はええんですけど、税務署がやかましゅうて……そら多い方がよろしおすけど、運べなんだらしょうがありまへんさかい、とりあえず二人で持てるだけお願いします……」

海照派も同時に動いた。またそれまで心を決めかねていた宗会議員達も、事ここに至っては、どちらかに決めざるを得ない状況であると理解したようだった。

仮に一方の買収に応じたとして、その派閥が負けてしまえば、今後出世するどころか本山に居づらくなるのは目に見えている。言わば将来の懸かった博奕《ばくち》である。そうかと言って、今売り逃せばもう後がない。誰もが少しでも多くの金をつかんで生き残らんものと目の色を変えて本山の内外を走り回った。

〈表の選挙対策本部〉位剛院の寺務所では、僧侶達が各所に電話し、票読みのためのネタ取りに余念がない。また先方からの〈売り〉の電話が入ることもある。

意外にも先陣を切って票の買い取りを打診してきたのは、舜心派の参謀たる智候であった。自らが担いだ舜心の脱落に、いち早く保身を図ったと見える。官僚と同じく、エリートほど恥を知らぬものかと逆に感心したくらいである。

だが安心はできない。海照派もまた猛然と旧舜心派票の買い集めに奔走している。

「円芯と垂鳴はまだ帰ってけえへんのか」

いらだちを滲ませた凌玄の怒鳴り声に、忙しげに走り回っていた若い僧侶が応じる。

「これから新幹線に乗るて、さっき電話がありました」

「これからやて。何をチンタラやっとんのや」

ぼやかずにはいられないが、〈実弾〉を運ぶ役目だけは信頼度の劣る若い僧侶に任せるわけにはいかなかった。桁外れの金額であり、万が一持ち逃げされても警察には届けられない。もちろんそんなことをすれば、どこへ逃げようと扇羽組に発見され相応の償いをさせられるだろうが、凌玄にとってはどうでもいい。投票日までの買収合戦に間に合わなければすべてが終わってしまうのだ。

やはり円芯と垂鳴に、京都と東京及び大阪との間を休みなく往復してもらうよりない。彼らが運ぶのはあくまで信徒からの〈浄財〉である。金の出所が出所であるだけに、警察に目をつけられやすい扇羽組組員に任せることもできなかった。

また芳雁は、この期に及んでもまだ自派の票の値上げを企んでいて、海照派もさすがにお手上げであるらしい。

どこまで因業なジジイなんや――

凌玄は呆れると同時に歯噛みするばかりだが、燈念寺派に長年積もりに積もった悪念が彼の目を覆っているのかと思えば、ある意味哀れでもあった。

ともあれ、こうなると選挙の行方はいよいよ混沌として、その結果はもはや誰にも予測のつかないものとなっていた。

「……あの、凌玄はん」

燈念寺の境内でそう声をかけてきたのは宗会議員の吉井弘休であった。

仏像盗難事件の際の対処がきっかけで、彼は凌玄支持を表明する凌玄派の一人となっていた。

「ちょっとだけよろしおすか」

なぜか周囲を窺うように小声で切り出した彼の様子をいぶかしみつつ、

「はあ、構いまへんけど」

「実は、ウチの嫁はんが蓮上婦人会で聞いてきよりましたんやけど、海照はんとこの奥さん、なんやお加減がえらいお悪いそうで……それもな、体の方やのうて、心の方やて言いますねん」

「心の、と申されますと……」

動揺を隠して問い質す。

「京大病院の精神科ですわ。神経科やったかいな。去年は入院までしてはったそうで……いえ、詳しいことは私も存じまへん」

自分が把握している以上の情報である。

「ご婦人方はほんまえげつないもんですなあ。こんな話が大好物なようで、ここのとこえらい盛り上がっとるみたいなんですわ」

佐登子がメンタルを病んでいるという話は、以前にも美緒や海照から聞かされていた。美緒は確か、婦人会で耳にしたと言っていたが、ここに来て再び盛り上がっているとはどういうことか。

またそれを自分に話す弘休の真意を測りかね、凌玄は迂闊なことを口にはせず、無言で次の言葉を待つ。

「それでな、ウチのんに言うてきたどこぞの奥さんは、『自分の嫁はんすら救えんもんに、燈念寺派の貫首が務まりますかいな。貫首以前に、僧侶として失格や』とか言うてたそうです。お寺の嫁は檀家にも本山にも気ぃ遣うばっかりで心労が多いさかい、お互い気持ちは分かるんちゃうんかて私なんかは思いますけど、なまじ分かるだけに、日頃の鬱憤が出よるみたいで。内輪での足の引っ張り合いは、私らには想像もつかんくらい恐ろしおますわ」

弘休はそこでじっと凌玄を見つめ、

「それだけやない、この話は派閥に関係なく婦人会全体に広がっとるようです。こんなことは考えとないんですけど、時期が時期やさかい、なんや意図的なもんを感じますのや」

「すると、誰かが選挙のために広めとると」

「はい。海照はんを追い落としかねん動きやさかい、普通に考えたら、凌玄はんを支持する側のもんちゅうことになりますわな」

「そんな、私は御仏に誓うて左様な真似は――」

「分かってます。けど、疑われる危険は避けられまへん。そやさかい、気ぃつけるんに越したことないて思いましてな」

「これはえらいお気遣いを賜りまして、感謝のしようもございまへんわ」

「いえいえ、私にできるんはこれくらいですけれども、例の怪文書の件もありますさかい、選挙の日まで、くれぐれも用心されることですわ」

「ありがとう存じます。お言葉に従い、一層の精進を心がけて選挙に臨みますよって」

「さすがは凌玄はんや。ほな、私はこれで」

そそくさと去る弘休の後ろ姿を見つめ、凌玄は自らの不安、いや、漠然とした疑念を持て余す。

急ぎ位剛院に戻った凌玄は、庫裡に入るなり大声で呼ばわった。

「美緒、美緒っ」

廊下を進み、台所に入ると、妻は流し台で米をといでいた。

「なんですのん、そんな大きい声で。寺務所にまで聞こえますがな」

「おまえ、婦人会でな、佐登子はんの通院歴が話題になっとるて知ってるか」

「そら知ってますがな。前にあんたに教えたげたん、私やないの」

「そうやない。あの話がな、今になってえらい広まってんのやて」

「ああ、そうみたいどすなあ。それがどないしましたん」

「どないもこないもあるかい。時期が悪いわ。俺の仕業やと疑われたらどないすんねん」

「そんなん、構しまへんやないの」

美緒は手拭いで濡れた手を拭き、凌玄に向き直る。

「海照はあんなえげつない怪文書をばら撒きよったんや。こっちかてそれくらいしても罰は当たらんのとちゃいますか」

薄笑いを浮かべた妻の顔に、凌玄は己の予感が的中していたことを悟った。

「まさか、おまえ……」

「そうですわ。婦人会で噂が広まるように仕組んだんは私です。そんな難しいことやあらへん。こっちが頼まんかて、独り言を聞いた誰ぞが勝手に広めてくれますさかい」

「おまえは、なんちゅうことを……家族は関係あらへんやろ」

「妻を裏切って浮気しとった男が、今さらなに言うてますのん。それともなんですか、あんた、選挙に負けたら叡光寺の娘と手に手を取って駆け落ちでもするつもりですかいな」

情念の火が瞬く間に台所を包み込んだ。凌玄は己が火宅に在ると理解する。

「阿呆なこと言いなや。この歳で失楽園やあるまいし」

「さあ、どうですかいなあ。失楽園て、そういう歳の人の話ですやろ」

美緒は炎を宿しつつも冷めきった目で凌玄を眺め、

「それはともかく、今は叡光寺に勝つことが先決です。せっかく舜心はんが退《ひ》いてくれはったいうのに、婦人会の様子見てたら、あんたも海照もどっこいどっこいですやないか。せやさかい、私が内助の功でやってあげてますのや。その甲斐あって、『海照はんではあかん』いう声が増えてきてます。奥さん方はご亭主に散々吹き込みますから、必ず票に反映されますやろ」

「内助の功て、おまえ……やってええことと悪いことがあるんとちゃうか」

人の心に潜む妬みや偏見、差別心を煽り立て利用する。およそ考え得る中で最も邪悪な策である。

「そんな甘いこと言うて、万が一海照に負けたらどないしてくれますの。叡光寺の阿呆娘の下に就くぐらいやったら、死んだ方がなんぼかましですわ」

美緒の発散する怨念の激しさに、凌玄はかえって冷静さを取り戻した。

「おまえの仕組んだことやて、ほんまにばれてへんのやろな」

「あんたやあるまいし、私がそんなヘマしますかいな」

「そやったらええわ。もし誰かがおまえのせいや言うたとしても、絶対に認めたらあかんぞ。徹底的に否定するんや。ええな」

「それくらい分かってますわ」

奪衣婆《だつえば》を思わせる笑みを見せ、美緒はガスコンロのスイッチを捻った。

一斉に燃え立った無数の小さな青い火は、さながら夜の墓場に広がる燐光のようだった。


投票日まで残すところ二十日。

蓮上婦人会による海照ボイコットの動きは美緒の狙い通り拡大の一途を辿り、確実に効果を見せている。だがそれは海照派の勢いを鈍らせた程度であり、凌玄派を圧倒的優勢に導くまでには至っていない。

凌玄派、海照派、両陣営ともに決定打を欠くまま決戦に突入するかと思われたとき、氷室がまさに決定打を持って〈裏の選挙対策本部〉に現われた。

「一時は間に合わないかと覚悟しましたが、やっと手に入れましたよ」

そう言って彼がテーブルの上に積み上げたのは、大量の書類が綴じられたファイルの山であった。

「なんですの、これ」

凌玄の問いに、氷室は一番上のファイルを取り上げ、

「まずはこれ、和久良から海照さんへの振込の記録。叡光寺への喜捨という弁解も成り立ちますが、とにかく両者のつながりを示すもの。次にこちら。和久良のトンネル会社の登記簿です。これを見ると、役員の顔ぶれは海照さんのトンネル会社のそれとほぼ一致します。そして最後に、鄭万建《チョンマンゴン》氏の所有する会社の登記簿です。所在地を見て下さい。和久良のトンネル会社の住所と同じです。鄭氏の会社の主な取引先はすべて和久良の会社で、かなりの資金が移動した形跡があります。公表されている資料をこうして突き合わせると、浮かび上がってくる結論は一つしかありません。まあ、中には非合法的に入手した証拠もかなり混じっていますが、それは匿名の内部告発という形を取ればクリアできます」

　解説しながら氷室は次々とファイルを広げていく。

　凌玄は少々面食らいつつ、

「誰ですねん、鄭……なんとかはんて」

「総盟幹部の親族ですよ」

「えっ」

　凌玄だけでなく、室内にいた紅林と数名の組員が一様に驚きの声を漏らした。

「つまりこれらの資料は、海照さんと総盟とのつながりを立証するものです。すでにコピーを週刊誌に流しました。裏取りは簡単ですから、次号には必ず掲載されるでしょう。そうなると国税も動きますし、和久良も海照さんも、もう選挙どころじゃない。いやあ、ここまで証拠を揃えるのはさすがの私も苦労しました」

　和久良が対大和会議の切り札として引き込んだ総盟、すなわち北朝鮮が、結果的に和久良と海照派の命取りになったというわけである。

　経済に精通した氷室ならではの着眼点であり、これで勝利は確定したも同然と言えた。

「待てや氷室」

憎形の紅林が首を捻るようにして氷室を質す。

「ヤクザがまず考えるんは報復や。海照や和久良がおんなじ手ェ使てきよったらどないすんねん」

「凌玄さんと大和会議の癒着を暴いたら、ということですね」

「そうや」

「それこそあり得ませんね」

自信ありげに氷室は言い切る。

「大和会議はイコール政府与党です。国内最大手の広告代理店も噛んでます。よほどの証拠があったとしても、今の日本のマスコミに報道できるものではありませんよ」

その通りである。凌玄は桜淵との交際を通じて、政府与党の広報係と化した大手マスコミの実態を熟知していた。

だが、待て――その手には大きな問題が含まれている。

「確かにこれで海照はおしまいでしょう。けど、これは燈念寺派全体にとっても大スキャンダルや。貫首選の実態に絡めて世間から総攻撃を受けます」

対して氷室は涼しい顔で、

「こちらも多少は血を流さねば確実な勝利は難しいというのが私の結論です」

「それはそうですやろけど……」

「なあに、選挙前に海照さんが逮捕されれば凌玄さんの不戦勝となる。総貫首就任後、ただちに海照さんを破門とし、新体制による燈念寺派の再出発を世間にアピールするという筋書きです」

「選挙までに逮捕されへんかったら」

「むしろそっちの方がベストです。この場合、凌玄さんが負けるというパターンは想定していませんから、当選後、当局が動くより先に破門を宣告し、燈念寺派の自浄能力をアピールすればいい」

非情としか言いようのない頭の切れ。軍師氷室の面目躍如である。

「私が負けたらどうなります」

「凌玄さんご自身がよくご存じでしょう。負けると同時に東陣会から選り抜きのヒットマンがやってくる。それで終わりです」

「私を守ってくれまへんのか。金の切れ目が縁の切れ目ですか」

「ヤクザとしてはそうなりますね」

「おい氷室、いくらなんでもそれはないんとちゃうか」

轟然と咆えたのは紅林だ。

氷室は不敵に微笑みながら、

「ヤクザらしくないヤクザというのが私のキャッチコピーでしてね」

「ほんなら氷室はん――」

「我々がいくら護衛に努めようと、東陣会に抗しきれるものじゃありません。戦力差は明らかなので、経済学的には戦うだけ無駄というものです。けれど今も言った通り、凌玄さんの敗北は想定しておりません。私の策で必ず勝つ。これで負けるようなことがあったら、ヤクザとして、と言うより経済学者になり損ねた人間として、私は自分を許せません。だから必ず勝つんです」

凌玄は呆気《あっけ》に取られて紅林と顔を見合わせるしかなかった。

翌週、その記事は一大スクープとして『週刊トポス』の巻頭を飾った。
［燈念寺派貫首選に蠢く黒い霧　大豊海照候補の背後に総盟・北朝鮮の影］
そう題された記事の本文では、海照が総盟から資金提供を受けている事実を具体的な証拠ととも

に報道している。

山内は言うまでもなく、全国の燈念寺派関係者は大騒ぎとなった。それだけではない。後追いの記事も次々に出て、広く国民が注目する一大事件に発展した。

信徒代表である極東電力名誉会長の狐坂老から海照に電話が入り、候補を降りるよう説得されたが、彼はこれを一言のもとに退けたと良針が報告してきた。

大勢の報道陣がマイクやカメラを手にして海照に群がった。しかし海照は無言を貫き、取材に応じるどころか、コメントすらしようとはしなかった。

警察の動きも今回に限っては異例とさえ言えるほどすばやかった。折しも話題になっていた政界スキャンダルから大衆の目を逸らすためであると指摘する識者も少なくなかったが、その真偽は定かでない。

警察より任意での事情聴取を求められた海照は、弁護士を通してこれを拒否。目前に迫った貫首選まで逃げ切る構えであることは明らかであった。

一方の総盟側も、担当者の不在を理由に聴取には応じず徹底して沈黙の構えを取った。警察側が強硬姿勢を示すと、北朝鮮から日本政府に対し極めて強い口調の警告が発せられた。

そうした情勢を、凌玄と彼の派閥は複雑な思いで見守った。海照の北朝鮮金脈問題を、燈念寺派の貫首選と関連付けて報じるメディアも決して少なくはなかったからである。燈念寺派の威光は大きく毀損され、その現状を憂慮せぬ関係者は一人とてなかった。

「燈念寺派はどないなってしまいますやろか」

宗務総合庁舎で、自派の若手僧侶達が青い顔をして尋ねてきた。

「これくらいで揺らぐような燈念寺派やない。あんたらは何をうろたえとんのや」

威厳を意識して言い聞かせる。

「燈念寺派の歴史にはもっとえらい苦難がなんべんもあった。なにしろ戦国大名は問答無用で坊主も女子供も皆殺しにしよったさかいなあ。けど、開祖様はじめ大勢の先達はそのつど信仰心だけを頼りに乗り切ってこられたんや。それに比べたら警察や新聞なんぞ、ものの数に入りまへん。私らは今こそ先人に学ぶべきときなんとちゃいますか」

「ああ、私らが愚かでございました。お教えの通りやと思います」

一斉に低頭した僧侶達をもっともらしい顔で見つめながら、凌玄自身も内心の不安を抑えきれずにいる。

そうや、今がこらえどきなんや——どうか、どうか私をお導き下さいませ、開祖様——

凌玄の携帯に和久良から電話が入ったのは、位剛院の庫裡でぼんやりと夜のニュースを眺めていたときだった。

〈おまえはようもやってくれおったな〉

地の底から響いてくるような、おどろおどろしい声が流れ出る。

〈大方は氷室の入れ知恵やろうが、これで勝ったと思うなや。わしはもう覚悟を決めた。おまえを滅ぼすためやったらなんでもやるで〉

「そらどういう意味ですか」

〈万一海照が逮捕されたり、選挙に負けるようなことがあったりしたら、わしはすぐに警察に自首して、今までおまえとやってきたこと、なんもかんもぶちまけたるんや〉

なんやて——

和久良がすべてを自白すれば、自分も逮捕は免れない。

「なにを言うてますのや。そないなことしたら、あんたかてただではすみまへんで」

〈そやから覚悟決めたて言うたやろ〉

電話の向こうで、物の怪が嗤った。

〈選挙に勝っても負けても、おまえは地獄行きや。ざまあみい。これがわしの積める最大の功徳じゃ。よう覚えとけよ。燈念寺派の未来はわしがこの身を捨てて護ったるからな〉

「そない早まらんと、ここはお互い、いっぺん頭を冷やしてやな……」

なんとか説得しようとしたが、狂おしいまでの哄笑を残して電話は切れた。

和久良の妄執は今や完全に常軌を逸している。

これはまずい——

手にした携帯が汗でじっとりと濡れている。悪意の波動が、掌でおぞましく蠢いているような感触だった。

凌玄は携帯を畳の上に放り出し、座卓に置かれた数珠を握り締めた。

読経しながら集中する。

何か打開策を考えねば——それもできるだけ早く——

しかし思考は空転するばかりで、妙案はいっかな訪れない。

夜が更け床に入ったが、入眠の機を得られぬまま輾転反側《てんてんはんそく》して朝を迎えた。


「よくない情報です」

〈裏の選挙対策本部〉で凌玄や紅林を前に、氷室が苦々しげに言った。冷静なようでいて、彼もまた焦りを隠せなくなってきたようだ。

「これをご覧下さい」

彼がテーブルの上に広げた書類を一瞥した凌玄は、

「出納簿のコピーやないですか。一体どこのんですか」

「半井良針の実家です」

「良針の実家やて？」

「ええ」

表情とは裏腹に、感情を殺した声で氷室が説明する。

「彼の実家は代々伏見の造り酒屋で、家業は良針の兄が継ぎました。良針は厚仙寺《こうせんじ》の住職であった親族の養子となり、仏門に入った……そこまではご存じですね」

「はい、本人から聞いてます」

「しかし家業を継いだ兄は経営者としての才能に恵まれず、店が相当苦しい状況にあったことは」

「それも聞いとります。そやさかい私は良針にそれなりのもんを渡して味方に引き入れましたんや」

「確実を期して、私は密かに凌玄派全員の身辺調査を再度行ないました。その結果、良針の実兄が近頃祇園で派手に遊んでいるという情報をつかんだのです。店が苦しいはずなのに芸者遊びとはどうにも変じゃないですか。そこでさらに調べてみたところ、店に『ハマクラ酒店』から月々多額の入金のあることが判明しました」

そこで氷室はコピーの一枚を手に取って、

「この通り、毎月十五日に振り込まれてます」

「……あ、ほんまですわ」

「『ハマクラ酒店』とは、海照さんの所有するダミー会社の一つです」

「なんやと」

紅林が大声を上げる。

「ほな、良針はこっちのスパイやのうて、海照と和久良の二重スパイやったっちゅうわけかい」

「そうなりますね。正確には、途中で敵側に寝返ったというところでしょうか」

凌玄は頭を抱える。つまり一票差で負ける可能性があるのは、海照ではなく、この自分であったということなのだ。

そんなことさえ知らへんかったとは——

壁際に控えていた組員達に向き直り、紅林が荒々しく命じる。

「おまえら、すぐに良針を引っ張ってこい」

「待って下さい、紅林はん。そんな真似したら、ただでさえ厳しなっとる世間の目を惹くだけやない、こちらが良針の正体に気づいたことを敵に知らせる結果となります。それよりはこのまま放置して敵を油断させた方がええんとちゃいますやろか」

紅林は我に返ったように、

「凌玄はんのおっしゃる通りですわ。わしとしたことが迂闊でした」

合掌している紅林を横目に見ながら、氷室が続ける。

「総盟との関係が暴露されたことで、海照派は相当票を減らしたはずです。私は今でも凌玄さんが勝つと確信していますが、こうなると厳密な票読みが難しくなったのも確かです。良針のように寝返っている者が他にもいないとは断言できません。万が一にも僅差で敗れるようなことがあっては——」

「それは心配要りまへん」

強い口調で氷室の言葉を遮ると、全員が驚いたように目を見開く。

「何か策がおありのようですね」

氷室が探るような視線を向けてくる。

「はい」

「聞かせて下さい」

「芳雁派の票を買うたろ思いますねん」

「それはいいと思いますが、どうでしょうかね」

「芳雁派の内訳は分かってますのやろ」

「ええ、凌玄さんや円芯さんからの情報をもとに特定はほぼ完了しています。しかし、凌玄さんは一度芳雁を袖にしていますから、今度は相当吹っ掛けられるのを覚悟する必要がありますよ。第一、芳雁は凌玄さんを恨んでいるはずですので、買収に応じるかどうか……」

「私は芳雁からは買いまへん」

「えっ、だって今――」

「私は芳雁派から買うて言うたんです。芳雁派の議員一人一人に当たって直接交渉します。ここまで来たらみんな焦っとるはずや。いつになったら票が売れるんやろかて。芳雁なんぞに任せたままでみすみす売り逃したらえらいことですさかいな。きっと適正価格で手ぇ打ってくれると思いますわ。芳雁派の票は買いますけど、芳雁の票だけは絶対に買いません。全部やのうても、五、六票あれば充分に勝てますやろ」

「なるほど、芳雁派の切り崩しですね」

「はい。芳雁はちょっと痛い目ぇ見た方がええ思いましてなあ」

「凌玄さんは本当に意地が悪い。事態に気づいた芳雁が慌てて海照派に売ろうとしても、今度は海照さんが芳雁の足許を見て買い叩くというわけだ」

「そらええ。芳雁の欲深坊主が、自分だけ売りそびれてベソかきよるで」

紅林と組員達が痛快そうに笑った。

「ほな、私は早速芳雁派の議員を回ってきますわ。皆さんも今日はお疲れ様でございました」

凌玄の挨拶を受け、組員達が退室していく。

「あ、紅林はん」

若い衆と一緒に出て行こうとした紅林を呼びとめる。

「なんですかいな」

「ちょっとだけよろしいですか。実は紅林はん、いや凌豪はんに僧侶として伝授しておきたい法話がおますねん」

「ああ、それはありがたいことで……おまえら先に帰っとれ」

紅林は子分達にそう命じて部屋にとどまる。

氷室は一瞬、不審そうに振り返ったが、何も言わず他の組員達とともに出ていった。

「ほな、お願いします」

ソファに座り直した紅林に、凌玄は低い声で囁きかけた。渾身の念を注ぎ込んだ、荘厳な梵唄にも等しい説法だ。

「実は、凌豪法師にしかでけん功徳がありますねん……」

十四

燈念寺派総貫首選挙を三日後に控えた月曜日の午後七時四十五分頃。烏丸《からすま》御池《おいけ》にある老舗料亭『本家玉鶴家』の離れ座敷で会食中だった暴力団扇羽組の紅林組長が、会食相手である和久良桟人の右目を同店名物の味噌田楽の串で貫いた。

同席していた広域指定暴力団東陣会の御厨若頭以下、数名の組員によって紅林は取り押さえられたが、味噌田楽の串は脳にまで達しており、和久良桟人は即死であった。

紅林の身柄は同店の通報により駆けつけた京都府警中京署の署員によって確保された。また同席していた御厨をはじめとする組員達も任意同行を求められた。彼らの供述によると、事件の二日前に紅林から和久良に「内々に会いたい」という連絡があり、警戒した和久良から同席を求められたのだという。

会食は和久良、紅林、御厨と幹部組員二名で行なわれ、他の組員は座敷の出入口を中心に警戒に当たっていた。御厨の供述によると、紅林は和久良に詫びを入れたいという話であったのが、実際に立ち会って聞いていたところ、バブル期の地上げの分け前について憤懣をぶつけ始めた。これには和久良も驚いたらしく、返答に窮していると、突然紅林が飛びかかって右目を一突きにしたとのことである。

逮捕された紅林組長は、最初から和久良殺害が目的であったらしく、バブル期における和久良との確執を書き記した手記を所持していた。また扇羽組事務所を捜索したところ、紅林の手記を裏付ける証拠が多数押収された。

新聞報道によると、紅林は和久良殺害について「積年の恨みを晴らそうと思った」と自供している。被害者が京都闇社会の大物であったことから東陣会の関与も疑われたが、御厨若頭は以前より和久良と親交があり、その縁から同席し犯行に巻き込まれたものであると判明した。実際に被疑者を取り押さえたのは彼らであり、一部始終を『本家玉鶴家』従業員が目撃しているため、疑いの余地はなかった。

他ならぬ御厨若頭が目撃者として事情を訊かれているということもあり、東陣会が報復等の行動に出るとも考えにくい。何より警察が東陣会の動きに一層目を光らせている。

こうして事件は紅林組長の個人的な怨恨によるものとして処理された。

一代のフィクサーと呼ばれた和久良桟人の呆気ない死は、京都闇社会に大きな衝撃をもたらした。また背後関係についてさまざまな憶測が流れたが、闇社会のそうした噂が表社会に出ることはまずないと言っていい。

〈……わしはたまたま組の事務所におらへんかったさかい無事やったんですが、氷室のカシラもみんな引っ張られてしもて……ええ、任意ですけど、なんもかんもメチャクチャですわ。けど安心して下さい。カシラの指示で凌玄はんとの関係を示すようなもんはなんも置いてませんでしたし、聞かれもせんことをわざわざ自分からウタうような阿呆はおりませんやろ……わしもこれから九州か沖縄あたりに身ィかわしますよって、凌玄はんともお別れですわ。長いことお世話になりました……ほな〉

そう早口で告げ、電話は切れた。

若頭補佐の辻本《つじもと》からの電話であった。扇羽組事務所に京都府警の強制捜査が入ったというのである。辻本は信頼できる古参組員だが、氷室の補佐が務まるほどの器ではない。氷室は彼をもっぱら組員の世話役として活用していた。

任意同行の場合、法律上期間に上限はない。殺人事件に関する捜査であるから、警察は容易に解放しようとしないだろう。別件で逮捕するということも充分に考えられる。

氷室はんは貫首選には間に合わんか——

選挙の日はもう目前に迫っている。氷室の不在は心細くはあったが、致し方ない。幸い各方面への根回しや票買い取りのあらかたは終わっている。

紅林は個人的な怨恨から和久良を殺害した。自分や燈念寺派とは関係ない。つまり、選挙には影響がないということだ。

和久良桟人。京都の怪物はもういない。最後まで悟れぬまま地獄に堕ちた。

位剛院の境内で、凌玄は携帯電話を懐にしまい、寺務所に顔を出してから庫裡へと戻った。

玄関に女物のショートブーツが揃えられている。

美緒の客かいな――

大方婦人会の関係者であろうと下駄を脱いで上がった途端、

「お久し振りですなあ、凌玄はん」

客間の方から声をかけられた。

声の主を目にした凌玄は、驚愕に立ちすくむ。

「佐登子はん……」

大豊佐登子。大豊海照夫人である。

その佐登子が、名利の奥方らしからぬ安っぽいダウンコートを着て立っていた。

多額の選挙資金が必要とは言え、叡光寺が経済的にそこまで困窮しているはずはない。外出着としていかにも不適切なその服装は、佐登子の精神的不調を示すものと思われた。

よくよく見れば、かつてあれほど活力と聡明さに満ちていた双眸の輝きは失われ、視線は落ち着きなく周囲をさまよっている。柔らかい線を描きながらも意志の強さを示していた頬は、今や肉が削げ落ちて、手足も餓鬼のように痩せ細っている。その立ち姿からは幽鬼とまごう気配すら感じられた。

あの佐登子はんが、こんな――

さまざまな想いが交錯し、どうしても言葉が出てこない。

「あんた、ようやってくれはりましたなあ。おかげでうちの人の票はがた減りですわ」

「おい、美緒……」

佐登子と対峙する恰好で立っていた妻を質すと、

「この人、いきなり入ってきはって、さいぜんからなんやわけの分からんこと言うてますのや」

困惑と憤慨の入り混じった様子で答えた。

美緒に構わず、佐登子は凌玄に対して呪詛とも思える言葉を吐き続ける。

「凌玄はん、あんたは昔からそうやった。えげつないことやっといて、口先だけできれい事言うて、仏教を腐らせて……それで燈念寺派の総貫首になろやて、罰当たりにもほどちゅうもんがあるんと違いますか」

「なんですの、勝手に上がり込んだそうやけど、非常識やないですか。そもそも海照が、でたらめを書き散らした怪文書を──」

「あれはでたらめやあらへん」

かん高い声で佐登子が喚いた。

「うちは知ってますのや。凌玄、あんたはほんまもんの悪党や」

「ほな海照もおんなじやないですか。あいつとは長年一緒にやってきたんやさかい」

自分でもよく分からない喪失感を覚えつつ、開き直って露悪的に応じると、佐登子はわずかに怯んだようだった。

「あんたが……あんたがあの人を引き込んだんやないか。そや、あんたがあの人を迷わせたんや。あの人は真面目一方のお坊さんやったのに」

「言いがかりも大概にして下さい。警察を呼びますよ。選挙前にこんなことが知れたら、海照かて困るんとちゃいますのか」

今度こそ佐登子は黙った。海照からこれまで自分達のしてきた行為をすべて聞いているとは思えないが、凌玄を非難すればそっくりそのまま海照に返ってくると理解しているのだ。

「佐登子ちゃん、友達のよしみで堪忍したるさかい、今日のところは早よ帰り。選挙はもうじきや。泣いても笑てもそこで結果が出ますやないの」

「誰があんたの友達やのん」

佐登子が血走った目を美緒に向けた。

「大学であんたが寂しそうにしとったさかい、うちが声かけたげたのに……恩を仇で返すような真似がようできたもんや」

「なに言い出すか思たら、そんな大昔の話かいな。ほなこっちかて言うたるけどな、あんた、大学で自分がどんだけ浮いとったか知らんのやろ。みんなで笑とってんで。あの子、自分がリーダーやて勝手に思い込んどるんとちゃうかて」

「あんたは……」

佐登子の両目が吊り上がり、全身がわななき始めた。

「ようも、ようもそんなことを……」

激情に身を震わせるその姿は、凌玄の心の奥に住む佐登子とは、似ても似つかぬものだった。

バブルの時代。京都駅前に広がる広大な更地。廃屋の前に毅然と立ち、時代の風を遮ろうとするかのような佐登子の凜々しさ。

夢だった。何もかもが、儚く消えた夢だった。世間知らずの若者だけが垣間見る、理想と慕情が渾然一体となった幻影だ。そしてそれは、実体のない幻影らしく、浮世の風に砂粒となって溶け崩れる。

一方の美緒は、普段着ながら高価な和服を見せつけるようにひらめかせ、

「分かったら早よ帰り。ああ、そやった、あんた、メンタルの具合がようないんやてなあ。叡光寺に戻る前に病院寄った方がええんとちゃう?」

我が妻ながら憎々しげに挑発する。

その言葉に、佐登子は何か思い当たる節があったらしい。

「そうか……うちの病気、皆に言いふらしとったんはあんたやったんか」

美緒は一瞬怯んだようだったが、

「それがどないしたん。ほんまのことやないの。第一、蓮上婦人会に変な人がおったら京都中のお寺さんの迷惑になりますさかいなあ。跡継ぎがでけんかったんも、あんたの病気とおんなじで前世の行ないがようなかったせいとちゃいますか」

いくらなんでも言うてええことと悪いことがあるで――

そう妻をたしなめようとしたとき、佐登子が美緒につかみかかった。

「この仏敵がっ。うちが息の根ぇ止めたるわっ」

「なにしよんねん、この女狐がっ」

太った美緒と痩せた佐登子とが、客間で猛然とつかみ合いを始めた。

「こら、二人とも、やめんかいっ」

凌玄が割って入ろうとするが、ともに別人の如く豹変した二人は激しく暴れ回り、手の施しようがなかった。佐登子のダウンコートが引きちぎられ、細かい羽毛が室内を舞う。

「どないされましたんやっ」

騒ぎを聞きつけ、寺務所から垂鳴と円芯、それに数人の若い僧侶が駆けつけてきた。

「おお、ええとこに来てくれた。叡光寺のお大黒様が発作を起こしなはってん。あんたら、車でこの人を叡光寺まで送ったって」

〈お大黒様〉とは、住職夫人を示す呼称の一つである。

「はいっ」

全員で二人を引き離し、なんとか佐登子を寺の車に押し込んだ。念のため垂鳴と若い僧侶が付き添いで同乗し、車は叡光寺へと走り去った。帯がほどけてあられもない恰好となっていた美緒は、二階に駆け上がって姿を隠す。

残された凌玄達は、互いに言葉を交わす気力もなく、ただ呆然と座り込むばかりであった。彼らの頭頂部には、例外なく白い羽毛が貼り付いている。

恐ろしい――

無意識のうちに、凌玄は数珠を手にしていた。

おなごはこうして鬼になっていくんか――

無常。寂寞。諦念。そうした想念が胸に渦巻く。

我に救いを――我に悟りを――

経文が自ずと口を衝いて流れ出る。

唐突に読経し始めた凌玄に、円芯や他の僧侶達は顔を見合わせていたが、すぐに居住まいを正し、凌玄に合わせて経文を唱えた。

海照派の〈総盟癒着疑惑〉について、警察の捜査とマスコミによる報道は衰えることなく続いていた。しかし海照逮捕には至らず、ついに選挙当日を迎えた。

燈念寺派総貫首選挙における投票は、本堂で行なわれる。

御本尊の前に置かれた黒塗りの文箱に、有権者である宗会議員が順番に投票用紙を入れていく。すべての投票が終わると、文箱は厳重な管理のもと宗務総合庁舎へ運ばれ、大会議室でただちに開票作業が開始される。宗会議員七十七名のうち、投票者は七十二名。残る五名は病気のため棄権ということであった。

自らも投票を済ませた凌玄は、総合庁舎内の執務室で待機した。

室内には垂鳴、円芯らをはじめとする凌玄派の幹部僧侶も顔を揃えている。全員が剃髪した頭を汗で光らせ、じりじりとした表情で一言も喋らずにいた。

当選か、落選か。

その結果により、彼ら自身の人生が大きく変わってくるのだ。誰も彼もが他人事などではあり得ない。

海照もまた、庁舎内の別室で待機しているはずである。

まだか――

閻魔の裁きを待つ死者の如く、ひたすらに力なく結果の知らせを待ち続ける。

突然、ドアが静かにノックされた。全員が心臓を直接叩かれたかのように顔を上げる。

「お入り下さい」

凌玄の返答を受け、ドアが静かに開かれる。選挙管理委員を務める信淳《しんじゅん》が入ってきた。

彼は凌玄に対して恭しく一礼し、厳《おごそ》かに告げた。

「錦応山燈念寺派総貫首選挙はつつがなく終了致しました。開票の結果をお伝え申し上げます。大豊海照師、十八票。斉藤芳雁師、二票。万代凌玄師、三十一票。白紙等の無効票二十一票。従いまして万代凌玄師の当選と相成りました。謹んでお祝いを申し上げます」

凌玄の圧勝であった。氷室の読み通り、海照にとってやはり総盟との関係が致命傷となったのだ。無効票の多さもそのことを裏付けている。それは貫首選とその候補者に対する失望の表われでもあるので、手放しで喜ぶわけにはいかなかったが、勝利には違いない。

執務室に歓呼の声が沸き起こった。また少なからぬ安堵の吐息も漏れ聞こえた。

垂鳴は小躍りして喜んでいるが、円芯に至っては恩赦を言い渡された死刑囚を思わせる呆《ほう》けた顔を見せていた。凌玄が敗北すれば最側近である彼の失脚、いや、それ以上に苛烈な報復措置は免れないので、是非もないといったところだろう。

凌玄は信淳に向かって合掌した。

「何事も御仏の御意志にございますれば、謹んでお受けを致します」

その二日後、叡光寺住職大豊海照が特別背任罪及び詐欺罪の容疑で警視庁刑事部捜査二課によって逮捕された。

十五

総貫首に就任した凌玄は、監査局の審議を経た上で大豊海照を破門とした。また山内の動揺も収まらぬうちに『錦応山燈念寺派総貫首就任之辞』と題し、以下のような所信を全信徒に表明した。

「此度《こたび》の不祥事を仏教衰退の兆候であると真摯に捉え、悪しき体制を一新し、外部からの政治的干渉を排除することをお誓い申し上げます。宗教的指導体制を抜本的に改革し、一部に見られた腐敗を一掃する。そのため私ども燈念寺派は、これまで以上に御仏の教えを尊び、人々の心の燈《ともしび》となるべく、燈念寺派開祖浄願大師様のお教えに立ち返る『心燈思想』を提唱するものであります。私どもはこの心燈思想こそ、仏教の原点であると確信しております」

総盟、北朝鮮といった固有名詞こそ挙げてはいないが、それは腐敗の汚名を海照一人に押し付け、新体制の潔白を強く印象づけるために練られたものである。

もちろん、これだけで失墜しきった燈念寺派の権威を回復できるとは誰も思ってはいない。凌玄は京都の地元メディアを中心に金をばらまいて心燈思想のイメージ戦略を進めると同時に、保育園の経営や介護事業に出資し、社会福祉の向上を標榜しつつ新たなる資金源を確保した。

そして心燈思想というスローガンのもと、宗会改革を矢継ぎ早に断行した。改革とは言い条、それは事実上の報復人事に他ならない。

手始めは智候をはじめとする守旧派議員の解任である。次いで芳雁ら高齢議員及び旧海照派の粛清。最後に、一層豪奢になった自身の執務室に良針を呼び出して自ら告げた。

「あんたにはメキシコ開教区へ行ってもらう。昔、暁常ちゅう偉いお人が布教に行かれた国や」

入室したときから震えていた良針は、特製の安楽椅子に座す凌玄の足許に身を投げ出すようにして平伏し、

「どうか、どうかそれだけは御勘弁下さいまし。身を捨てて海照の懐に潜り込んだ私が、なんでそのような――」

「理由はあんた自身がよう分かってんのとちゃうんかい」

「いいえ、見当もつきません」

舌打ちした凌玄は、土下座する良針の前にあの出納簿のコピーを投げ出した。

それを見た良針の顔色が、どす黒い色へと変化する。

「そういうこっちゃ。あんた、この俺をようたばかってくれたのう。まあ、あんたの票があろうがなかろうが、俺の勝利は揺るがんかったけどな」

「お待ち下さいまし、これにはわけが……私は決して……」

「話は終わりや。とっとと帰り。あんたも暁常はんに負けんよう、せいぜい気張って布教しなはれ」

良針は執務室にうずくまったまま嗚咽して動こうとしない。凌玄は内線電話で係の役僧二名を呼び、良針を連れ出させた。

「あ、ちょっと待ち」

思いついて訊いてみる。

「良針、あんた、浄願大師が悟りを開かれたお堂の話、知ってるやろ」

「お堂、でございますか」

「そや」

「浅学にて存じまへんけど」

「そんなはずないやろ。そやからあんたは……」

「浄願大師様が悟りを得られたんは、木曾のお山を登っておられる最中のはずでございますが」

愕然とした凌玄は、異様な不安を覚えつつ、良針を左右から支える二人の僧にも質してみた。

「あんたらは知ってるやろ。浄願大師のお堂の話や」

「いいえ」

二人とも怪訝そうに首を振るばかりであった。

こらどういうこっちゃ――

自らの動揺をごまかすように、凌玄は再度命じた。

「もうええ、さっさと連れてき」

良針を連れた二人の役僧が、一礼して退室する。

入れ替わりに、宗会の副議長となった円芯が入ってきた。

「貫首様、少々お耳に入れたいことが」

「どないしてん」

「はあ、それが……」

しかし円芯はどうにも後を続けられずにいる。

「気ぃ遣わんでええから早よ言うて」

「檀家筋から連絡がございまして、叡光寺のお大黒様が御自害なされたと」

「佐登子はんが……」

凌玄は声を失った。

円芯の話によると――

海照の逮捕以来、佐登子の具合は目に見えて悪化していた。定例の法要をどうするのか相談するため、檀家の者が叡光寺を訪れたが本堂にも寺務所にもひとけがない。不審に思い、開いていた庫裡の玄関から中を覗いたところ、天井の梁にぶら下がっている佐登子の遺体を発見した。警察の調べでは、死の直前に佐登子は口実を設けて寺の僧侶を全員使いに出しており、争った形跡等もないことから自殺と断定された。

そうした話を、凌玄はどこか遠い谺のように聞いていた。

佐登子はんが――

疾《と》うの昔に色褪せて、半ば以上朽ちていた観音像が、ふとした弾みで砕け散ったような。

そんな茫漠としたイメージが、どうしても頭から離れない。

あの佐登子はんがなあ――

重いため息を吐いて、凌玄は安楽椅子から立ち上がろうとしたが、どういうわけか手足に力が入らず、そのままじっと座り続けるしかなかった。

大豊海照が留置場内で自殺したのは、妻佐登子の死を知らされた翌日のことであったという。

海照は妻の最期について淡々とした態度で聞いていたらしいが、警視庁でも念のため監視を強化していたにもかかわらず、着ていたシャツを紐状に細くねじり上げて首に巻き付け、自ら縊死《いし》した。自力でシャツを捻り続けるという壮絶な死であった。もちろんそんな方法ではすぐに死ねない。意識が朦朧《もうろう》としても決して手を緩めず、脳への血流を止めるのである。布団を頭から被った状態であったので、係官が異状に気づいたときにはすでに手遅れとなっていた。ベテランの係官達も揃って絶句するほどの、想像を絶する精神力であった——

海照の死について報じる新聞記事を、凌玄は位剛院の寺務所で読んだ。

驚きはない。佐登子の自死を知らされたとき、心の奥底ですでに予感していたのかもしれなかった。

それでも。

それでも喪失感はある。しかも途轍もなく大きな。

——あんたがあの人を引き込んだんやないか。そや、あんたがあの人を迷わせたんや。

死んだはずの佐登子が罵倒する。遠い昔、京都駅前の更地でそうしたように。

——あんたは大勢が救われたら、一人が犠牲になってもええて言うてんのやろ。

あのとき、自分はなんと答えたのであったか。一人の犠牲も出してはいけない。いや、逆だ。自分は犠牲を肯定した。善導大師の言葉を引いて。『雑毒之善、虚仮之行』だ。

——人を救うんが仏教ちゃうの。

おかっぱの髪が風に揺れる。

——うちはほんま阿呆やったわ。好きになる人、間違えてしもた。

そんなこと言わんとって下さい。佐登子はんはちょっとも間違えてまへん。

——やっと分かったわ。あんたは地獄の鬼の仲間やねんね。それで海照を殺したんやね。

違います、海照は自分で死んだんです。私が殺したんとちゃいますねん。

――そうやね。うちもあの人を追いつめてしもた。うちのせいや。うちもあんたとおんなじ鬼や。やめて下さい。佐登子はんはなんも悪ない。

――もうええわ。仏教なんか滅びたらええねん。うちも地獄に行くんやさかい。あの人と一緒に行くんやさかい。

待って、待ってくれや……

佐登子の声はもう聞こえない。代わって聞こえるのは自分の妄語だ。

――許してや、海照。これはおまえのためでもあるんやで。

――燈念寺派はもう腐りに腐ってとっくに終わっとんのや。それを俺らの手でなんとか建て直さんと、仏の教えも伝えようがあらへんで。

――おまえかて分かるやろ。もう迷てる場合とちゃうで。俺らは仏教の原点に立ち戻って自分の使命を自覚せなあかんのや。

――仏教で人を救う。人を救い、社会をちょっとでもええもんにする。それが俺の夢なんや。理想なんや。

――嬉しいわ、海照。おまえがついててくれるんやったらこんなに心強いことはあらへん。

なんという虚言か。なんという欺瞞か。海照を騙し、己を偽り、挙句の果てに二人が死んだ。

――約束が破られた以上、僕はもう君とは一緒にやれん。

新聞を畳み、横の机に置いて窓の外を眺める。境内を囲む塀と木立の一部が見えた。

俺は破ってへん――俺は本気で言うとったんやし、今でもそれは変わってへん――

木々の枝が強風に揺れ、掃き残された木の葉が舞い上がる。地上げ中の更地に舞っていた紙屑のように。

――仏教ってのは人を救うためにあるんだろ。おまえはそれでいいのかよ。

地獄の獄卒にも似たヤクザがどこまでも問いかけてくる。仏を信じぬ、挑発的で不遜なヤクザだ。執拗に、影のように、いつも背後から迫ってくる。逃れようはない。

悟入て、なんなんや……

「え、今なんとおっしゃいましたか」

離れた席で事務を執っていた垂嗚が顔を上げる。どうやら気づかぬうちに口に出していたらしい。

「なんもあらへん。独り言や」

「はあ、でも悟入がどうとか……」

どこか釈然としないような垂嗚の様子に、

「ほうか。そやったら、御仏が私の口を使うて言われたんかもしれへんなあ」

冗談めかして笑ってみせる。だがそれは、我ながら恐ろしく虚ろな笑いに感じられた。


万代凌玄新総貫首のもと、燈念寺派の新体制が発足して二ヶ月あまり。春まだ浅い位剛院に珍しい客が訪れた。

扇羽組の氷室であった。いや、厳密には元扇羽組と言うべきか。

京都府警の強制捜査が入った扇羽組は、数々の容疑で主だった幹部達が逮捕され、事実上の壊滅状態に陥った。京都でも老舗と言われた任俠団体は、こうして呆気なく消滅したのである。

「氷室はん、あんた、いつ出てきはったんや」

驚いて出迎えた凌玄は、氷室を庫裡の客間へと案内した。

「十日ほど前ですかね。私も別件で逮捕されましたが、決定的な証拠がないものだから不起訴になりまして。案外早く出られました」

無精髭《ぶしょうひげ》の伸びた氷室はそう言って客間の座布団に腰を下ろした。それから物珍しそうに周囲を見回し、

「なるほど、ここが奥さんと佐登子さんが取っ組み合いを演じたという客間ですか」

氷室が直接位剛院に来るのはこれが初めてである。扇羽組が消滅した今、氷室が遠慮する理由はない。だからこそ淩玄も何食わぬ顔をして彼を迎えたのだ。妻の美緒が不在なのは幸いだった。

「その話はやめとくなはれ。氷室はんらしゅうもないいけずですわ」

「らしくないってこともありませんよ。経済学者ってのは本来底意地が悪いものなんです。もっとも、私は学者崩れのヤクザですけどね」

本気なのか冗談なのか、判別のつかない表情で氷室は言った。

「組はなくなりましたが、それでも残された組員の面倒だけは見とこうと思いまして。それでご挨拶に来るのが遅れました」

「これはこれは、ええ功徳を積まはりましたなあ。子分衆の世話をしてなはったとは、ヤクザの鑑やないですか」

「まあ、もともとが組以外に行く当てもない連中ですから。苦労しましたが、なんとか目途はつきましたよ。組の隠し資金もすべて分け与えました」

「全部やってもうたて、ほんまですか」

「自分の配当はもちろん別に確保してますよ。エコノミストはそういうところがシビアなんです」

「ヤクザ、やめはるんですか」

「ええ、そのつもりです。もともとが自棄《やけ》で飛び込んだ世界ですから。それでも多少のしがらみはついて回るでしょうけどね」

「ほたらこれからどないしますねん」

「今後は株のデイトレーダーで食っていくことにします。今にして思えば、もっと早くにそうしておくべきでした」

その言い方は気になったが、凌玄はあえて愛想のよい口調で、

「貫首選に勝てたんも氷室はんのおかげです。最大の功労者や。氷室はんさえよかったら、これからも私の力になってくれまへんか。特別経済顧問とかどないですやろ」

「お断りします」

やんわりと、しかし断固たる意志を覗かせて氷室は答えた。やはりそこには言外の敵意が感じられる。

「和久良を殺《や》れとオヤジに命じたのは、凌玄さん、あなたでしょう」

凌玄は無言で氷室を見つめる。

「選挙前、最後の会議をした後です。あなたはオヤジに伝授したい法話があると言って部屋に残した。あのときだ。以前から気掛かりではあったんですが、オヤジはあなたのカリスマにやられたんですね。よく言えば直情径行の昔気質《かたぎ》、悪く言えば単純な人でしたから、あなたには簡単なことだったでしょう。ただし、私にはそのカリスマは効きません」

氷室もまた、強い視線で凌玄を見つめ返す。

「警戒厳重な和久良に近づけるのはオヤジしかいなかった。しかも確実に仕留めるとなると、どう考えても並のヤクザには不可能だ。その場に御厨までいるとはいくらあなたでも……いや、もしかしたらそれも想定のうちだったかもしれない。いずれにしても、御厨は自分が目撃者の役を務める羽目になって、さぞかし憤慨しているでしょう」

「そんなことより、あんた、ほんまに行ってしまいますのんか」

「これでも凌玄ウォッチャーを自任していたほどですから、未練がないと言えば嘘になります。で

すが、私はあなたが恐い。はっきり言うと、次は自分の番だと予測しています。だからその前に自ら消えようってわけですよ。それが私からあなたに言える最後の予測です」

「そないなこと言わんといて下さい。氷室はん、私はあんたにずっとおってほしいんや」

「ほら、またいつもの小芝居だ」

そう言って氷室が微かに笑った。

「いいえ、これだけは芝居とちゃいます。私はほんまに——」

「信じられません」

きっぱりと拒絶してから、氷室は軽く首を振り、

「仮に本当だとしても、信じたら破滅する。それだけは確かです」

立ち上がった氷室は、凌玄に向かって頭を下げる。

「失礼します。もう二度と会うことはないでしょう」

そして玄関の方へと歩み去った。

玄関の引戸が開けられ、そして閉められる音がする。

身じろぎもせず座っていた凌玄は、やおら立ち上がり、台所に行ってポットから急須に湯を注ぎ、湯飲みに煎茶を淹れて一人で飲んだ。

昼に食べたうどんの葱が、歯に挟まって気持ちが悪い。立ったまま茶を半分ほど飲み、残りで口をゆすいでから流し台に吐き出す。

しもたわ——もっと早うに茶を出しといたらよかったなあ——

空になった湯飲みを流し台の上に置く。皺だらけになった指の爪で奥歯をせせりながら、凌玄は流し台に広がった茶葉の細片を見つめ続けた。

本山の行事は何事もこれを怠らず、遺漏なく務め上げることが肝要なのは言うまでもない。燈念寺派でも重要な行事の一つである法遍《ほうへん》上人御命日が、総貫首就任以来初めて巡ってきた。数日にわたる大法要である。

専用の控室で身支度をしていると、唐突に声が聞こえた。

――おまえはそれがほんまの仏の道やと思とんのか。

聞き慣れた声。そうだ、何十年もの間、嫌というほど耳にした。妄執にまみれ、我欲にしゃがれた不快な声だ。

「そらどういうことですやろ、和久良はん」

――海照もおらん、氷室もおらん。おまえはもう救われん。

「勘違いしなはんなや」

――勘違いやて？

「私は救われる方やない。人を救う方ですわ」

――なんちゅう思い上がりや。おまえは仏にでもなったつもりか。

「そら燈念寺派の総貫首ですさかいなあ」

――おまえにそんな資格があるか。もとはと言えば近江の貧乏寺の倅やないかい。

「それがどないしましてん。先々代の隠し子か知らんけど、なんぼ高貴な血ぃ引いとっても、悟れんもんは悟れんままや。挙句が迷うて恨み言かい。仏の教えに生まれは関係ないちゅう証拠や」

――わしを殺しといて、軽々しゅうに仏を口にすな。

「あれは紅林が勝手にやったことですわ。私は何をせいとも言うてまへん」

――そないな言いわけ、閻魔様に通用するかい。こっちで最上も嘆いとるわ。

最上。懐かしい名だ。彼が愛飲していたセブンスターの香りを思い出す。

――わしと最上とおまえとで、いろんなことをやったなあ。号令や藪来を返り討ちにしたったんは、ほんまおもろかったなあ。

そんなこともあった。何もかも過ぎたことだ。崩れ去った日々の欠片《かけら》だ。

――おまえを引き上げたったんはこのわしや。恩人のわしを殺した手ぇで人を救う言うんかい。

「私の手は仏の手です。仏道の邪魔になるもんを、阿修羅の代わりに成敗したっただけですわ」

――わしを仏道の邪魔やと。こんなにも御仏を信じとるこのわしを。

「さよです。先々代の血筋だけに固執して、燈念寺派を呪い続けて。思えば哀れな人生や。私がちゃんと供養したるさかい、安心して成仏しい」

声は消えた。代わって襖の外から若い僧侶が恭しく言う。

「猊下、そろそろお時間でございます。お急ぎ下さいませ」

「分かっとる。ご苦労さん」

身支度を終え、姿見で確認していると、籠の中に入れた携帯が鳴った。

携帯を取り上げ、発信者の表示を見る。妻の美緒からであった。

「なんや、どないしてん」

我ながら億劫な声で応じると、美緒が狼狽しきった様子で、

〈さっき警察から電話があってな、旺玄が万引きで捕まったんやて。学校の近くのなんとかいうスーパーや。それで私、すぐに警察に行かなならんねん。友達にそそのかされたんに決まってるわ。あの子がそんなことするわけあらへんやん。ああ、もうどないしょ……〉

「まあ落ち着き。心配せんかてええ。俺が府警の本部長に電話しとくさかい。警察が勝手にうまいこと揉み消してくれよるわ」

〈ほんま？　ほんまやの？〉

「本部長が大和会議に入りたいて言いよるから前に口を利いたったんや。おまえが心配することはなんもあらへん」

〈よかったわあ……おおきに、おおきに〉

「法要が始まるさかい、これで切るで」

美緒の返事を待たず通話を切り、すぐに京都府警の本部長にかける。息子の不始末と処理について伝え、電源を切った携帯を籠に戻して本堂へと向かう。

動揺は一切ない。

本堂では須弥壇の正面にして階《きざはし》の上、お浄壇の上に月形香盤が置かれ、大仏具が備えられている。これは白米五升炊き分という大形で、御仏器に盛り木製角形のお鉢に入れると相当な重量となるため、堂人衆が力を合わせて内陣に運び、須弥壇の階を上って正面に据える。無数の燭台に点された灯《ひ》は、さながら宇宙に散らばる星々の写し絵だ。

ああ、これこそが曼荼羅《まんだら》や——仏の世界や——

立ち籠める香の匂いに陶然となりながら歩を進める。

内陣の上座に着いた凌玄に続き、数十名の僧侶が一斉に着座、合掌する。

大僧正の僧位に応じた緋色の袈裟を着た凌玄は、調声役たる導師に合わせ声明を出音する。

僧侶達の声明は、揺るがず高く立ち上り、聴く者の魂を浄土へと誘う。

極楽へ続く道が開ける——その先頭におるんが総貫首の俺なんや——

そのはずだった。しかし凌玄の胸の中で、次第に何か言い知れぬ違和感が募っていった。

誰かが音を外しているのではないかと最初は思った。

違う。もっと根本的な、もっと本質的なものが異なっている。

凌玄は焦った。これは自分の知る声明ではない。自分が求め続けた仏の世界ではない。

いくら一心に読経しようと、それはただの声にすぎなかった。声どころか、魂のない亡者の呻きだ。天に届くどころか、堂内に籠もっていたずらに虚ろな雑音を発しているだけでしかない。

なんでや——なんでこんな声しか出えへんのや——

唱えれば唱えるほど、声明は凌玄の想いから遠のくばかりである。

こいつら全員、修行が足りんのとちゃうんかい——

そうでないことは分かっている。いずれも当代の高僧と精気に満ちた選り抜きの僧達だ。今日に限って音階を忘れたということなどあり得ない。

ならば意図的にやっているのか。この法要を台無しにしようとして。総貫首となった自分を妬んで。

それこそあり得ない妄想だ。

苦悶のあまり、全身に脂汗が噴き出した。必死に声明を唱えつつ、凌玄は頭上を見上げる。

黒々としたそれは、単なる古い建造物の天井でしかなく、無窮の宇宙など見当たらない。

なんもない——なんもあらへん——

愕然として周囲を見回す。しかし誰もが涼しい顔をして声明を唱えている。諧調の異状に気づいているのはどうやら自分だけであるらしい。

こんなんやない——俺はこんなもんのために総貫首になったんやない——

浄土への道も仏の導きもない。我欲に満ちた凡俗が、意味不明の戯《ざ》れ言《ごと》を口ずさんでいるだけなのだ。

「なんやこれはっ」

たまりかねて立ち上がった。

全員が驚いてこちらを凝視している。

「こんなん声明とちゃうわっ。こんなんで浄土へ行けると思とるんかっ」

――猊下、いかがなされたのですか。

――御法要の最中にございます。

「おまえらか、おまえらのせいかっ」

――どうかお静まりをっ。

――早うお連れせいっ。

――早う、早うっ。

寄ってたかって自分を外に連れ出そうとする。何もない外の世界へ。裾を、袖を、襟を引っ張る。全身をつかみ激しく揺さぶる。それは無数の手であった。自分を地獄へ引きずり込もうとする亡者の手だ。

渾身の力で凌玄は抵抗した。自分を押さえつけんとする手を振り払い、大声で叫んだ。

「こんな所に仏がおるかいっ。悟れとるんは俺だけやっ。仏の道は俺にしか見えとらんのやっ。俺が日本の仏教を護らなあかんのやっ」

すると一際大きな手が伸びてきて、背後から自分の全身を鷲づかみにした。逃れようはない。凄まじい力で締め上げてくる。しかも、凍えるほど冷たい。

なんやこれは――

否応なく引きずり込まれる。無窮の世界へ。しかし天上ではない。地下だ。何もない、広大無辺の更地。颪に舞い散るゴミの合間に、白骨化した骸《むくろ》が無数に覗く。蒼白い燐光に縁取られ、永遠に地上げの刻を待っている。

その光景に魂魄を打ち砕かれ、凌玄は絶叫した。

周囲で皆が騒いでいる。誰が何を言っているのか、もはや少しも聞き取れなかった。

すべての声、すべての音は意味を失い、ただ虚しく伽藍の中で反響した。

こんなとこやない――俺が行くんは、広い広い真っ暗な、果てのないそのまた向こうの世界なんや――

我に返ると同時に半身を起こす。別室の布団の中だった。どうやらそこに寝かされていたようだ。

あれは夢やったんか――いや、そうやない――

「お目覚めでございますか」

部屋の隅に控えていた役僧が気遣わしげに声をかけてくる。

「どうか今しばらくはご安静に。間もなく医者が参りますさかい」

「車を回し」

そう命じて立ち上がる。

「なんと仰せられましたか」

「大事な用を思い出したんや。これから滋賀に行くさかい、表に車を回しとき」

「猊下、そのような御用は伺うておりません。ともかく今はお大事になされますのが――」

「ええから早よ車を用意せえ。おまえらは言われた通りにしとったらええんや」

狼狽する役僧に構わず、いつの間にか着せられていた襦袢《じゅばん》をその場に脱ぎ捨てた。

略装の法衣に着替え、専用の出入り口に向かう。そこから黒塗りの公用車に乗り込んだ。

「もっとスピード出さんかい。もっと、もっとや」

運転手を叱咤し、凌玄は京都から滋賀の実家へと急がせた。

両親はもう何年も前に亡くなっている。だが凌玄にはすぐにでも確認せねばならないことがあった。それも自分の目で直接見ないことには納得できない案件だ。

夕刻の少し前に到着した。しかし周囲の光景は、記憶の中とは一変している。砂利が敷かれていた道はアスファルトで舗装され、清涼な水の流れる小川のようであった側溝はコンクリートの蓋で完全に覆われていた。

車から降り立った凌玄は、出迎えの住職達の方など見向きもせず、急いで本堂の裏へと回った。

ない――

そこに生い茂っていたはずの雑木林はすべてきれいに伐り取られ、見るからに安い造りのアパートが建てられていた。かつて親しんだ我浄堂は跡形もなく消え失せている。

「我浄堂はどうしたんやっ」

追ってきた現住職を問い質す。数えるほどしか会ったことはないが、自分の遠縁に当たる男で、琵琶湖の北岸にある寺の三男だ。

「我浄堂とおっしゃいますと……」

「ここにあった仏堂や」

「ああ、あれでございますか」

住職はようやく思い出したようだった。

「そや。あれはちゃんと保全しとくようにて申し送りをしてあったはずやないか」

「それはいつの話でございますか」

「俺の父親が住職やった頃やさかい、もうだいぶ前や」

「私はまだこちらにおりまへんでしたさかい……とにかく、先代が構へんから潰してまえ言わはりまして、アパートでも建てた方が儲かるからと……私らかてよう確認しましたけど、特に由緒のあるもんでもおまへんでしたし……」

我浄堂。夜久野の仏堂。燈念寺の大伽藍。いずれも仏の道に通じていると信じていた。

それがいつの間にか、自分こそ開祖の正統なる後継者であるかのような錯覚に陥っていた。

浄願大師が悟りを得たのは仏堂の中などではなかった。

我浄堂と夜久野の仏堂がただ似ていたというそのことに、自分の運命を無意識のうちに重ね合わせていただけであったのだ。正確に言うと、運命という名の思い込みだ。

間違うとったんは俺の方か――

バブル期に地上げされようとしていた河原町のマンション。なんのことはない、その一室に居座る老婦人を執着に囚われていると断じた自分自身が、マンションよりもさらに小さく狭い仏堂に閉じ込められていた。

空が見える、暗い夜空や、あっちで光っとんのは星かいな、ちゃうわ、あれこそ極楽いうとこなんや。

無知で、寂しく、膝を抱えた子供が泣いている。薄暗い仏堂の中。逃げる場所を他に知らない。

あれは誰や――俺や、俺やないかい――

荒れ果てた我浄堂に逃げ込んで、この世ならぬ仏の世界を夢想した遠い日々。それは確かに、幼い夢想以外の何物でもなかった。

「あの、総貫首様……」

住職がおそるおそる声をかけてくる。

「なあ、あんた」

親戚であるはずなのに、自分はこの住職の名前さえ定かには覚えていない。

「はい、なんでございましょう」

「御仏のお教えは人を救うもんなんやろ」

「えっ……」

住職はただ困惑するようにこちらを見る。

「俺は自分自身さえ救えんかった……この年月、俺は何をやっとったんやろなあ」

そう呟いて、再び眼前のアパートを見上げる。

これが地上げに遭うたもんの気持ちなんか――

因果応報。慣れ親しんだ風景が消滅し、別の何かへと変貌する。今はもう地上げですらない。日本中が変貌し、荒廃していく。大勢の人を巻き込みながら、奈落の底へと自ら勝手に転がり落ちる。

極楽浄土に通じるかと思われた道は、儚い幻であったのだ。

何物もおんなじままではいられへん――まさに無常や――

悟りに似た何かをようやく得たような気もしたが、それが本物であるという自信さえない。

いいや、そんな阿呆な――俺はもうとっくに無常を悟っとるはずやないか――

案山子《かかし》のように立ち尽くし、頭上へと手を伸ばしてみる。

指先に闇が広がっていく。懐かしい安寧の黒だ。西方の浄土だ。その心地よさに口許が綻ぶ。

だがそれもたちまちに消え失せて、橙色の空へと変わった。

何もあらへん――ただの空や――

今こそ悟った。

己が夢見た仏の世界。燈念寺の大伽藍こそ、何もない空虚の証しであったのだ。

まさに無だ。壮大で空疎な虚栄の城。そこに群がる者の生こそ無常である。

重すぎる悟りを持て余し、凌玄は安アパートの無機的な壁面一杯に、落書きのような偽りの曼荼羅を心の中で描いていた。

初出　「小説新潮」二〇二三年四月号〜二〇二四年一月号。単行本化にあたり加筆・修正しました。

本書はフィクションです。実在の人物や団体などとは関係ありません。

月村了衛（つきむら・りょうえ）

1963年生まれ。早稲田大学第一文学部文芸学科卒。2010年に『機龍警察』で小説家デビュー。2012年に『機龍警察 自爆条項』で第33回日本SF大賞、2013年に『機龍警察 暗黒市場』で第34回吉川英治文学新人賞、2015年に『コルトM1851残月』で第17回大藪春彦賞、『土漠の花』で第68回日本推理作家協会賞、2019年に『欺す衆生』で第10回山田風太郎賞を受賞。近作に『半暮刻』、『対決』などがある。

虚《きょ》の伽藍《がらん》

著　者／月村《つきむら》了《りょう》衛《え》

*

発　行／2024年10月15日

発行者／佐藤隆信
発行所／株式会社新潮社
郵便番号 162-8711　東京都新宿区矢来町71
電話・編集部 03(3266)5411・読者係 03(3266)5111
https://www.shinchosha.co.jp

*

装　幀／新潮社装幀室
印刷所／錦明印刷株式会社
製本所／加藤製本株式会社

*

ISBN978-4-10-339533-1　C0093

こころは今日も旅をする　五木寛之

カーテンコール　筒井康隆

笑う森　荻原浩

のち更に咲く　澤田瞳子

方舟を燃やす　角田光代

ともぐい　河﨑秋子

豊かな記憶の海へ、そしてまだ見ぬ明日へ、こころはいつも旅に遊ぶ――。齢九十を越えた五木寛之が来るべき時代の足音を聴き、こころの在り方を問う最新人生論。

「おそらくわが最後の作品集」と言う巨匠が最後の挨拶《カーテンコール》として残す、痙攣的笑い、恐怖とドタバタ、胸えぐる感涙、いつかの夢のごとき抒情などが横溢する傑作掌篇小説集！

5歳の男児が神森で行方不明になった。同じ1週間、4人の男女も森に迷い込んでいた。拭えない罪を背負う人々の真実に迫る、希望と再生に溢れた荻原ワールド真骨頂。

藤原道長の栄華を転覆させせようと企む盗賊たち。その正体を追う女房・小紅はやがて王朝を揺るがす秘密の恋に触れ――「源氏物語」の謎を描く、艶やか平安ミステリ。

オカルト、宗教、デマ、フェイクニュース、SNS。何かを信じないと、今日をやり過ごすことが出来ない――。昭和平成コロナ禍を描き、信じることの意味を問う長篇。

己は人間のなりをした何ものか――山でひとり獲物を狩り続ける男、熊爪。ある日見つけた血痕が運命を狂わせる。人と獣が繰り広げる理屈なき命の応酬の果てには。